발터 벤야민과 한국문학

임환모 외

국학자료원

이 책은 2017년도 한국연구재단 대학 인문역량 강화사업(CORE) 지원에 의해 출판되었음.

This study was financially supported by Initiative for College of Humanities' Research and Education of National Research Foundation of Korea, 2017

전남대학교 한국어문학연구소 총서 6

발터 벤야민과 한국문학

임환모 외

서 문

발터 벤야민의 말대로 모든 시대는 바로 다음 시대를 꿈꿀 뿐만 아니라 꿈을 꾸면서 꿈으로부터의 각성을 재촉하기도 하고, 각각의 시대는 자체의 종말을 안으로 감추고 그러한 종말을 간지(奸智)로 전개해나간다면, 우리 시대의 문학적 글쓰기는 부르주아들이 세운 기념비들이 실제로 붕괴하기도 전에 이미 그것들을 폐허로 간파하는 일이 되어야 할 것이다. 오늘날 자본주의의 휘황찬란한 판타스마고리아는 지난 시대의 꿈이 착종된 형태로 실현되어 있고, 여기에는 '희망 없는 자들'의 좌절된 꿈이 내재되어 있다. 벤야민은 역사의 연속체를 폭파해서 실패한 역사의 분극을 이미지화하는 작업을 통해 다중이 바라고 원했지만 결국 이루지 못한 꿈으로서의 기대와 희망을 실현하기를 원했다.

1980년대부터 수용되기 시작한 발터 벤야민의 문학이론은 2000년대 이후 문학연구의 방법론으로 가장 많이 원용되었다. 벤야민은 몫과 희망이 없는 자들을 구제함으로써 우리들 자신을 구원할 수 있다고 믿는 인식론적 태도를 평생 유지했는데, 이러한 구원의 구체적인 방법론이 '해체 구성의 변증법'이다. 과거 전 인류의 축소판이면서 미래 역사의 모습을 담지하는 '지금시간 Jetztzeit'을 '정지 상태의 변증법'인 사유이미지를 만들어냄으로써 역사의 연속체를 폭파할 수 있다는 논리가 그것이다. 위기의 순간으로서의 '지금—여기'가 정지된 역사적 사건과 만나 섬광처럼 만들어진 '변증법적 이미지'에서 우리는 억압받는 사람들의 희망인 '혁명적 기회의 신호'를 발견할 수 있기 때문이다. 일시적이고 우연적이며 순간적인 것들의 양극단이 맺는 연관을 형상화하는 단자(Monade) 구조 속에서 이러한 변증법적 이미지가 생성된다고 보는 것이 벤야민의 문학이론의 핵심이다. 이것을 그는 '문학적 몽타주'라고 불렀다.

이러한 그의 문학이론이 2000년대 이후 한국에서 매우 활발하게 수용되고 있다. 많은 학자들의 벤야민적 문학실천에서 확인할 수 있는 것은 그의 이론을 가지고 한국문학을 분석하고 해석하는 데 유용한 부분이 많다는 점이다. 벤야민의 사유방식이 한국문학을 새롭게 해석할 수 있는 가능성이 높다는 것도 확인되었다. 그러나 새롭다는 것이 언제나 좋은 것만은 아니다. 벤야민의 수용이 문학연구와 비평에서 말해지지 않는 것, 말할 수 없는 것을 밀도 있게 탐색하여 드러냄으로써 한국문학을 풍요롭게 하는 데 기여할 수 있는 경우에만 '새롭다는 것'이 의미를 가질 것이기 때문이다. 나아가서 더 중요한 것은 우리의 시대나 문학작품을 벤야민의 이론이라는 틀에 따라 그대로 설명하거나 해석하는 것이 아니라 벤야민적 사유의 방법으로 우리 시대와 작품을 향해 질문하고 그 안에서 해결책을 찾는 일이다.

본 총서의 연구자들은 이러한 시각과 문제의식을 공유하여 한국 현대문학을 새롭고도 밀도 있게 탐구하고자 하였다. 먼저 벤야민의 역사철학에서 문학이론을 이끌어내는 작업이 선행되었고, 이어서 이것을 바탕으로 텍스트 분석과 해석에 어떻게 적용될 수 있으며 그 결과가 얼마나 만족스러운가를 점검하고 토론하였다. 2015년부터 시작한 '벤야민 읽기'가 이러한 연구의 시발점이 되었다. 벤야민 문학이론에 대한 이해와 그것의 적용이라는 큰 틀에 따라 이 책의 편제는 이론과 수용을 아우르는 총론격의 글을 먼저 싣고, 제1부에서는 벤야민의 문학이론을, 제2부에서는 한국문학을 벤야민적 사유로 해석하는 논문들을 실었다.

총론인 「벤야민 문학이론의 주체적 수용에 대하여」(임환모)는 벤야민 문학이론의 수용이 한국의 시대적 상황과 어떻게 연계되고, 그의 역사철학에서 이끌어낼 수 있는 문학이론의 핵심이나 본질은 무엇이며, 그것의 수용이 얼마나 적합성을 지니고 한국문학에 새로움으로 기능하고 있는가를 밝힘으로써 외국 문학이론의 주체적 수용이 어떤 양태로 전개되어야 바람직한가를 가늠하는 논문이다.

제1부 첫 글인 「벤야민 철학에서의 신학의 위상과 문학의 역할」(김청우)은 벤야민의 역사철학에서 유물변증법적 사유와 유대교적인 신학적 사유가 어떻게 맞물리고 있는가를 탐색함으로써 문학 속에 '메시아가 들어올 수 있는 작은 문'을 마련할 수 있는 가능성을 밝히고 있다. 두 번째 글인 「문학의 형상성과 문화의 편재성」(전동진)은 문화 속에

서의 현대시의 지형학을 벤야민의 알레고리적 사유로 탐색하여 오늘날 시가 어떤 원리로 작동하는가를 살핌으로써 현대시 연구와 해석의 방법에 대한 새로운 시론적 글쓰기를 감행하고 있다. 세 번째 글인 「벤야민이 바라본 레스코프 소설의 이야기성」(최윤경)은 벤야민의 '이야기'와 '이야기하기'를 '이야기성'이라는 개념으로 포괄해서 레스코프의 소설들(『러시아 멕베스 부인』, 「분장 예술가」, 「쌈닭」, 「왼손잡이」)을 분석함으로써 근대화 이후 점점 잃어가고 있는 인간의 본원적 감정이나 대안적 삶의 모델을 헤로도토스의 『역사』처럼 '이야기하기'의 방법으로 보여주고 있음을 밝히고 있다.

제2부 첫 글인 「사건과 기억, 그리고 살아남은 자의 글쓰기」(김영삼)는 벤야민이 프루스트의 『잃어버린 시간을 찾아서』를 읽어내는 방식으로, 글쓰기 행위 중 하나로서 문학이 무엇을 할 수 없었고, 또 무엇을 할 수 있었는지를 구체적인 사례(임철우의 『백년여관』)를 통해 확인하고, 사건에 대한 기억하기로서의 문학이 무엇을 할 수 있고, 나아가 임철우의 지속적인 글쓰기 행위가 어떤 가치를 가지고 있는가를 밝히고 있다. 두 번째 글인 「역사적 죽음을 현재화하는 글쓰기」(강소희)는 최인훈의 「바다의 편지」를 그의 다른 소설 「구운몽」과 「하늘의 다리」와

상호텍스트적으로 연계하여 벤야민이 말하는 '역사적 사건의 현재화' 개념으로 분석함으로써 6·25전쟁이나 4·19혁명에서 실패한 사람들, 죽은 자들의 희망과 꿈을 '지금시간'에 어떻게 현재화하고 있는가를 밝히고 있다. 세 번째 글인 「혁명에 대한 알레고리로서의 「구운몽」」(최윤경, 임환모)은 벤야민의 사유방식을 차용하여 최인훈의 「구운몽」이 4·19사건을 망실된 혁명으로 서사화하였을 뿐만 아니라, 동시에 5·16 사건의 악몽을 알레고리적 방법으로 보여준다는 것을 밝히고 있다. 네 번째 글인 「기억 공간과 역사 인식의 글쓰기」(박경희)는 벤야민의 '기억하기'와 '역사 인식'의 글쓰기 방식으로 이옥수의 청소년소설인 『내 사랑, 사북』을 분석하고 있는데, 1980년 4월에 일어난 '사북사건'의 파편화된 기억들이 몽타주되면서 '역사의 현재화'가 이루어지고, 동시에 이것이 통과의례의 성장서사와 맞물리면서 역사 인식에 대한 문학적 실천으로서의 글쓰기를 보여준다는 점에서 청소년소설의 가능성을 읽어내고 있다. 다섯 번째 글인 「'광주 파노라마'와 변증법적 도약의 시」(김청우)는 벤야민의 사상적 지도로 황지우의 시집 『게 눈 속의 연꽃』을 읽어냄으로써 '문학—정치'란 무엇이고, 또 그것이 어떻게 가능할 수 있는가를 논증하고 있다. 여섯 번째 글인 「벤야민 사유로 김녹촌 동시의 현재성 읽기」(정다운)는 벤야민의 역사의 현재화 개념을 원용하여 김논촌의 동시를 분석하였는데, 이것들에는 과거의 사건이 정지 상태의 변증법으로 성좌 구조가 만들어져 좌절되고 파괴된 옛사람들의 소망이 실현되어 있음을 밝히고 있다. 마지막 글인 「<택시운전사>에 나타난 혁명성」(조선희)은 벤야민의 매체이론에 의지해서 1,200만 명의 관중을 불러 모은 영화 <택시운전사>를 분석하고 있는데, 이 영화에서 5·18사건의 파편적 기억들을 어떻게 편집하여 몽타주하는가에 따라 혁명성의 실현이 가능했는가를 밝히고 있다.

전남대학교 한국어문학연구소에서 발행하는 이번 총서는 한국문학을 새롭게 해석하는 방법을 모색해보자는 의도에서 기획되었다. 2015년 대학원 박사과정에서 <문학이론 특수연구>를 설강하고 벤야민의 역사철학에서 문학이론을 도출해내는 작업을 시도했다. 이 수업을 들은 학생들이 중심이 되어 본 연구소에서 진행하는 콜로키움 중의 하나인 '벤야민 읽기' 연구 모임을 꾸렸는데, 여기에 관심을 갖는 다른 연구자들까지 참여하여 3년간의 노고 끝에 이 연구물을 상재하기에 이른 것이다. 이런 성과를 얻기까지 연구 모임에 적극적으로 참여하여 독해와 토론에 열심히 임해준 연구자들에게 먼저 고맙다는 말씀을 드리고,

공동 연구에 물심양면으로 도움을 아끼지 않은 한국어문학연구소 소장이신 김동근 교수님과 전남대학교 인문역량 강화사업단 단장이신 김양현 학장님께도 깊이 감사드린다.

아무쪼록 이 연구물들이 한국의 현대문학을 이해하고, 분석하고, 해석하고, 평가하는 데 조그마한 보탬이라도 되기를 기대한다. 아직은 연구의 과정 중에 있는 연구자들이 대부분이라 미흡한 점이 없지 않을 것이다. 그러나 날로 성장하고 있는 연구자들이라 앞날이 기대되기도 하고, 심화되어가는 과정을 성과물로 묶어냈다는 데 의의를 두면서 전남대학교 한국어문학연구소 총서 제6권으로 상재하게 된 것을 매우 기쁘게 생각한다. 학계의 격려와 질정을 바란다.

2018년 8월 15일
공동 필자 대표 임환모 삼가 쓰다

차 례

총 론

벤야민 문학이론의
주체적 수용에 대하여

임환모

1. 머리말

한국의 근대적인 문학 양식은 서구적인 문학이론의 수용 과정에서 형성되고 성숙해졌다. 1918년『태서문예신보』에서 김억과 황석우가 프랑스 상징주의 시와 시론을 수용하면서부터 시작된 외국의 문학작품과 문학이론은 지금까지 끊임없이 번역 소개되면서 한국문학에 적지 않은 영향을 미쳐왔다. 특히 1980년대는 민주화를 열망하는 시대적 사명을 완수하기 위해 루카치나 골드망, 알튀세르 등의 리얼리즘이론이 주류를 이루었다면, 1989년 현실사회주의가 몰락하면서부터는 거대담론이 무너지고 '포스트모더니즘'이라는 후기산업사회의 문화적 징후가 이 좌파적 이념의 공백 상태를 메우면서 우리 문학계를 풍미하게 되었다. 이와 동시에 학계에서는 조심스럽게 반―세계주의의 좌파 및 자본주의에 대한 저항을 위한 이론적 근거로 프랑스의 후기구조주의의 사상이 수용되었다. 1997년 IMF를 경험하고 2001년 9·11테러를 목격한 이후에는 '몫 없는 자'들을 위한 '윤리'의 문제가 제기되어 알랭 바디우, 조르조 아감벤, 자크 랑시에르, 한나 아렌트, 슬라보예 지젝 등이 수용되고 있다. 이들의 수용 과정에서 벤야민을 주목하게 되고, 2000년대 중반 이후부터 그의 사상과 문학이론이 활발하게 수용되었다. 오늘날에는 거의 모든 영역에서 그의 이론이 적용되거나 활용되고 있다.

그런데 그러한 외국 문학이론의 수용이 얼마나 주체적이었는지는 아직 미지수이다. 물론 '외국 문학이론의 주체적 수용'이라는 말은 자칫하면 한국문학(이론)이라는 주체가 있고 그것의 밖에 있는 이질적인 외국이론이라는 타자를 한국문학의 정체성이나 전통에 비추어 필요하고 유익한 것만을 선별적으로 덧보탬으로써 한국문학의 이론을 보강하거나 풍요롭게 한다는 의미로 받아들여질 여지가 없지 않다. 그럼에도 굳이 '주체적'이라는 수식어를 붙이는 것은 '수용'이 갖는 특수성 때문이다. 수용은 그대로 옮겨오는 '이식'과는 달리 양쪽의 논리가 상호 작용을 거친 다음 역사적 '현재성'으로서의 '지금—여기'가 처해 있는 제 현상의 내적 본질을 설명하고, 나아가서 문제를 해결할 수 있는 방법론을 제공해주기 때문이다.

2000년대 이후부터는 너무나 다양한 서구의 문학이론이 수용되어 마치 이론의 전시장 같다. 외국의 문학이론이 하나의 유행처럼 전시되다가 때가 지나면 다른 이론이 그 자리를 차지하고 있다. 이런 과정에서 터져 나온 것이 2009년 『창작과비평』에서 전개된 황정아와 서동욱의 '외국이론 수용의 문제'에 대한 논쟁이다. 황정아는 '윤리'와 관련하여 당시 많이 거론되는 두 외국 이론가, 알랭 바디우와 조르조 아감벤이 국내 비평가 세 사람에게 어떻게 인식되고 다루어지는가를 비판적으로 검토하고 있다. 황정아가 보기에 이들의 '윤리' 비평은 "상당히 급진적인 수사를 동반하는 데 비해 치밀한 점검을 생략하고 해당 이론가 스스로가 강조한 주장을 덮어버린 면"이 없지 않다는 것이다.

> 그것들이 예전 '거대담론'의 문학적 변형인지 변명인지, 혹은 새로운 정치에 대한 모색인지 회피인지 우려와 기대가 엇갈리는 것도 이와 무관하지 않을 것이다. 우려가 아니라 기대에 부합하기 위해서는 우리 비평이 개념과 사유의 진화 가능성에 좀 더 열려 있어야 하며, 이제 '상수(常數)'가 된 외국이론들을 더 면밀하게 들여다보고 때로 맞부딪치게 몰아세우기도 해야 '윤리'에 관해서건 '정치'에 관해서건 우리의 비평담론이 더 풍성해질 수 있을 것이다.[1]

황정아가 제기한 외국이론의 수용에 대한 비판의 핵심은 복잡하고 섬세한 외국이론을 1980년대식 마르크스주의적 거대담론으로 수렴시키는 비평의 안일함과 "외국이론들을 더 면밀하게 들여다보고 때로 맞부딪치게 몰아세우기도" 하는 성실한 독해와 비판적 이해의 미흡함이다.

이러한 비판에 대해 서동욱은 똑같은 방법으로 반론을 제기한다. 서동욱이 보기에 황정아야말로 외국이론을 잘못 이해하고 있다는 것이다. 바디우와 아감벤을 통해 '윤리'를 이야기하면서 "이들과 전혀 다른 태도로 접근한 지젝을 참조하는 것도 한 가지 방법일지 모른다"는 처방은 황정아의 자가당착이라는 논리이다. 서동욱의 반론 태도와 논점은 "공부가 제대로 이루어지고 있는지 서로 이야기해보는 것은 늘 의미 있는 일이겠지만, 근거 없는 비판이 이 일에 개입한다면 우리가 방황해야 될 우회로는 쓸모없이 더욱더 길어질 것이다."[2]라는 점에 놓여 있다.

---

1) 황정아, 「묻혀버린 질문 ─ '윤리'에 관한 비평과 외국이론 수용의 문제」, 『창작과비평』 제37집 제2호, 2009년 여름호, 120쪽.

이 논쟁에서 우리가 확인할 수 있는 것은 누가 더 외국이론을 정확히 이해하고 있는가의 문제이다. 엥겔스가 마르크스 사후에 생산관계의 물적 토대인 하부구조와 상부구조를 단선적으로 일치시키는 마르크스주의의 속류화를 막기 위해 노력한 것도 이론의 정확한 이해의 문제라고 할 수 있다. 우리의 외국 문학이론의 수용도 이러한 속류화에서 자유롭지 않다. 복잡한 라캉의 이론을 상상계, 상징계, 실재계라는 단선적 이해를 바탕으로 우리 문학연구에 적용했던 것이 그 대표적인 예이다. 이와 같은 문학이론의 단순화와 속류화는 문학연구에서 가장 경계해야 할 점이라고 할 수 있다. 어떤 하나의 주장을 내세우기 위해 '기분 좋은 도구상자'에서 이것저것 속류화된 외국이론들을 필요할 때마다 꺼내어 사용하면 자칫 문학현상들의 미세한 차이를 왜곡할 우려가 없지 않기 때문이다.

그렇다면 여기에서 외국 이론을 수용할 때 그것을 정확히 이해하고 그 방법을 그대로 한국문학에 적용하는 것이 바람직한가, 아니면 헤롤드 블룸이 말하는 '창조적 오독'이나 슬라보예 지젝이 말하는 '생산적 오해'를 통해 외국이론을 '비역질'함으로써 연구자 자신만의 독자적인 이론을 만드는 것이 바람직한가의 문제가 심각하게 대두된다.[3] 결론부터 말하면 외국 문학이론의 수용은 가능한 정확하게 이해하고 그것을 한국문학의 현실에 '밀침'으로써 독특한 들뢰즈식의 '괴물'을 생성해내는 것이라야 할 것이다.

여기에서는 벤야민의 문학이론을 중심으로 외국 문학이론의 주체적

---

2) 서동욱, 「무엇이 외국이론 수용의 문제인가 — 지난호 황정아의 비판에 대한 반론」, 『창작과비평』 제37집 제3호, 2009년 가을호, 345쪽.
3) 임환모, 「한국문학과 들뢰즈」, 『국어국문학』 제158호, 국어국문학회, 2011. 8, 74—77쪽 참조.

수용에 대한 문제를 짚어보고자 한다. 그렇기 위해서는 벤야민 문학이론의 수용 과정이 한국의 시대적 상황과 어떻게 연계되어 있는지, 그 문학이론의 핵심이나 본질은 무엇인지, 그것의 수용이 얼마나 적합성을 지니고 한국문학에 새로움으로 기능하고 또 어떤 가능성을 가지고 있는가를 벤야민 문학이론의 수용 양상을 분석함으로써 밝히고자 한다.

2. 벤야민의 수용 과정

벤야민의 글쓰기는 자신의 '삶과 생명의 그래픽 공간'을 지도 위에 그리는 '지도 그리기'에 해당한다. 자신의 삶 전체를 글쓰기를 통해 텍스트에 펼침으로써 시간을 공간화한 것이다.[4] 벤야민에게는 글쓰기가 곧 삶이고, 삶이 곧 글쓰기였다. 마치 『천일야화』에서 세헤라자데가 이야기하기를 통해 죽음을 유예하였듯이 벤야민은 삶의 파탄을 유예시키기 위해 사유이미지의 글쓰기를 온몸으로 시도했다. 몇몇 저술을 빼고는 거의 모든 저작이 세계를 해석하거나 변혁하려는 것이 아니라 완전히 해체해서 다시 조립하는 몽타주의 방법을 사용하기 때문에 아포리즘의 성격이 매우 강하다. 그의 몽타주적 글쓰기는 자본주의적 삶의 파탄을 알레고리적으로 해체 구성하여 그 속에 메시아적 구원을 표현하려고 하였다.

그가 1912년부터 1940년까지 500여 편이 넘는 글을 썼지만 그의 생전에 출간된 단행본은 겨우 5편에 불과하다.[5] 그의 이론이 알려지기

---

4) "오랫동안 다시 말해 수년 전부터 나는 내 삶과 생명의 그래픽 공간을 지도 위에 그려보겠다는 생각을 해왔다." 발터 벤야민, 「베를린 연대기」, 윤미애 옮김, 『발터 벤야민 선집3』, 도서출판 길, 2007, 158쪽. 앞으로는 『발터 벤야민 선집』을 『선집』으로 약식 표기함.
5) 『독일 낭만주의 예술비평 개념』(1920, 박사논문), 『샤를 보들레르: 파리 풍경』

시작한 것도 아도르노 부부에 의해 편집되어 독일 주어캄프출판사에서 『선집』 두 권을 출간한 1955년부터이다. 1972년부터 1989년까지 『전집』 7권이 출간되면서부터 그에 대한 본격적인 연구가 베른트 비테·안나 스튀시·빈프리트 메닝하우스·마를렌 스퇴셀 등에 의해서 시작되었다. 특히 롤프 테디만이 편집해서 『파사젠베르크』를 간행한 1982년 이후부터는 영미권의 학자들, 테리 이글턴·한센·앤드루 벤야민·수잔 벅—모스·베르너 하마허·그램 질로크·사무엘 웨버 등에 의해서 활발하게 수용되었다. 2000년대 이후에는 그의 사상이 슬라보예 지젝·조르조 아감벤·알랭 바디우·자크 랑시에르·지그문트 바우만·데이비드 하비·수전 손탁·프레드릭 제임슨·주디스 버틀러 등에 의해 거듭 언급되고 수용되면서 오늘날에는 '벤야민 커넥션'이라 불릴 만큼 문학·정치·경제·사회·문화·예술 등 모든 분야에서 벤야민의 열풍이 불고 있다.[6]

　벤야민의 문학이론이 우리나라에 처음 소개된 것은 1979년 차봉희에 의해서이다.[7] 그리고 이어서 차봉희는 벤야민의 저작들을 편역해서 『현대사회와 예술』(문학과지성사, 1980)이라는 이름으로 출간했다. 또 1983년에는 반성완이 편역한 『발터 벤야민의 문예이론』(민음사)이 간행된다. 여기에는 벤야민의 중요한 저술들이 대부분 소개되었다. 1980년대는 민주화를 열망하는 시대인지라 우리 사회를 진단해서 사회의 본질을 밝히는 '재현적 진실'과 '전형의 창조'를 통해 미래에 대한 전망을 동시에 형상화하려는 루카치 계열의 리얼리즘이 지배적이었다. 그

　(1923), 『독일 비애극의 원천』(1928, 프랑크프루트대학 교수자격 논문), 『일방통행로』(1928), 『독일인들: 일련의 편지들』(1936)
6) 외국에서의 벤야민 수용사는 최성만, 「한국에서 벤야민의 저작 번역과 수용에 대하여」, 『발터 벤야민 기억의 정치학』, 도서출판 길, 2014, 393—399쪽 참조.
7) 차봉희, 「발터 벤야민의 예술 이론」, 『문학과지성』 통권36호, 1979년 여름.

래서 벤야민의 수용도 리얼리즘의 경직성을 보완하려는 태도에서 벤야민의 문학이론을 프랑크프루트학파 이론 중의 하나로 이해하려는 경향이 강했다. 서구적 미학주의를 표방한 김현은 『문학사회학』(문학과지성사, 1983)에서 벤야민의 이론이 정치적 행위와 문학적 행위가 합치되는 외적 표현 행위인 '예술의 정치화'를 추구한 것으로 인식하고, 여기에서 '혁명적인 에너지'를 발견하려고 하였다.[8] 이러한 인식 태도는 허창운에게도 동일하게 나타난다. 그는 「생산자로서의 작가」(1934)에만 의존하여 『현대 문예학 개론』(서울대출판부, 1986)에서 벤야민의 문학이론을 제2장 5절 '마르크스주의와 문학'에서 다루면서 벤야민을 "문화기구들과 생산수단들의 발전을 고려하지 않고서는 이러한 연관관계들을 유물론적으로 분석하는 일이 불가능함을 분명하게 해준 사람"[9]으로 규정하고 있다. 다른 리얼리즘논자들도 벤야민을 '변혁'의 이론적 근거로 수용하고 있다.

1990년대에 오면 거대담론이 쇠퇴하면서 벤야민의 수용은 훨씬 유연해진다. 1992년에 『베를린의 유년시절』(솔)이 박설호 편역으로 소개되었다. 그 후 포스트모더니즘이나 후기구조주의에 밀려 벤야민의 이론은 13년 동안 번역되지 못했다. 그러다가 벤야민의 저작이 본격적인 번역되기 시작한 것은 2005년부터이다. 이 해에 『아케이드 프로젝트』(새물결)가 조형준에 의해 번역되었고, 또 김남시에 의해 『모스크바 일기』(그린비)가 번역되었다. 2007년에는 최성만이 주도적으로 도서출판 길에서 『발터 벤야민 선집』을 전 15권으로 기획하고 지금 현재 9권이 출간된 상태이다.[10] 그리고 『독일 비애극의 원천』(최성만 · 김유동 옮김,

---

8) 김현, 『김현문학전집1』, 문학과지성사, 1991, 279—281쪽 참조.
9) 허창운, 『현대 문예학 개론』, 서울대출판부, 1986, 189쪽.
10) 『선집1』(2007)에서는 「일방통행로」와 「사유이미지」를 김영옥, 윤미애, 최성만이

한길사, 2009)과『독일 낭만주의의 예술비평 개념』(심철민 옮김, 도서
출판b, 2013)이 번역 출간되었다. 아직도 벤야민의 저작은 카프카에 대
한 글들, 브레히트와 유물론에 관한 글,『독일인들: 일련의 편지들』을
포함한 많은 편지글들, 도시 이미지와 미학 관련 에세이들이 번역 소개
되지 않고 있다. 벤야민의 저작들에 대한 정확한 번역작업이 모두 이루
어져야 그의 사상과 이론에 대한 수용의 전제조건을 갖추게 될 것이다.

　벤야민의 저작에 대한 번역과 함께 그의 사상에 대한 비판적 검토를
담은 저술들도 번역되었다. 중요한 것만을 연대순으로 살펴보면, 베르
너 풀트의『발터 벤야민: 그의 생애와 사상』(이기식·김영옥 옮김, 문
학과지성사, 1985)을 필두로 베른트 비테의『발터 벤야민』(안소현 옮
김, 역사비평사, 1994 ; 윤미애 옮김, 한길사, 2001), N. 볼츠·W. 라이
엔의『발터 벤야민: 예술, 종교, 역사철학』(김득룡 옮김, 서광사, 2000),
게르숌 숄렘의『한 우정의 역사: 발터 벤야민을 추억하며』(최성만 옮
김, 한길사, 2002), 그램 질로크의『발터 벤야민과 메트로폴리스』(노명
우 옮김, 효형출판, 2005), 수잔 벅-모스의『발터 벤야민과 아케이드
프로젝트』(김정아 옮김, 문학동네, 2005), 몸메 브로더젠의『발터 벤야
민』(이순예 옮김, 인물과사상사, 2007), 테리 이글턴의『발터 벤야민

옮겼다.『선집2』(2007)에서는「기술복제시대의 예술작품」과「사진의 작은 역사」
등을 최성만이 옮겼다.『선집3』(2007)에서는「1900년경 베를린의 유년시절」과「베
를린 연대기」를 윤미애가 옮겼다.『선집4』(2010)에서는 보들레르에 관한 에세이들
을 김영옥과 황현산이 옮겼다.『선집5』(2008)에서는「역사의 개념에 대하여」,
「폭력비판을 위하여」,「초현실주의」등을 최성만이 옮겼다.『선집6』(2008)에서
는「언어 일반과 인간의 언어에 대하여」,「번역자의 과제」등을 최성만이 옮겼다.
『선집9』(2012)에서는 횔덜린, 헤벨, 켈러, 크라우스, 프루스트, 발레리, 레스코프
등에 관한 비평문을 최성만이 옮겼다.『선집10』(2012)에서는「괴테의 친화력」을
최성만이 옮겼다.『선집14』(2015)는 2005년에 김남시가 번역한「모스크바 일기」
를 선집에 포함시켜 다시 출간했다.

또는 혁명적 비평을 향하여』(김정아 옮김, 이앤비플러스, 2012), 에르트무트 비치슬라의『벤야민과 브레히트: 예술과 정치의 실험실』(윤미애 옮김, 문학동네, 2015) 등이 있다. 이러한 벤야민에 대한 소개와 연구서들은 벤야민 수용에 적지 않은 영향을 미쳤다.

우리나라에서 벤야민의 사상과 이론에 대한 개론서는 2009년에 출간된 권용선의『세계와 역사의 몽타주, 벤야민의 아케이드 프로젝트』(그린비)와 신혜경의『벤야민 & 아도르노: 대중문화의 기만 혹은 해방』(김영사)이 처음이다.『아케이드 프로젝트』를 중심으로 벤야민의 사유 체계를 탐색한 권용선에 따르면 궁극적으로 벤야민에게 중요했던 것은 판타스마고리아의 세계(꿈)에서 벗어나(혹은 깨어나) 자기 자신과 시대를 '각성'하는 것, 그것을 통해 '혁명'의 에너지를 얻는 것이다. 그리고 신혜경은 벤야민과 아도르노의 미학사상을 비교하면서 그들의 대중문화에 대한 시각의 차이를 통해 대중문화가 인류의 야만 상태를 구원할 수 있는가를 탐색하였다.

벤야민의 사상과 이론을 전체적으로 다룬 것은 2010년에 출간된『발터 벤야민 모더니티와 도시』(라움)가 처음이다. 벤야민의 이론을 3부(1부 도시, 파사주 프로젝트, 정신분석 ; 2부 바로크 비극, 초현실주의, 보드레르 ; 3부 예술철학, 역사철학, 사회)로 나누고 10명의 연구자(노명우, 홍준기, 강재호, 볼파르트, 김동훈, 남인숙, 김영옥, 하선규, 고지현, 심혜련)가 각각 하나의 주제를 잡고 그 이론을 소개하고 있다.

벤야민의 이론을 비판적으로 검토하여 체계적으로 설명하고 있는 것은 강수미의『아이스테시스: 발터 벤야민과 사유하는 미학』(글항아리, 2011)이다. 그는 일차적으로 '벤야민의 전체 사유 구조와 방법론에 대한 지도 그리기'를 목적으로 삼아서 벤야민의 이론적 성과와 한계를 짚고, 나아가서 현재 여러 학문 및 이론들과의 교차 논의를 통해 동시대의 미학에서 벤야민 이론을 생산적으로 확장할 수 있는 지점을 제안하려고 하였다.

최문규는『파편과 형세 ─ 발터 벤야민의 미학』(서강대학교 출판부, 2012)에서 사물의 조각, 아포리즘 형식, 이미지적 사유 등과 관계하는 것으로 일종의 형식 개념인 '파편'과 이념적 · 사상적 측면의 '형세'(성좌)가 벤야민의 모든 저작의 원리라고 판단하고 대체로 소개하는 차원에서 그의 사상과 이론을 10개의 장으로 나누어 설명하고 있다.

이어서 조효원은『부서진 이름(들) (발터 벤야민의 글상자)』(문학동네, 2013)에서 벤야민의 언어철학과 정치신학이 만나는 지점을 파고들었다. 벤야민의 초기 언어철학이 카를 크라우스, 프란츠 카프카 등과 만나 메시아주의적 사유가 어떻게 구체화되는지를 밝히고 있다.

최성만은 벤야민 저작의 주 번역자답게『발터 벤야민 기억의 정치학』(길, 2014)에서 벤야민의 저작을 시기별로 5개의 장으로 나누고, 각 시기의 개별 저작들을 매우 구체적으로 해석하여 설명하고 있다. 그가 해석한 벤야민의 구상은 정치를 심미화하는 전체주의 국가와 대중에게 표현할 권리만을 부여한 채 신체와 정신을 눈멀게 하는 전쟁과 시장에 동원하는 그런 체제에 맞서 이 대중을 스스로 깨어나게 하는 '예술의 정치화'를 위한 전략을 세우는 일이라고 보았다.

마지막으로 문광훈은 벤야민의 이론을 비판적으로 검토하면서 독자적 해석과 관점을 어느 정도 유지하고 있다. 그는『가면들의 병기창 ─ 발터 벤야민의 문제의식』(한길사, 2014)에서 벤야민의 사유방식을 '해체구성의 변증법'으로 규정하고, 그의 사유공간은 "세상과 대결하기 위해 예술이라는 무기를 벼리는 곳이고, 그의 글 전체는 예술의 이 저항

적 가능성을 탐색하는 병기창"[11]으로 인식한다. 그는 벤야민의 문제의
식을 일곱 가지로 보고 있다. 그의 사유가 첫째 전적으로 새롭다는 점,
둘째 이 새로움 속에서 신화적 굴레를 타파하면서 지식을 구제하려 한
다는 점, 셋째 그러나 이때의 언어는 투명하되 신학적 초월성을 배제하
지 않는다는 점, 넷째 그것은 세속적 구제 또는 현세적 쇄신을 꾀한다
는 점, 다섯째 이런 쇄신을 위해 그가 의지하는 한 출구가 바로 예술이
라는 점, 여섯째 그는 예술에 기대어 세계의 이율배반과 싸운다는 점,
일곱째 그러나 이 사유는 기이하게도 급진적이면서 동시에 온화하다
는 점이다. 이러한 문제의식을 4부로 나누어 살피면서 벤야민 이론의
현재성을 탐색하고 있다.

이상에서 살펴본 대로 벤야민의 저작들이 대부분 번역되어 그 실체
를 확인할 수 있게 되었고, 이러한 번역서를 바탕으로 믿을 만한 안내
서나 개론서가 상당수 간행되었다. 그리고 그의 사상과 이론에 대한 비
판적 검토를 담은 저술이 꾸준하게 출간되고 있다는 점에서 벤야민 수
용의 예비 작업은 마무리되어 간다고 할 수 있다.

3. 벤야민의 글쓰기와 문학이론

벤야민의 저작들은 "당시의 삶 그리고 외견상으로는 부차적이고, 지
금은 사라져버린 듯한 형식들로부터 오늘날의 삶, 오늘날의 형식들을
읽어내려는 것"[12]이다. 오늘날의 삶과 형식을 읽어내는데 그에게 중요
한 것은 과거도 미래도 아니고 바로 '지금―여기'의 시공간으로서 현재
(성)다. 이것을 그는 '지금시간(Jetztzeit)'이라고 명명하는데, "순간에 일

---

11) 문광훈, 『가면들의 병기창 ― 발터 벤야민의 문제의식』, 한길사, 2014, 25쪽.
12) 발터 벤야민, 조형준 옮김, 『아케이드 프로젝트 I』, [N1, 11], 한길사, 2005, 1047―
    1048쪽.

어나는 일을 정확하게 인지하는 것, 이것이야말로 저 멀리 놓여 있는 것을 미리 아는 것보다 더 결정적"13)이라고 믿기 때문이다. 다시 말하면, 그가 "메시아적 시간의 모델로서 전 인류의 역사를 엄청난 축소판으로 요약하고 있는 '지금시간'은 우주 속에서 인류의 역사가 이루는 앞의 모습과 엄밀하게 일치한다."14)

그런데 이 '지금시간'이 전 인류의 축소판이면서 미래 역사의 모습을 담지하기 위해서는 '변증법적 이미지'를 만들어내는 '인식'이 "오직 번개의 섬광처럼" 이루어져야 하고, "그런 후에 길게 이어지는 천둥소리 같"15)은 텍스트를 만드는 사유(글쓰기)가 가능하게 된다. 따라서 벤야민의 글쓰기는 이러한 '사유이미지'를 가지고 과거와의 관련 속에서 '지금—여기'를 진단하고 미래의 '희망'을 표현하는 것이다.

> 과거가 현재에 빛을 던지는 것도, 그렇다고 현재가 과거에 빛을 던지는 것도 아니다. 오히려 이미지란 과거에 있었던 것이 지금(Jetzt)과 섬광처럼 한순간에 만나 하나의 성좌를 만드는 것을 말한다. 다시 말해 이미지는 정지 상태의 변증법이다. 왜냐하면 현재가 과거에 대해 갖는 관계는 순전히 시간적·연속적인 것이지만 과거에 있었던 것이 지금에 대해 갖는 관계는 변증법적인 것이기 때문이다. 즉 진행적인 것이 아니라 이미지적인 것이며, 비약적인 것이다. ― 변증법적 이미지만이 진정한(태곳적 이미지가 아니다) 이미지이다. 그리고 우리가 이러한 이미지들을 만나는 장소, 그것이 언어이다.16)

---

13) 발터 벤야민, 「일방통행로」, 김영옥·윤미애·최성만 옮김, 『선집1』, 도서출판 길, 2007, 153쪽.
14) 발터 벤야민, 「역사의 개념에 대하여」, 최성만 옮김, 『선집5』, 도서출판 길, 2010, 349쪽.
15) "우리가 다루게 될 영역에서 인식은 오직 번개의 섬광처럼 이루어진다. 텍스트는 그런 후에 길게 이어지는 천둥소리 같다." 발터 벤야민, 조형준 옮김, 앞의 책, [N1, 1], 1043쪽.

벤야민의 사유와 글쓰기는 '성좌로서의 이념'을 만들어내는 것이다. 여기서 '이념'이란 플라톤이 말하는 이데아가 아니다. 그가 말한 이념이란 "일회적·극단적인 것이 또 다른 일회적·극단적인 것과 맺는 연관의 형상화"[17]이다. 그에게 이념은 곧 '한순간에 빛나는' 변증법적 이미지이다. 이 이념과 사물의 관계는 별자리와 별들의 관계와 같다. 하늘에 떠 있는 별들은 몇 억 광년에서 수십 광년까지, 지금은 그 자리에 그 별이 있는지 확인할 수 없는, 아주 오래 전부터 최근까지 수많은 별들에서 출발한 별빛이 밤하늘을 수놓고 있다. 그 중에서 몇몇 별들 사이에 선을 그어 별자리를 만드는 것, 이 별자리(성좌)가 이념이다. 벤야민은 밤하늘에 펼쳐진 별들을 바라보며 인용부호 없는 인용이나 재인용, 즉 문학적 몽타주의 방법론을 구상했다. "수십만 년 전 과거로부터 빛의 속도로 날아와 지금 내가 보는 밤하늘에서 빛난다. 별의 반짝임 자체가 과거가 현재화되는 방식이며, 별과 별 사이를 이어서 만들어 내는 별자리는 과거가 우리에게 보여주는 하나의 이미지이다. 밤하늘의 별을 보며 우리는 과거와 만난다. 이러한 태도로 벤야민은 19세기를 '철저하게 긍정적으로' 보려고 한다."[18] 우리가 별의 반짝임을 아름답게 보듯이. 벤야민은 세계를 해석하거나 변혁하는 것이 아니라 성좌로서의 이념을 몽타주적 방법으로 다시 구성(조립)하려는 인식론적 입장을 보여준다. 개념적인 언어로 역사나 현상을 설명하고 해석하는 것이 아니라 그것들의 '이미지'를 보여줌으로써 '지금'의 위기를 극복할 수 있는 비전의 선취가 자연스럽게 드러날 수 있도록 배려한다. 이러한 '인용부호 없이 인용하는 기술'을 벤야민은 '문학적 몽타주'[19]라고 불렀다.

---

16) 위의 책, [N2a, 3], 1054쪽.
17) 발터 벤야민, 「인식비판적 서론」, 최성만 옮김, 『선집6』, 도서출판 길, 2008, 157쪽.
18) 권용선, 『세계와 역사의 몽타주, 벤야민의 아케이드 프로젝트』, 그린비, 2012, 83쪽.

여기에서 우리는 이러한 성좌로서의 이념에서 만들어진 변증법적 이미지들을 만나는 장소가 '언어'라는 데 주목할 필요가 있다. 벤야민에게 성좌구조의 이념은 '언어적인 것'이다. 그에게 언어는 전달의 수단이 아니라 전달의 매체이다. 그는 언어이론에서 정신적 본질과 그것이 전달되는 언어적 본질을 구별하는데 그것의 핵심은 "이 정신적 본질이 언어 속에서 전달되는 것이지 언어를 통해서 전달되는 것이 아니라는 것"20)이다. 정신적 본질은 그것이 전달 가능한 한에서 언어적 본질과 동일하다. 따라서 언어는 사물들이 지닌 각각의 언어적 본질을 전달하며, 언어가 그 사물의 정신적 본질을 전달하는 것은, 그것이 언어적 본질에 직접적으로 들어 있는 한에서, 즉 그것이 전달 가능한 한에서이다. 달리 말하면 모든 언어는 자기 자신 속에서 전달되며, 가장 순수한 의미에서 전달의 매체이다. 이 매체적인 것이 정신적 전달의 직접성이며 언어이론의 근본문제라는 것이다. 그는 『성서』의 「창세기」 1장을 토대로 언어의 본질을 탐색하였는데, 신의 말씀이 인간(아담)의 명명 행위를 통해 사물의 정신적 본질을 이루고 있다고 본 것이다. 그래서 "사물의 언어를 인간의 언어로 번역하는 일"21)이 언어이론의 심층을 이루고 있다.

문체주의자로서의 벤야민의 모든 글들이 감각적이고 미려한 이유가 여기에 있다. 언어를 통해서가 아니라 언어 속에 자신의 생각이나 느낌, 또는 사유를 하나의 이념(이미지)으로 기술하기 때문이다. 그래서 그는 "언어이론에 대한 이해는 바로 이 문장을 동어반복의 기미까지 완전히 없앤 명징(明澄)한 문장으로 만드는 데 달려 있다."22)라고 명시하고 있다.

---

19) 발터 벤야민, 조형준 옮김, 앞의 책, [N1, 10], 1047쪽, [N1a, 8], 1050쪽.
20) 발터 벤야민, 「언어 일반과 인간의 언어에 대하여」, 『선집6』, 74쪽.
21) 위의 글, 위의 책, 86쪽.
22) 위의 글, 위의 책, 74쪽.

그에게 '진리'란 일회적이고 극단적인 것이 또 다른 일회적이고 극단적인 것과 맺는 연관의 형상화인 이념들로 형성된 '무의도적인 존재'이다. 진리란 어떤 의도 속에서 이루어진 인식의 대상 그 자체가 아니기 때문이다. 따라서 진리에 합당한 태도는 "인식 속에서 어떤 의견을 표명하는 일이 아니라 그 진리 속으로 몰입해 사라지는 것이다."23) 쉽게 말하면, 글쓴이가 자신의 의도를 버리고 이념들의 관계망을 동어반복의 기미까지 완전히 없앤 명징한 문장 속으로 몰입하여 자신의 모습을 감추는 것이 벤야민의 글쓰기 방법이다.

그런데 이 이념들은 어떤 근원언어 속에 주어져 있다기보다 근원적인 청각적 지각 속에 주어져 있다. 경험적인 청각적 지각 속에 '이념으로서의 말'들이 분해되어 하나의 변증법적 이미지를 생성하기 때문에 여기서 형성된 진리는 감각적 지각(앎)으로서의 아이스테시스(aisthesis)이다. 이러한 청각적 지각 속에서 말들은 자신의 다소간 숨겨진 상징적 측면과 더불어 명백하게 범속한 의미를 지닌다. 말의 상징성(기호체계) 속에서 이념은 외부로 향하는 모든 전달에 반대되는 자기이해에 이르게 되는데, 철학자의 일은 말의 상징적인 성격에 이념이 지닌 우위를 재현을 통해 되돌려주는 일이다. 철학이 주제넘게 계시하는 자세로 이야기해서는 안 되는 이러한 재현은 우선적으로 근원적인 청각적 지각으로 되돌아가는 '기억하기'를 통해서만 가능하게 된다.24)

벤야민에게 '기억'은 역사를 이해하는 중요한 매체이다. 프루스트가 『잃어버린 시간을 찾아서』에서 '인생 최고의 변증법적인 단절점', 즉 각성의 순간('지금시간')에 인생 전체에 대해 쓰기 시작했는데, 그는 깨어나고 있는 마르셀의 시공간과 어린 시절인 과거와의 연관을 섬광 같

23) 발터 벤야민, 「인식비판적 서론」, 『선집6』, 159쪽.
24) 위의 글, 위의 책, 161쪽.

은 성좌로서의 이념으로 만들어냈다. 벤야민의 이론은 프루스트의 이러한 기억의 변증법에 빚지고 있다.

기억은 지나간 것을 알아내기 위한 도구가 아니라 오히려 매개물[매체]이라는 사실을 언어가 의미하고 있다는 것은 오해의 여지가 없다. 옛 도시들이 흙에 뒤덮여 파묻혀 있는 땅이 매개물이듯이, 기억은 체험된 것의 매개물[매체]이다. 파묻힌 자신의 과거에 다가가고자 하는 사람은 발굴 작업을 수행하는 사람과 같은 태도를 취해야 한다. 무엇보다도 그는 거듭해서 동일한 사태로 되돌아가는 것을 주저하지 말아야 한다. 발굴할 때 흙을 흩뿌리는 것처럼 그 사태를 흩뿌려야 한다. 그리고 발굴할 때 땅을 헤집듯이 그 사태를 헤집어야 한다. 왜냐하면 '사태들'이란 조심스레 탐색할 때 비로소 발굴의 목적이었던 바로 그것을 내보이는 지층들에 다름 아니기 때문이다. 즉 '사태들'은 이미지들이다. 이 이미지들은 모든 이전의 관계망에서 떨어져 나와 우리들이 후에 얻게 된 통찰의 냉정한 방에 놓여 있는 귀중품들이다. 마치 수집가의 갤러리에 놓여 있는 상반신의 조각들인 토르소처럼. 물론 발굴 작업을 할 때 계획에 따르는 것은 유용할 것이다. 그러나 어두운 대지 속으로 조심스레, 손으로 더듬듯 삽질을 하는 것 역시 필수불가결하다. 만일 발굴된 물건들의 목록에만 신경을 쓰고 옛것이 보관되어 있던 장소를 오늘날의 대지에 표시하지 못하는 사람이 있다면 그는 가장 소중한 것을 놓치는 셈이다. 그렇듯 진정한 기억들은 어떤 사실을 보고한다기보다는 그 기억들이 떠오르게 된 바로 그 장소를 표시해야 한다. 따라서 진정한 기억은 기억을 하는 사람의 이미지를 엄격한 의미에서 서사적으로 그리고 랩소디적으로 전달해야 한다. 좋은 고고학적 보고서가 발굴된 물건들의 출처뿐 아니라 그것들이 발굴되기 위해 탐색되었던 이전의 지층들에 대해서도 보고하고 있는 것처럼 말이다.[25]

---

25) 발터 벤야민, 「사유이미지」, 『선집1』, 182—183쪽.

벤야민에게 '기억하기'는 고고학적 발굴과 다를 것이 없다. 언어가 전달의 수단이 아니라 전달의 매체이듯이 기억은 지나간 것을 알아내기 위한 수단이 아니라 오히려 매체이다. 기억은 언어의 청각적 감각과 관련된 이념적인 것이기 때문이다. 이 몸의 기억이 '무의지적 기억'이다. 고고학자의 발굴 작업이 땅이라는 매체를 조심스럽게 헤집고 사기그릇의 파편과 같은 유물들을 수집하고, 그것들을 연구실에서 냉철하게 구성함으로써 옛 사람들의 삶의 양식을 추론하듯이 철학자나 소설가는 기억의 지층들을 지속적인 관계의 망에서 떼어내어 정지시킴으로써 '지금시간'과의 성좌구조를 만들어낸다. 이것의 글쓰기는, 좋은 고고학적 보고서가 발굴된 물건들의 출처와 그것들이 발굴되기 이전의 지층들뿐만 아니라 발굴 상황을 구체적으로 기술하듯이, 기억된 사실을 보고하기보다는 그 기억이 떠오르게 된 그 장소를 표시해야 하고, 몸이 기억하는 무의지적 기억을 되살리는 '지금시간'의 상황에 대하여도 기술하여야 한다. 이것을 우리는 벤야민의 '고고학적 사유(글쓰기)의 방법'이라고 할 수 있을 것이다.

그런데 지나간 과거를 이해하기 위한 매체인 '기억'에서 만들어진 이미지는 팔다리가 잘려나간 토르소와 같이 질료적이다. 우리가 살았던 과거는 토르소의 형상과 다를 것이 없다. 벤야민은 역사를 언제나 지배 이데올로기의 강압에 의한 '야만'의 역사로 인식[26]하기 때문에 과거는 현재의 순간에 우리의 '미래의 상'을 조각해내야 할 소중한 덩어리일 수 있다.[27] 그런데 토르소와 같은 과거는 '기억하기'라는 변증법적 성

26) "야만의 기록이 아닌 문화의 기록이란 없다." 발터 벤야민, 「역사의 개념에 대하여」, 『선집5』, 336쪽.
27) "토르소 자신의 과거를 강압과 고난의 소산으로 바라볼 줄 아는 사람만이 그 과거를 현재의 순간에 최고로 가치 있게 만들 줄 알 것이다. 우리가 살았던 과거는 기껏해야 운반 중에 모든 사지가 잘려 나간 아름다운 형상에 비유할 수 있기 때문이다.

좌구조 속에서 단자적인 방법으로 '이념'을 구성한다.[28]

벤야민은 역사를 연속체로 보는 역사주의 방법이나 진보 이론을 철저하게 부정한다. 그는 평생의 작업인 파사주 프로젝트 N항목('인식론에 관해, 진보 이론')과 「역사의 개념에 대하여」에서 '역사에서의 인류의 진보'라는 생각이나 믿음을 철저히 부정하고 현재성을 강조한다. 왜냐하면 역사가 "균질하고 공허한 시간을 관통하여 진행"해나갈 수 없기 때문이다. 역사주의의 진보 이론은 설정된 현재를 중심으로 과거를 전유한다. 과거의 고통과 억압을 현재를 위해 어쩔 수 없이 겪어야 했던 밑거름으로 본다. 이것은 과거의 고통과 억압을 사후적으로 정당화하는 강력한 이데올로기가 된다. 그리고 현재를 미래에 투사하는 마르크스주의도 다를 것이 없다. '해방된 미래'를 위해 현재의 삶을 자제하고 인내하면서 혁명에 동참하기를 요구하는 것 역시 진보 개념에 다름 아니다.[29] 그래서 마르크스가 혁명을 '세계사의 기관차'라고 여겼다면 벤야민은 "혁명은 이 기차를 타고 여행하는 사람들이 잡아당기는 비상 브레이크일 것"[30]이라고 판단한 것이다. 여기가 벤야민의 유물론적 역사철학이 마르크스의 유물론과 구별되는 지점이다. 그래서 벤야민은 역사의 연속체를 폭파하기 위해 역사를 정지시켜 '과거와의 유일무이한 경험'을 하나의 단자로 구성하려고 하였다. 그는 작은 것, 미시적인 것에 대한 애호와 관심을 가지고 신(창조자)의 형상이 피조물에 내재적

그 형상은 이제 우리가 우리의 미래의 상을 조각해내야 할 소중한 덩어리 이외의 아무것도 아닌 것이다." 발터 벤야민, 「일방통행로」, 『선집1』, 117쪽.

28) "이념의 구성은 단자(Monade)적이다. 이념은 단자이다. 전사와 후사를 가지고 그 이념 속으로 들어가는 존재는 자신의 숨겨진 형상 속에 여타 이념세계의 축소되고 어두워진 형상을 보여준다." 발터 벤야민, 「인식비판적 서론」, 『선집6』, 180쪽.

29) 김남시, 「"역사의 기관차", 역사를 보는 발터 벤야민의 시각」, 『비교문학』 제60집, 2013. 6, 183쪽 참조.

30) 발터 벤야민, 「「역사의 개념에 대하여」 관련 노트들」, 『선집5』, 356쪽.

으로 잠재되어 있는 것처럼 단자적인 것 속에서 전체적인 모습을 보려고 하였다.

　유물론적 역사서술은 이와는 반대로 하나의 구성의 원칙에 근거를 둔다. 사유에는 생각들의 흐름만이 아니라 생각들의 정지도 포함된다. 사유는, 그것이 긴장으로 가득 찬 상황(성좌) 속에서 갑자기 정지하는 바로 그 순간에 그 상황에 충격을 가하게 되고, 또 이를 통해 그 상황은 하나의 단자(Monade)로 결정된다. 역사적 유물론자는 역사적 대상에 다가가되, 그가 그 대상을 단자로 맞닥뜨리는 곳에서만 다가간다. 이러한 단자의 구조 속에서 그는 사건의 메시아적 정지의 표지, 달리 말해 억압받은 과거를 위한 투쟁에서 나타나는 혁명적 기회의 신호를 인식한다. 그는 균질하고 공허한 역사의 진행 과정을 폭파하여 그로부터 하나의 특정한 시대를 끄집어내기 위해 그 기회를 포착한다. 이런 식으로 그는 한 시대에서 한 특정한 삶을, 필생의 업적에서 한 특정한 작품을 캐낸다. 이러한 방법론에서 얻어지는 수확은, 한 작품 속에 필생의 업적이, 필생의 업적 속에 한 시대가, 그리고 한 시대 속에 전체 역사의 진행 과정이 보존되고 지양되는 것이다. 역사적으로 파악된 것의 영양이 풍부한 열매는, 귀중하지만 맛이 없는 씨앗으로서의 시간을 그 내부에 간직하고 있다.[31]

　역사주의가 추구하는 보편사의 방법론이 균질하고 공허한 시간을 채우기 위해 사실의 더미를 모으는 데 급급한 반면, 역사적 유물론은 역사의 흐름의 연속성으로부터 대상을 떼어내어 단자들의 몽타주를 만들려고 한다. 위험의 순간에 역사적 주체에게 예기치 않게 나타나는 과거의 이미지를 붙잡으려고 하는 이유는 그 단자의 구조 속에서 '사건의 메시아적 정지의 표시' 즉 억압받은 과거와 현재가 맞부딪혀 섬광처

---

31) 발터 벤야민, 「역사의 개념에 대하여」, 『선집5』, 347－348쪽.

럼 빛나는 순간에 만들어진 단자에서 '혁명적 기회의 신호'를 발견할 수 있기 때문이다.

이 단자는 유대교적인 신학과 라이프니츠의 단자론과 연결된다. 라이프니츠의 범신론적 견해에 따르면 신(무한자, 총체성)은 자신의 창조물인 모든 단일한 요소(유한자, 특수성)를 통해서 현현한다.[32] 마치 가장 작은 미립자들도 우주의 원리와 동일한 구조로 작동하고 있는 것과 같은 현상이다. 성좌로서의 이념이 만들어낸 변증법적 이미지도 모두 그러한 단자이다. 벤야민은 "이념의 재현을 위해서는 다름 아닌 이 세계의 이미지를 축소판으로 그려내는 일이 과제로 주어져 있다."[33]라고 언급하면서 이미지의 모습을 하고 있는 단자를 가지고 균질하고 공허한 역사의 진행과정을 폭파하려고 한다. 이러한 글쓰기의 태도는 그의 모든 저작에서 구체화된다. 예를 들면, 벤야민은 회상의 방법을 통해 1900년경 베를린의 유년시절을 30개의 단자로 만들어 "그에게 주어졌던 안전을 훗날 얼마나 철저히 빼앗기게 되는지를 그 이미지들"이 극명하게 드러나기를 바랐다. 그의 유년시절의 단자화된 이미지들이 "미래의 역사적 경험을 미리 형상화할 수 있는 능력을 갖게 된 것"[34]은 그러한 단자가 미래의 모습을 선취하고 있음을 반증한다. 그의 이미지화된 단자들은 히틀러의 집권이 임박하는 시점에서 전체주의에 대한 비판과 저항을 매우 우회적인 방법으로 보여줄 뿐만 아니라 파시즘이 자신을 포함한 인류의 삶을 얼마나 철저하게 파괴할 것인가를 예언적으로 표현한 것이다.

그가 몽타주의 원리를 역사 속에 도입하는 것은 "극히 작은, 정밀하

---

32) 그램 질노크, 노명우 옮김, 『발터 벤야민과 메트로폴리스』, 효형출판, 2005, 22쪽 참조.
33) 발터 벤야민, 「인식비판적 서론」, 『선집6』, 180쪽.
34) 발터 벤야민, 「1900년경 베를린의 유년시절」, 윤미애 옮김, 『선집3』, 도서출판 길, 2007, 34쪽.

고 잘라서 조립할 수 있는 건축 부품들로 큰 건물을 세우는 것"처럼 "실로 자그마한 개별적 계기들에 대한 분석을 통해 전체 사건의 결정체를 찾아내는 것"에 해당한다.35) 그래서 그에게 "상상력이란 무한히 작은 것 속으로 파고들어갈 줄 아는 능력이고, 모든 집약된 것으로도 새로운, 압축된 내용을 풍부하게 부여할 줄 아는 능력이다. 요컨대 상상력은 어떤 이미지든 접어놓은 부채로 여길 줄 아는 능력, 그 부채가 펼쳐져야 비로소 숨을 쉬게 되고 또 새로이 펼쳐진 폭에서 사랑하는 사람의 특성들을 내부에서 연출해 보이는 그러한 능력이다."36)

역사의 연속체를 폭파하는 파괴적인 성격은 '염세주의 조직하기'37)로 이어진다. 영원성을 믿는 전통의 신화적 세계와 모든 것이 결국은 실패로 끝날 수밖에 없다는 것을 인식하고 있기 때문이다. 부르주아계급도 내적 모순으로 인해 결국은 몰락할 것이라는 인식도 같은 맥락이다.38) 기왕에 존재하는 것을 산산이 부수는 이러한 파괴는 "부수어진 조각들을 위해서가 아니라 그 조각난 것들 사이를 뚫고 생겨날 길을 위해서다."39) 따라서 "모든 시대는 자체의 종말을 안으로 감추고 그러한 종말을 간지(奸智)로 전개해 나간다."고 믿는 벤야민의 사유와 글쓰기

---

35) 발터 벤야민, 조형준 옮김, 앞의 책, [N2, 6], 1052쪽.

36) 발터 벤야민, 「일방통행로」, 『선집1』, 116쪽.

37) "염세주의를 조직한다는 것은 정치에서 도덕적 메타포를 추방하는 일, 정치적 행동의 공간에서 백 퍼센트의 이미지 공간을 발견하는 일 이외의 다른 것을 뜻하지 않는다." 발터 벤야민, 「초현실주의」, 『선집5』, 165쪽.

38) "계급투쟁을 사람들은 잘못 생각할 수 있다. 계급투쟁은 누가 이기고 누가 질 것인지가 결정될 힘겨루기가 아니다. 그것은 그 결말에 따라 승리자는 잘되고 패배자는 좋지 않게 되는 어떤 씨름이 아니다. 그렇게 생각한다는 것은 사실들을 낭만적으로 호도하는 것을 뜻한다. 왜냐하면 부르주아계급이 투쟁에서 이기든 지든, 그들은 시간이 흐르면서 그들에게 치명적으로 작용할 내적 모순들로 인해 결국 몰락할 수밖에 없기 때문이다. 문제는 단지 그들이 스스로 몰락하느냐 아니면 프롤레타리아계급에 의해 몰락하느냐이다." 발터 벤야민, 「일방통행로」, 『선집1』, 124쪽.

39) 발터 벤야민, 「사유이미지」, 위의 책, 179쪽.

는 "부르주아지가 세운 개념비들이 실제로 붕괴하기도 전에 이미 그것들을 폐허로 간파"하는 일이었다.[40]

이상과 같은 벤야민의 사유는 한마디로 시공간에 대한 해체 구성의 변증법이라고 할 수 있다. 이것은 역사의 시간을 '위기의 순간'이라고 하는 '지금시간'에 하나의 이미지로 공간화하여 그것 속에서 미래의 '씨앗으로서의 시간'을 발견하려는 사유 방식이다. 이러한 사유가 구체적인 글쓰기에서는 '문지방'의 개념으로 나타난다. 그에게 문지방(문턱)은 경계선과는 분명히 구분되는 일종의 영역이다.[41] 이것은 어떤 변곡점 주변의 공간으로서 분극이 일어나는 곳이라고 할 수 있다. 이것이 역사에서는 전사와 후사로 나누어지는 시공간이 된다. 벤야민의 저작에서 문지방적 사유로 사용되고 있는 개념들은 로지아, 아케이드, 산책자, 보헤미안, 매춘부 등이다.

대부르주아 저택의 후면에 위치하여 골목 마당 쪽으로 난 로지아는 전형적인 문지방 공간이다. 이곳은 부르주아의 '실내'와 대중의 집인 '거리'의 중간에 존재하는 매개적 공간이다. 벤야민이 마치 "오래 전부터 그에게 할당된 왕릉"이라도 되는 것처럼 그곳에 머물면서 경험했던 유년시절을 회상하는 것이 「1900년경 베를린의 유년시절」이다.[42] 이 '도시의 문지방'이 극명한 모습을 보이는 곳은 자본주의 초기단계의 상업지역인 아케이드이다. '집이면서 동시에 도로이기도 한 아케이드'는 다음 세대를 꿈꾸는 '물신으로서의 상품'을 전시하는 자본주의의 판타스마고리아가 지배하는 공간이다. 부르주아의 모든 오류와 유토피아적 소망이 담겨 있는 곳이 아케이드였기 때문에 이곳은 "꿈꾸는 집단의

---

40) 발터 벤야민, 「파리― 19세기 수도(1935년의 개요)」, 조형준 옮김, 앞의 책, 112쪽.
41) 위의 책, [O2a, 1], 1119쪽.
42) 발터 벤야민, 「1900년경 베를린의 유년시절」, 『선집3』, 137―138쪽.

내면의식, 아니 무의식의 정확한 물질적 복제물"[43]이라고 할 수 있다. 아케이드가 단단한 철 지주와 깨지기 쉬운 유리 천장으로 구성되어 있는데, 이 거리의 철과 같은 성격의 소유주들이 '뚜쟁이'로서의 부르주아라면, '유리'처럼 깨지기 쉬운 것은 매춘부로서의 대중들이다. 그래서 아케이드는 "노동자들에게는 도시의 내실로 들어가는 입구이다."[44] 벤야민은 지금은 폐허가 된 아케이드를 추적하면서 그 폐허에서 오늘날의 상품 물신과 자본주의의 몰락을 또 다른 문지방적 사유자인 산책자의 방법으로 읽어낸다.

보들레르에게 와서 파리는 최초로 서정시의 대상이 된다. 이 시는 결코 고향 찬가 같은 것이 아니다. 오히려 이 도시를 응시하는 알레고리 시인의 시선, 소외된 자의 시선이다. 그것은 또한 산책자의 시선으로, 그의 생활 형태는 마음을 달래주는 어슴푸레한 빛 뒤로 대도시 주민에게 다가오고 있는 비참함을 감추고 있다. 산책자는 여전히 문턱 위에, 대도시뿐만 아니라 부르주아 계급의 문턱 위에 서 있다. 아직 어느 쪽도 완전히 그를 수중에 넣지는 못하고 있다. 그는 어느 쪽에도 안주하지 못한다. 그는 군중 속에서 피신처를 찾는다. 군중의 관상학

---

43) 수잔 벅─모스, 김정아 옮김, 『발터 벤야민과 아케이드 프로젝트』, 문학동네, 2004, 63쪽.
44) "거리는 집단의 거처이다. 집단은 영원히 불안정하며 영원히 유동적인 존재로, 자택에서 사방의 벽으로 보호받고 있는 개인만큼이나 집의 벽들 사이에서 많은 것을 경험하고 체험하고, 인식하고 생각한다. 이러한 집단에게 반짝반짝 빛나는 에나멜 간판은 부르주아의 응접실에 걸린 유화만큼이나 멋진 ─ 어쩌면 더 나은 ─ 벽장식이며, '벽보 금지'가 붙어 있는 벽은 집단의 필기대, 신문 가판대는 서재, 우편함은 청동상, 벤치는 침실의 가구이며, 카페의 테라스는 가사를 감독하는 출창(出窓)이다. 노상의 노동자들이 웃옷을 걸쳐놓는 난간은 현관이며, 안마당에서 옥외로 이어지는 출입구는 시민들에게 깜짝 놀랄 만큼 긴 복도로, 이것은 노동자들에게는 도시의 내실로 들어가는 입구이다. 노동자들 입장에서 보면 아케이드는 응접실이었다. 거리는 다른 어느 곳에서보다도 더 이 아케이드에서 대중에게 가구를 구비한 편안한 실내로 모습을 드러낸다." 발터 벤야민, 조형준 옮김, 앞의 책, [M3a, 4], 977─978쪽.

에 대한 초기의 기여는 이미 엥겔스와 포에 의해 이루어진 바 있다. 군중이란 베일로서, 그것을 통해 보면 산책자에게 익숙한 도시는 환(등)상으로 비쳐진다. 군중 속에서 도시는 때로는 풍경이, 때로는 거실이 된다. 곧 이 두 가지는 백화점의 요소가 되며, 백화점은 정처 없이 어슬렁거리는 것조차 상품 판매에 이용한다. 백화점은 산책자가 마지막으로 다다르는 곳이다.[45]

산책자는 부르주아계급의 '실내'와 못가진 자들(대중 집단)의 거처인 '거리' 사이인 아케이드(문지방)에서 자본주의의 속살이라고 할 수 있는 환등상(Phantasmagoria)을 보고 경험한다. 문인들도 그 산책자 형태의 지성으로 시장에 발을 들여놓는다. 그런데 그들은 겉으로는 시장을 둘러보기 위해서라고 말하지만 실제로는 자기를 살 사람을 찾기 위해서이다. 마치 판매인과 상품을 한 몸에 겸하고 있는 매춘부가 자신의 몸을 상품으로 파는 것과 다를 것이 없다.

이 산책자는 감정이입의 도취 속에서 바슐라르적인 몽상을 통해 상품 물신의 단자적 이미지를 찾아낸다. 벤야민은 『보바리 부인』에 전념하고 있을 때 쓴 것으로 추정되는 플로베르의 글을 인용하면서 몽상에 빠진 산책자의 모습을 구체화한다.[46] 이러한 몽상을 통해 보면 자본주의 생산관계에서 만들어지는 상품은 천국과 지옥의 성격을 동시에 가지고 있다. 지옥의 시간이자 천국의 시간인 '현대'에서 "대중을 선도하는 것은 매번 최신의 것이지만 그것이 대중을 선도할 수 있는 것은 이

---

45) 발터 벤야민, 「파리 — 19세기의 수도」(1935년의 개요), 위의 책, 105쪽.
46) "오늘 예를 들어 남자인 동시에 여자로, 사랑하는 남자인 동시에 사랑받는 여인으로서 나는 가을 오후에 말을 타고 노란 나뭇잎들 아래를 산책했는데, 나는 또한 말이며, 나뭇잎이며, 바람이며, 사람이 내뱉는 말들이며, 심지어 사랑에 빠진 사람들의 눈을 거의 감게 만든 붉은 태양이기도 했다." 플로베르가 1853년 12월 23일 루이즈 콜레에게 보낸 편지. 위의 책, [M17a, 4], 1028-1029쪽.

최신의 것이 실제로는 가장 오래된 것, 이미 존재했던 것, 가장 친숙한 것의 매개를 통해 나타나는 경우에 한해서이다."47) 벤야민은 '신은 죽었다'는 역사적 경험에서 "새로운 일은 더 이상 일어나지 않는다."는 니체의 영웅적 태도와 흡사하게 보들레르가 이러한 새로움(현대성) 속에서 가장 오래된 것을 읽어내는 파괴적 열광의 영웅주의를 보여준다고 평가한다.48) 보들레르의 시에 나타난 산책자의 아랑곳하지 않는 태도는 결국 '생산과정의 속도에 대한 무의식적 항의'의 표현인 것이다.49)

벤야민이 파사주 프로젝트의 일환으로 추구한 보들레르 연구는 자본주의의 현대성을 밝히는 것이 핵심이다. 그에게는 보들레르와 마찬가지로 일회적이고 일시적이며 우연한 것이 현대성이다. 패션이나 상품과 같은 물신 숭배에서 그러한 현대성을 보았다. 그는 '새로운 야만성'을 보들레르의 시에서 읽어내고 그를 '위대한 창조자'의 반열에 올려놓는다. 위대한 창조자들은 "시대에 일말의 환상도 품지 않으면서 그 시대에 온몸으로 몰입하는 것이 그들의 특징"이라고 정의하고, 화가 클레나 보들레르처럼 뚜렷한 예술가는 "갓 태어난 아기처럼 소리를 지르면서 이 시대의 더러운 기저귀에 누워 있는 벌거벗은 동시대인에게 눈을 돌리기 위해, 전승되어온 장중하고 고결한 인간상, 과거의 온갖 제물들로 치장한 인간상을 박차고 나온다."고 주장한다.50) 갓 태어난 아기처럼 새로운 것, 일회적이고 일시적인 것, 유행하고 있는 현상들에서 옛것이 '영원회귀'로 반복되는 신화적인 것을 보고 이것을 파괴하려고 한다. '이 시대의 더러운 기저귀'로 이미지화된 자본주의의 판타스마고

---

47) 위의 책, [B1a, 2], 245쪽.
48) 위의 책, [J60, 7], 803쪽.
49) 위의 책, [J60a, 6], 805쪽.
50) 발터 벤야민, 「경험과 빈곤」, 『선집5』, 175쪽.

리아는 문지방적 사유를 통해 수없이 많은 단자들을 생성해낼 수 있다. 그래서 벤야민은 빅토르 위고보다는 보들레르에게서 그러한 사유를 확인한 것이다.

위고와 함께했으며 위고가 함께했던 그 군중을 위해 보들레르는 존재하지 않았다. 그러나 군중은 그를 위해 존재했다. 군중의 광경은 그에게 매일 자기 실패의 깊이를 가늠할 수 있는 기회를 주었다. 그리고 이것은 그가 군중의 광경을 찾는 이유 중 가장 하찮은 것은 아니다. 어느 정도는 발작적으로 그를 엄습하던 절망적인 오만을 그는 위고가 누린 영광에 힘입어 키워갔으리라. 그러나 아마도 위고의 정치적 고백이 그를 더욱 아프게 했으리라. 이 정치적 고백, 그것은 곧 시민이었다. 대도시의 대중이 위고를 혼란시킬 수는 없었다. 그는 대중 속에 민중이 있음을 인정했다. 그는 그 혈육이 되고자 했다. 세속 원칙, 진보, 그리고 민주주의, 바로 이것이 그가 머리 위로 높이 흔들었던 깃발이다. 이 깃발은 대중의 현존 방식을 변용시켰다. 이 깃발은 하나의 문턱, 개인을 군중과 갈라놓는 그 문턱을 불분명하게 만들었다. 보들레르는 이 문턱의 수호자였다. 이 점에서 그는 위고와 구별된다. 그러나 그도 군중 속에 침잠되는 사회적 환상을 꿰뚫어 보지 못했다는 점에서는 위고를 닮았다. 그는 위고가 만들어낸 군중의 개념만큼이나 무비판적인 하나의 이상을 그에 대립시켰다. 영웅이 그 이상이다. 위고가 현대 서사시의 영웅으로 대중을 예찬하는 순간, 보들레르는 영웅의 피난처를 대도시의 대중 속에서 찾고 있었다. 시민으로서 위고는 군중 속에 섞여 든다. 보들레르는 영웅으로서 거기에서 떨어져 나온다.[51]

---

51) 발터 벤야민, 「보들레르의 작품에 나타난 제2제정기의 파리」, 김영옥 · 황현산 옮김, 『선집4』, 도서출판 길, 2010, 123쪽.

위고가 군중을 위해 존재했다면, 보들레르에게는 군중이 그를 위해 존재했다. 보들레르는 군중의 광경에서 자기 실패의 깊이를 가늠했기 때문이다. 한마디로 위고는 산책자가 아니었다. 위고는 부르주아의 시민으로서 대중 속에 민중이 있음을 인정하고 그들과 혈육이 되고자 했다. 그는 문지방을 넘어가서 민중을 위한 진보와 민주주의를 쟁취하고자 했다. 개인과 군중을 갈라놓은 그 문턱(문지방)을 불분명하게 만듦으로써 미래에 대한 희망, 즉 '전승되어온 장중하고 고결한 인간상'만을 제시하는 데에 그쳤다. 반면에 보들레르는 문턱의 수호자였다. 그런데 보들레르도 위고처럼 그 군중 속에 침잠되는 사회적 환상을 꿰뚫어 보지는 못했다. 다시 말하면 보들레르는 현대적인 것이 압축되어 있는 '지금시간'에서 인류가 이룰 앞의 시간을 보지 못하고 일시적인 새로움 속에서 넝마주이처럼 현대의 파편(폐허)들을 알레고리화하여 대중의 꿈인 '집단적 무의식'만을 드러내고 말았다. 그렇지만 벤야민이 보기에 그의 알레고리적 솜씨가 잘 드러난 『악의 꽃』의 기술은 곧 '무장봉기의 기술'[52]이다. 벤야민이 초현실주의의 문학적 실천에 주목한 이유도 여기에 있다.[53] 그에 따르면, 초현실주의자들은 낡은 것, 사소한 것, 우연적인 것, 아니 무의미한 것, 오해, 키치 등 진부한 일상에서 '혁명을 위

---

52) 위의 글, 위의 책, 174쪽.
53) "집단 역시 신체적이다. 그리고 기술 속에서 그 집단에게 조직되는 자연은 그것의 정치적이고 객관적인 현실에 따라 볼 때 저 이미지 공간 속에서만, 즉 범속한 각성이 우리를 친숙하게 만드는 그 이미지 공간에서만 생성될 될 수 있다. 그 자연 속에서 신체와 이미지 공간이 서로 깊이 침투함으로써 모든 혁명적 긴장이 신체적인 집단적 신경감응이 되고 집단의 모든 신체적 신경감응이 혁명적 방전이 되어야만 비로소, 현실은 「공산주의자 선언」이 요구하는 것처럼 그 자체를 능가하게 될 것이다. 현재로서는 초현실주의자들이 그 「공산주의자 선언」이 오늘날에 내리는 지령을 파악한 유일한 사람들이다." 발터 벤야민, 「초현실주의 ─ 유럽 지식인들의 최근 스냅 사진」, 『선집5』, 167쪽.

한 도취의 힘들'을 끌어내려고 했다. "집단의 모든 신체적 신경감응이 혁명적 방전"이 되어야만 비로소 현실의 고난을 넘어설 수 있을 것이라는 판단이다. 따라서 벤야민의 사유는 경험의 세계를 바탕으로 하는 신체적 감각에 의존한다는 것을 확인할 수 있다.

이상과 같은 벤야민의 인식론적인 지향점은 "오로지 희망 없는 자들을 위해 우리에게 희망이 주어져 있다."[54]라는 명제에 집약되어 있다. 그가 역사의 연속체를 폭파해서 실패한 역사의 분극을 이미지화하는 것은 군중이 바라고 원했지만 결국 이루지 못한 꿈으로서의 기대와 희망을 실현하기 위해서다. 뭇과 희망이 없는 자들을 구제함으로써 우리들 자신을 구원할 수 있다고 믿기 때문에 희망 없는 자들을 위해 우리에게 희망이 주어져 있다는 것이다. 그가 "어떤 문학작품의 경향은, 그것이 문학적으로 올바른 경우에라야만 정치적으로 올바르다는 점"[55]을 강조하고 있는 것도 같은 맥락이다. 이러한 벤야민의 사유는 오늘날 화두가 되고 있는 '윤리'의 문제로 귀결된다. 그의 사유가 아감벤이나 바디우, 랑시에르 등으로 이어지면서 문학예술의 정치성 추구에 크게 기여하고 있다.

벤야민은 아도르노와는 달리 근대의 과학기술을 긍정적으로 인식한다.[56] 과학기술의 발전이 인간의 '지각구조의 변화'를 초래했을 뿐만 아니라 '예술의 기능전환'을 가능하게 했기 때문이다. 정보산업의 발전과 함께 우리의 "정신노동은 마치 자본이 점점 더 모든 물질적 노동을 자신에게 종속시키듯이 기생적으로 모든 물질적 노동에 의존"하게 되

---

54) 발터 벤야민, 「괴테의 친화력」, 최성만 옮김, 『선집10』, 도서출판 길, 2012, 192쪽.

55) 발터 벤야민, 「생산자로서의 작가」, 반성완 편역, 『발터 벤야민의 문예이론』, 민음사, 1983, 254쪽.

56) "생산자로서의 작가의 정치적 진보의 기초가 되고 있는 것은 기술의 진보이다." 발터 벤야민, 「생산자로서의 작가」, 반성완 편역, 위의 책, 263쪽.

었다.57) 또한 자본주의의 발전이 프롤레타리아의 연대를 가능하게 했다고 본 것이다.58) 그에 따르면, 19세기 초에 발견된 사진술이 '예술의 기능전환'에 기여했다. 카메라의 렌즈로 찍은 사진은 "인간이 의식을 갖고 엮은 공간의 자리에 무의식으로 엮인 공간이 들어서기 때문"59)에 사진에는 '시각적 무의식의 세계'가 드러난다. 이러한 기술복제의 사진술적 구성의 선구자들을 키워낸 것이 초현실주의자들인데, 이들은 사소하고 우연적이며 키치적인 현상에서 '시각적 무의식의 세계'인 '집단적 꿈의 형상들'을 창조함으로써 '혁명을 위한 도취의 힘들'을 표현할 수 있었다.

> 문학이 중요한 효과를 거둘 수 있는 것은 오직 실천과 글쓰기가 정확히 일치하는 경우뿐이다. 그러기 위해서는 포괄적인 지식을 자처하는 까다로운 책보다, 공동체 안에서 영향력을 행사하기에 더 적합한 형식들, 예컨대 전단, 팸플릿, 잡지 기사, 포스터 등과 같은 형식들이 개발되어야 한다. 그와 같은 신속한 언어만이 순간 포착 능력을 보여준다. 사람들의 견해란 사회생활이라는 거대한 기구에서 윤활유와 같다. 우리가 해야 할 일은 엔진에 다가가서 그 위에 윤활유를 쏟아붓는 것이 아니다. 숨겨져 있는, 그러나 반드시 그 자리를 알아내야 할 대갈못과 이음새에 기름을 약간 뿌리는 것이다.60)

아포리즘의 형식으로 쓰인 「일방통행로」의 첫 번째 항목 <주유소>에서 말하고 있는 이 인용문은 벤야민의 문학이론의 핵심을 보여준다. 미래의 희망을 실천하기 위해서는 문학적 글쓰기가 순간 포착이

---

57) 발터 벤야민, 조형준 옮김, 앞의 책, [M16a, 1], 1025쪽.
58) 발터 벤야민, 「파리 ─ 19세기의 수도」(1935년의 개요), 위의 책, 99쪽.
59) 발터 벤야민, 「사진의 작은 역사」, 최성만 옮김, 『선집2』, 도서출판 길, 2007, 168쪽.
60) 발터 벤야민, 「일방통행로」, 『선집1』, 69─70쪽.

가능하도록 '기능전환'이 불가피하다. 그가 말한 '예술의 정치학'이 "창조성과 천재성, 영원한 가치의 비밀과 같은 일련의 전승된 개념을 폐기"[61]하는 데에 목적이 있다면 전체성이나 동일성을 추구하는 '포괄적 지식'의 전통을 '새로운 야만성'으로 파괴하고 대중적인 전단이나 팸플릿 등과 같은 키치적인 것을 조립하는 문학적 글쓰기가 필요하다. 문학 예술이 사회생활에서 윤활유 역할을 하는 것이라면, 우리가 해야 할 일은 역사의 진보를 추진하는 엔진에 윤활유를 붓는 것이 아니라 숨겨져 있는 대중의 일상적인 미시적인 삶에 기름을 약간 뿌려서 그들에게 희망을 주는 것이다. 낯설고 이질적인 양 극단을 '지금시간'에 성좌구조를 만들어 이미지를 만들어내는 문학적 몽타주의 방법이 곧 그것이다.

　세상이 변하고 있는데 이것을 막는 것이 불가능하다면 변하고 있는 현실의 기술 장치를 가지고 현실의 부정적인 것을 내파하려는 것이 벤야민의 문학적 글쓰기 전략이다. 이것은 마치 상대의 칼로 상대를 찌르는 아이러니의 형식인데, 이런 전복적 미학은 초현실주의나 기술복제시대의 예술작품에 대한 연구, 그리고 마르셀 프루스트와 카를 크라우스에 대한 에세이에서 얼마든지 확인할 수 있다. 예를 들면, 살롱을 들락거리며 아첨을 일삼던 프루스트가 19세기 말 부르주아 세계의 귀족적 요소와 속물성을 미메시스적인 방법으로 철저하게 흉내내면서 과거와 '지금시간'을 섬광처럼 일순간에 사유이미지로 성좌구조를 만듦으로써 몰락해가는 귀족적 부르주아의 속물적 수다로 부르주아계급을 내파하고 있다고 분석[62]하거나, 크라우스의 저널리즘 비평에서 취하는 사회비판적 태도가 거리를 두고 상대를 비판하는 것이 아니라 오히

---

61) 발터 벤야민, 「기술 복제시대의 예술작품」, 『선집2』, 42쪽.
62) 발터 벤야민, 「프루스트 이미지」, 최성만 옮김, 『선집9』, 도서출판 길, 2012, 247－251쪽 참조.

려 그 상대에 미메시스적으로 굴종하듯이 파고들어가 상대의 본질을 폭로하는 방법을 읽어내고 있는 것[63]들은 모두 벤야민이 추구하는 전복적 미학의 글쓰기 전략이다.

위기의 순간으로서의 현재가 '역사의 연속체'를 파괴한 정지된 사건과 만나 섬광처럼 만들어진 '지금시간'이 묵시(파괴와 전복에 의한 종말)의 시간인데, 이 '메시아가 들어올 수 있는 작은 문'이 곧 혁명의 시공간이다. 일시적이고 우연적이며 순간적인 것들의 양극단이 구성하고 있는 이념 속에서 미래의 희망을 미리 선취해 보여줄 수 있는 '혁명적 기회의 신호'를 발견할 수 있다는 것이 벤야민의 문학이론의 핵심이다. '메시아적 시간의 모델'로서 역사의 축소판인 '지금시간'에 일시적이고 극단적인 것들의 양극이 맺는 연관을 형상화하는 '성좌로서의 이념' 속에서 변증법적 이미지가 생성된다고 보는 벤야민의 '문학적 몽타주'는 결국 이미지에 대한 사유이다.

이미지란 '이런 저런 매체에 등장하는 유사성, 형상, 모티프, 형태를 의미'한다. 이것은 우리의 눈앞이나 상상 속에서 물질화되는 유령 같은 가상(semblance)이다.[64] 그리고 대상은 이미지가 등장하는 물질적 지시물, 이미지가 지시하여 보여주는 물질적 사물이고, 매체란 '예술'을 산출하기 위하여 이미지를 대상과 결합시키는 물질적 실천들의 틀(set)을 의미한다.[65] 이미지가 등장하게 되는 전체적 상황의 표현이 예술이다. 그래서 이 예술적 인식이나 앎은 감각적 지각이나 앎을 의미하는 아이스테시스일 수밖에 없다.

---

63) 발터 벤야민, 「카를 크라우스」, 『선집9』, 310−311쪽 참조.
64) W. J. T. 미첼, 김전유경 옮김, 『그림은 무엇을 원하는가: 이미지의 삶과 사랑』, 그린비, 2010, 88쪽.
65) 위의 책, 4쪽 참조.

4. 한국문학에서 벤야민적 문학실천의 양상

1980년대부터 수용되기 시작한 벤야민의 이론은 처음에는 루카치적 리얼리즘의 경직성을 보완하는 차원에서 이루어졌다. 차봉희, 반성완 등에 의해 번역 수용되는 초기단계를 넘어 2000년대에 이르면 벤야민의 이론은 반영이론이 아니라 생산이론으로 해석되어 수용된다. 황호덕의 연구에 따르면 2008년부터 2011년까지 한국의 현대문학 연구논문에서 벤야민의 이론이 가장 많이 이용되었다.66) 이 시기는 '벤야민의 르네상스'라고 일컬어질 만큼 활발하게 문학연구에 원용되었다. 근대의 공동체가 '헐벗은 삶/예외상태'에 놓여 있다고 판단하고 이러한 정치의 파국을 근대성에 내재한 고유한 문제로 파악하거나 기술의 발달에 따른 미디어와 모더니티를 설명하는 데에 벤야민의 이론이 매우 효과적이라고 믿었기 때문이다.

그러나 벤야민의 이론을 이해하거나 적용하는 실제에서는 그의 이론이 왜곡되거나 자의적으로 확대 해석되는 경우도 없지 않다. 허상문은 벤야민, 브레히트, 마셔레이, 이글턴 등이 토대와 상부구조 사이에 단순한 반영 또는 재생산이 일어난다는 명제를 거부하고 토대─상부구조의 관계를 새롭게 규정하려는 마르크스주의 문학이론의 다양한 변용을 생산이론이라고 부른다. 그는 '벤야민의 비평이론'이 포스트모더니즘과 후기구조주의와 같은 서구의 독점자본주의가 낳은 문화정치학의 논리에 맞설 수 있는 새로운 논리라는 점을 강조하면서 다음과 같이 결론을 맺고 있다.

---

66) 황호덕은 『상허학보』와 『민족문학사연구』에 실린 논문 845편을 대상으로 외국 이론의 사용빈도를 조사하였는데 이 시기에 가장 빈도수가 높은 것은 벤야민, 가라타니 고진, 미셸 푸코, 부르디외, 아감벤 순이다. 황호덕, 「외부로부터의 격발들, 고유한 연구의 지정학에 대하여 ─ 한국현대문학연구와 이론, 예비적 고찰 혹은 그래프·지도·수형도」, 『상허학보』 제35호, 2012. 6, 76쪽 참조.

특히 벤야민이 강조하고 있는 부르주아 생산수단과 현대의 기계
복제적 기술을 역으로 이용한 예술적 실천을 통해 생산관계를 변화
시켜야 한다는 점은, 생산력 발전을 통한 예술양식의 변화, 더 나아가
독자의 혁명적 참여로 인한 사회변혁의 잠재적 가능성을 찾고 있다
는 점에서 그 문학적 의의는 적지 않다.[67]

벤야민은 과학기술의 발전이 '작가의 정치적 진보의 기초'가 되고,
또한 인간의 '지각구조'를 변화시켜 '예술의 기능전환'을 가능하게 했다
는 점을 강조하지만 '예술적 실천을 통해 생산관계를 변화'시키거나 '독
자의 혁명적 참여'를 주장하지는 않았다. 허상문은 벤야민의 이론을 당
시에 유행한 포스트모더니즘의 가벼움에 대한 반작용으로 마르크스주
의의 연장선상에서 그것의 한계를 극복한 것으로 파악하고 있다. 그런
데 그의 수용은 벤야민을 자의적으로 해석하고 있는 점이 없지 않다.
벤야민은 결코 '사회변혁'을 주장하지 않았다. 다만 당시의 자본주의의
세계나 파시즘적 현상을 알레고리적 방법으로 파편화된 폐허를 조립
하여 구성함으로써 그 자체 내에 그러한 내파의 힘들이 내재되어 있음
을 표현하고 있을 따름이다.

문학연구에서 이러한 벤야민에 대한 자의적 오독은 수없이 발견된
다. 예를 들어, 허난희는 이청준의 소설을 벤야민의 문학이론으로 분석
하면서 "벤야민도 '소외, 물신' 같은 근대 모더니즘의 부정적인 현상, 자
본주의의 환등상, 전체주의의 폭력, 유미주의 예술과 관념론의 문제를
비판하면서, 인간과 세계의 조화로운 관계 맺음, 지배와 착취 없는 사회
를 인류의 유토피아적인 꿈으로 상정하며 감각의 부활을 주장했다."[68]

---

67) 허상문, 「발터 벤야민 문학비평의 현대적 의의 ─ 반영이론에서 생산이론으로」,
『영미어문학』제105호, 한국영미어문학회, 2012. 12, 171쪽.
68) 허난희, 「이청준 소설의 감각 경험과 세계인식 연구」, 『이화어문논집』제31집,

라는 점을 근거로 이청준의 소설(「가학성의 훈련」과 「무서운 토요일」) 이 권력·소외·물신 등에서 벗어나고자 했으며, 정상적인 감각을 회복하고자 했다는 점에서 남다른 미학을 추구하고 있다고 결론을 맺고 있다. 연구자가 벤야민의 이론을 가져온 곳이 강수미의 『아이스테시스: 발터 벤야민과 사유하는 미학』인데, 이 책에는 '감각의 부활을 주장했다'는 말이 어디에도 없다. 단지 강수미는 벤야민이 그러한 '소망의 성취'를 새로운 인간학의 목표로 전달하고 있음을 언급하고 있을 뿐이다.69) 벤야민이 「초현실주의」에서 "모든 혁명적 긴장이 신체적인 집단적 신경감응이 되고 집단의 모든 신체적 신경감응이 혁명적 방전이 되어야만 비로소, 현실은 「공산주의자 선언」이 요구하는 것처럼 그 자체를 능가하게 될 것이다."70)라고 주장한 것은 진부한 일상에서 '신체적인 집단적인 신경감응'이 '혁명을 위한 도취의 힘들'로 연결될 수 있음을 말한 것이다. 결코 '감각의 부활'을 말하고 있는 것이 아니다.

이러한 자의적 오독이나 단선적인 이해는 김효주나 나병철에게서도 발견된다. 김효주가 최명익의 소설 「비오는 길」을 분석하는 데 활용하고 있는 벤야민에 대한 이해는 매우 소박한 차원에 머물러 있다. 그는 마치 벤야민이 '진보하여 살아 꿈틀거리는 시간'의 순간을 사유하고 예술의 아우라는 정치적 반동으로 악용되어서는 안 된다는 것을 강조한 것처럼 인식하고 있다.71) 그리고 최명익이 '살아있는 새로운 시간으로서의 가능성'을 배제하고 있다면 굳이 벤야민을 끌어올 이유도 없다. 그리고 나병철이 벤야민의 이론에서 도시의 환등상 경험이 매혹과 우울

2013, 152—153쪽.

69) 강수미, 『아이스테시스: 발터 벤야민과 사유하는 미학』, 글항아리, 2011, 294쪽.

70) 발터 벤야민, 「초현실주의」, 『선집5』, 167쪽.

71) 김효주, 「최명익 소설에 나타난 사진의 상징성과 시간관 고찰 — <비오는 길>을 중심으로」, 『한민족어문학』 제61호. 2012. 8, 516—517쪽.

이라는 점을, 랑시에르에게서는 보이는 것과 보이지 않는 것, 발화와 소음의 경계를 정하는 권력장치로서의 '감성의 분할'이라는 점을 원용하여 세 작가(이상, 박태원, 최명익)의 작품을 분석72)하고 있지만 연구의 결과는 기존의 성과와 크게 다르지 않다. 그의 연구는 벤야민의 이론을 자본주의의 환등상에서 경험하는 매혹의 감성과 우울의 감성만이 전부인 것처럼 단선적으로 적용하고 있다는 혐의에서 자유롭지 않다.

벤야민의 문학이론을 방법론으로 삼는 문학연구는 대체로 부분적인 원용이 대부분이다. 벤야민의 이론이 방대할 뿐만 아니라 그 내용이 아포리즘적이고 서술방식이 몽타주적이기 때문에 그럴 개연성은 충분히 있다. 함돈균은 벤야민의 「역사의 개념에 대하여」와 '벤야민에 대한 탁월한 주석가'인 아감벤의 『유아기와 역사』73)에 의지하여 김수영 시의 시간의식을 아주 명쾌하게 분석하고 있다. 그는 아감벤이 벤야민을 주석한 것에 따라 벤야민의 시간관과 인식론74)에 의지하여 김수영의 시 「꽃2」는 '과거와 미래가 공속하는 현재'를, 「예지」는 '정지적 시간으로서의 예감적 미래'를, 「사랑의 변주곡」은 '해방적 시간으로서의 사랑의 의미'를 표현하고 있음을 논증하고 있다. 또 함돈균은 벤야민의 「폭력비판을 위하여」에 의지하여 유신시대의 기념비적 작품인 황석영의 「객지」와 조세희의 「난장이가 쏘아올린 작은 공」을 분석한 바 있다. 벤야민이 말한 국가적인 법적 폭력인 '신화적 폭력'에 대한 대항적 폭력인 '신적(메시아적) 폭력'은 파괴적이지만, 이것은 현행 세계시간 속의 재화와 법률적 제도를 파괴하는 것이지 '살아있는 자'의 영혼에 대한 폭

---

72) 나병철, 「근대적 환등상 경험과 비동일성의 미학」, 『한국현대문학연구』 제49집, 2016. 8, 35−63쪽.
73) 조로조 아감벤, 조효원 옮김, 『유아기와 역사』, 새물결, 2010.
74) 함돈균, 「김수영 시의 시간의식 연구 − 해방적 시간과 '역사화'라는 관점을 중심으로」, 『국제한인문학연구』 제10호, 국제한인문학회, 2012, 314쪽.

력과는 상관없다는 논리에 따라 「난장이가 쏘아올린 작은 공」에서 은 강그룹 회장에 대한 '난장이' 아들의 살인은 "'앙심—사랑'을 품은 자본 계급에 대한 노동계급의 살인을 현행 법률적 질서의 '중지', 그러므로 역사의 차원에서 메시아적인 것이 깃든 기도"[75]라고 해석하고 있다. 함돈균은 벤야민의 사유체계로 문학작품을 읽어내는 데에 새로운 가 능성을 보여주었다.

　부분적인 원용은 조연정과 이찬, 장제형에게서도 나타난다. 조연정 은 번역자의 '충실성(직역)'을 강조한 벤야민의 「번역자의 과제」를 토 대로 김수영의 번역체험이 그의 시와 시론에 미친 영향을 탐색하고 있 다.[76] 또 이찬은 벤야민의 '알레고리' 개념(『독일 비애극의 원천』)과 바 디우의 '진리의 윤리학'(『윤리학』)을 토대로 김수영 시와 산문을 분석 하여 김수영의 실존적이고 자의식적인 태도가 '진리의 윤리학'이라는 개념어로 축약될 수 있고, 그의 시적 사유가 알레고리적 역사의식의 실 천과 맞물려 있음을 밝히고 있다.[77] 또 그는 김수영을 '한국 모더니티 에 내재된 그 복합성과 이질성을 몽타주 기법을 통해 정직하게 그려낸 시인'으로 규정하고, 벤야민의 알레고리적 방법론을 원용하여 김수영

---

75) "역사는 물리적이고 연대기적인 것으로서의 자연적 시간성으로 주체와 무관하게 독립적으로 존재하는 어떤 것이 아니라, 주체의 의미화를 통해 충만해지는 계기적 시간성이며, 인식론적 전회를 통해 '구성'되는 주체화된 사건의 일종이다. 이러한 '역사화된 시간'에는 과거와 현재, 미래가 순차적으로 존재하는 것이 아니라, 충만 한 것으로 의미화된 '지금시간(현재)'에 과거—현재—미래가 공속한다. 벤야민은 이 시간성에서 인민이 억압되고 사물의 의미가 왜곡되는 세계 시간이 '정지'하는 순간이 출현하며, 이것이야말로 진정한 역사와 해방적 시간이 계시되는 '메시아적' 시간이라고 이해하였다." 함돈균, 「인민의 원한과 정치적인 것, 그리고 민주주의」, 『민족문화연구』 제58호, 고려대 민족문화연구원, 2013, 96쪽.
76) 조연정, 「'번역체험'이 김수영 시론에 미친 영향 — '침묵'을 번역하는 시작 태도와 관련하여」, 『한국학연구』 제38집, 2011. 9.
77) 이찬, 「김수영 시와 산문의 진리의 윤리학과 알레고리적 역사의식」, 『현대문학연 구』 제30집, 2014.

의 알레고리적 사유에 깃든 정치적—미학적 전복의 기획이 시적인 것과 산문적인 것, 사소한 일상의 편린들과 거대한 역사의 흐름, 예술성과 현실성, 미학적인 것과 정치적인 것, 전통적인 것과 서구적인 것 등등으로 연결되는 상호 이질적인 것들을 폭력적인 방법으로 결합하는 실험적 형식임을 밝히고 있다. 따라서 김수영의 문학적 실천은 "현대적 사유의 첨단과 예술적 담론의 창조적 비전을 명징하게 예증하는 구체적인 사례"[78]라고 평가하기에 이른다.

그리고 장제형은 벤야민의 박사학위논문 『독일 낭만주의 예술비평 개념』에서 집중적으로 논구된 낭만주의의 자기반영이론에 의거하여 이상의 「오감도 시 제1호」를 분석하고 있다. 그는 벤야민의 논리에 따라 이 시에서 공포란 "그 자신이 원인이자 동시에 결과인 자기반영의 근원적인 결락과 어긋남, 자기오인 등의 효과이자 그 구조화 양상의 한 국면"[79]으로 이해한다. 그는 벤야민이 예술작품은 완결되지 않고 자신만의 삶을 계속 이어간다고 말한 것처럼 80년 전에 일간지 문예면에 2차원 평면으로 납작하게 붙박인 이상 문학텍스트는 오늘날 우리의 시선 아래에 끊임없이 생동하면서 자신의 후생을 이어가고 있다고 결론을 맺고 있다.

자본주의의 본질과 근대성, 그리고 대도시에서 경험하는 상품의 물신성과 판타스마고리아의 감각들에 대한 총체적인 연구인 파사주 프로젝트에 관련된 저작들은 대중문화에 대한 연구에 많이 이용되었다. 특히 「사진의 작은 역사」와 「기술복제시대의 예술작품」 등은 매체이론이나 영화이론에 많은 영향을 미쳤다. 그리고 파사주 프로젝트의 일

---

78) 이찬, 「김수영 산문에 나타난 알레고리적 방법론과 전복적 사유」, 『현대문학이론 연구』 제59집, 2014, 250쪽.
79) 장제형, 「비평가 발터 벤야민이 읽는 이상의 텍스트 실험(1) — 자기반영이론의 견지에서 '오감'한 「오감도 시제일호」」, 『비교문학』 제64집, 2014, 173쪽.

환으로 저술된 보들레르 에세이들은 모더니즘의 소설에서 나타나는 산책자를 설명하고 분석하는 데에 중요한 장치로 활용되고 있다.80)

조현일은 벤야민의 도시와 군중의 개념을 원용하여 박태순이 도시의 경험을 어떻게 소설화하고 그것이 어떤 의미를 갖는가를 밝히고 있다. 그는 「벌거벗은 마네킹」이 1960년대 서울의 거리에서 새롭게 싹튼 사랑에 대한 탐구를 통해 상품 물신이 지배할 때 발생하는 '저주받은 자의 성애학'의 원형적 모습을 표현한 것으로 평가한다.81) 그리고 「무너진 극장」(1968)이 1972년과 1989년에 '혁명은 의연히 계속 진행 중'이라고 좀 더 진보적인 방향으로 개작되었다는 점을 매우 부정적으로 평가하고 있다. 이런 평가의 근거로 제시하고 있는 것이 벤야민이 「보들레르의 작품에 나타난 제2제정기의 파리」에서 언급한 '위고의 길'(군중 속에서 민중을 보는)과 '보들레르의 길'(민중과 부르주아 사이의 문지방에서 양자를 함께 보는)의 차이이다. "민중이 아니라 군중의 정치적 힘을 긍정하였던 박태순만의 성취를 전혀 다른 것으로 바꾸어버리고"82) 말았다는 것이 개작에 대한 부정적 평가의 근거이다. '위고의 길'은 또 하나의 신화적인 것이기 때문이다. 그래서 그의 결론은 박태순의 1960년대 소설을 민중이나 리얼리즘의 개념에 입각해서 부정적으로 평가하는 것은 재고되어야 하며, 그의 소설은 "대도시의 군중에서 대도시의 정치적 활력을 찾고자 했다."는 점에 의의가 있다는 것인데, 벤야민의 논리가 그런 주장의 근거로 작용하고 있다.

---

80) Marzena Zgirska—Lee, 「한국 현대 소설에 나타난 배회자 모티브 연구」, 고려대 박사논문, 2008. ; 박성창, 「모더니즘과 도시 – 박태원 소설에 나타난 산책자 모티브 재고」, 『구보학보』 제5호, 2010.

81) 조현일, 「대도시와 군중 – 박태순의 60년대 소설을 중심으로」, 『한국현대문학연구』 제22집, 2007. 8, 362쪽.

82) 위의 글, 위의 책, 380쪽.

과학기술의 발달로 이루어진 자본주의의 대도시 미학은 세계의 파편화와 추상화, 역사적 연속성의 해체, 지배적 범주로서의 우연성, 대중매체의 충격과 중요성 등에서 출발했다는 하선규의 논의[83]는 벤야민의 이론에 크게 빚지고 있다. 이 연장선에 있는 것이 이양숙의 「대도시의 미학과 1990년대 한국 소설」이다. 이양숙은 벤야민과 크라카우어의 이론을 중심으로 하성란의 소설을 분석하고 있다. 그는 1990년대가 본격적인 소비문화의 형성, 개성을 존중하는 적극적 자기표현의 증대, 가부장적인 권위에 대한 저항 등을 가능하게 하는 물적 토대가 마련되었기 때문에 한국 사회에서 근본적인 감각적 전환이 나타난 시기로 규정하고, 하성란이 대도시 일상 속 사물의 모습을 광범위하게 수집하면서 '클로즈업'과 같은 미시적 묘사를 통해 쉽게 드러나지 않는 도시생활의 의미를 끈질기게 추구했다고 결론을 내리는데[84], 분석의 방법은 벤야민보다는 크라카우어의 대중문화론이나 사진과 영화의 이론에 의지하고 있다. 물론 벤야민이 크라카우어의 초기 저작『사무직 노동자』(1930)를 호평하면서 그를 '혁명의 날, 이른 새벽의 넝마주이'로 규정할 뿐만 아니라 서로 이론적 친연성을 가지고 있었기 때문에 이 둘을 합쳐도 '벤야민적 이론'이라고 해도 무방할 것이다.

벤야민을 적용한 문학연구에서 성과를 얻기 위해서는 무엇보다 그의 사유(글쓰기) 방식과 문학이론을 충분히 숙지하고 이것을 작품 분석이나 문학적 실천에 활용하는 것일 것이다. 그러한 활용의 예를 몇몇 연구자들에서 확인할 수 있다. 먼저 손유경은 윤흥길의 「황혼의 집」

---

83) 하선규, 「대도시의 미학을 위한 프로레고메나」, 『도시인문학연구』 제3권 2호, 서울시립대 도시인문학연구소, 2011.
84) 이양숙, 「대도시의 미학과 1990년대 한국 소설 — 하성란의 초기소설을 중심으로」, 『한국현대문학연구』 제47호, 2015. 12, 631쪽.

(1970), 황석영의 「잡초」(1973), 오정희의 「유년의 뜰」(1980)을 벤야민의 문학이론을 바탕으로 분석하여 전쟁을 겪은 과거의 '나—아이'가 1970년대라는 현재의 '나—어른'과 맺고 있는 변증법적 관계를 드러내고, 전쟁의 기억이 산업화시대 삶의 조건을 어떻게 탈구축하고 있는가를 밝혀내고 있다. 전체적으로 연구자의 해석이 돋보이는데, 예를 들면 「유년의 뜰」의 가치는 삶이란 죽음에 곧장 닿아 있음을 몸으로 알고 있었던 '노랑눈이'의 "유년의 기억—이미지가 현재의 '나—어른'을 일깨운 각성의 순간에 '내'가 그것을 꽉 붙들고 늘어졌다는 데에서 기인"[85]한다고 보는 부분이다. '나—어른'이 유년의 기억과 만나 변증법적으로 만들어진 '유년의 기억—이미지'에는 이미 각성된 미래의 희망이 내재되어 있다는 것이다. 그는 비의지적으로 회귀하는 유년기—무의식에 정직하게 반응하는 회상의 한 '형식'이 산업화시대와 밀접히 교호함으로써 1970년대 '성장서사'('성장신화')의 무의식의 일단을 드러내고, 이것이 '아이'라는 1970년대식 타자가 이루어낸 작은 성과임[86]을 밝히고 있다.

다음으로 서동수는 벤야민의 언어철학에 입각해서 임철우의 『백년여관』(2004)이 잃어버린 낙원을 복원하기 위한 미메시스이자 자기구원의 서사임을 밝히고 있다. 그는 자기구원을 '망각—기억—구원'이라는 모색의 과정으로 살피고 있다. 그에 따르면 작중의 소설가는 망각되고, 실어증에 걸린 그들의 침묵을 다시 번역하여 거기에서 잃어버린 아담 언어의 파편들을 찾아낸다. 임철우의 글쓰기는 망각의 번역을 통해 역사의 피해자들의 기억을 복원하고 상처받은 영혼의 아픔뿐만 아니

---

85) 손유경, 「유년의 기억과 각성의 순간 — 산업화시대 '성장' '서사'의 무의식에 관한 일고찰」, 『한국현대문학연구』 제37호, 2012. 8, 344쪽.
86) 위의 글, 위의 책, 347쪽.

라 그들의 침묵 속에 내재된 '잃어버린 진리'를 드러냄으로써 구원의 가능성을 발견하는 일이었다.[87)]

그리고 이은애는 대도시의 거리에서 쉴 새 없이 움직이며 이동하는 '환상의 베일'과도 같은 군중 속에서, 시적 영감의 원천을 습득했던 보들레르의 미적 경험을 분석한 벤야민의 예리한 통찰력을 원용하여 김승옥의 「서울 1964년 겨울」에 드러난 인물들의 존재 방식을 분석하고, 나아가 현대 대도시 속 주체들의 '정체성' 및 심리적 현실을 정신분석적 측면에서 독해하고 있다. 그는 '사내'의 멜랑콜리적 주체를 설명할 때는 프로이트의 정신분석학적 논리를, '안'과 '나'의 도시 체험은 벤야민의 산책자 개념을 원용한다. '사내'의 죽음에서 '안'이 냉소와 무관심의 베일을 벗고 무의식에서 올라오는 '실재를 향한 열망'과 마주하게 되는데, 이 끔찍한 '쓰여지기의 불가능'의 세계인 '실재'를 보아버림으로써 김승옥이 더 이상 소설쓰기가 어려워졌다는 것이다. 그래서 김승옥이 구원의 방식으로 선택한 것은 신을 향해 나아가는 것이었다고 추론하는 것이다.[88)]

마지막으로 안상원은 벤야민의 알레고리론으로 백석 시의 언술양상을 밝히고 있다. 그가 벤야민의 이론에서 가져오는 방법 틀은 역사와 자연의 몰락을 시체와 죽음 이미지로 읽어내는 알레고리론, 변증법적 이미지를 만들어내는 형식으로서의 '파편', 새로운 의미를 부여하는 '이야기하기', 관계 맺음에 실패한 멜랑콜리적 주체가 내부로 침잠하는 '숙고 혹은 정관', 찰나적으로 포착되는 '비감각적 유사성' 등이다. 세계

---

87) 서동수, 「망각의 번역과 자기구원의 서사 — 임철우의 『백년여관』을 중심으로」, 『한국문예비평연구』 제42집, 2013. 12, 97쪽.
88) 이은애, 「소설 속에 나타난 대도시인의 '정체성' 연구 — 김승옥의 몇 가지 모티프에 관하여(1): 보들레르, 벤야민 그리고 김승옥: 「서울 1964년 겨울」을 중심으로」, 『한중인문학연구』 제49집, 2015, 141쪽.

상실을 재현하는 방식으로 하나는 '파편'이고 다른 하나는 '이야기하기'이다. 그리고 멜랑콜리적 주체가 취하는 방식은 하나는 망각된 것, 사라진 것을 주체 내부로 투사하는 '정관'이고 다른 하나는 미약한 대상과 동질감을 느끼고 그것이 '되는' 주체의 '비감각적 유사성'이다. 그는 백석 시의 언술방식이 알레고리적이고, 그것을 드러내는 주체는 분절되거나 분리된 것은 아니라고 주장한다.[89] 그의 시 분석은 매우 탁월하나 '비감각적 유사성'의 개념으로 설명하고 있는 「남신의주유동박씨봉방」의 '갈매나무'를 멜랑콜리적 주체의 비감각적 유사성으로 설명하는 것에는 동의하기 어렵다.

벤야민이 「메메시스 능력에 대하여」와 「유사성론」에서 구체화한 '비감각적 유사성'이란 일종의 상대적 개념이다. 벤야민에 따르면 "그 개념은 언젠가 사람들로 하여금 어떤 별들의 상태와 한 사람 사이에 존재하는 유사성에 대해 말할 수 있게 한 그 무엇을 우리는 더 이상 우리의 지각세계에 지니고 있지 않다는 것을 뜻한다. …(중략)… 소리로 말해진 것과 의도된 것 사이의 결합뿐만 아니라 글로 쓰인 것과 의도된 것 사이의 결합, 그리고 글로 쓰인 것과 소리로 말한 것 사이의 결합도 이루어내는 것이 비감각적 유사성이다. 그리고 이 때 결합은 각각의 경우 전혀 새롭고 독창적이며 도출 불가능한 방식으로 이루어진다."[90] 점성술에서 시작된 인간의 미메시스적 재능이 문자와 언어로 진입하여 언어는 미메시스적 태도의 최고의 단계가 되었고, 언어는 비감각적 유사성의 완벽한 서고이다.[91] 모든 미메시스적 능력이 전이되어 있는 언

---

89) 안상원, 「백석 시의 알레고리 연구」, 『한국문예창작』 제15권 제1호, 2016. 4, 39—58쪽.
90) 발터 벤야민, 「유사성론」, 『선집6』, 203—204쪽.
91) 발터 벤야민, 「미메시스 능력에 대하여」, 『선집6』, 215—216쪽 참조.

어 매체를 '전혀 새롭고 독창적이며 도출 불가능한 방식'으로 결합함으로써만 '마법의 힘들을 해체'할 수 있다고 본 것이 벤야민의 비감각적 유사성 이론이다. 따라서 안상원이 연약하고 무상한 것들과의 '비감각적 유사성'을 포착하는 주체가 갈매나무를 상상하면서 '굳고 정한' 삶의 가능성을 예감한다고 해석하는 것은 벤야민의 이론과는 거리가 있다.

이상에서 살펴본 벤야민의 수용은 아직도 이론 소개의 수준이거나 부분적으로만 적용되는 이론적 '도구상자'의 수준에서 크게 벗어나지 않고 있다. 그의 문학이론을 빌려와 한국문학 작품을 분석하여 새롭게 해석하는 데 자의적이거나 편의적으로 적용하는 경우가 많은 것은 바로 그 때문이다. 그럼에도 불구하고 벤야민의 문학이론을 연구의 방법으로 삼는 문학연구가 한국문학사에서 중요한 위치를 점하고 있는 이상, 백석, 김수영의 시와 박태원, 이청준, 김승옥, 박태순, 황석영, 조세희, 오정희, 윤흥길, 임철우, 하성란 등의 소설을 새롭게 해석할 수 있는 이론적 틀을 마련하고 있다는 점에서 큰 의의가 있다. 한국문학을 새롭게 해석할 수 있는 전거를 마련했다는 점에서 벤야민적 문학실천이 문학연구에 적지 않게 기여하고 있음을 인정해야 할 것이다.

5. 맺음말

벤야민에게 글쓰기의 궁극적인 목적은 죽음을 유예하는 일이면서 동시에 인간의 삶을 그것이 갇혀 있는 자본주의적 상황으로부터 '구원'하는 것이었다. 그것을 실현하는 방법이 '역사적 사물'을 '구원'하는 것으로 나타났다. 여기에서 역사적 사물은 역사의 연속체로부터 폭파되어 나올 때 구성된다. 역사의 '한시적 중핵'은 현재와 함께 긴장된 성좌를 이루면서 정치적 의미들로 충전되고, 변증법적 의미에서 역사의 전사와 후사로 양극화된다. 역사의 연속체로부터 '폭파되어 풀려나온' 역사적 사물의 '단자론적 구조' 속에서 역사의 전사와 역사의 후사는 식별 가능한 형태로 드러난다. 이 때 과거는 인식 가능성의 '지금—여기'에 빛나는 이미지로 고정된다. 이것이 바로 '변증법적 이미지'이며, 이러한 사유 방식이 '정지 상태의 변증법'이다. 현재와 과거가 갑자기 살아나 혁명적 의미를 갖게 되는 변증법적 이미지는 '역사적 사물' 즉 정치적으로 충전된 단자로서, 역사의 연속체로부터 '폭파'되어 나와 현재 안에서 '현실화'된다.[92] 이러한 인식의 충격을 통해 꿈꾸는 집단을 흔들어 깨움으로써 정치적 '각성'에 이를 수 있다는 논리가 벤야민의 '구원'이다.

그의 이론이 "어떤 측면에서도 영역적으로 국한시킬 수 없는, 한 시대의 종교, 형이상학, 정치·경제적 경향들의 총체적 표현"[93]인 예술을 출구 삼아 세속적인 구제와 현세적 혁신을 꾀하는 급진적 사유이면서 동시에 온화하고 섬세하다는 점에서 전적으로 새롭다는 것[94]이 벤야민의 현재성일 것이다. 현대사회가 갖고 있는 자본주의의 내적 모순을 해결하기 위해 서구의 많은 철학자들이 그의 철학을 발전적으로 계승·변용하고 있는 것에서도 그의 이론의 현재성이 확인된다. 그렇다고 해서 무비판적으로 벤야민의 이론을 그대로 답습해서도 안 될 것이고, 반대로 자의적으로 왜곡하는 일은 더욱 경계해야 할 것이다.

벤야민적인 문학실천에서 확인할 수 있는 것은 그의 이론을 가지고 한국문학을 분석하고 해석하는 데 유용한 부분이 많다는 점이다. 벤야민의 사유방식이 한국문학을 새롭게 해석할 수 있는 가능성이 높다는

92) 수잔 벅—모스, 김정아 옮김, 앞의 책, 287쪽.
93) 최성만, 『발터 벤야민 — 기억의 정치학』, 267쪽.
94) 문광훈, 앞의 책, 46—98쪽 참조.

것도 확인되었다. 그러나 새롭다는 것이 언제나 좋은 것만은 아니다. 벤야민의 수용이 문학연구와 비평에서 말해지지 않는 것, 말할 수 없는 것을 밀도 있게 탐색하여 드러냄으로써 한국문학을 풍요롭게 하는 데 기여할 수 있는 경우에만 '새롭다는 것'이 의미를 가질 것이기 때문이다.

나아가서 더 중요한 것은 우리의 시대나 문학작품을 벤야민의 이론이라는 틀에 따라 그대로 설명하거나 해석하는 것이 아니라 벤야민적 사유의 방법으로 우리 시대와 작품을 향해 질문하고 그 안에서 해결책을 찾는 일이다.[95] 다시 말하면 사유하는 방법으로써 들뢰즈의 '비역질'이나 알랭 바디우의 '밀침'과 같은 '생산적 오해'나 '창조적 오독'이 벤야민의 이론 수용에 필요하다는 말이다. 벤야민의 문학이론과 우리의 현실이나 문학이 만나는 접점에서 벤야민적인 '문지방적 사유'를 전개하여 창조적인 문학이론과 방법론을 구성하는 것이 필요하기 때문이다. 이러한 태도를 문광훈은 다음과 같이 적절하게 표현하고 있다.

> 벤야민을 읽는다는 것은, 읽고 해석하며 다시 쓴다는 것은 그가 염원한 더 바람직한 역사의 이미지를 지금 여기로 불러들이고, 이 이미지에 녹아 있는 '의미를 실제로 사는' 일이다. 그것은 마땅히 우리가 살아가는 오늘의 삶을 다시 위치 짓는 일과 이어진다. 지식의 구제란 현대성의 재검토이고, 이 현대성 아래 살아가는 우리 삶의 좌표축을 각자가 재설정하는 일이다.[96]

메시아적 역사철학에서 출발하는 벤야민의 정치적 기획은 데리다와 아감벤 같은 현대적 해석자를 경유하여 어느새 진보적 이론진영의 가장 중심적인 쟁점이 되었다.[97] 요즘은 '윤리'의 문제에 집중하여 '문학

---

95) 최문규, 『파편과 형세』, 서강대출판부, 2012, 581쪽 참조.
96) 문광훈, 앞의 책, 1085쪽.

의 정치성'이 비평계와 문학연구에 중요한 주제가 되었는데, 자크 랑시에르, 알랭 바디우, 한나 아렌트, 슬라보예 지젝, 데이비드 하비 등의 이론이 유행하고 있는 것도 이런 이유 때문이다. 벤야민을 필두로 외국의 많은 이론들이 그러한 '현재성'을 가지고 한국문학 연구의 '상수'는 아닐지라도 문학에 대한 인식론적 태도나 방법으로 기능할 가능성은 매우 크다. 그렇다면 그것들을 어떻게 주체적으로 수용할 것인가가 문제이다. 새롭게 수용된 외국의 문학이론은, 들뢰즈식으로 말하면, 기존의 문학이론을 탈영토화시키는 역할을 해왔다. 그러나 그것도 머지않아 한국에서 재영토화되는 경향을 보여줄 것이다.

그럼에도 우리는 새로운 외국이론을 수용하면서 각자의 삶에 합당한 좌표축을 재설정하는 일을 게을리 할 수 없다. 한국문학이 지식의 구원을 통해 세계적 보편성을 확립해야 할 것이기 때문이다.

---

97) 김수환, 「"책에 따라 살기" — 유리 로뜨만의 문화유형론과 '러시아'라는 유령에 관하여」, 황정아 엮음, 『다시 소설이론을 읽는다』, 창비, 2015, 124쪽.

강수미, 『아이스테시스: 발터 벤야민과 사유하는 미학』, 글항아리, 2011.

고지현, 『꿈과 깨어나기 : 발터 벤야민 파사주 프로젝트의 역사이론』, 유로, 2007.

권용선, 『세계와 역사의 몽타주, 벤야민의 아케이드 프로젝트』, 그린비, 2012.

김 현, 『문학사회학』(『김현문학전집1』), 문학과지성사, 1991.

김남시, 「"역사의 기관차". 역사를 보는 발터 벤야민의 시각」, 『비교문학』 제60집, 2013. 6.

김홍중, 『마음의 사회학』, 문학동네, 2009.

김효주, 「최명익 소설에 나타난 사진의 상징성과 시간관 고찰 — 〈비오는 길〉을 중심으로」, 『한민족어문학』 제61호, 2012. 8.

나병철, 「근대적 환등상 경험과 비동일성의 미학」, 『한국현대문학연구』 제49집, 2016. 8.

노명우 외, 『발터 벤야민 모더니티와 도시』, 라움, 2010.

문광훈, 『가면들의 병기창 — 발터 벤야민의 문제의식』, 한길사, 2014.

미첼, W. J. T. 김전유경 옮김, 『그림은 무엇을 원하는가: 이미지의 삶과 사랑』, 그린비, 2010.

박성창, 「모더니즘과 도시 — 박태원 소설에 나타난 산책자 모티브 재고」, 『구보학보』 제5호, 2010.

반성완 편역, 『발터 벤야민의 문예이론』, 민음사, 1983.

벅—모스, 수잔. 김정아 옮김, 『발터 벤야민과 아케이드 프로젝트』, 문학동네, 2005.

벤야민, 발터. 김남시 옮김, 『발터 벤야민 선집14』, 도서출판 길, 2007.

벤야민, 발터. 김영옥·윤미애·최성만 옮김, 『발터 벤야민 선집1』, 도서출판 길, 2007.

벤야민, 발터. 김영옥·황현산 옮김, 『발터 벤야민 선집4』, 도서출판 길, 2010.

벤야민, 발터. 심철민 옮김, 『독일 낭만주의의 예술비평 개념』, 도서출판b, 2013.

벤야민, 발터. 윤미애 옮김, 『발터 벤야민 선집3』, 도서출판 길, 2007.

벤야민, 발터. 조형준 옮김, 『아케이드 프로젝트 I, II』, 한길사, 2005.

벤야민, 발터. 최성만 옮김, 『발터 벤야민 선집2』, 도서출판 길, 2007.

벤야민, 발터. 최성만 옮김, 『발터 벤야민 선집10』, 도서출판 길, 2012.

벤야민, 발터. 최성만 옮김, 『발터 벤야민 선집5』, 도서출판 길, 2008.

벤야민, 발터. 최성만 옮김, 『발터 벤야민 선집6』, 도서출판 길, 2008.

벤야민, 발터. 최성만 옮김, 『발터 벤야민 선집9』, 도서출판 길, 2012.

벤야민, 발터. 최성만 · 김유동 옮김, 『독일 비애극의 원천』, 한길사, 2009.

벤야민, 발터. 차봉희 편역, 『현대사회와 예술』, 문학과지성사, 1980.

볼츠, N. & W. 라이엔. 김득룡 옮김, 『발터 벤야민 : 예술, 종교, 역사철학』, 서광사, 2000.

비치슬라, 에르트무트. 윤미애 옮김, 『벤야민과 브레히트 : 예술과 정치의 실험실』, 문학동네, 2015.

비테, 베른트. 안소현 옮김, 『발터 벤야민』, 역사비평사, 1994.

비테, 베른트. 윤미애 옮김, 『발터 벤야민』, 한길사, 2001.

서동수, 「망각의 번역과 자기구원의 서사 — 임철우의 『백년여관』을 중심으로」, 『한국문예비평연구』 제42집, 2013. 12.

서동욱, 「무엇이 외국이론 수용의 문제인가 — 지난호 황정아의 비판에 대한 반론」, 『창작과비평』 제37집 제3호, 2009년 가을호.

손유경, 「유년의 기억과 각성의 순간 — 산업화시대 '성장' '서사'의 무의식에 관한 일고찰」, 『한국현대문학연구』 제37호, 2012. 8.

숄렘, 게르숌. 최성만 옮김, 『한 우정의 역사 : 발터 벤야민을 추억하며』, 한길사, 2002.

신혜경, 『벤야민 & 아도르노 : 대중문화의 기만 혹은 해방』, 김영사, 2009.

아감벤, 조르조. 조효원 옮김, 『유아기와 역사』, 새물결, 2010.

안상원, 「백석 시의 알레고리 연구」, 『한국문예창작』 제15권 제1호, 2016. 4.

이글턴, 테리. 김정아 옮김, 『발터 벤야민 또는 혁명적 비평을 향하여』, 이앤비플러스, 2012.

이양숙, 「대도시의 미학과 1990년대 한국 소설 — 하성란의 초기소설을 중심으로」, 『한국현대문학연구』 제47호, 2015. 12.

이은애, 「소설 속에 나타난 대도시인의 '정체성' 연구 — 김승옥의 몇 가지 모티프에 관하여(1) : 보들레르, 벤야민 그리고 김승옥 : 「서울 1964년 겨울」을 중심으로」, 『한중인문학연구』 제49집, 2015.

이찬, 「김수영 산문에 나타난 알레고리적 방법론과 전복적 사유」, 『현대문학이론연구』 제59집, 2014.

이찬, 「김수영 시와 산문의 진리의 윤리학과 알레고리적 역사의식」, 『현대문학연구』 제30집, 2014.

임환모, 「한국문학과 들뢰즈」, 『국어국문학』 제158호, 2011. 8.

장제형, 「비평가 발터 벤야민이 읽는 이상의 텍스트 실험(1) — 자기반영이론의 견지에서 '오감'한 「오감도 시제일호」」, 『비교문학』 제64집, 2014.

조연정, 「'번역체험'이 김수영 시론에 미친 영향 — '침묵'을 번역하는 시작 태도와 관련하여」, 『한국학연구』 제38집, 2011. 9.

조현일, 「대도시와 군중 — 박태순의 60년대 소설을 중심으로」, 『한국현대문학연구』 제22집, 2007. 8.

조효원, 『부서진 이름(들) (발터 벤야민의 글상자)』, 문학동네, 2013.

질노크, 그램. 노명우 옮김, 『발터 벤야민과 메트로폴리스』, 효형출판, 2005.

차봉희, 「발터 벤야민의 예술 이론」, 『문학과지성』 통권36호, 1979년 여름.

최문규, 『파편과 형세』, 서강대출판부, 2012.

최성만, 『발터 벤야민 기억의 정치학』, 도서출판 길, 2014.

풀트, 베르너. 이기식 · 김영옥 옮김, 『발터 벤야민 — 그의 생애와 사상』, 문학과지성사, 1985.

하선규, 「대도시의 미학을 위한 프로레고메나」, 『도시인문학연구』 3—2, 서울시립대 도시인문학연구소, 2011.

함돈균, 「김수영 시의 시간의식 연구 — 해방적 시간과 '역사화'라는 관점을 중심으로」, 『국제한인문학연구』 제10호, 국제한인문학회, 2012.

함돈균, 「인민의 원한과 정치적인 것, 그리고 민주주의」, 『민족문화연구』 제58호, 고려대 민족문화연구원, 2013.

허난희, 「이청준 소설의 감각 경험과 세계인식 연구」, 『이화어문논집』 제31집, 2013.

허상문, 「발터 벤야민 문학비평의 현대적 의의 — 반영이론에서 생산이론으로」, 『영미어문학』 제105호, 한국영미어문학회, 2012. 12.

허창운, 『현대 문예학 개론』, 서울대출판부, 1993.

황정아 엮음, 『다시 소설이론을 읽는다』, 창비, 2015.

황정아, 「묻혀버린 질문 — '윤리'에 관한 비평과 외국이론 수용의 문제」, 『창작과비평』 제37집 제2호, 2009년 여름호.

황호덕, 「외부로부터의 격발들, 고유한 연구의 지정학에 대하여 — 한국현대문학 연구와 이론, 예비적 고찰 혹은 그래프 · 지도 · 수형도」, 『상허학보』 제35호, 2012. 6.

Zgirska—Lee, Marzena. 「한국 현대 소설에 나타난 배회자 모티브 연구」, 고려대 박사논문, 2008.

제1부

벤야민의 문학이론

벤야민 철학에서의
신학의 위상과 문학의 역할

김청우

"과거는 그것을 구원으로 지시하는
어떤 은밀한 지침(指針)을 지니고 있다."
─ 발터 벤야민

1. 자동기계의 은유: 투쟁을 위한 유물론과 신학의 결합

벤야민의 철학은 '나치'로 대변되는 20세기의 파국 속에서 살다 비극적으로 마감된 생애사에서 비롯된 만큼, '구원'을 키워드로 삼고 있다. 마술환등(phantasmagoria)의 거리와 거리산보자, 그리고 명멸하는 수많은 이미지들의 수집(넝마주이) 등이 그러한 구원에 이르는 길로 모색된다. 이러한 그의 모색은 이른바 '역사적 유물론', 더 정확히 말하자면 신학과 결합된 변증법적 유물론에 도달함으로써 새로운 국면에 접어든다. 「역사의 개념에 대하여」(1940)는 그 일부를 볼 수 있는 빼어난 글이다. 이 글을 구심으로 기존의 그의 글들이 재편될 만큼, 이 글이 가지는 가치는 크다.

점점 '한 눈에' 파악하기 어려워지는, 그래서 한편으로는 숭고하기까지 한 거대도시(metropolis)에의 경험을 텍스트화하는 데서 비롯된 그의 독창적인 글쓰기 스타일이 여기서 그 정점에 달한다. 그는 마술환등의 거리를 탐정의 눈을 한 채로 천천히 걸으며, 파편적이고 모순적이며 이질적인 것들의 이미지를 그것들이 공존하는 거리의 방식대로 수집·배열했다. 이는 결국 평소에 줄곧 염두에 두었던 신학과 철학(유물론), 그리고 문학을, 그 모순적이고 이질적인 것들을 서로 교통시키려는 대담한 시도로 이어지게 되는데, 그것이 바로 이「역사의 개념에 대하여」인 것이다. 비의적(esoteric)인 이 글의 서두에서, 그는 다음과 같이 말한다.

> 한 자동기계가 있었다고 알려져 있는데, 이 기계는 사람과 장기를 둘 때 이 사람이 어떤 수를 두든 반대 수로 응수하여 언제나 그 판을 이기게끔 고안되었다. 터키 복장을 하고 입에는 수연통(水煙筒)을 문 한 인형이 넓은 책상 위에 놓인 장기판 앞에 앉아 있었다. 거울 장치를 통해 이 책상은 사방에서 훤히 들여다볼 수 있다는 환상을 불러 일으켰다. 실제로는 장기의 명수인 꼽추 난쟁이가 그 속에 들어앉아 그 인형의 손을 끈으로 조종하고 있었다. 사람들은 이 장치에 상응하는 짝을 철학에서 표상해 볼 수 있다. '역사적 유물론'으로 불리는 인형이 늘 이기도록 되어 있다. 그 인형은 오늘날 주지하다시피 왜소하고 흉측해졌으며 어차피 모습을 드러내어서는 안 되는 신학을 자기편으로 고용한다면 어떤 상대와도 겨뤄볼 수 있다.[1]

'서양장기를 두는 자동인형'과 '숨어서 그것을 조종하는 난쟁이 장기 명수'라는 조합은 포(E. A. Poe)의 단편인「멜첼의 체스 기사」에서 온 것이라고 알려져 있다.[2] 이러한 조합으로부터 벤야민은 하나의 비전을 떠올린다. 바로 '신학'과 결합된 유물론이다. 눈에 보이는 자동인형에

---

1) 발터 벤야민, 최성만 옮김,「역사의 개념에 대하여」,『역사의 개념에 대하여 외』, 길, 2008, 329—330쪽.
2) 미카엘 뢰비, 양창렬 옮김,『발터 벤야민: 화재경보 —「역사의 개념에 대하여」읽기』, 난장, 2017, 58쪽.

유물론을 놓고, 그 안에 숨어있는 (보이지 않는) 꼽추 난쟁이에 신학을 놓는 것이다. 그는 이러한 변증법적 유물론과 신학의 결합이야말로 "어떤 상대와도 겨뤄볼 수 있"는 힘을 가질 수 있으리라 보았다. 벤야민이 당시 맑스주의에서 희망적 전망을 일부 읽어냈다는 것은 익히 알려진 사실이다. 그런데 여기에 왜 '신학'을 들여오는 것일까. 그것도 "왜소하고 흉측해졌으며 어차피 모습을 드러내어서는 안 되는"—다시 말해 모습을 드러낼 능력도 없을뿐더러 드러내어서도 안 되는—신학을 말이다.

2. 약속과 구원: 유대교 신학과 메시아적 시간

벤야민이 염두에 두고 있는 신학은 '유대교'다. 그것은 그가 '독일에서 태어난 유대계 철학자'라는 사실이 말해주듯이 전적으로 자발적인 선택에 의한 것이라고 말하기는 어렵겠지만, 그렇다고 해서 전적으로 비자발적인 결과라고 말하기도 어렵다. 그가 사회 전반에 만연한 총체적 파국에 대응할 수 있는 최소한의 가능성을 유대교의 교리에서 발견했음은 그의 저작 전반에서 쉽게 확인되기 때문이다. 유대인들의 역사는 '이스라엘'이라는 주제어와 관련이 깊다. 그것은 '민족·땅·계약'이라는 의미를 함축하고 있다.[3] 그들은 번영의 기반인 '땅'을 주겠다는 신의 계시와 그 약속에 따라 대이동을 시작함으로써 하나의 민족으로 성립되었다. 그러나 그 과정은 아브라함과 모세의 여정으로 익히 알려져 있다시피 고난의 연속이었다. 그리고 마침내 20세기에 들어와서는 전 세계 유대인들의 3분의 1의 목숨을 앗아간 '홀로코스트(holocaust)'를 맞는 것으로 절정에 이르렀다.

홀로코스트는 인류 역사상 순수하게 '인종'에 의거해서 멸절되도록

---

3) 노먼 솔로몬, 최창모 옮김, 『유대교란 무엇인가』, 동문선, 1999, 11쪽.

구상된 학살이기 때문에 특별한 의미를 지닌다. 이러한 배경에서 '선택'과 '고난'은 그들의 신학—20세기에는 '홀로코스트 신학'이라고 명명되는 체계도 등장했다—에 중요한 의미를 가지게 되었을 뿐만 아니라, 상식선에서 설명되지 않는 고난에 해석을 해야 하는 상황에 놓여 있었기 때문에 결과적으로는 고난을 극복하는 독특한 믿음의 체계를 제공할 수 있었던 것이다.

> 그들은 벌어지고 있는 일이 무엇인지 도무지 이해할 수 없었지만, 믿음은 악을 이기고 승리했으며, 그들은 전승에 따라 '하느님의 이름을 거룩히 할'—키두쉬 하쉠(Kiddush Hashem)—준비가 되어 있었다. (중략) 메시아와 마지막 구원을 알리는 사건들이 진행중에 있을 때 쇼아(Shoah, 절멸)의 정통파 희생자들 사이에서는 이 사건을 묵시문학적으로 해석하는 이가 많았으며, 점차 그러한 해석이 강해졌다. 종교적 시온주의자(Zionist)들은 쇼아와 이스라엘 국가의 출현을 둘러싼 시련을 '메시아의 도래를 위한 산고'라고 해석하였다.[4]

벤야민의 「역사의 개념에 대하여」에는 시오니즘의 영향이 크게 드러난다. 그가 염두에 둔 고난은 폭력과 광기의 정점을 보여준 세계대전(홀로코스트 포함)과 애초에 그것을 유발한 식민주의와 자본주의가 가져다 준 고난이다. 그렇기 때문에 그가 신학을 들여오는 이유가 종교적 시온주의자들처럼 시대적 고난을 "이스라엘 국가의 출현"과 '하느님 나라'의 완성 등에 직접적으로 연결 짓는다고 보기는 어렵다. 하지만 적어도 그것을 '메시아의 도래를 위한 산고'와 무관하지 않다고 봄으로써, 구원의 논리를 현실화시킬 수 있는 사유 모델의 일단(一端)을 찾아낸 것은 분명하다.

---

4) 위의 책, 170—171쪽.

그에게 모든 순간과 시기는 '재앙적 현실'과 '유토피아적 가능성' 사이에 놓여 있다. 파국은 가시적이고 유토피아는 비가시적(잠재적)이다. 파국은 가시적으로 펼쳐져 있다. 그것은 누구도 부정할 수 없는 사실이다. '파국'에 대한 인식은 다시 '구원'이라는 개념을 마련한다. 눈앞에 펼쳐지고 있는 이 파국적 상황을 어떻게 구원으로 이끌 것인가. 그러나 시온주의자들과 진보사관을 견지하는 맑스주의자들은 매우 긍정적인 태도로, 세계는 어떤 결론(긍정적인 모습의 세계)을 향해 '확실하게' 나아가고 있다고 믿는다. 벤야민은 그와 같은 생각을 거부한다. 그것은 결정론에 불과하며, 헤겔의 '이성의 간지(List der Vernunft)'가 보여주듯이 어디까지나 고난을 일종의 '계기'로 만들어버리고 말기 때문이다. 그리고 정녕 역사의 진보가 착실히 이행되고 있다면, 거기서 우리가 할 수 있는, 또 해야만 하는 일은 아무것도 없다. 이러한 논리는, 설령 그것이 실재의 단면을 보여주고 있다 하더라도 지배 권력에 악용될 공산이 크다.

우리에게서 부러움을 일깨울 수 있을 행복은 우리가 숨 쉬었던 공기 속에 존재하고, 우리가 말을 걸 수 있었을 사람들, 우리 품에 안길 수 있었을 여인들과 함께 존재한다. 달리 말해 행복의 관념 속에는 구원의 관념이 포기할 수 없게 함께 공명하고 있다. 역사가 대상으로 삼는 과거라는 관념도 사정이 이와 마찬가지다. 과거는 그것을 구원으로 지시하는 어떤 은밀한 지침을 지니고 있다. 우리 스스로에게 예전 사람들을 맴돌던 바람 한 줄기가 스치고 있지 않은가? 우리가 귀를 기울여 듣는 목소리들 속에는 이제는 침묵해버린 목소리들의 메아리가 울리고 있지 않은가? 우리가 구애하는 여인들에게는 그들이 더는 알지 못했던 자매들이 있지 않을까? 만약 그렇다면 과거 세대의 사람들과 우리 사이에는 은밀한 약속이 있는 셈이다. 그렇다면 우리는 이

지상에서 기다려졌던 사람들이다. 그렇다면 우리에게는 우리 이전에 존재했던 모든 세대와 미약한 메시아적 힘이 함께 주어져 있는 것이고, 과거는 이 힘을 요구하고 있는 것이다.[5]

구원은 미래 어느 시점에서 펼쳐지지 않는다. 만일 그렇다면 우리는 방금 언급했듯이, 그처럼 '따로' 존재하는 구원을 그저 기다려야 할 것이다. 벤야민은 구원이 '지금—여기'에 있다고 말한다. 그러나 구원의 순간은 잠재적인 것으로서 상존한다. 우리에게 '행복'은 무엇인가. 그것은 과거의 '~할 수 있었을 것'이었으나 (이러저러한 이유들로) 할 수 없었던 것들과 관계되어 있다. 역사를 문제 삼는 여타의 논의들이 말하는 '과거' 또한 이와 무관하지 않다. 역사상의 과거를 기억하고 그것과 끊임없는 '대화'를 시도해야 한다는 역사학자들—맑스주의자들이 발견하고 중요시하는 과거의 개념도 포함된다—의 오래된 믿음은, 그러한 대화가 '행복'에 이르는 길을 열어준다는 데서 비롯되기 때문이다.

하지만 이들과 벤야민이 다른 점이 두 가지 있다. 하나는 벤야민에게는 개인의 구원과 집단의 구원이 병존한다는 것이다. 그는 "우리가 숨 쉬었던 공기"를, "우리가 말을 걸 수 있었을 사람들", 그리고 "우리 품에 안길 수 있었을 여인들"을 말한다. 그에게 거시담론과 미시담론은 메시아적 시간을 이루는 데 있어 서로가 서로의 '방아쇠(trigger)'가 된다.[6] 그리고 다른 하나는 다음 인용문에서 볼 수 있듯이, 과거와 현재의 관계에 있어서 "과거가 현재에 빛을 던지는 것도" 아니고 "현재가 과거에 빛

---

5) 발터 벤야민, 앞의 글, 331—332쪽.
6) 발터 벤야민, 위의 글, 332쪽의 테제 3번 참조. 사건들의 크고 작음을 구별하지 않고 이야기하는 연대기 기술자를 거론하는 것은, 바로 그러한 사건들을 놓치지 않고 망라하는 중에 '성좌', 즉 메시아적 시간이 가능하기 때문이다. 벤야민이 문학을 중시하는 것도 같은 맥락이다.

을 던지는 것도" 아니라는 점이다. 이는 다시 말해 독립된 실체로서 전제된 '과거'와 '현재' 사이에서 합리적인 계산, 혹은 의식적으로 이루어지는 접근이 아니며, 벤야민의 표현을 따르자면 "과거에 있었던 것이 지금(Jetzt)과 섬광처럼 한순간에 만나" 이루어지는 "성좌"인 것이다. 별자리는 수많은 별들 속에서 일순간에 하나의 이미지로 떠오른다.

> 과거가 현재에 빛을 던지는 것도, 그렇다고 현재가 과거에 빛을 던지는 것도 아니다. 오히려 이미지란 과거에 있었던 것이 지금과 섬광처럼 한순간에 만나 하나의 성좌를 만드는 것을 말한다. 다시 말해 이미지는 정지 상태의 변증법이다. 왜냐하면 현재가 과거에 대해 갖는 관계는 순전히 시간적·연속적인 것이지만 과거에 있었던 것이 지금에 대해 갖는 관계는 변증법적인 것이기 때문이다. 즉 진행적인 것이 아니라 이미지적인 것이며, 비약적인 것이다.[7]

벤야민은 매순간이 '틈'으로 이루어진 시공간을 도입한다. 위의 인용문에서 유추할 수 있듯이, 그가 상정하는 시공간은 모든 것이 모든 것에 필연적으로 결속되어 있는 '매끄러운 흐름'의 형태를 띠고 있지 않다. 수많은 틈은 우리의 시공간이 또 다른 시공간을 품은 잠재적 상태라는 점을 강조하기 위한 것이다. 그러한 '잠재성'이라는 전제는 혁명과 구원이 현실적 차원의 '가능성'으로 전환되는 데 필요한 일차적 조건이다. 그 '틈'의 존재를 깨닫고 '지금—여기'에서 일어나는 일을 혁명적(일 수 있었을) 과거와의 교통 속에 정확하게 인지하는 것, 이것이 바로 "메시아적 힘"이며 그 힘의 작용이 실현되는 순간이 곧 '지금 시간(Jetztzeit)'이다.[8]

---

7) 발터 벤야민, 조형준 옮김, 『아케이드 프로젝트 I』, 새물결, 2005, 1043쪽.
8) 다시 말해 '구원의 시간'은 과거와 현재가 "섬광처럼" 조우하여 '지금—여기'에 내재

벤야민은 '지금 시간'이 실현되는 메커니즘에 대해, 헤겔과 맑스의 변증법을 비판적으로 겨냥하여 "정지 상태의 변증법"이라고 명명한다. 왜 '정지'인가. 과거에 있어서 현재는 '결과'이므로 연속적이고 시간적인 반면, 현재에 있어서 과거는 '원인'이 아니므로 비약적인 것이라는 논리다. '현재의 상황은 과거의 산물'이라는 말에는 의문점이 없으나, 특히 '과거는 현재의 원인이 아니'라는 말은 다소 이상하게 들릴지도 모른다. 하지만 이는 현재 상황의 원인을 찾으려 과거로 거슬러 갈 때 정작 우리가 발견하는 것은 복잡하게 얽힌 수많은 관계망일 뿐, 결코 특정한 과거가 아니었던 경험을 상기하면 일견 타당해 보인다.[9] 따라서 이와 같이 서로 이질적인 과거와 현재가 교통하는 순간은, 적어도 헤겔이나 맑스가 생각한 '연속적인 흐름'을 전제하는 변증법 체계에서는 불가능한 일일 것이다. 만일 그러한 체계 하에서 과거와 현재의 대화가 일어났다면, 그것은 진정한 의미에서의 대화라기보다 '대화'를 가장한 해석의 '(폭력적) 덮어씌움'에 불과할지도 모른다. 혁명을 두고 맑스는 역사를 이끄는 '기관차'로 여긴 반면, 벤야민은 "기차를 타고 여행하는 사람들이 잡아당기는 비상 브레이크"[10]라고 말한 이유도 여기에 있다.

그러나 '지금 시간'은 실현'하는' 것이 아니라 실현'되는' 것이다. '지금 시간'이 실현되는 데 있어 단지 우리가 할 수 있는 것은 스스로의 "메시아적 힘", 그것도 "미약한" 그 힘을 인지하고 '멈추어 서서' 주변의

된 잠재성이 가능성으로 변화되는 순간이며, 그러한 순간을 만들어내는 것은 다름 아닌 우리에게 이미 주어져 '메시아의 힘'이라고 할 수 있다.

9) 현재 발현되는 증상을 과거의 침윤으로 여겼던 프로이트(S. Freud)가 이러한 사정을 두고 '콤플렉스(complex)'라고 명명한 것은 의미심장하다. '콤플렉스'는 '중층결정(overdetermined)'이라고 번역되는데, 이는 현재의 증상(결정)이 다수이며 복잡하게 얽혀있음(중층)을 의미한다.

10) 발터 벤야민, 「「역사의 개념에 대하여」 관련 노트들」, 『역사의 개념에 대하여 외』, 356쪽.

것들을 '그러모으는' 일이다. 변증법적 '도약', 즉 벤야민이 '호랑이의 도약'이라고 불렀던 혁명은 준비될 수는 있어도 그 실현 여부는 별개의 문제인 것이다. 앞서 문제 삼았듯, "과거가 현재에 빛을 던지는 것도, 그렇다고 현재가 과거에 빛을 던지는 것도 아니"기 때문이다. 이미지, 즉 '성좌(Konstellation)'는 우리가 만들기를 시도한다고 해서 무조건적으로 만들어지는 것이 아니다. 또한 그것은 설령 만들어진다 해도 부지불식간에, 그리고 섬광처럼 나타났다 사라질 뿐이다. 하지만 벤야민은 우리가 매순간 묵시록을 준비해야 한다고 강조한다. 그렇지 않다면 사후(事後)적으로나마 감지되어 완수되어야 할 혁명은 그 기회를 영영 잃어버리고 말 것이기 때문이다.

3. 진리: 감추어진 채로 드러나는

「역사의 개념에 대하여」에서 특징적인 것은 "어차피 모습을 드러내서는 안 되는 신학"이다. 이는 '가려져 있지만 그와 같은 가려짐에 의해 드러나 있는'처럼 역설적인 문장으로밖에 표현될 수 없는 사태와 깊은 관련을 맺는다. 왜 신학은 그 모습을 드러내어서는 안 되는가. 벤야민이 신학을 "꼽추 난쟁이"에 위치시킨 것은, 실제적으로 당시의 신학이 "왜소하고 흉측해졌"기 때문이기도 하지만, 설령 그 위상이 예전처럼 당당하다 해도 도리어 모습을 드러내서는 안 되는 근대 이후의 시대적 변화 때문이다. 자본주의가 새롭고도 강력한 종교로 작용하고 나치 히틀러가 정치적 프로파간다를 위해 신화(myth)를 적극적으로 끌어들이는 이상, 신학은 전면에 나서서 대결을 펼치기보다 유물론과 같은 현실적 철학과 '숨어있는' 파일럿으로서 함께 해야 더 효과적으로 전투에 임할 수 있으리라는 것이 그러한 생각을 이루는 저변이다.

첫째, 자본주의는 순수한 제의종교(Kultreligion)로서, (중략) 자본주의에서는 모든 것이 직접적으로 제의와 관계를 맺는 가운데에서만 의미를 지닌다. 자본주의는 특정한 교리도 신학도 모른다. 제의의 이러한 구체적 성격과 연관되는 것이 자본주의의 두 번째 특성인데, 즉 제의의 영원한 지속이 그것이다. 자본주의는 꿈(희망)도 자비도 없는 제의를 거행하는 일이다. (중략) 세 번째 특성으로 이 제의는 부채를 지운다는 점이다. 자본주의는 추측컨대 죄를 씻지 않고 오히려 죄를 지우는 제의의 첫 케이스다. 이 점에서 이 종교체제는 엄청난 운동의 추락 과정 속에 있다. (중략) 이 자본주의라는 종교운동의 본질은 종말까지 견디기, 궁극적으로 신이 완전히 죄를 짓게 되는 순간까지, 세계 전체가 절망의 상태에 도달할 때까지 견디기이다.[11]

벤야민은 자본주의가 "특정한 교리"도 "신학"도 전제하지 않은 채 작동·작용하는 "순수한 제의종교"라고 말한다. 전통적인 종교는 현실의 범주를 넘어서는 '신비'와, 그것을 논리적으로 체계화하는 '교리'와 '신학',[12] 그리고 신비를 반복적으로 '현현(顯現)'시키는 행위인 '제의'를 그 부분들로 갖는다. 그런데 자본주의는 오로지 제의만으로 이루어져 있다는 것이다. 전통적인 종교, 이를테면 기독교[13]는 '(원)죄ㅡ고통ㅡ신비ㅡ교리ㅡ제의'로 이어지는 체계를 가지며, 특히 현실에서 겪는 고통의 원인을 신에 대한 과거의 '(원)죄'로 여기고 이로부터 벗어나기 위한 성사(聖事), 즉 죄를 씻는 과정을 마련한다. 이와 같은 체계로부터 세

---

11) 발터 벤야민, 「종교로서의 자본주의」, 『역사의 개념에 대하여 외』, 122ㅡ123쪽.
12) 이것은 '해석' 작업이라고 할 수 있다. '해석'은 그리스어로 'hermēneia'인데, 이것이 헤르메스라는 그리스 신들의 메신저, 다시 말해 '천사'와 관련된다는 사실은 의미심장하다. 신화에서 헤르메스는 (인간들이 알아들을 수 없는) 신들의 언어를 인간의 언어로 번역해주는 것으로 그려진다. 유대교나 기독교의 천사도 마찬가지 역할을 한다.
13) 여기서 '기독교'는 개신교만을 지칭하는 것이 아니라 크리스트교, 즉 예수를 믿는 로마 가톨릭과 개신교 모두를 지칭하는 말로 사용한다.

계는 의미로 가득 차 있으며 질적인 굴곡(차이)을 갖는 것으로 드러난다. 그러한 종교에서의 제의는 그러한 질적인(한편으로는 절대적인) 차이를 교환하는 일, 그리고 그 차이를 유지하는 일이기 때문이다.[14]

그에 반해 자본주의는 "죄를 씻지 않고 오히려 죄를 지우는 제의", 다시 말해 죄("부채")를 부과하는 제의다. 자본주의에서 고통의 원인은 '죄'에, 엄밀히 말하자면 신에 대한 '과거'의 과오(원죄)에 있지 않다. 그러므로 죄와 그 죄를 사하는 절차가 없으며 또한 필요로 하지도 않는다. 신을 따로 상정하지 않는 자본주의가 고난에서 빠져 나가는 방법으로 내세우는 것은 '이윤창출'과 '소비'다. 아이러니하게도 소비의 무한한 주기(週期) 속에서 이윤의 창출은 신성화되는데, 이는 실체로서의 신이 부정된 자리에 실체가 없는 '돈'이 그 자리를 대신 차지하는 형국이라고 할 수 있다. 애당초 이러한 변화는 제의에서 일어나므로 자본주의는 제의종교, 그것도 그와 같은 '돈이 신이 되는' 변화가 일어나는 제의로만 이루어져 있기 때문에 "순수한 제의종교"인 것이다.

벤야민이 보기에 이 '순수제의종교'가 예비하는 것은 "꿈도 자비도 없는" 파멸이다. 주변에서 쉽게 포착되듯이, 돈과 인간이 맺는 관계에서 인간은 소외되고 사라진다. 그저 자본의 흐름만이 있을 뿐, 인간은 철저하게 수동적인 존재가 되는 것이다. 모든 것은 수량화되고, 그로써 차이가 소거되며 결국 균질화된다. 또한 실제적인 고통을 유발하는 부채는 곧 '죄악시'되는 데다 죄를 용서받는 절차—예를 들어 기독교에서 죄는 일정한 절차를 통해 실제적으로 사라진다고 간주된다—가 없고,

---

14) 이를테면 제의는 죽음과 영생(永生)의 교환이라고 할 수 있다. 예를 들어 가톨릭의 성체성사는 예수가 행한 일회적 사건이었던 '최후의 만찬'을 반복적으로 행하는 것으로, 이 성체성사에서는 '빵과 포도주가 성체로 변화되는' 신비가 일어나며 성체를 영하는 신자들은 죄를 용서받고 영원한 삶을 보장 받는다고 여긴다.

구조상 부채는 늘어날 수밖에 없는 터라, 결과적으로 고난은 해소되지 않고 우리 앞에 '쌓이게' 된다.[15] 의미 작용이 일어나지 않는 균질적인 공간 속에서 무한히 되풀이되는 동일한 형벌(시쉬포스와 탄탈로스의 형벌)이다. '자본주의'라는 종교에서 죄는 '짓는' 것이 아니라 '받는' 것이다. 그저 파국인 셈이다.

물론 신과 죄의 관계로 고통을 극복하려는 종교는 근대 과학의 패러다임에서 볼 때 그저 허황된 것이다. 근대 과학의 입장에서, 그것은 인간의 발달단계 상의 유아(幼兒)적 단계의 국면을 지속하고 있는 것에 불과하다. 그러나 그러한 종교를 대신한 근대 과학은 우리를 때때로 엄습하는 '저 너머(beyond)'에[16] 대해 논의하기를 사실상 포기한다. '과학적으로 해명할 수 없다'는 말은 과학 자신의 한계를 인정하는 것으로 귀결되어야 할 테지만, 오히려 '비과학적'이라는 레테르는 그러한 감각과 감지를 무의미하게, 적어도 '과잉'된(그래서 쓸모없는) 어떤 것으로 만들었다. 더군다나 그 이후로 세계에서의 인간은 '겸허함' 또한 상실했다. 중세의 '바니타스(vánĭtas)'는 공허에의 인식에 따른 겸허함을 동반하였다. 근대인은 어느 순간이든 겸허하지 않다. 그렇기 때문에 다만 자신만을 믿고 자신만을 고난에서 탈출시키려 할 뿐, 과거에 있었던,

---

15) 이는 자본의 흐름이 한 방향인 것과 연관된다. 이러한 현상은 이미 우리 앞에 펼쳐져 있다. 자본은 다수의 노동자들로부터 소수의 자본가들에게로 끊임없이 흘러 들어가며 결코 다시 나오지 않는다.

16) 낭시(J. Nancy)는 이를 '열림'이라고 말한다. "거대하고 끝없는 무언가를 느끼고 더 이상 어딘가에 그저 안주할 수 없다고 느끼는 상태에서, 그래서 기쁨 혹은 고통, 사랑이나 증오, 어떤 힘이나 나약함을 느낄 때, 이런 모든 상황에는 내가 존재하는 것을 끊임없이 초월하는 무언가가 있습니다. 그것은 동시에 나의 자아, 인격, 자질, 지위, 그러니까 세계의 어딘가에 정착하고 있는 내 존재 방식과 더불어서 나타납니다. 이런 모든 것에 열림이 있는 것입니다. 유일신을 섬기는 세 종교[유대교, 기독교, 이슬람교]에서의 신과, 다른 모든 신들 역시 신은 이런 것 외에 다른 무언가를 제시하지는 않습니다." 장―뤽 낭시, 이영선 옮김, 『신, 정의, 사랑, 아름다움』, 갈무리, 2012, 29쪽.

그리고 현재를 관통하는 타자의 구원 요청에는 응답하지 않는다. 그러나 그것은 결코 자신의 '구원'으로도 이어지지 못한다. 구원은 '함께 구해지는' 것이기 때문이다.[17]

하지만 그럼에도 불구하고 물질기반의 사회에서 물질적 보상을 주는 자본주의는, 바로 그렇기 때문에 "예전에 이른바 종교들이 그 답을 주었던 것과 똑같은 걱정, 고통, 불안을 잠재우는 데 핵심적으로 기여"한다.[18] 뿐만 아니라, 물질적 보상이 결국은 부채로 이어지기 때문에 기만임에도 불구하고, 어찌되었건 '죄의식'—물론 더 나아가서는 '겸허함'도 더불어 상실하지만—과 과거로부터 자유로워지기 때문에 자본주의는 전통적인 종교보다 더 강력한 영향력을 갖는다.[19] 이런 이유로 사람들은 더 이상 기존 형태인 신학적 종교를 필요로 하지 않을뿐더러 오히려 거부감을 느끼기도 하는 것이다. 따라서 신학은 전면에 나설 수가 없다. 그러나 신학이 전면에 나설 수 없는 데는 내적인 이유도 존재한다. 고난에 대한 해결지점으로서 신의 존재론적 위상은 '숨어 있음'이어야 하기 때문이다. 이는 홀로코스트 신학에서 적극적으로 천명된 바 있다.

> '숨으시는' 하느님 사상이 강하게 대두되었는데, 이것은 아마도 신비주의자들(카발라주의자들)에 의해 충실히 발전되었기 때문이다. 이것은 하느님에 대한 미드라쉬적인 생각, 혹은 차라리 쉐키나

---

17) 이런 점에서 벤야민은 항상 '(자신의) 몫이 없는 자들'에 응답해야 함을 강조했다.
18) 발터 벤야민, 「종교로서의 자본주의」, 앞의 책, 121-122쪽.
19) 달리 말해, 유대교와 기독교, 이슬람교 등이 '신학'이라면, 자본주의는 '신화'라고 할 수 있다. 벤야민은 신학과 신화를 구분한다. 이를테면 「폭력비판을 위하여」에서 "신화적 폭력"은 "개입하여 통제하는(schaltend) 폭력"이며 "법정립적 폭력"인 반면, "신적 폭력"은 "베풀어 다스리는(waltend) 폭력"이며 "성스러운 집행의 옥새와 인장이지 결코 그것의 수단이 아니다." 여기서 '법정립적 폭력'은 부정적 예외상태(독재 등)를 정당화하기 위한 법을 정립시키는 폭력 따위를 가리킨다. 발터 벤야민, 「폭력비판을 위하여」, 『역사의 개념에 대하여 외』, 116-117쪽 참조.

(Shekhina)—"너는 고난 중에 그와 함께 하리라"(「시편」 91:15)는 말씀과 같이, 이스라엘과 함께 '포로생활 가운데' 계시는 존재—사상과 연결되어 있다.[20]

말하자면 신은 고통 '속에' 함께 존재할 때, 즉 '있음'이 겉으로 따로 드러나지 않고 오히려 그 고통의 형식으로 드러날 때 비로소 그러한 고통의 의미와 구원의 서사가 완성될 수 있다는 것이다. 유대인들에게 '계시와 선택[선민(選民)]'은 과거로부터 이어져온 신과의 굳은 약속—기독교에서 '구약(舊約)'이라고 부르는—이면서, 어디까지나 고난과 함께 나타나는 그런 약속이다. "과거 세대의 사람들과 우리 사이에는 은밀한 약속이 있"으며 "과거는 그것을 구원으로 지시하는 어떤 은밀한 지침(指針)을 지니고 있"다는 벤야민의 말에는 이러한 논리가 그 저변에 깔려 있다.[21] 그러나 벤야민의 '약속'은 유대교처럼 '신과의 약속', 그것도 '미래에 있을' 약속이 아니다. 그는 우리 자신이 메시아적 권능의 단편을 분유(分有)하고 있다는 점에서 이미 메시아라고 본다. 물론 그 단편을 가지고 있음을 아는 것에 그쳐서는 곤란하며, 그러한 과거의 완수되지 못했던 혁명의 시간을 완수할 수 있는 권능을 '지금—여기'에서 발휘하도록 노력해야 한다. 그것이 진정으로 메시아의 역할을 다할 수 있는 길이고 구원을 실현할 수 있는 아주 적은 가능성이다.[22]

---

20) 노먼 솔로몬, 앞의 책, 171쪽.
21) 발터 벤야민, 「역사의 개념에 대하여」, 앞의 책, 331—332쪽.
22) 인간에게 메시아적 권능이 부여되어 있다는 생각은 유대교 입장에서는 이단이다. 그런 이유로 예수 또한 메시아로서 인정하지 않는다. 이는 오히려 플라톤을 위시한 철학자들에게서 자주 나타나는 사상의 형태다. 필자가 '분유'라는 표현을 사용한 것도 이 때문이다. 이데아와 사물의 관계에 대한 플라톤의 생각은 중세 교부철학 (아우구스티누스가 대표적)에도 적극적으로 원용되어 기독교 신학의 토대를 이루기도 했다. 벤야민은 이러한 사상적 흐름에 놓여 있다고 볼 수 있다. 반면 유대교는 인간은 결코 신성을 가지지 않는, 철저히 수동적인 '피조물'에 불과하다. 이는 선민

그러나 우리는 그러한 권능에 대해 인지하기조차 쉽지 않을뿐더러, 설령 그것을 인지한다고 해도 과연 혁명과 구원으로 이어갈 수 있을지를 의심한다. 벤야민도 이러한 상황에 관해 모르는 바 아니라는 듯, 메시아적 힘은 '미약하며' 약속은 '은밀하다'고 말한다. 그럼에도 불구하고 메시아적 힘과 약속은 지금도 우리의 곁을 스친다. 벤야민은 자신이 인용한 켈러(G. Keller)의 말, "진리는 우리에게서 달아나지 않을 것"이라는 말로 그 확신을 드러낸다. 메시아적 힘과 (실현해야 할) 과거와의 약속은 '진리'로서 존재한다.

그렇다면 진리는 어떻게 있는가. 진리는 '감추진 채로 드러난다.' 포의 유명한 단편 「도둑맞은 편지」가 그리는 국면은 여기에 너무나도 잘 들어맞는다. 이 단편에서 D장관은 왕비가 읽던 '비밀편지'를 그 앞에서 당당히 훔치고, 그 편지가 노출됨으로써 자신의 신변이 위험해질 것을 우려한 왕비는 경찰에게 의뢰하여 그것을 찾도록 한다. 그러나 경찰은 장관의 집을 아무리 뒤져도 편지를 찾을 수 없었고, 다급해진 경찰은 사설탐정인 뒤팽에게 이 일을 의뢰한다. 경찰의 수고가 무색할 정도로, 뒤팽은 너무나도 쉽게 그 편지를 찾아낸다. 편지는 그저 편지꽂이에 허술하게 꽂혀 있었으나, 경찰은 '훔친 물건을 숨길만한' 침대 밑이나 장롱 속 등, 우리가 '은밀하다'고 생각하는 장소만을 뒤졌기에 결국 찾지 못했던 것이다. 그들의 맹점은, '훔친 편지'가 '당연히' 편지꽂이—여기에는 통상 '보통의' 편지들만 꽂혀 있다고 여겨진다—에는 없을 것이라고 생각한 데 있다.

의식에 의한 폐쇄성에 의한 것이며, 이 점이 벤야민의 사상적 지도에 부합하지 않았을 공산이 크다.

여러분은 포의 「도둑맞은 편지」를 아시는지? 그렇다면 여러분은 분명 다음과 같은 질문을 기억할 것이다. "당신은 편지 한통을 숨겨야 할 경우 모든 사람들이 그것을 안이 텅 빈 의자다리 속에가 아니라면 적어도 은밀하게 숨겨진 구멍이나 구석에 둔다는 것을 알아차리지 못했습니까?" 포의 탐정인 뒤팽 씨는 그렇기 때문에 편지를 바로 그곳, 즉 그의 교활한 적수가 숨겨놓은 곳에서 찾을 수 있었던 것이니, 그곳은 사람들의 시선이 노출되어 있는 곳, 즉 벽에 걸려 있는 카드꽂이였던 것이다.[23]

벤야민이 주변의 모든 것들을 그러모으는 작업을 하는 이유가 바로 여기에 있다. 그가 역사와 유물론을 참조하면서 얻은 확신은 '지금—여기'에 보이는 것들은 과거의 단편적 현현으로서 존재하며, 따라서 그가 주목했던 '거리산보자'와 '넝마주이'처럼 천천히, 그리고 찬찬히 거리를 살펴보면서 포착되는 것들을 주워 모을 때 혁명과 구원의 (최소한의) 조건이 준비된다는 것이었다. 거기에 신학을 들여오게 되면, 그러한 역사적 기억과 사물들—특히 미약하고 보잘 것 없는 사물들—은 '메시아'와 분유적 관계에 있는 것이므로 '조건 없는 화해의 초월적 비전'[24]을 기대할 수도 있게 된다. 상기했듯, 메시아적 시간은 (역사적 진보를 주장하는 맑스주의의 바람과는 달리) '필연적이고 불가피하며 자연적으로' 개시되지 않지만, 그와 똑같은 이유에 의해 메시아적 시간은 가능성의 방향으로 '무한히 열려' 있게 되기 때문이다. 이때 초월적 비전, 즉 메시아적 시간에 '조건 없는'이라는 수식어를 붙인 것은 현실적인 조건을 내세운 교환이 일어나지 않는다는 의미다.

---

23) 발터 벤야민, 김영옥 외 옮김, 「사유이미지」, 『일방통행로/사유이미지』, 2007, 180쪽.
24) 문광훈, 『가면들의 병기창 — 발터 벤야민의 문제의식』, 한길사, 2014, 78쪽.

4. 출구로서의 예술: 과거를 바라보며 현재에 머무르기

벤야민은 「역사의 개념에 대하여」의 중반에 파울 클레(P. Klee)의 회화 「새로운 천사(Angelus Novus)」와 게르숌 숄렘(G. Scholem)의 말을 지금까지의 논의와 결부시켜 하나의 알레고리적인 상을 그려낸다. 사실 클레의 그림으로부터 벤야민의 묘사를 찾아내기란 쉽지 않다. 한편으로는 그의 해석은 다소 과하게 보일 수도 있으나, 그는 이 그림을 지니고 다닌 시간동안 명상 속에서 그러한 해석을 일구어냈음에 틀림없다. 그 해석의 핵심은 '겹쳐 읽기'라고 할 수 있는데, 이는 앞서 언급한 '성좌'가 만들어지는 구조를 닮아 있다. "눈을 크게 뜨고 있고", "입은 열려 있으며", "날개는 펼쳐져 있"는 파울 클레의 저 천사; 이 응시와 발화(發話), 그리고 비상(飛上)이 유예되고 있는 상황을 포즈로 극대화하는 저 천사는 "죽은 자들을 불러 일깨우고 또 산산이 부서진 것을 모아서는 이를 다시 결합시키고 싶어"하는 벤야민의 천사이자, 동시에 과거로 되돌아가고자 하는 숄렘의 천사다.

> 이 그림의 천사는 마치 자기가 응시하고 있는 어떤 것으로부터 금방이라도 멀어지려고 하는 것처럼 묘사되어 있다. (중략) 우리들 앞에서 일련의 사건들이 전개되고 있는 바로 그곳에서 그는, 잔해 위에 또 잔해를 쉼 없이 쌓이게 하고 또 이 잔해를 우리들 발 앞에 내팽개치는 단 하나의 파국만을 본다. 천사는 머물고 싶어 하고 죽은 자들을 불러일으키고 또 산산이 부서진 것을 모아서 다시 결합하고 싶어 한다. 그러나 천국에서 폭풍이 불어오고 있고 이 폭풍은 그의 날개를 꼼짝달싹 못하게 할 정도로 세차게 불어오기 때문에 천사는 날개를 접을 수도 없다. 이 폭풍은, 그가 등을 돌리고 있는 미래 쪽을 향하여 간단없이 그를 떠밀고 있으며, 반면 그의 앞에 쌓이는 잔해의 더미는 하늘까지 치솟고 있다.[25]

벤야민은 천사가 "등을 돌리고 있는 미래 쪽을 향하여" 그를 끊임없이 떠미는 폭풍을 다름 아닌 '진보'라고 명시한다. 이는 일차적으로 전체주의와 헤겔 및 진화론적 역사관 등을 염두에 둔 것이겠지만, 여기에는 맑스의 역사적 유물론도 어느 정도 포함된다.[26] 역사적 유물론 역시 그 저변에 진보에 대한 신념을 깔고 있는데, 그러한 진보를 '폭풍'으로 생각한 것은 벤야민이 역사적 유물론에 대해 어떻게 생각하고 있는지 추론할 근거가 될 수 있다. 비록 역사적 유물론으로부터 많은 것을 배웠지만, 그가 끝내 인정할 수 없었던 것은 역사적 유물론이 전제하고 있는 진보에 대한 믿음이었다. 앞서 언급했듯이, 역사적 유물론은 분명 과거를 돌아보게끔 만들었으나 그것에 있어 과거는 어디까지나 미래를 위한 '계기'에 불과하며, 그와 같은 돌아봄 또한 미래를 위한 것이지 결코 과거에 실현되지 못한 혁명의 순간을 현재와 조우시킴으로써 메시아적 시간을 촉발하기 위함은 아니다. 그리하여 진보는 유토피아를 기정사실로, 즉 필연적으로 일어날 사건으로 여김으로써 우리를 방만하고 나태하게 만든다.

그렇기 때문에 천사는 "잔해를 우리들 발 앞에 내팽개치는 단 하나의 파국" 앞에 "머물고 싶어"하고 그 거센 바람에 정면으로 맞선다. 이 "단 하나의 파국"은 당대 상황으로 미루어보아 전체주의일 텐데, 지금에 있어서도 사정은 크게 달라지지 않았기에 이 장면은 여전히 우리가 맞닥뜨리고 있는 상황이기도 하다. 이 "잔해"들은 무엇을 뜻하는가. 천사가 불러일으키려 하는 것이 다름 아닌 "죽은 자들"이라는 데 단서가 있다.

25) 발터 벤야민, 「역사의 개념에 대하여」, 앞의 책, 339쪽.
26) 이 세 입장은 '진보'에서 서로 교차한다. 전체주의 역시 역사적으로 불가피한 자신들의 '혁명'에 의해 세계는 이상향으로 나아가는 중에 있다고 끊임없이 선전한다. 문제는 이러한 '혁명'이 '신화적'이며, 동시에 타자를 되살리는 것이 아니라 오히려 억압하고 세계를 폐허로 만든다는 데 있다.

그것은 전체주의의 진보 관념에 의해 희생된 사람들이다. 진보는 파국을 '계기'로 여길 근거를 마련한다. 세계는 이러저러하게 '필연적으로' 전개된다는 것, 그래서 어떤 일이 있더라도 그것은 어디까지나 세계가 진보하는 과정에서 생기는 불가피한 사건이라고 정당화하는 문제가, 진보의 관념에는 내재해 있는 것이다.

이 천사에게 중요한 것은 현재에 머물러 있으면서 과거와 현재를 조우시키고, 그리하여 현재를 진정 신의 뜻을 실현시키는 시간("진정한 비상사태"[27])으로 만드는 일이다. 벤야민의 천사는 현재, 그리고 이 땅이 중요하다. "일련의 사건들이 전개되고 있는" 곳은 별개의 시공이 아닌, 바로 "우리들 앞"이기 때문이다.[28] 사실 이러한 '정지'는 매우 독특한 시공간관을 전제로 하는 것이다. '산산이 부서진 것을 모아서 다시 결합하기'는 유대교 신학에서 비롯된 교의로, 본래 (도래할) 종말의 순간에 메시아가 행하는 과업이다.[29] 유대교에서 진보 관념을 발견한 벤야민은 이를 비틀어 이 메시아의 과업을 '지금―여기'에 일어날 일로 만들어버린다. 그렇다면 어떻게 하면 그러한 시간을 잠재적 상태로부터 가능적 상태로 만들 수 있는가. 벤야민은 '세속적인 것'으로부터 '메시아적 왕국'의 도래를 촉진할 수 있다고 보았다.

한 화살의 방향이 세속적인 것의 동력이 작용하는 목표를 나타내고 그 반대 방향이 메시아적 집약성의 방향을 나타낸다면, 자유로운 인류의 행복 추구는 그 메시아적 방향과 멀어지려 한다. 하지만 자신의 길을 가는 어떤 힘이 반대로 향한 길에 있는 다른 힘을 촉진할 수 있는 것처럼 세속적인 것의 세속적 질서 역시 메시아적 왕국의 도래

---

27) 발터 벤야민, 「역사의 개념에 대하여」, 앞의 책, 337쪽.
28) 발터 벤야민, 위의 글, 337―339쪽.
29) 미카엘 뢰비, 앞의 책, 131쪽.

를 촉진할 수 있다. 즉 세속적인 것은 그 왕국의 범주는 아니지만, 하나의 범주이며, 그것도 가장 적확한 범주들 중의 하나로서, 바로 그 왕국의 지극히 조용한 다가옴의 범주이다. 왜냐하면 모든 지상의 존재는 행복 속에서 자신의 몰락을 추구하며, 그러면서 행복 속에서만 그 지상의 존재는 그 몰락을 발견하도록 예정되어 있기 때문이다.[30]

미약하고 부서지고 보잘 것 없는 사물들은 그 자체로 고난을 보여준다. 그것은 지금의 시점에 몰락한 것인 동시에 과거의 시점에 혁명적이었을 순간을 간직하는 것으로서 존재하기 때문이다. 이러한 이유에서 역사적 유물론자는 '찬란한' 문화재들로부터 비켜선다. "그것들은 그것들을 만들어낸 위대한 천재들의 노고에 뿐만 아니라 그 천재들과 함께 살았던 무명의 동시대인들의 노역에도 힘입고" 있기 때문이다. 더 중요한 것은, "야만의 기록이 아닌 문화의 기록이란 결코 없다"는 점이다. 즉 우리가 소위 '문화재'라고 부르는 것들, 힘 있고 완벽하며 볼 만한 것들은 이미 탄생에서부터 전승에 이르기까지 야만성을 벗어날 수가 없는 것이다. "따라서 역사적 유물론자는 가능한 한도 내에서 그러한 전승에서 비켜선다." 벤야민 또한 이들의 관점을 계승한다. "결을 거슬러 역사를 솔질하는 것"은 이와 같은 전승으로부터 비켜서는 행위다.[31]

하지만 '비켜서는' 것과 '거슬러 솔질하는' 것이 그와 같은 문화를 폐지해야 한다는 의미는 아니다. 벤야민이 언급한 것처럼, 그러한 소위 '고급문화'가 전체주의와 자본주의를 거스르는 작용으로서 존재하는 "위대한 천재들의 노고"에 의한 산물이라는 점은 분명하기 때문이다. 즉 보들레르(C. Baudelaire)의 시, 레스코프(N. S. Leskov)의 이야기, 프루스트(M. Proust)의 소설, 브르통(A. Breton)을 비롯한 초현실주의자들

---

30) 발터 벤야민, 「신학적 · 정치적 단편」, 『역사의 개념에 대하여 외』, 130—131쪽.
31) 이 문단에서 직접 인용은 발터 벤야민, 「역사의 개념에 대하여」, 위의 책, 336쪽.

의 작품들에는 모두 유토피아 혹은 전복의 순간들이 잠재되어 있는 것이다. 관건은 그러한 작품들을 "지배 계급이 지휘를 하고 있는 경기장"에서 구해내는 데 있고,[32] 아울러 그것들이 품고 있을 메시아적 순간을 다시금 발견하는 데 있다.

그러한 파편들을 그러모으는 행위는 '고난과 함께 하는 중에 숨겨진' 메시아적 시간('지금 시간')을 펼쳐질 수 있는 현실적 조건이 된다. 그 파편들을 모으는 것, 벤야민은 이를 역사적 유물론자에게서 배운다. 하지만 이것만으로는 부족하다. "과거의 진정한 이미지는 휙 지나간다. 과거는 인식 가능한 순간에 인식되지 않으면 영영 다시 볼 수 없게 사라지는 섬광 같은 이미지로서만 붙잡을 수 있"기 때문이다.[33] 이는 마치 (예수가 말했듯이) 소리와 들을 수 있는 귀를 가진 자의 관계와 같다.[34] 벤야민은 이 '들을 수 있는 귀', 다시 말해 우리 안에 있는 메시아적 권능을 스스로 인식하는 데 있어 신학과 예술(예술가)을 거론한다. 특히 예술은 "순간적으로 스쳐 지나가는 진정한 역사적 상을 붙잡을 자신이 없는 마음의 나태함, 태만(acedia)"[35]을 이겨낼 수 있도록 우리의 감각을 벼린다.[36]

벤야민에게 19세기 아케이드 구조물은 콜라주의 가능성을 처음 예시한 것이었다. 영화 역시 마찬가지로, 이것들은 모두 파편을 모으고 편집함으로써 감추어져 있던 '이미지'를 불현듯 떠오르게 한다. 에이젠

---

32) 발터벤야민, 위의 글, 345쪽.
33) 발터 벤야민, 위의 글, 333쪽.
34) "귀 있는 사람은 들어라." 이 말은 예수가 제자들에게 자주 하던 말로, '말씀'과 '말씀이 결실을 맺을 수 있는 터'의 관계를 이른다.
35) 발터 벤야민, 「역사의 개념에 대하여」, 앞의 책, 335쪽.
36) 발터 벤야민, 위의 글, 334쪽. "메시아는 구원자로서만 오는 것이 아니다. 메시아는 적그리스도를 극복하는 자로서 온다."

슈타인(S. Eisenstein)의 영화와 보들레르의 시에서 벤야민은 그러한 이미지가 순간적으로 명멸하는 것을 본다.

벤야민은 넝마주이와 보헤미안을 묘사한 보들레르의 시에서 체제에 비순응적이고, 그리하여 끝내 그 근간을 흔들고 마는 자들에 대한 관심을 읽는다. 여기서 보들레르의 시는 이 노동력 외에 다른 상품을 소유하지 못한 자들이 어떻게 '국가의 통제 하에 있는' 술을 자신들의 것으로 다시 가져왔는지—이는 일종의 '세속화'라고 할 수 있다—를 시적으로 살펴보는 것으로서 자리한다. 뿐만 아니라 벤야민은 당시 유행하기 시작했던 '거리산보자'와 다분히 도시의 형식인 탐정소설을 서로 연관지어 살펴보는 과정에서,37) 보들레르의 시야말로 '거리산보자—작가'의 탄생 그 자체였음을 보여준다. 그리고 무엇보다 보들레르가 사탄을 추종하는 모습으로 시를 쓴 것은, 벤야민이 보기에 오히려 "메시아적 왕국의 도래를 촉진"하기 위해 "세속적인 것의 세속적 질서"를 드러내는 작업이다.38) 즉 구원을 향한 문학적 전략인 셈이다.39)

이러한 보들레르의 '거리산보자—작가'로서의 탐색의 글쓰기는, 또 한편으로 프루스트의 '회억의 글쓰기'를 다룸으로써 한걸음 더 나아간다. "개인의 과거가 현재의 존재를 위한 약속으로 파악되는 한, 벤야민에게 어린 시절의 회상은 예술적 발전에 연결되는 핵심적 과제이다."40) 이는 벤야민이 「사유이미지」나 「1900년경 베를린의 유년시절」 등으

---

37) 벤야민은 탐정소설을 지루함으로부터 벗어나기 위해 도시를 위험한 공간으로 만들고 추적자와 추적의 장소를 변용, 그리하여 파리 생활의 마술환등적 유행에 기여하는 글쓰기라고 파악한다.
38) 발터 벤야민, 「신학적·정치적 단편」, 앞의 책, 130쪽.
39) 이 문단의 내용은 다음 책에서 다루어진 내용이다. 발터 벤야민, 김영옥 외 옮김, 「보들레르의 작품에 나타난 제2제정기의 파리」, 『보들레르의 작품에 나타난 제2제정기의 파리 외』, 길, 2010, 43─175쪽 참조.
40) 브라이언 엘리엇, 이경창 옮김, 『건축가를 위한 벤야민』, 스페이스타임, 2012, 35쪽.

로 몸소 실천한 글쓰기이기도 하다. 그러나 이 '회상', 혹은 '회억'에서 중요한 것은 단순히 과거의 기억을 복원하는 것이 아니다. "그것은 위험의 순간에 섬광처럼 스치는 어떤 기억을 붙잡는다는 것을 뜻한다."[41] 벤야민이 보기에 프루스트의 글쓰기는 자신의 과거를 단순히 복원하고 그것을 재현하는 데 바쳐져 있지 않고, 그 속에 잠재된 혁명과 구원에 공명(共鳴)하면서 그러한 '발굴'을 통한 억압된 행복에의 약속을 비로소 이행하는 글쓰기다.

벤야민은 「사유이미지」에서 프루스트적인 글쓰기를 이행한다. 그러면서 그러한 글쓰기에 대한 자신의 생각을 이 글에 남겨놓았다. 여기서 벤야민은 "기억은 지나간 것을 알아내기 위한 도구가 아니라 오히려 매개물", 또 "체험된 것의 매개물"이라고 말하며 이를 '언어'와 연결시킨다. '도구'와 '매개물'의 구분은 벤야민 철학에 있어서 문학의 위상과도 연결되는 지점이다. 예를 들어 땅을 파서 그 속에 묻힌 유적을 꺼내는 일을 한다고 생각해보자. 이때 삽이나 곡괭이는 도구다. 만일 '기억'을 이와 같은 도구로 여긴다면, 기억은 유물을 발굴하고 나면 그만 쓸모없어져서 버려야만 하는 것에 불과해진다. 벤야민에게 기억은 그런 것이 아니다. 과거의 기억은 삽이나 곡괭이가 아니라 유물을 품고 있는 장소이고 땅이며 흙이다. 마찬가지로 벤야민에게 언어는 생각을 표현하기 위한 도구가 아니다. 만일 그렇다면 '문체(style)'는 아무 의미도 없어야만 할 것이다. 형식주의자들은 언술의 의미에 있어서 '무엇을 언술하는가' 못지않게 '어떻게 언술하는가'도 중요함을, 어떤 면에서는 오히려 후자가 본질적임을 밝힌 바 있다. 벤야민이 러시아 형식주의자들보다 한걸음 더 들어간 부분은, 언어가 매개물인 이상, 그 안에는 유토피아

---

41) 발터 벤야민, 「역사의 개념에 대하여」, 앞의 책, 334쪽.

의 파편이 잠재되어 있다고 여긴다는 점이다. 이는 다름 아닌 '아담의 언어'와 연결된다.[42]

'발굴'은 흙을 흩뿌리고 헤집듯이 사태를 흩뿌리고 헤집는 것이라는 말은 이러한 맥락에서 이해될 수 있다. 그리고 벤야민은 "무엇보다도 그[발굴자]는 거듭해서 동일한 사태로 되돌아가는 것을 주저하지 말아야 한다"고 강조한다. '섬광'은 쉽게 오는 것이 아니기 때문이다. 이때 "'사태들'은 이미지들이다." 이 이미지들은 갤러리에 놓여 있는 '토르소'와 같이 어떤 맥락에서 떨어져 나온 것들로, 상기 천사가 그랬듯이 '모으고 결합해야' 하는 파편이고 유물이다. 다시 강조하지만, 여기서 그 이미지들 자체가 중요한 것이 아니라 그것을 작동 가능하게 했던 '장소'가 중요하다. 이런 이유에서 벤야민은 "진정한 기억은 기억을 하는 사람의 이미지를 엄격한 의미에서 서사적으로 그리고 랩소디적으로 전달해야 한다"고 말하는 것이다. "서사적으로", "랩소디적으로"에서 유추 가능하듯이, 벤야민에게는 '아담의 언어'가 실현되는 데 소용될 수 있는 글쓰기가 존재한다. 그것이 바로 문학이다.[43]

트락타트(Traktat)는 아라비아 형식이다. 끊어지는 곳이 없고 두드러지게 눈에 띄지도 않은 그것의 외관은 그 구조가 안마당에 들어서야 비로소 시작하는 아라비아 건축물들의 전면과 흡사하다. 트락타트의 구조도 외부에서 알아차릴 수 없고 내부로부터만 열린다. 트락타트가 장(章)들로 이루어져 있다면 그 장들은 어떤 제목을 달고 있지 않고 숫자로 표시되어 있다. 트락타트가 전개하는 사고의 평면은

---

42) 발터 벤야민, 최성만 옮김, 「언어 일반과 인간의 언어에 대하여」, 『언어 일반과 인간의 언어에 대하여 외』, 길, 2008 참조.
43) 여기까지 두 개의 문단에서 직접 인용은 발터 벤야민, 「사유이미지」, 앞의 책, 182―183쪽.

회화적으로 구성되어 있는 것이 아니라 오히려 서로 중단 없이 엉켜 들어가는 장식의 망들로 덮여 있다. 이러한 서술형태의 장식적 치밀함 속에서는 주제적 서술과 부연설명적 서술의 차이가 사라진다.[44]

「일방통행로」에는 흥미로운 부분이 있는데, 그것은 '트락타트'라는 아라비아의 형식[스타일]에 대한 서술이다. 이 형식은 "내부로부터만 열"리며 거기서 전개되는 사고는 "서로 중단 없이 엉켜 들어가는 장식의 망들로 덮여 있다." 그리하여 "주제적 서술과 부연설명적 서술의 차이가 사라진다." 이는 실로 '미궁'과 같은 글쓰기라고 할 수 있다. 미궁을 대상으로 삼아 그것을 '재현'하는 글쓰기가 아니라, 글쓰기 자체로 미궁을 만드는 글쓰기 말이다. 기실 이 지점은 '문학'이라는 현상이 탄생하는 지점이기도 하다.

메시아적 시간과 그 왕국이 전적으로 비의적인 형식에서만 열린다고 말할 수는 없겠지만, 적어도 일상적인 형식이 그것을 촉발시키기란 비의적인 형식보다도 어려울 것임은 틀림없다. 일상적인 글쓰기는 '일상'에 의한 습관의 산물이며 이에 대한 관성 때문에, 읽기에 참여하는 사람들로 하여금 변증법적 도약과 섬광, 성좌, 더 나아가서는 메시아적 시간이 펼쳐질 수 있는 조건을 만들어내지 못한다. 벤야민이 일상적인 글쓰기, 흥미와 가벼움을 추구하는 그러한 글쓰기에 그리 호의적이지 않았다는 점은 잘 알려져 있다. 프루스트의 글쓰기만 놓고 보더라도, 거기에는 과거를 그저 복원하려는 의지가 아닌—그것이 일견 사소한 옛날이야기처럼 보일지라도—다른 의지, 이를테면 과거와 현재의 조우를 몸(신체)과 어떤 관계에 있는지를 탐구하려는 의지 등이 더 전경화되어 있다.[45] 일상적인 글쓰기를 넘어서서 매우 급진적인 방식으로 '새

---

44) 발터 벤야민, 「일방통행로」, 『일방통행로/사유이미지』, 106쪽.

로운 세계'를 만나려는 시도는 초현실주의에서 찾아볼 수 있다. 벤야민
또한 이 운동에 적지 않은 관심을 보인 바 있다.

세계의 조직 속에서 꿈은 개성을 벌레 먹은 치아처럼 느슨하게 한
다. 이처럼 도취(Rausch)를 통해 자아를 느슨하게 하는 일이야말로
이 사람들을 도취의 마력에서 탈출시킨 생산적이고 생생한 경험이
다. (중략) '초현실주의적 경험들'에 관해 우리가 종교적 엑스터시나
환각제의 엑스터시만을 알 뿐이라고 생각하는 것은 큰 오해이다. (중
략) 랭보, 로트레아몽, 아폴리네르가 초현실주의를 탄생시켰을 때 보
여준 가톨릭주의에 대한 신랄하고 열정적인 반발도 이야기되어야 할
것이다. 그러나 종교적 각성을 참되고 창조적으로 극복하는 것은 결
코 환각제를 통해서가 아니다. 그 극복은 범속한 각성(profane
Erleuchtung), 유물론적이고 인간학적인 영감 속에서 이루어진다.46)

그의 초현실주의에 대한 관심은 「초현실주의」(1929)에 잘 드러나 있
다. 물론 보다 나중에는 제반 상황이 변함에 따라 그 관심은 옅어지지
만, 그럼에도 불구하고 벤야민에게 초현실주의자들은 맑스와 엥겔스
의 혁명적 저작인 「공산주의 선언」, 즉 역사적 유물론의 지형과 지령을
파악하고 실천한 유일한 사람들이었다.47) 벤야민은 초현실주의의 글

---

45) 프루스트에게 처음 할머니의 죽음은 비현실적이었으나, 어느 날 저녁 '몸을 굽히는
순간' 울음이 터져 나온다. 그 내면의 '현실/비현실'의 경계가 무너진 것이다. 그것
은 '꼿꼿이 서 있는 몸'에서 '굽힌 몸'으로의 전환이 불러일으킨 것이다. 이것은 은
유다. 벤야민은 이처럼 깊은 고통을 일깨우는 것은 바로 몸이며, 이에 관한 프루스
트의 글쓰기는 바로 그 지점을 깨닫는 데서 추동되고 있다고 간파한다. 즉 몸은 또
한 그에 못지않게 깊은 생각도 불러일으킨다는 것이다. 우리의 사고가 본성적으로
은유적이라면, 몸의 자세는 은유적이므로 곧 사고의 변환을 일깨우는 것은 너무나
도 자연스러운 일이 된다.
46) 발터 벤야민, 「초현실주의」, 『역사의 개념에 대하여 외』, 146−147쪽.
47) 발터 벤야민, 위의 글, 167쪽.

쓰기가 "유물론적이고 인간학적인 영감 속에서" 이루어지는 것이라고 보았기 때문이다. 이는 초현실주의자들이 곧잘 사용하던 '낭만주의의 잔해'와 '현대의 마네킹'만 보아도 꽤 적확한 판단임을 알 수 있다. "낭만주의의 잔해에서는 자연과 역사가, 현대의 마네킹에서는 인간과 비인간이 결합되거나 합성되는 것이다. (중략) 요컨대, 두 이미지에는 생물과 무생물이 뒤섞여 있다."[48] 뿐만 아니라 이 두 이미지에는 '유행'(기계—산업사회)과 '지나간 것'(자연, 혹은 죽음)이 한데 뒤섞여 있음으로써 일종의 '도약'이 일어나고 있다.

이러한 합성, 혹은 결합은 초현실주의자들의 용어를 따르자면 '경이'(벤야민에게는 '도약')를 불러일으키기 위한 콜라주다. 그리고 이 콜라주 행위의 목적은 '부정'이고 합리적·이성적 세계에 '틈'을 만드는 것이다.[49] 특히 초현실주의자들 사이에서 유행한, 이름부터 언캐니(uncanny)하게도 '아름다운 시체'라고 불리는 게임은, 한 자리에 모여서 각자 생각나는 구절을 그 앞 사람이 써둔 구절을 보지 않은 채로 이어 붙여가는 게임으로, 방금 언급한 '경이를 위한 콜라주'를 극적으로 보여주는 좋은 예가 된다. 문학은 '틈'을 만들어내는 작용이다. 이러한 틈을 통해 메시아가 들어오는 것이다. 그러나 그것은 '다른 곳'에서 도래하는 것이 아닌, '지금—여기'에 잠재적 상태로부터 가능성의 상태로 바뀜을 의미한다. 문학의 정치성에 대해 심도 있는 논의를 펼친 알랭 바디우(A. Badiou)는 이러한 상황에 대해 다음과 같이 명쾌하게 정리한다.

해방이, '법'을 비틀고 거기에 예외를 만드는 그런 움직임이 아니라면 무엇이란 말입니까? 해방은 어떤 국지적 형상 속에서, 어떤 예

---

48) 핼 포스터, 조주연 옮김, 『강박적 아름다움』, 아트북스, 2018, 60—61쪽.
49) 위의 책, 58쪽.

외 속에서, 정해진 질서 속에서는 거의 보이지 않는 어떤 균열 속에서 돌발하는 겁니다. 사회 전체의 느닷없는 혁명이라는 관념은 의미가 없어요. (중략) 우리는 라캉이 'le Nom—du—père(아버지의 이름)'을 'les non—dupes errent(속지 않는 자들이 헤맨다)'라는 경구로 다시 표현했다는 걸 압니다. 속지 않는 자들이란, 사태의 부정적 핵심을 안다고 주장하면서 해방의 가능성을 냉소적으로 부인하는 사람들이죠. 그들이 헤맨다는 건 바로 그런 의미에서입니다. 그들은 근본적으로 사기꾼이에요.[50]

이러한 바디우의 논의에는 벤야민의 생각이 짙게 깔려 있다. 그만큼 벤야민의 사유는 독특하며, 그렇기 때문에 시대를 넘어서는 생명력을 지니고 있다. 이는 그가 가진 특유의 '돌아다님', '방황' 때문이라고도 할 수 있을 것이다. 그는 하나의 사유에 매몰되지 않았다. 유물론 철학과 역사학, 그리고 신학과 문학을 넘나듦으로써 그가 우리에게 보여준 것은, 시대의 문제를 집요하게 파고들어 현재로부터 진정한 예외상태를 끄집어내는 데 유효한 유일무이의 사상이었다. 이제 우리에게 남은 과제는 벤야민이 펼쳐 보여준 지도를 지닌 채 우리의 문제를 끊임없이 사유하는 것, 그리하여 '성좌'가 만들어지는 순간을 놓치지 않고 그것을 '구원'에 이르는 길로 최대한 이끄는 일일 것이다.

---

50) 알랭 바디우·엘리자베트 루디네스코, 현성환 옮김, 『라캉, 끝나지 않은 혁명』, 문학동네, 2013, 52쪽.

낭시, 장─뤽. 이영선 옮김, 『신, 정의, 사랑, 아름다움』, 갈무리, 2012.

뢰비, 미카엘. 양창렬 옮김, 『발터 벤야민: 화재경보 ─「역사의 개념에 대하여」 읽기』, 난장, 2017.

문광훈, 『가면들의 병기창 ─ 발터 벤야민의 문제의식』, 한길사, 2014.

바디우, 알랭 · 루디네스코, 엘리자베트. 현성환 옮김, 『라캉, 끝나지 않은 혁명』, 문학동네, 2013.

벤야민, 발터. 최성만 옮김, 『역사의 개념에 대하여 외』, 길, 2008.

벤야민, 발터. 김영옥 외 옮김, 『보들레르의 작품에 나타난 제2제정기의 파리 외』, 길, 2010.

벤야민, 발터. 최성만 옮김, 『언어 일반과 인간의 언어에 대하여 외』, 길, 2008.

벤야민, 발터. 김영옥 외 옮김, 『일방통행로/사유이미지』, 2007.

벤야민, 발터. 조형준 옮김, 『아케이드 프로젝트 I』, 새물결, 2005.

솔로몬, 노먼. 최창모 옮김, 『유대교란 무엇인가』, 동문선, 1999.

엘리엇, 브라이언. 이경창 옮김, 『건축가를 위한 벤야민』, 스페이스타임, 2012.

포스터, 핼. 조주연 옮김, 『강박적 아름다움』, 아트북스, 2018.

문학의 형상성과 문화의 편재성

— 현대시 연구와 해석 방법

전동진

1. 서론

문화백가쟁명(文化百家爭鳴)의 시대라고 해도 지나친 말은 아닐 정도로 많은 문화 관련 담론들이 펼쳐지고 있다. 다채롭게 펼쳐지는 문화적인 것들의 향연은 빠르고 감각적이다. 지각을 넘어 상상력의 공간에 하나의 형상으로 자리할 시간과 여백을 허락지 않을 정도다. 그러니 문화의 핵심을 자처했던 문학가(文學家)들에게는 난감한 일이 아닐 수 없다. 향연의 주연은커녕 객의 신세마저도 위협받는 지경에 처했다.

서울에 거주하는 300명(10대—60대)의 남녀를 대상으로 문화 · 문학과 관련된 설문조사를 실시해 이를 분석한 논문이 2008년에 발표되었다. 이 논문에 의하면 다양한 문화장르 중에서 17명만이 문학을 선호하고 있었다. 문학 장르의 선호도에서는 대부분이 소설을 꼽았고 시는 수필에 이어 세 번째였다.[1]

---

1) 임현순, 「독자들의 한국현대시 수용과 인식의 특성」, 『한국시학연구』 제22집, 한국

물론 대중문화 속에서 서정시가 담당할 수 있는 역할이 미미해 진 것은 어제 오늘의 일은 아니다. 그러니 시의 위기가 현실이라면 그 원인은 외부보다는 내부에서 먼저 찾아야 할 것이다. 이 위기 의식에 대한 대응은 크게 두 방향에서 모색 되고 있다.

하나는 여전히 서정시의 문학성과 문학적 가치의 보편성을 강조하는 것이다. 기존의 문학 연구 방법들을 고수하고 있는 입장이 여기에 해당한다. 다른 하나는 문학연구에서 문화연구로 패러다임을 전환할 것을 요구한다.2) 전자의 경우는 문학의 형상성이 갖는 위의(威儀)에 대한 믿음이 있는 경우에 가능하다. 후자의 경우는 문화의 편재성을 바탕으로 삼아 문학의 독자적 영역을 새롭게 모색할 수 있을 것이라는 믿음이 기저에 깔려 있다.

좀 더 급진적으로 문학을 해체하려는 시도들도 있다. 이들은 '문학'을 지배적 제도와 담론에 의해 역사적으로 구성된 문화적 산물로 규정한다. 텍스트 내부에는 미적인 가치가 존재하지 않는 것으로 본다. 문학의 '외부'로 나가 문학에 부여된 특권적 가치가 특정제도 속에서 이데올로기적으로 구성된 것이라고 주장한다. 이들에게는 문학연구에서 문화연구로 나가는 데 그 어떤 것도 장애물로 작용하지 않는다.3)

같은 맥락에서 인문학 역시 학문 중의 학문이라는 프라이드를 가진 신성한 성전이 더 이상 아님을 상기하면서 김성곤은 인문학자의 안일한 대응을 꼬집어 말하고 있다. 그는 '주위의 변화에 대한 철저한 무관심', '인문학의 위기는 인정하지만 여전히 인문학의 특권과 신성성을 내세우며 스스로 인문학의 수호자로 나서는 것', '인문학의 위기만 강

시학회, 2008, 312―323쪽.
2) 김용규, 『문학에서 문화로』, 소명출판, 2004, 21쪽.
3) 김용규, 위의 책, 234쪽.

조하고 되풀이하다가 결국에는 위기의식 속에서 점점 더 고립되고 무력해지는 경우'를 문제점으로 들고 있다. 그는 인문학의 위기는 전통과 관습의 고수로 대항할 것이 아니라, 새로운 패러다임을 포용하는 적극적인 태도 전환을 통해 해결해야할 것이라고 제언한다.[4]

21세기에 들어 문학 연구는 문화연구와 자주, 폭넓게 통섭을 하고 있다. 문화연구가 점점 그 세력을 확장해 가면서 기존의 상황에 익숙한 문학 연구자를 당황하게 만들고 있는 것이 사실이다. 현대시 연구자들 역시 대응책을 다양하게 강구하고 있다. 디지털이라는 보이지 않는 손이 지배하는 시대에 창작된 하이퍼텍스트 시, 멀티미디어 시에서 시인과 독자의 위상에 주목하는 논의가 있다. 컴퓨터 데이터베이스 등 디지털 기호들을 작품의 혼성 모방에 이용하는 것은 우리 시에 나타난 변화의 서곡에 불과하다고 진단한다. 이러한 현실의 진단을 통해 "시가 민족 공동체적 열망을 분출하는 첨단에서 설 때 민중 시대와는 다른 디지털 시대의 선두가 될 수 있을 것"[5]이라는 처방을 내리기도 한다.

한국 현대시 역시 하나의 문화 상품으로 보아야 한다는 문화소통론도 제기되고 있다.[6] "이제 우리들의 이야기와 생각을 담은 현대시를 확대된 문화라는 관점에서 보아야 한다"[7]는 것이다. 그러나 이와 같은 견해는 영화나 소설 등의 문화상품과 시라는 문화상품은 유통과 소비 방식에서 상이하다는 점을 간과한 것이다. 이보다 더 중요한 점은 문화연구의 관점에서 현대시를 연구한다고 하더라도 문화 속에서의 현대

---

4) 김성곤, 『문화연구와 인문학의 미래』, 서울대출판부, 2003, 67─69쪽.
5) 최동호 외, 「디지털 시대의 새로운 문학 환경과 글쓰기의 방법론 연구」, 『한국시학연구』 제9집, 한국시학회, 2003, 347쪽.
6) 윤여탁, 「비판적 문화 연구와 현대시 연구 방법」, 『한국시학회학술대회논문집』, 한국시학회, 2006, 76쪽.
7) 윤여탁, 위의 글, 81쪽.

시의 지형학을 정립하는 것이 선결되어야 한다.

막무가내로 문화의 핵심을 자처하는 것은 시대착오적인 발상이다. 서정시가 문화 내에서 스스로의 위상을 가진 다음에야 우리는 해석의 시선을 가질 수 있다. 그 시선을 통해 해석에 나설 때 서정시는 문화 속에서 스스로의 정체성을 확보하면서 능동적인 역할을 담당할 수 있을 것이다.

그렇다면 어떻게 서정시는 문화 내부에서 독자적인 공간을 확보할 수 있을 것인가. 이 회의적인 물음에 긍정적으로 방법을 모색하게 해 준 것은 작품의 열려진 깊이로 다가가 새로이 언어가 탄생하려면, 시인의 노래가 시작되려면, 오히려 문학이 '축소화'되고 '중성화'되어야 한다는 블랑쇼의 전언이다. 블랑쇼는 문학은 작품의 공간을 향하면서 스스로의 사라짐을 통해 다시 태어나야 한다고 말한다.8) 작금의 문학의 조류는 어떠한 것인지, 그리고 문학은 어디로 가는지에 대해 '문학은 그 자체를 향해서, 사라짐이라는 본질을 향해서 가고 있다'고 쓰고 있다. 우리는 여기서 문학이 주변적인 학문으로 밀려난다는 의미로서의 위기의식에 대해 그가 완전히 다른 각도에서 대답하고 있음을 알 수 있다. 문학은 사라짐이라는 자신의 본질을 향해서 가고 있을 뿐이니 아무 문제도 없다고 반응한다.9) 블랑쇼의 견해에는 삶(실천)이 빠져 있는 것이 사실이다. 그러나 오직 서정시만을 놓고 본다면 그의 견해는 많은 시사점을 던져준다.

문화의 시대에 현대시의 연구 방법을 새롭게 모색하고 해석의 방향을 탐색하는 이 글은 문학연구와 문화연구의 적극적인 통섭을 지지하는 입장에서 쓰였다. 그러나 문학이 문학 외부의 시선에 의해 여러 문

---

8) 박규현(2003), 「블랑쇼, 비(非)─현전으로서의 책의 문제」, 『비교문학』 제30집, 한국비교문학회, 325─326쪽.
9) 박규현(2003), 위의 글, 324─325쪽.

화적 산물 중 하나로 규정되는 것을 경계하는 입장을 견지할 것이다. 그러면서 '서정시의 능동적인 사라짐'이라는 블랑쇼의 직관적인 견해를 적극적으로 도입하고자 한다.

문학 특히 서정시의 새로운 도약, 고양을 꿈꾸기 위해서는 토대가 튼실해야 한다. 이 토대는 언어로 구성되어 있다. 문화의 외적 경계를 에두르고 있는 언어와 문화의 내적 경계 즉 서정시의 영역을 표시하고 있는 언어를 구분하는 것이 이 논의의 핵심에 자리한다. 시적 언어를 토대로 마련된 시적 공간 속에서 해석의 시선을 지향해 갈 때 비로소 서정시는 특별한 효과를 발생하게 된다는 것으로 논의를 확장해 갈 것이다.

2. 언어의 원리로서 상징, 알레고리, 멜랑콜리

여기에서 다루는 상징, 알레고리, 멜랑콜리는 언어 형성의 원리 즉 기호인 셈이다. 수사적 언어 즉 비유로서의 상징, 알레고리와는 차원을 달리한다. 상징은 그 의미들을 체계화시켜놓고 있는 언어이다. 사전에 실려 있는 말들은 대표적인 상징의 언어들인 셈이다. 상징은 하나의 표상된 기호에 다양한 의미의 가능성을 열어놓고 있다. 그러나 표상된 의미들은 위계화의 질서에 끊임없이 재편된다는 점에서 근대적인 언어의 원리라고 할 수 있다.

상징은 추상적 총체성의 구현을 목표로 한다. 상징은 개념화된 언어이다. '상징의 언어'를 통과한 관념들, 대상들은 드러나지는 않지만 하나의 지향점을, 그것도 최선의 지향점을 가지고 있다. 이미지들은 나름대로의 위계를 가지고 있는 것이다. 그 위계의 최고의 지점에 있는 사유의 이미지를 밝히는 것이 곧 상징을 해석하는 작업이다. 이렇게 해석된 이미지가 개념이 된다.

개념어는 변화의 에너지, 특히 생활세계를 변화시키는 에너지를 스스로 소진해버린 언어이다. 변화의 에너지를 지닌 것은 '상징'이 아니라 '이미지'이다. 개념화된 사유의 이미지와 에너지로 충만한 이념화된 이미지는 상징과 알레고리 사이에서 하나의 계열을 이룬다. 둘의 변별점을 찾는 것은 쉽지 않다. 창조의 에너지로 충만한 이미지를 우리는 '형상성'이라고 부를 수 있다.

자연이 아니라 기계를 척도로 삼아 구성되는 '문화의 몸'을 효과적으로 담아내기 위해서 필요한 언어는 개념화된 언어가 아니라 '파편화된 언어'이다. 알레고리의 원리를 통해 언어의 경계가 확장될 필요성은 여기에 있다. 언어의 파편들을 모으고, 분산시키며 새로운 의미를 순간적으로, 순식간에 현현시키는 것이 바로 알레고리의 역능이다.

기호의 파편적인 의미를 쫓는 알레고리의 동역학은 스스로 깨어짐에서 비롯된다. 이렇게 얻은 에너지는 변화를 추동하는 힘으로 발산된다. 변증법적으로 새로운 이미지를 구성할 수 있도록 스스로 총체를 버리고 하나의 재료가 되는 것이다. 알레고리로서의 변증법적 이미지는 상실되고 파편화된 세계에 대한 한탄과 이를 넘어서는 새로운 '구원 세계'에 대한 동경과 희망을 담고 있는 이미지이다.[10]

상징과 알레고리를 '원형의 복원 가능성'이라는 규준으로 구분하면 상징은 가능성 쪽으로, 알레고리는 '불가능성' 쪽으로 경사된다. '원형의 복원 불가능성'은 다시 둘로 나누어 살펴볼 수 있다. 원형의 복원은 불가능하지만 이미지의 차원에서라도 그 재현 가능성을 열어놓고 있는 것은 편재성의 특징이다. 파편성은 이미지의 차원에서도 재현 불가

---

10) 홍준기, 「변증법적 이미지, 알레고리적 이미지, 멜랑콜리 그리고 도시—벤야민 미학에 관한 정신분석학적 고찰」, 『라깡과 정신분석』 제10권 2호, 한국라깡과정신분석학회, 2008, 48쪽.

능성에 더 무게를 싣는다.

편재성과 파편성은 알레고리의 두 특성이라고 할 수 있다. 편재성은 '원형 이미지의 재현 가능성'을 담고 있는 언어들이다. 그러나 이 언어들은 애써 원형을 지향하지 않는다. 반면 파편성은 '원형 이미지의 재현 불가능성'을 전제로 함은 물론 그 '원형'을 자발적으로 포기한 언어들이다. 알레고리가 문화(외부)를 지향할 때는 편재성이, 서정시(내부)를 지향할 때는 '파편성'이 더 강하게 드러난다.

멜랑콜리는 침묵의 언어이다. 시·공간도, 주체도, 의미도, 언어도 다시 반복하지 않기 위해서는 능동적으로 우울해 질 수 있어야 한다. 자발적 우울, 즉 멜랑콜리는 하나의 능동적인 '포오즈화'[11]이다. 이 포오즈에서 던지는 멜랑콜리의 '시선'이 통과하면 모든 파편들은 기존의 의미에서 스스로 벗어날 수 있게 된다. 침묵하게 되는 것이다. 그러나 이 침묵은 말없음의 침묵이 아니다. 지양된 침묵이다.

멜랑콜리는 원관념과 보조관념을 자발적으로 상실한 언어이기도 하다. 멜랑콜리의 언어는 따라서 '밑도끝도없는' 언어이다. 자발적으로 언어를 포기한 언어, 모든 언어들이 제 손으로 의미를 벗어버릴 수 있도록 바라보는 시선 자체다. 멜랑콜리의 언어는 시선으로서의 언어이다. 이 침묵의 언어가 지닌 특기는 독창적 이미지를 언어로 빚어내는 것이다. '보통의 상식으로는 연결되지 않는 사태와 사태, 인접불가능하게만 여겨지던 단어와 단어를 연결시킬 수 있는 능력, 은유제작 능력, 그런 상상력의 비상 능력을 멜랑콜리는 침묵 속에 잠재하고 있는 것이다.[12]

---

11) 김용희, 「식민지 지식인의 근대 풍경에 대한 내면의식과 시적 양식의 모색 ― 1930년대 오장환의 경우」, 『한국문학논총』 제43집, 2006, 245―248쪽.
12) 김동규, 「멜랑콜리―이미지 창작의 원동력― 아리스토텔레스의 『문제들』을 중심으로」, 『철학탐구』 제25집, 중앙대 중앙철학연구소, 2009, 144쪽.

3. 문화와 문학의 지형학

1) 문화의 장

'텍스트 바깥은 없다'는 데리다의 전언은 '문화 바깥은 없다'라는 말로 대치해도 전혀 어색하지 않다. 문화는 실로 모든 것에 해당하는 것 같다. 그 속에서 서정시는 문화의 바깥을 지향하면서도 동시에 문화의 핵심에 자리하고자 한다. 또 다른 한편에서는 문화의 일개 구성 요소임을 인정하고 다양한 통섭, 착종, 혼종을 시도하기도 한다. 이와 같은 다양한 시도들의 의의를 탐색하기 위해서는 우선 문화의 장을 이루는 바깥 경계에 대해 정리할 필요가 있다.

모든 것에 해당하는 문화 역시 언어로 구성되어 있다. 이 문화의 언어로 이루어진 텍스트는 세계와 인식 사이에 상징의 언어로 바깥과의 구분선을 친다. 이 상징의 언어는 세계 쪽으로는 노에마(의식 대상)가, 의식 쪽으로는 노에시스가(의식 작용)가 더 강렬하게 작용한다. 우리의 의식은 하나의 원천으로 작동한다. 그런데 이 원천은 무엇이 발생한 곳으로서의 과거적 의미를 띠고 있는 원천이 아니다. 원천은 생겨난 것의 과거가 아니라 오히려 생성과 소멸에서 생겨나는 현재의 의미이다. '원천은 생성의 흐름 속에 소용돌이로서 있으며, 그 리듬 속으로 발생과정 속에 있는 자료 즉 노에마들 그리고 노에시스까지도 끊임없이 끌어당긴다.[13]

세계 속에서 하나의 대상을 공유할 수 있지만 전혀 다른 방식으로 '침묵'을 지향하는, 침묵의 언어로부터 지향되는 언어가 '상징의 언어'와 '알레고리의 언어'이다. 벤야민은 알레고리와 상징을 다음과 같이 구별한다.

---

13) 발터 벤야민, 『독일비애극의 원천』, 한길사, 2009, 62쪽.

오늘날에도 사물적인 것이 인격적인 것에 대해, 파편적인 것이 총체적인 것에 대해 갖는 우위성 속에 알레고리가 상징의 반대 극에 있고 그렇기 때문에 똑같이 막강하게 맞선다는 점은 자명하게 받아들여지지 않고 있다. 알레고리적 의인화 작업은, 사물적인 것을 의인화하기보다 오히려 인물로 꾸미는 일을 통해 사물적인 것을 더욱 더 당당하게 형상화하는 것이 그 과제라는 점을 늘 기만해 왔다.[14]

벤야민은 알레고리가 상징과 대등하게 평가받지 못하고 있는 것을 안타까워하고 있다. 상징이 추구하는 의미의 총체성은 인간주의의 핵심을 차지하고 있다. 알레고리가 인간주의에서 벗어나 사물 자체를 지향할 때 인간들 역시 알레고리를 통해 다른 해방의 길을 꿈꿀 수 있을 것이다. 네오-휴머니즘의 한 원리가 상징이 아니라 알레고리인 것에 주목할 필요가 있다.

세계와 주체 사이에는 알레고리의 언어가 드리워진다. 알레고리의 언어는 또 다른 침묵 곧 '수다'라고 할 수 있다. 그런 점에서 궁극적으로 말하기 위해서는 끊임없이 말하는 것이 과제라는 견해는 주목을 요한다. 끊임없이 말하게 만드는 작업은 글쓰기이다. 수다로서의 침묵은 아직 논리 정연한 말로 표현되지 않는 끊임없는 중얼거림을 내포하고 있다고 말할 수 있다. 알레고리의 언어적 표현으로서의 글쓰기는 표현하고자 하는 주체의 욕구에 관련되기보다는 침묵 속의 말의 폭발과 더욱 관련을 맺고 있다.[15]

형이상학의 선적이고 논증적인 담론에 의지하거나 말들과 표상들 뒤의 기의에 대한 추구에 사로잡혔던 '현전의 철학'적 글쓰기는 상징의 언어가 담당한 몫이었다. 이러한 글쓰기를 대신해 자체의 경험(내적 경

---

14) 발터 벤야민, 위의 책, 278쪽.
15) 박규현(2003), 위의 글, 322쪽.

힘)을 존중하고 그 안에서의 순수한 의미 작용의 움직임에 관심을 가질 필요가 있다. 파편적 글쓰기에 대한 관심에 따라 문학의 역할과 위치가 새로운 각도에서 조명을 받게 되는 글쓰기는 알레고리의 언어에 의해 이루어진다.16) 알레고리 언어는 세계와 주체 사이에 놓여 문화의 한 경계가 된다.

의식과 주체를 잇는, 끊긴 길 위에 놓인 언어가 멜랑콜리의 언어이다. 의식과 주체는 단속적으로(끊김을 통해) 연결된다. 그래서 주체가 의도한 의미가 의식의 측면에서는 전혀 의미심장하지 않다. 주체와 의식은 마주보는 것이 아니라 서로 지나치는 시선 속에서 스칠 뿐이기 때문이다. 그래서 의식의 처연함에 주체는 어떻게 관여할 방법이 없는 것이다. 서로를 보고 아무리 떠들어도 그것은 지나쳐가는 것이기 때문에 침묵과 다르지 않다. 상징의 언어와 알레고리의 언어 그리고 침묵, 이 침묵의 언어가 멜랑콜리의 언어이다.

> 왜냐하면 살아본 적이 없는 모든 것은 구원받지 못한 채 지혜의 말이 오직 기만적으로 유령처럼 떠도는 공간 속에서 쇠퇴해가기 때문이다.17)

'지혜의 말'까지도 유령처럼 떠도는 공간이 곧 멜랑콜리의 시선, 그 시선 속에 펼쳐지는 공간인 것이다. 벤야민은 자아의 표지, 자아의 위대함을 보증하는 인장이자 자아의 허약함을 나타내는 증표가 자아가 침묵하는 것이라고 역설한다.18)

---

16) 박규현, 「블랑쇼에게서 문학의 공간을 통해서 형성되는 공동체」, 『프랑스문화예술연구』 제4집, 프랑스문화예술학회, 2001, 54쪽.
17) 발터 벤야민, 위의 책, 236쪽.
18) 발터 벤야민, 위의 책, 161쪽.

살펴본 바와 같이 텍스트와 텍스트 바깥, 곧 문화와 문화의 바깥은 이상의 세 언어를 그 경계로 삼고 있다. 하나는 의미의 총체성을 목표로 하는 상징의 언어가 놓인다. 다른 한편에는 편재성과 파편성을 핵심으로 하는 알레고리의 언어가 자리한다. 이 알레고리적 언어는 현실 속에서 주로 '수다'를 통해 표상한다. 그리고 다른 한 측면에서는 멜랑콜리 즉 침묵의 언어가 포즈를 취하고 있다.19) 이를 도식으로 그려보면 아래와 같다.

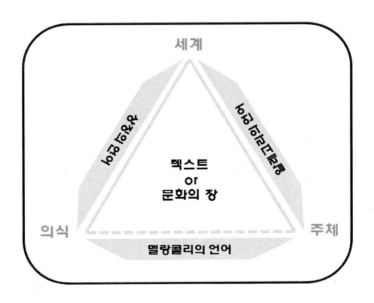

2) 현대시의 지형학

문화의 핵심에 서정시를 배치하면서 논의를 본격적으로 전개하고자 한다. 그러나 이 핵심은 감각적 이미지로 충만한 상태가 아니라 '텅빔' 의 상태이다. 총체성을 내재한 상징의 언어가 아니라 기존의 의미를 모

---

19) 발터 벤야민, 위의 책, 236쪽.

두 지운 파편의 언어들이 유영하는 텅빈 공간이다. 서정시의 공간은 주체뿐만 아니라 대상과 의식까지 모두 무화된, 모두 사라진 "텅빈 장소"로서 서정시가 성립하는 곳이다.[20]

문화의 장(場)의 중심을 서정시로 상정하고 단순하게 도식화시킨 또 하나의 삼각형을 그려 넣을 수 있겠다. 큰 삼각형이 문화의 바깥 경계를 이루는 언어의 형성 원리를 나타낸다면 안쪽의 작은 역삼각형은 수사적 언어, 즉 대표적인 세 가지 비유로 그 경계를 삼는다.

일반의 의미 구성 원리로서 상징의 맞은편에는 비유로서의 '상징'이 자리한다. 수사적 측면의 '상징'에서 일상의 피조물들은 언제나 부재의 현전(죽음)이라는 불안 속에 놓인다. 따라서 주체는 끊임없이 상징적 이미지를 섭취하려고 애쓴다. 그러나 그 이미지는 상징 언어(물화)의 반영일 뿐이기 때문에 언제나 결핍이거나 과잉이다. 총체성으로서의 상징은 실현되지 못하고 이미지 단계에서 지연되고 연기된다. 그럼에도 상징은 끊임없이 총체성을 지향한다. 상징의 의미는 텍스트와 텍스트의 바깥이 일대다의 관계를 형성한다. 상징을 '개념의 언어'라고 하는 것은 의미를 고정화시키지 않는 대신 '위계화'를 조장하기 때문이다. 이 '위계화'의 중심에는 주체가 자리한다.

멜랑콜리의 언어는 '은유'로 반영된다. 세계 속으로 들어간 멜랑콜리 즉, 은유는 그 원관념과 보조관념을 유사성의 충일성 속에 둔다. 둘은 하나의 이미지를 지향함으로써 '어떤 새로운 의미와 이미지를 창출'한다.[21] 기존의 은유는 대상과 대상의 유사성에 주목하면서 의미화 방식에 주로 초점을 맞추고 있다.[22] 멜랑콜리의 반영으로서의 은유는 세계

---

20) 박규현, 「블랑쇼, 죽음의 시학」, 『프랑스학연구』 제22집, 프랑스학회, 2002, 203쪽.
21) 김동규, 「하이데거의 멜랑콜리 해석」, 『해석학연구』 제21집, 한국해석학회, 2008, 141쪽.

속에서 의미의 장으로 들어온 의미 대상과 내적 체험이 형성한 이미지의 유사성을 강조한다는 점에서 차이가 있다. 멜랑콜리커는 어울리지 않은 이미지들을 얼기설기 엮어 무의미한 이미지를 조립하는 것이 아니라, 존재 개방적 의미를 담고 있는 독창적 이미지를 빚어낸다. 이 이미지는 주로 시각에 의존하는 고정된 상으로서의 이미지와는 구별 된다. 멜랑콜리, 즉 극도로 지양된 침묵의 에너지로부터 폭발적으로 떠오른 이미지는 존재를 개방하는 힘을 지닌다. 세계 속에 존재의 진리가 드러나는 방식이 곧 은유인 것이다.[23)]

마지막으로 알레고리의 언어와 마주하고 있는 시의 언어 즉 비유는 '환유'이다. 기의와 기표가 끊임없이 전이되는 것이 환유의 과정이라고 할 수 있다. 알레고리는 흔적과 파편들을 유기적으로 꿰매어 역사의 동질성 속으로 편입하지 않는다. "원자화된 물질적 파편들을 의미의 무한하고 인과적 동기가 없는 성좌의 형태 속으로 끌어들이는 글쓰기 실천 그 자체"가 곧 알레고리이다.[24)] 도미노는 알레고리와 환유의 특성을 잘 보여주는 대표적인 놀이(현상)이다. 꼬리의 꼬리를 무는 인접성이 환유의 특징이라면, 가장 아름다운 이미지를 최후에 드러내는 것이 알레고리의 특성이기 때문이다. 이 환유의 인접성을 '공간적으로 이웃하는 것', '시간적으로 연속되는 것'으로 설명하는 것은 야곱슨이 전개한 환유이론의 핵심적인 내용이기도 하다.[25)]

문화적 텍스트의 의미의 장은 상징의 언어, 알레고리의 언어, 멜랑콜리의 언어를 통해 '없는 바깥'과 경계를 가름한다. 문화가 열어놓은 의

---

22) 권혁웅, 「현대시에 나타난 비유의 상관성 연구」, 『한국시학연구』 제26집, 한국시학회, 2009, 161쪽.
23) 김동규(2009), 위의 글, 144쪽.
24) 김용규, 위의 책, 299쪽.
25) 권혁웅, 위의 글, 153쪽.

미의 장 심처에 자리하고 있는 것이 '침묵의 언어들'이다. 형상 직전, 이미지가 되기 직전의 언어들이 파편으로 유영하고 있는 텅빈 장소가 서정시의 공간이다. 이 공간을 상징, 은유, 환유의 수사적 언어가 에두르고 있다. 이를 도식으로 나타내면 아래와 같다.

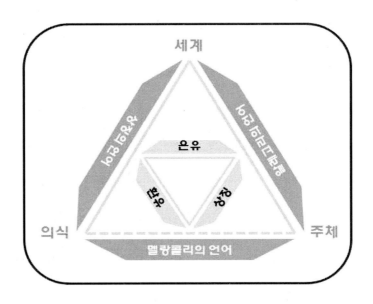

시적 공간, 텅빔의 공간은 익명성을 통해 즉, 주체의 사라짐을 전제로 '부재의 공동체'를 형성한다.26) 이 익명성은 바로 문학적 체험의 진실 그 자체이다. 글쓰기나 독서를 통해 체험했던 죽음에 대한 익명성의 경험이 한 개인이 아닌 모두에게 공통된 경험이 될 수 있다고 블랑쇼는 믿었다.27) 그는 이 '부재의 공동체'를 문학적 소통을 통해 이루어는 이상적 공동체라고도 한다. 이 공간에서의 내적 경험은 단독자에게서는 이루어질 수 없다.

---

26) 모리스 블랑쇼, 『밝힐 수 없는 공동체』, 문학과지성사, 2005, 47쪽.
27) 박규현, 위의 글, 2001, 56쪽.

내적 경험은 소통 가능해야만 그 자체로 남아 있을 수 있으며, 경험은 그 본질에 있어 바깥으로의 열림 그리고 타인에게로의 열림이기에, 나와 타자 사이의 급진적 반대칭성의 관계를 유도하는 움직임이기에 소통 가능한 것이다. 그 열림, 움직임, 다시 말해 찢김.[28]

내적 경험에서 중요한 것은 물론 소통이지만 타자와의 '반대칭성의 관계'에도 특별히 주목할 필요가 있다. 반대칭 즉 비대칭 속에서만이 '열림', '움직임', '찢김'까지도 목도할 수 있을 것이기 때문이다. 이 비대칭의 시선이 곧 멜랑콜리의 시선이기도 하다.

텅빈 중심의 공간에 성좌가 되기 전의 별들과 같은 언어들이 섞여 반짝인다. 문학가, 비평가를 포함한 글쓰기의 주체는 이 텅빈 공간에서 의지와는 무관하게 그리고 순식간에 '부재의 공동체'를 형성한다. 이곳으로부터 시향을 어디로 향하느냐에 따라 지향되는 해석은 달라진다. 총체성이라는 굴레에서 벗어났다면 시향은 더욱 자유롭다. 은유를 거쳐 세계를 지향할 때는 "정치성"이, 상징을 거쳐 주체를 지향할 때 '자기 윤리성'이, 환유를 거쳐 의식을 지향할 때 '예술성'이 해석의 시금석이 된다.

4. 해석의 세 시향(視向)

문화는 '무(無)'인 외부와 문학이 스스로를 비워내면서 마련한 내부의 '무(無)' 사이에서 진동한다. 이 진동은 문화의 편재성들이 다채로운 의미를 발산하게 해주는 동력학의 에너지를 제공한다. 스스로 비워낸 문학이, 그러므로 진정으로 원하는 것은 '진정한 부재'이다.

---

28) 모리스 블랑쇼, 위의 책, 43쪽.

단 한번도 소유해 본 적이 없기에 상실한 적도 없는 대상을 이러한 부정적인 방식으로 소유하는 우울자에게, 진정한 소유의 대상은 바로 상실감 그 자체이다. 그가 진정으로 추구하는 것은 그리하여, 상실된 대상이 아니라 그 대상의 부재이며, 이 대상이 현존하지 않은 한에서 그것은 늘 점유를 향한 우울자를 추동하는 힘으로 작용한다.[29]

능동성의 부재를 통해 문학이 의도하는 것은 자발적으로 문화 속으로 들어가면서도 문화의 한 산물로 편재되는 것을 연기할 수 있다는 것이다. 그러면서 문화 내에서 형상성의 역능, 이미지의 역동적 에너지를 발산하는 것이다. 이런 과정 속에서 문학은 독자적 정체성을 확보할 수 있을 것이다. 문화 속에서 문학의 정체성이 확보될 때 '문학의 '외부'에 위치한다는 것과 문학의 내부가 어떤 관계를 갖는지, "문학 형성을 본질화하지 않으면서 그것이 문학 외부와 어떻게 관계하는지 고민하지 않을 때, 문학의 제도구성론은 계속적으로 공소한 주장만 보여주거나 문화연구로 옮겨갈 수밖에 없게 될 것"[30]이라는 염려를 불식시킬 수 있을 것이다.

문학이 스스로 비워낸 곳에는 침묵이 자리한다. 그런데 이 침묵은 조금 특별한 침묵이다. 다른 맥락이기는 하지만 침묵에 대한 다음과 같은 해석은 많은 시사점을 제공해 준다.

궁극적으로는 침묵하기 위해서는 끊임없이 말하는 것이 과제가 된다. 끊임없이 말하게 만드는 작업이 바로 글쓰기이다. 여기서 침묵은 글쓰기 이후에 위치하는 것이 아니라 글쓰기의 움직임의 내면에

---

29) 김홍중, 「멜랑콜리와 모더니티—문화적 모더니티의 세계감 분석」, 『한국사회학』 제40집, 한국사회학회, 2006, 20쪽.
30) 김용규, 위의 글, 382쪽.

이미 존재하는 것으로, 그것은 우리가 말하기를 계속해야 하는 대상
인 어떤 것이 표출을 기다리는 행위에 관련된다고 말할 수 있다. 침묵
은 아직 논리 정연한 말로 표현되지 않은 끊임없는 중얼거림을 내포
하고 있다고도 말할 수 있다.[31]

　와자지껄한 침묵의 언어는 글쓰기를 통해 더욱 깊어진다. "글쓰기란
표현하고자 하는 욕구에 관련되기보다는 침묵 속의 말의 폭발과 더욱
깊은 관련을 가진다. 글쓰기는 침묵 속에서 끊임없이 말을 하도록 하는
것"[32]이라는 견해는 설득력이 있다. 이 침묵의 글쓰기가 지향하는 바
에 따라 문학 연구자의 시선은 '사회'와 '자기'와 '예술'을 지향한다. 이
를 도식으로 나타내면 아래와 같다.

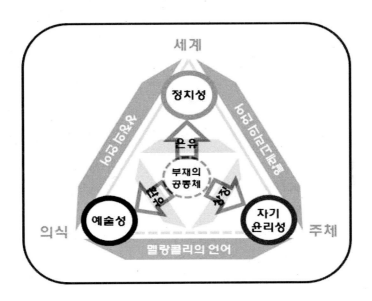

31) 박규현(2003), 위의 글, 322쪽.
32) 박규현(2003), 위의 글, 322쪽.

1) 정치성

문학과 정치는 타자를 지향하는 공통성을 가지고 있다. 문학의 경우 타자의 자리에 '나'를 놓을 때 내적 모더니티가 획득된다. 반대로 타인을 놓을 때는 계몽의 문학이 되든지, '프로파간다'라는 비판을 면키 어렵게 된다. 그러나 이러한 비판 역시 문학 내부의 시선이기 때문에 오늘의 현실에 있어서는 특별한 반성의 계기로 작용하는 것 같지 않다. 계몽의 문학이나 '찌라시', '삐라'와 구별이 되지 않는 문학작품이라고 하더라도 정치 현실에서 요구되는 이념의 언어와는 다르다.

> 정치적 관점에서 문학의 언어의 과제는 어떤 보이는 무엇에 대한 요구를 정당화하기 위해 어떤 기준들을 정립하는 데 있지 않고, 반대로 모든 보이지 않는 함께—있음을 작품을 통해 제시하는 데에, 실현하는 데 있다.[33]

정치의 언어가 실현 가능한 공동체를 지향한다면 문학의 언어는 밝힐 수 없는 공동체를 지향한다. "문학의 언어는 보이는 '무엇'이 현실에서 절대화될 때, 현실 배후에 놓여 있는 너무나 명백하고 까발려진 언어인 이념을 검증하고 감시하는 침묵의 언어, 음악의 언어가 되어야 한다"[34]는 견해는 탁견이 아닐 수 없다.

따라서 문학의 정치성은 흔히 말하는 현실 정치와는 구별해야 한다. 그것은 시선의 지향과 기만의 방식에서 특히 구별 된다. 현실 정치에서는 주체의 시선이 타자에게 일방적으로 향한다. 시선의 작동 원리는 타자를 자기화하는 투사의 방식이다. 반면 문학의 정치성에서 시선은 '반

---

33) 박준상, 『바깥에서』, 인간사랑, 2003, 193쪽.
34) 박준상, 위의 책, 194쪽.

보기의 시선'35)이라고 할 수 있다. 자기는 타자를 향해 자기를 벗으며 간다. 타자 역시 스스로 대상성을 탈각하면서 주체에로 다가온다. 미메시스의 방식으로 시선이 작동하는 것이다. 주체와 타자 모두 스스로를 떠났음으로 의미는 현실에서 구성되지 않고 허구 속에서 구성되는 것은 당연하다.

주체와 타자, 주체와 자기의 관계는 기만적인 방식으로 맺어진다. 기만을 구성하는 두 개의 핵심적인 항이 '진실'과 '거짓'이다. 이 핵심항을 공유하기 때문에 정치는 '서정성'을, 문학은 '정치성'을 하나의 특성으로 드러낸다. 그러나 그 지향점은 전혀 다르다. 정치는 '거짓된 진실', '위선(僞善)'을 지향한다. 반면 문학은 '진실된 거짓', '위악(僞惡)'을 지향한다. 정치는 타인을 기만하는 것을 목표로 하고 문학은 '자기 기만'을 목표로 한다. 그래서 문학의 정치성은 궁극적으로 '자기 정치성'일 수밖에 없다.36)

다채로운 '앎'이 다양한 형태의 '힘'으로 발현되기 위해서는 그 통로(과정)가 여럿이어야 한다. 그런데 후기산업사회는 이 통로를 교환가치로 일원화하고 있다. 유일하게 문학은 교환가치를 거부함으로써 교환가치를 획득한다. 스스로 '상품'이기를 거부함으로써 '상품성'을 획득하는 것이다. 현실의 불합리에 대한 발언을 문학의 담론은 적극적으로 개진할 필요가 있다. 문학이 놓인 아이러니 자체가 현실 내부에서 반성을 유발시킬 수 있기 때문이다.

문학은 태생적으로 다양성, 다성성을 지향한다. 문학과 정치를 논할

---

35) 반보기는 서로 멀리 떨어져 살아 오랫동안 만나지 못한 친척 부인네들이 두 집 사이의 중간쯤 되는 산이나 시냇가 등지에서 만나 장만하여 온 음식을 나누어 먹으며 하루를 즐기는 일을 가리키는 말이다.
36) 전동진, 「문학의 정치성 연구 — <오월시동인을 중심으로>」, 『한국언어문학』 제70집, 한국언어문학회, 2009, 380쪽.

때 문학은 그 자체 속에 정치성을 내재하고 있다고 말한다. 이때 문학의 정치성은 문학의 본질적 특성이라고 하기는 힘들다. 문학 외적으로 나타나는 정치적 효과이자 정치의 규정력을 포괄하는 것이 문학의 정치성이라고 할 수 있겠다.

물론 이것은 정치를 통치의 개념으로 보는 데서 비롯된 지나친 해석일 수도 있다. 정치를 공적인 세계에서 이루어지는 사람들 사이의 '관계'에서 비롯된 모든 행위라고 하더라도 이것 역시 문학보다는 현실 정치와 더 깊은 연관성을 보인다. 문학의 정치성은 현실을 넘어서는 밝힐 수 없는 공동체, 바깥에 관한 발언과 관련된다.37)

2) 자기 윤리성

자기 윤리는 타자의 자리에 자기를 놓음으로써 형성된다. 자기와의 관계맺음에 작용하는 가치 판단이라고 할 수 있다. 자기 윤리가 형성되기 위해서는 복수의 '자기'가 필요하다. 이때 복수의 주체를 '분열'로 볼 경우에는 정신병리적 현상으로 왜곡될 수 있다. '자기'는 분열되는 것이 아니라 '발견되는 자기'이다. 자기를 발견하기 위해서는 '알레고리적 침잠'이 선행되어 한다.

> 알레고리적 침잠은 객관적인 것의 마지막 환영을 떨쳐내야만 하고 전적으로 자기 자신에 의지한 채 더 이상 지상의 사물세계에 유희로서가 아니라 하늘 아래서 진지하게 자기 자신을 재발견하게 한다.38)

이렇게 재발견된 '자기'와 관계맺는 방식이 자기윤리인 것이다. 더구나 "자기 윤리는 수치스러운 현실태로부터 우리 자신을 해방시키는 문

---

37) 전동진(2009), 위의 글, 381쪽.
38) 벤야민, 위의 책, 394쪽.

제와도 연결된다."39) 자기 자신의 무엇인가를 해방하는 것은 자기 정치의 과제다. 자기로부터 무엇인가 새로운 것을 해방하는 것, 그것을 언어로 포착하는 것이 문학의 역할이다.

이것은 실천의 문제와도 결부된다. 문학의 언어로 해방의 과정을 포착하는 것은 자기 배려에 입각해서 수치스럽지 않은 자기를 생각하는 절차와 실천에 닿아 있는 것이라고 푸코는 말하고 있다.40) 이 실천의 핵심에는 단 한번도 되어본 적이 없는 자기가 되기라는 중심 테마가 자리하고 있다.41)

자기 윤리의 핵심 구성 인자는 '언어와 권력'이다. 정치적 범주에서의 권력은 언제나 과거에 존재했던 것에 접근한다.42) 정치인을 판단하는 것은 그의 현재나 미래가 아니라 과거다. 자기 윤리에서 권력은 현재적이다. '현재가 지닌 힘'을 극대화시키기 위해서 과거도 미래도 하나의 재료로 가져다 쓸 수 있다. 과거—현재—미래의 시간적 틀을 바탕으로 하는 지속적인 발전은 이미 상실되었다. 그래서 유일한 행복의 순간을 과거나 미래와 연결되어 있지 않는 오로지 "언제나 현재적인 것만이 지속하는 상태"43)라는 견해는 좀 더 시적이다.

현재에 새로운 힘을 끊임없이 부여하기 위해서는 '산책자의 시선'과 '상승의 시선'을 동시에 가져야 한다. 산책자의 시선을 통해서 우리는 자기를 재발견하게 된다. 상승의 시선을 통해 언어를 새롭게 배치할 수 있게 된다.

---

39) 전동진, 시학의 원리로서 알레고리의 가능성 — 오장환 시를 중심으로」, 『한국문학이론과 비평』 제48집, 한국문학이론과비평학회, 2008, 337쪽.
40) 미셸 푸코, 『주체의 해석학』, 동문선, 2007, 28쪽.
41) 미셸 푸코, 위의 책, 132쪽.
42) 홍준기, 위의 글, 36쪽.
43) 최문규, 「"바로크"와 알레고리—발터 벤야민 언어이론」, 『뷔히너와 현대문학』 제16권 1호, 한국뷔히너학회, 2001, 214쪽.

산책자의 시선을 견지하는 데 있어 중요한 것은 더 이상 과거를 불러오는 데에 그쳐서는 안 된다는 것이다. 즉 익숙한 경험의 영역을 반복하는 것이 아니라, 오히려 이를 벗어나는 데에 있다. 과거가 하나로 굳어지지 않고, 언제든지 마치 처음 대하는 것 같은 새로운, 생소함이 산책자가 추구하는 본질인 것이다.44) 따라서 산책자의 시선이 머무는 것은 풍경이 아니다. 풍경을 지나친 시선은 새로운 '자기'가 걸어들어 올 수 있도록 깊고 넓게 지향해 간다.

이렇게 재발견된 자신을 배려한다는 것은 자신의 시선을 변화시킨다는 것을 전제하고 있다. 말하자면 시선을 외부로부터 내부로 이동시키는 것을 내포하고 있다.45) 사람들이 자기 배려를 하는 이유를 푸코는 자기 자신을 위해서이고, 자기 자신을 목적으로 갖기 때문이라고 말한다.46)

산책과 자기배려는 언어를 통해서, 언어 안에서 이루어진다. 인간은 인간이기 위해서 스스로를 언어의 감옥에 유폐한 존재들이다. 이 '언어의 감옥'으로부터의 도피처는 없다고 말한다.47) 그래서 언어의 진폭을 키우는 것이 감옥에서의 자유를 최대치로 끌어올리는 효과적인 방책이 된다.

벤야민은 언어가 자신의 본질을 가장 낮은 존재에서 인간을 거쳐 신에게 이르기까지 전 자연을 관통해가며 부단하게 전달한다는 점을 강조한다.48) 산책자의 시선을 통해 발견된 자기는 '가장 낮은 존재'와 '신'

---

44) 김길웅, 「미적 현상과 시대의 매개체로서의 알레고리―벤야민의 알레고리 개념을 중심으로」, 『브레이트와 현대연극』 제4집, 한국브레이트학회, 1997, 236쪽.
45) 미셸 푸코, 위의 책, 53쪽.
46) 미셸 푸코, 위의 책, 118쪽.
47) 리처드 윌슨, 「신역사주의의 역사화」, 『신역사주의론』, 한신문화사, 1994, 6쪽.
48) 김유동, 「"순수언어"에 대한 기억」, 『뷔히너와현대문학』, 제33집, 한국뷔히너학회, 2009, 275쪽.

사이에 놓인 모든 언어를 타며 상승하고 하강한다. 가장 깊이 있는, 그러면서 가장 넓은 품을 가진 언어 속에서 주체는 같은 자기를 반복할 겨를이 없게 되는 것이다. 이것이 자기가 자기 자신에게 줄 수 있는 최고의 선물이다. 이 '유한성 내에서의 숭고'[49]를 통해 최대의 자유를 누리는 것이 자기 윤리성의 핵심에 자리하는 것이다.

3) 예술성

문학을 포함해서 예술이 당면한 근본적인 문제는 사적·공적 영역에서 그 미적 역능을 현저히 상실하고 있다는 것이다. 예술은 아우라의 상실, 본래적 가치를 상실했음은 물론 사용가치, 교환가치에 의해 값이 매겨지는 지경에 이르렀다. 문화산업의 일부로 편입되었다고 해도 지나친 말이 아닐 정도가 되었다.

사정이 이렇다보니 예술의 각 영역은 스스로의 정체성을 헤치면서까지 비예술적 영역과의 혼종, 착종을 통해 활로를 모색하기도 한다. 이 과정에서 '문화'는 예술을 떼어내고 '산업'과 짝을 이루었다. '문화예술'이라는 말보다는 '문화산업'이라는 말이 훨씬 자연스럽게 들릴 정도이다.

현실 사회에서 극단적으로 예술성만을 추구하는 것은 극단적으로 산업 쪽으로 기우는 것만큼 바람직하지 않은 것 같다. 예술 간의 상호소통을 통해 예술 전반과 미학에 대해 체계적으로 접근할 수 있는 토대를 서둘러 구축해야할 필요가 있다.

우리 사회는 하루가 다르게 다원화되고 전문화되고 있다. 인간의 삶을 총체적으로 구성할 수 있다는 믿음은 허위로 판명난 지 오래다. 파

---

49) 김동훈, 「발터 벤야민의 숭고론-예술비평, 번역, 알레고리, 아우라 개념을 중심으로」, 『미학』 제52집, 한국미학회, 2007, 96쪽.

편적인 삶이 모여 하나의 전인적인 삶을 재구성할 수 있을 거라는 낭만주의적 시선들은 여전히 예술성의 한 극단을 탐색하고 있다. 좀 더 주체의 능동적인 삶을 강조하는 측면에서는 다른 '파편들'로의 자발적인 전이를 강조한다.

파편화된 삶으로의 자발적 지향은 자신의 삶의 전과정을 알레고리로 이해하는 것에서 출발한다. 예술 역시 자기 정체성, 자기 존재의 논리적 근거로 삼을 수 있는 것은 상징이 아니라 알레고리이다. 예술을 통합적으로, 종합적으로 연구하기 위해서 필요한 것 역시 상징이 아니라 환유의 방식이다.

현실에서 대부분의 새로움은 예술적 창조성에서 오는 것이 아니라 자본에 의해 기획되고 실현된다. 자본의 위력이 이러하다 보니 '보편적 세계의 존재'에 대해서도 회의적인 시선이 급격하게 증가하고 있다. 세계의 보편성이 상실되는 것과 궤를 같이하여 예술의 특수성에 대해 배려해 주거나 살펴주었던 시선 또한 급격하게 감소하고 있다.

새로움이라는 특수성에서 자기 정체성을, 존재감을 획득할 수 없게 된 예술에는 이제 자기 본연에 대한 탐구, 존재의 깊이에 대한 탐구의 영역이 남겨졌다. 예술성에의 지향 역시 스스로 비워낸 '무(無)의 텍스트'에서 비롯되는 것이다.

> 예술이 인간을 자신의 근거로서 인식하는 대신 자신의 현상을 만들고, 인간을 자신의 창조자로서가 아니라, 그의 현존을 자신의 형성의 영원한 소재로 인식할 정도로 예술이 현존재의 중심을 차지하는 곳에서 냉정한 성찰은 사라진다.[50]

---

50) 발터 벤야민, 위의 책, 153쪽.

따라서 예술 작품의 존재 의의는 감각적 대상이 아니라 영원한 것에서 찾아야 한다는 지적은 주목할 만하다. 영원한 것은 감각적으로 지각될 수 없기 때문에 작품 자체 안에서 발견되어야 한다.[51] 그렇다고 예술이 자신 안에 자기의 존재 의의를 드러내는 것은 아니다. 예술은 행위(실천) 속에서 시선의 지향을 통해 드러나게 된다.

예술에 대한 종합적 성찰을 통과한 언어는 기호의 언어에서 이미지의 언어로의 전환이 가능해 진다. 다양한 장르와 문학의 통섭은 이미지의 언어로의 전환에 많은 영감과 소재를 제공해 줄 것이다. 언어는 이미지를 세계와의 관계 속에서가 아니라 자기와의 관계 속에서 획득할 수 있게 될 것이다. 이것이 우리는 순수 언어라고 부를 수 있는 것이다.

5. 결론

현대시 연구과 해석 방법을 새로운 방향에서 모색해 보는 것이 이 글의 목적이었다. 이를 위해 현재 서정시가 차지하고 있는 위상과 역할을 점검하는 것으로부터 출발하였다. 문학의 위기, 시의 위기는 비단 어제 오늘만의 일은 아니었다. 한 편에서는 기존의 연구 태도를 고집스럽게 유지하고 있다. 다른 한 편에서는 서정시 스스로 문화 상품임을 인정하고 적극적으로 문화 속으로, 대중 속으로 뛰어들 것을 주문한다. 그런가 하면 지금이야말로 서정시 본연의 임무 혹은 역할을 수행할 수 있는 기회라며 전혀 다른 반응을 보이기도 한다.

서정시의 위기에 대한 다양한 대응 방식들을 비판적으로 수용하면서 문화 속에서 현대시의 지형학을 구성해 보았다. 이를 통해서만이 비평적 시선이 발생할 수 있을 것이라고 보았기 때문이다. 문화의 장의

---

51) 김동훈, 앞의 글, 75—76쪽.

핵심에 스스로 '텅빔'으로 자리한 시적 공간에서 우리는 특별한 '부재의 공동체'를 경험할 수 있다. 이 공동체에서 '우리'의 시선이 세계를 지향할 때는 '정치성'이, 주체를 지향할 때는 '자기 윤리성'이, 의식을 지향할 때는 '예술성'이 해석의 핵심 원리로 작용한다고 보았다.

문제는 본고에서 구성한 '현대시의 지형학'이 아직은 구체적인 논거에 의해 뒷받침 되고 있지 못하다는 것이다. 문화와 서정시의 지형학이 직관적 사유에 기대 구성되다 보니 이후의 논의는 다분히 사변적일 수밖에 없었다. 이를 보완하기 위해서는 무엇보다도 중요한 것은 언어의 원리에 대한 심층적인 탐색일 것이다. 이와 함께 비유에 대한 기존의 논의를 체계적으로 정리하고 이를 바탕으로 시적 공간을 창출하는 작업도 뒤따라야 한다. 본고는 이러한 본격적인 작업을 수행하기 위한 시론(試論)의 성격이 강하다. 이 말이 본고의 난삽함에 대한 독자의 우려를 다소나마 기대로 바꾸어줄 수 있었으면 하는 바람을 가져 본다.

기존의 질서에 위반을 시도하는 시선의 전회를 통해 우리는 '나머지', '타자'였던 것들의 엄밀성을 확보하는 데도 힘을 쏟아야 한다. 지적 영역에서 가장 난감한 것이 감성에 호소하는 것이었다. 이때 감성은 합리성의 또 다른 이름이며 이미 엄밀성을 획득한 이성의 타자에 지나지 않은 것이었다. 문화의 편재성 속에서는 좀 더 강렬하게 '감성'에 호소할 수 있게 된다. 감성은 합리적인 대신 감동적이어야 한다. 물론 '엄밀성'을 확보하는 것은 기본 전제가 될 것이다.

여백이 없는 곳, 그곳이 중심이라면 더더욱 종합적인 시선을 견지하기는 힘들 것이다. 그러니 시선을 하나로 모아 '문학의 형상성'을 직시하게 된다. 이 형상성의 시선은 날카로운 시선, 꿰뚫는 시선이 되어야 할 것이다. 반면 편재성의 시선은 종잡을 수 없는 시선이면서 입체성의 시선을 지향한다. 가장자리에서 그 시선을 중심처럼 작동하고자 한다면 아무리 잘 보아도 반쪽밖에 볼 수 없게 된다. 산책과 상승을 통해 시선을 자유롭게 풀어주면 아주 멀리까지 볼 수 있다. 그렇게 넓고 높아진 시선으로서의 '가상이의 시선'이라면 전체를 관조하는 것도 가능할 것이다.

문학의 형상성과 문화의 편재성이 역동적으로 교직하고 교섭하고 통섭할 때, 문화로서의 텍스트는 좀 더 많은 미지의 것들을 언어로 담아낼 수 있을 것이다. 역으로 기존의 것들도 미지의 것들로 자유롭게 풀어놓을 수 있게 될 것이다.

김길웅, 「미적 현상과 시대의 매개체로서의 알레고리—벤야민의 알레고리 개념을 중심으로」, 『브레이트와 현대연극』 제4집, 한국브레이트학회, 1997.

권혁웅, 「현대시에 나타난 비유의 상관성 연구」, 『한국시학연구』 제26집, 한국시학회, 2009.

김동규, 「멜랑콜리—이미지 창작의 원동력— 아리스토텔레스의 『문제들』을 중심으로」, 『철학탐구』 제25집, 중앙대 중앙철학연구소, 2009,

김동규, 「하이데거의 멜랑콜리 해석」, 『해석학연구』 제21집, 한국해석학회, 2008.

김동훈, 「발터 벤야민의 숭고론 — 예술비평, 번역, 알레고리, 아우라 개념을 중심으로」, 『미학』 제52집, 한국미학회, 2007.

김성곤, 『문화연구와 인문학의 미래』, 서울대출판부, 2003.

김용규, 『문학에서 문화로』, 소명출판, 2004.

김용희, 「식민지 지식인의 근대 풍경에 대한 내면의식과 시적 양식의 모색 — 1930년대 오장환의 경우」, 『한국문학논총』 제43집, 2006.

김유동, 「"순수언어"에 대한 기억」, 『뷔히너와현대문학』 제33집, 한국뷔히너학회, 2009.

김홍중, 「멜랑콜리와 모더니티—문화적 모더니티의 세계감 분석」, 『한국사회학』 제40집, 한국사회학회, 2006.

블랑쇼, 모리스. 박준상 옮김, 『밝힐 수 없는 공동체』, 문학과지성사, 2005.

박규현, 「블랑쇼에게서 문학의 공간을 통해서 형성되는 공동체」, 『프랑스문화예술연구』 제4집, 프랑스문화예술학회, 2001.

박규현, 「블랑쇼, 죽음의 시학」, 『프랑스학연구』 제22집, 프랑스학회, 2002.

박규현, 「블랑쇼, 비(非)—현전으로서의 책의 문제」, 『비교문학』 제30집, 한국비교문학회, 2003.

박준상, 『바깥에서』, 인간사랑, 2003.

벤야민, 발터. 최성만 · 김유동 옮김, 『독일비애극의 원천』, 한길사, 2009.

블랑쇼, 모리스. 박준상 옮김, 『밝힐 수 없는 공동체』, 문학과지성사, 2005.

윤여탁, 「비판적 문화 연구와 현대시 연구 방법」, 『한국시학회학술대회논문집』, 한국시학회, 2006.

윌슨, 리처드. 김옥수 옮김, 「신역사주의의 역사화」, 『신역사주의론』, 한신문화사, 1994.

이상, 『이상전집 4』, 뿔, 2009.

임현순, 「독자들의 한국현대시 수용과 인식의 특성」, 『한국시학연구』 제22집, 한국시학회, 2008.

전동진, 「문학의 정치성 연구 — 〈오월시동인을 중심으로〉」, 『한국언어문학』 제70집, 한국언어문학회, 2009.

전동진, 「시학의 원리로서 알레고리의 가능성 — 오장환 시를 중심으로」, 『한국문학이론과 비평』 제48집, 한국문학이론과비평학회, 2010.

최동호 · 이성우, 「디지털 시대의 새로운 문학 환경과 글쓰기의 방법론 연구」, 『한국시학연구』 제9집, 한국시학회, 2003.

최문규, 「"바로크"와 알레고리―발터 벤야민 언어이론」, 『뷔히너와 현대문학』 제16권 1호, 한국뷔히너학회, 2001.

푸코, 미셸. 심세광 옮김, 『주체의 해석학』, 동문선, 2007.

홍준기, 「변증법적 이미지, 알레고리적 이미지, 멜랑콜리 그리고 도시―벤야민 미학에 관한 정신분석학적 고찰」, 『라깡과 정신분석』 제10권 2호, 한국라깡과정신분석학회, 2008.

벤야민이 바라본 레스코프 소설의 이야기성

─ 벤야민의 「이야기꾼: 니콜라이 레스코프의 작품에 대한 고찰」을 중심으로

최윤경

1. 들어가며─'이야기'와 '이야기하기'

인간은 세계 속 개인이라는 실존적인 제약으로 인해 타자와 더불어 살아가야 하는 환경적 연관 속에 놓여있다. 개개인의 서로 다른 '경험'에 대한 소통은 인간의 존재 방식 가운데 하나이며 그러한 인간의 삶의 영역에서 자연스럽게 발휘되는 되는 것이 '이야기하기'의 '능력'이다. 그런데 산업화와 더불어 우리가 가진 것 중에서 가장 확실하고 남에게 양도할 수 없는 이 이야기하기의 능력을 박탈당한 것 같다고 벤야민은 말하고 있다.[1] 벤야민의 그러한 진단 속에는 경험의 빈곤이 이야기하기의 쇠락을 가져왔다는 인식이 함께 들어 있다. 개개인의 '경험'이 이야기 내용을 이루는 핵심인데 경험이 빈곤하다면 '이야기하기' 역시 소

---

1) 발터 벤야민, 최성만 옮김, 「이야기꾼: 니콜라이 레스코프의 작품에 대한 고찰」, 『서사(敍事)·기억·비평의 자리』, 도서출판 길, 2012, 416─417쪽. 이하 본문에서 「이야기꾼」 인용은 인용문 다음 괄호 안에 쪽수만 표기한다.

멸의 경로를 밟게 되는 것은 당연한 수순이다.

'이야기하기'는 이야기꾼, 즉 화자가 청자를 대상으로 자신과 타자[집단]의 경험을 들려주는 전래의 서사 형식이다. 이야기를 들려주는 화자와 이야기를 듣는 청자가 공약가능한 시간에 이야기하기가 성립되는 것이다. 그런데 '개인의 고독한 장소'로 이야기되는 '소설의 흥기'와 더불어 이야기하기의 기술이 종언을 고하고 있다고 벤야민은 말한다. 그리고 소설은 다시 정보라는 소통 형식으로 인해 위기에 처해있다는 것이 자기시대 서사 형식에 대한 벤야민의 진단이다. 우리는 매일 아침 신문을 통해 지구상에서 일어난 사건들을 접하지만 그것들은 '진기한 이야기'가 되지는 못한다. 신문에서, 정보 즉 사건이 시시콜콜 설명되고 있어 독자가 해석할 여지가 없는 것이다. 우리에게 그러한 정보를 제공하는 것이 신문의 역할이기도 한데 문제는 독자들이 신문에서 정보를 얻는 데 만족하고 그만큼 소설을 덜 읽는다는 것이다. '독자'가 없다면 소설은 그 존재기반을 잃게 된다. 이렇듯 소설에 대한 위기의식이 벤야민의 자기시대의 서사 형식에 대한 진단의 저류를 형성하고 있다.

오늘날 신문에 더해서 텔레비전과 핸드폰 등의 매체를 통해서 지구촌 구석구석에서 일어나는 사건·사고에 대한 정보가 장소가 어디이든 가리지 않고 실시간으로 전달된다. 이렇듯 다매체를 통해 쉽게 접근되는 정보는 우리가 세계를 지각하는 데 나름의 유용성이 있다. 그러나 '늪' 혹은 '홍수'라는 수사가 동반되는 만큼 우리는 방대한 정보 속에서 허우적거리고 있는 것이 사실이다. 단속(斷續)적인 사건·사고들 속에서 우리의 사유가 정지되고 행동은 수동적이 되기 십상이다. 여기에 벤야민은 정보에 대체될 수 없는, 정보가 도저히 닿을 수 없는 어떤 것을 소설의 영역에 위치 짓고자 한다. 그것은 다름 아닌 우리가 잃어버린 능력, 즉 '이야기하기'의 형식에서 발현되는 '이야기성'을 통해 소설의 위기에 대한 구제책을 고안하고 있는 것이다. 이때 벤야민이 말하는 '이야기하기'는 인간의 제한적인 조건을 넘어서는 소통 형식, 인간의 존재방식이 되어준다고 할 수 있다. 그런 점에서 벤야민은 우리가 잃어버린 능력이라고 판단하고 있는바, 이야기하기에 대한 환기를 통해 산업화 시대 이후 인간의 삶에 대한 대안적 모델을 제시하고 있는 것이기도 하다. 우리에게 '오래된 미래'일 수 있는 이 구제의 방식을 벤야민은 레스코프의 소설에 나타나고 있는 '이야기'와 '이야기하기'를 통해서 보여주고 있다.

벤야민은 이야기꾼으로 헤벨', '크라우스', 레스코프를 주요하게 언급하는데 그 가운데 본고는 벤야민의 레스코프 소설에 대한 고찰에 주목한다. 벤야민에게 레스코프는 공간적으로 먼 곳의 이야기나 시간적으로 먼 과거의 이야기에 정통해 있으며 구전의 전통에 속하는 이야기를 소설의 형식으로 전달하는 데 성공한 작가다. 레스코프의 소설에 "기이한 일, 놀라운 일"이 "정밀하게" 이야기되고 있다고 보며 "사건의 심리학적 연관이 독자에게 강요되는 일이 없다."(246쪽) 그런 점에서 벤야민에게 레스코프는 이야기꾼의 거장이다. 벤야민의 그러한 레스코프론에는 두 개의 문제항이 들어있다. 하나는 '전달할 가치가 있는', '경험'이 상정되고 있다는 것, 다른 하나는 그것의 전달 방식이다. 본고는 이 두 개 문제항을 염두에 두면서 벤야민이 강조하고 있는바, 레스코프 소설2)에서 드러나고 있는 이야기성을 살피고자 한다.

---

2) 레스코프의 소설 가운데 한국어로 번역된 단행본이 네 권이 있다. 1.이상훈 옮김, 『괴물 셀리번』, 다림, 2006; 2.이상훈 옮김, 『왼손잡이』, 문학동네, 2010; 3.이상훈 옮김, 『광대 팜팔론』, 소담출판사, 2013; 4.이상훈 옮김, 『러시아의 맥베스 부인』, 소담출판사, 2017.

2. 고유한 경험 세계의 직조

레스코프(1831−1895)는 도스토옙스키(1821−1881), 톨스토이(1828−1910)와 동시대에 살았으며 자신이 활동하던 19세기 후반 문단의 주류를 따르지 않은 독특한 문학세계를 보인 것으로 이야기된다. 19세기 후반 러시아의 사회와 문단에서 비주류 계보에 속하는 구교도, 장인, 촌부(村婦) 들의 고유한 경험 세계가 레스코프의 소설에서 직조되고 있다.3) 이들 비주류 세계에 속하는 사람들은 러시아 태생이라는 사실을 자랑스럽게 여기면서 살아가는 '민중'들이며 레스코프의 소설에서 그들은 대개 '선량한 약자'로 그려진다. 그렇다고 마냥 이상화되고 있는 것은 아니며 대개의 인간들이 그렇듯 레스코프 소설에서 민중들은 타자에 대해 악의를 갖기도 하는 삶의 곡절을 안고 살아가고 있다.

「러시아의 맥베스 부인」(1865)은 불륜의 사랑을 위해 살인을 범하고 마지막에 연적과 함께 목숨을 끊은 카테리나 리보브나의 비극적인 삶을 그리고 있다. 가난한 집안에서 태어난 카테리나 리보브나는 스물네 살 나이에 오십이 넘은 지노비 보리스이치와 결혼한다. 지노비 보리스이치는 부유하며, 아흔에 가까운 홀아버지 보리스 치모페이치의 아들이다. 두 부자는 카테리나 리보브나에게 자신들의 재산을 상속할 '아이'를 원하고 있다. 그런데 시집 온 지 5년이 지나도록 리보브나에게 아이 소식이 없자 아이도 못 낳으면서 시집을 왜 왔느냐고 하는 부자의 비난이 시작된다. 이로써 카테리나 리보브나는 '권태'에 빠져든다.

벤야민이 "꿈이 육체적 이완의 정점이라면 권태는 정신적 이완의 정점"(429쪽)이라고 말하듯 우리에게 '권태'는 일상을 쉬어갈 수 있는 휴식일 수 있다. 그런데 카테리나 리보브나에게 그것은 "그걸 견디느니

---

3) 이상훈, 「해설」, 『왼손잡이』, 280쪽 참조.

차라리 목을 매고 죽는 게 낫다"는 '고통'으로 표현되고 있다. 그녀에게 권태는 살기 위해서 빠져나와야 할 구렁인 것인데 하인 세르게이와의 사랑이 구멍의 밧줄이 되어주고 있다. 세르게이와 사랑에 빠진 카테리나 리보브나는 본연의 활력을 되찾게 된다. 그런데 잘생기고 건장한 매력적인 남성인 세르게이는 끊임없이 여성들을 유혹하여 자신의 육체적 욕망과 사회적 야심을 채우려는 인물이다. 그러한 세르게이에게 리보브나 역시 예외는 아니다. 자신의 그릇된 욕망을 위해 주인인 리보브나를 악의 구렁으로 끌고 들어간 것이다. 무릇 옛이야기에서 악인에게 예외 없이 징벌이 내려지듯 타인의 선의를 악용하는 세르게이 같은 인물에게 가차 없는 것이 레스코프 소설에서 드러나는 특징 가운데 하나다. 「러시아의 맥베스 부인」에서 그러한 세르게이에 대한 징벌을 꾸밈없이 자유분방'한 성격에 '불같'은 행동파인 리보브나가 맡는다.

리보브나와 세르게이 관계를 먼저 치모페이치가, 곧이어 보리스이치가 알게 된다. 카테리나 리보브나는 시아버지와 남편을 독살하고 뒤늦게 자신과 공동 상속자로 나타난 보리스이치의 어린 조카 '표도르 랴민[페쟈]'마저 살해하기에 이른다. 세 번에 걸친 카테리나의 '살해'는 매번 세르게이의 사주가 있었으며 마지막 살해 장면을 지나가던 행인들이 목격한다. 그리하여 둘의 치정(癡情)이 밝혀지게 된다.

세르게이는 완전히 겁에 질린 채 젊은 안주인이 두 사건의 공범자라고 말했다. 하지만 카테리나 리보브나는 모든 질문에 대해 '나는 그 일에 관해 전혀 아는 바도 없고, 더 말할 것도 없다'라는 말만 했다. 사람들이 세르게이를 그녀와 대질심문시켰다. 그가 자백하는 것을 듣고 카테리나 리보브나는 아무 말 없이 놀란 표정으로 그를 바라보았지만 화를 내지는 않았다. 그리고는 담담하게 말했다.

"저 사람이 말하기로 마음먹었다면, 내가 잡아떼도 소용이 없겠군
요. 내가 죽였어요."
　　"왜 그랬지?"
　　사람들이 물었다.
　　"저 사람을 위해서요."

(「러시아의 맥베스 부인」, 83쪽)

　　카테리나 리보브나의 세 번에 걸친 살인을 적극적으로 사주한 데 비
해 사건의 현장에서 세르게이는 수동적이다. 그리고 사람들에게 살인
현장이 발각되자 겁에 질려 이제까지의 모든 범죄 사실을 실토하고 카
테리나 리보브나를 공범자로 지목한다. 우리가 주체성을 개인의 행위
가 결과를 책임짐으로써 변경된 서사를 의미화 하는 방식으로 이해할
때[4] 자신이 저지른 행동에 대한 책임을 면피하려 들고 뒷걸음치고 있
는 세르게이의 고유한 주체성은 찾을 수 없다. 그런 점에서 세르게이는
무력한 개인으로 '소비'되고 있다.

　　기실 리보브나의 세 번에 걸친 살인은 악마적인 것이다. 그런데 자신
의 그러한 행위에 대해 이제까지 입을 닫았던 리보브나는 세르게이의
강단 없는 태도에 자신이 세르게이를 위해 살인을 했노라고 가감 없이
말하고 있다. 여기에서 자신의 행동에 대한 책임을 면피하려는 세르게
이와 달리 자신에 대한 지배권을 끝까지 행사하는 리보브나의 행위가
부각된다.

　　「러시아의 맥베스 부인」에서 카테리나 리보브나의 세르게이에 대한
사랑은 "갑자기 눈을 뜨게 된 그녀의 천성이 더 이상 주체할 수 없을 정
도로 강력하게 그녀를 사로잡은 것"이었다. 그것은 세르게이에게 "네

---

4) 백지은, 「서사가 역사를 배반하도록」, 『문학과사회』, 2017년 겨울호, 392쪽.

가 나를 배신하거나, 나 대신 다른 여자를 택한다면, 나는, 결코 살아서는 너와 헤어지지 않을 거야."라고 할 만큼 리보브나의 전부를 건 선택이다. 두 사람은 강제노동수용소로 보내지는데 유형지에도 카테리나 리보브나의 세르게이에 대한 그러한 사랑은 포기되지 않는다. 그런데 세르게이는 반대로 카테리나 리보브나에 대해 증오의 감정을 표출한다. 세르게이는 리보브나에 대해 공개적인 모욕을 서슴지 않으며 급기야 자신의 새로운 애인 소네트카를 즐겁게 하기 위해 리보브나를 조롱하기까지 한다. 부유한 상인집에서 차라리 죽는 것이 낫다고 생각하는 만큼의 권태를 느끼던 리보브나에게 세르게이와의 사랑은 깰 수 없는 일종의 잠이나 마찬가지다. 세 번에 걸친 살인으로 인한 유형도 세르게이와 함께하는 점에서 카테리나에게는 죄에 상응하는 벌이 아닌 기쁨이었다. 그러나 세르게이의 그러한 "모욕은 도를 넘은 것"이었고 "카테리나 리보브나의 마음속에 끓고 있던 원한의 감정 역시 도를 넘는다." 그렇게 해서 「러시아의 맥베스 부인」의 비장한 결말부가 열린다.

카테리나 리보브나는 아무 말도 하지 않았다. 그녀는 점점 더 집요하게 파도를 바라보면서 입술을 지그시 다물었다. 세르게이의 추악한 말들 사이로, 크게 입을 벌렸다 다물었다 하는 파도 사이로 아우성과 신음 소리가 들려왔다. 그러다 갑자기 부서지는 파도에 모리스 치모페이치의 파란 머리가 나타났다. 그리고 또 다른 파도 속에서, 고개를 떨어뜨린 페쟈를 껴안고 있는 남편의 모습이 넘실거렸다. 카테리나 리보브나는 기도문을 생각해내려고 입술을 움직였으나 그녀의 입술은 전혀 다른 말을 중얼거릴 뿐이었다. '우리가 얼마나 즐겁게 기나긴 겨울밤을 함께 보냈는지, 얼마나 잔인하게 사람들을 죽여서 저승으로 보내버렸는지.'

카테리나 리보브나는 몸서리를 쳤다. 그녀의 떠도는 시선이 한 곳에 모이더니 점점 더 거칠어졌다. 그녀는 한두 차례 허공에 팔을 뻗었다가 다시 떨어뜨렸다. 1분이 지났다. 그녀는 갑자기 시커먼 파도에서 눈길을 거두지 않은 채 몸을 굽히더니, 소네트카의 다리를 잡고는 순식간에 그녀와 함께 뱃전 너머로 뛰쳐나갔다.

모두들 깜짝 놀라 돌처럼 굳어졌다.

카테리나 리보브나가 파도 위로 나타났다가 다시 물 속으로 들어갔다. 그러자 이번에는 소네트카가 물 위로 떠올랐다.

"갈고리! 갈고리를 던져!"

배 위에서 소리를 질렀다.

긴 밧줄에 묶인 묵직한 갈고리가 날아오르더니 물속으로 떨어졌다. 소네트카가 사라졌다. 2초 후, 어느새 파도에 실려 배로부터 멀리 떠내려간 그녀가 다시 손을 쳐들었다. 그러나 바로 그때 다른 파도 속에서 카테리나 리보브나가 허리까지 물 위로 솟아오르더니, 마치 강한 꼬치고기가 지느러미 연한 잉어를 덮치듯이 소네트를 덮쳤다. 그리고 두 사람은 더 이상 보이지 않았다.

(「러시아의 맥베스 부인」, 106-107쪽)

세르게이가 추악하게 내뱉는 말 속에서 카테리나 리보브나는 시아버지와 남편, 그리고 어린 페챠의 신음소리를 들으며 자신이 얼마나 잔인한 일을 저질렀는지를 깨닫고 있다. 이제 카테리나 리보브나는 주저하지 않고 연적 소네트카를 강으로 끌고 들어간다. 갈고리를 잡아 살수 있었을 소네트카, 그 연적을 야수처럼 물 속으로 다시 한 번 끌고 들어간다. 물 속으로 끌려 들어간 소케트카와 더불어 카테리나 리보브나역시 '보이지 않았다.' 이 비장한 결말부에서 카테리나 리보브나의 목소리를 들을 수 있다면? "나는 '왜소하고 부서지기 쉬운 몽둥이'(417쪽)가 아니다, 카테리나 리보브나다!"가 아닐까. 「러시아의 맥베스 부인」은 이렇듯 비극적인 결말부에서 카레리나 리보브나의 고난과 불행을 통과함으로써 포기될 수 없는 개인의 주체성, 그 고유한 경험 세계를 남기고 있다.

레스코프는 '카테리나 리보브나'라는 개인의 고유한 경험, 고유한 주체성을 보여주는 데 '심리학적 설명으로 명암을 부여하는 일을' 하지 않는다. 화자가 인물의 심리적인 세부에 대한 설명을 곁들이지 않고 서사 내적으로 탐험되는 데서 카테리나 리보브나라는 인물의 고유한 경험이 드러나고 있는 것이다. 「러시아의 맥베스 부인」에서 자신의 행위의 결과에 대해 책임을 지려고 하는 카테리나 리보브나의 고유한 경험 세계는 어떤 서사로도 다시 쓰여 질 수 있는 계기들 속에 들게 된다.[5] 자신의 사랑을 지키기 위해 살인도 불사하는 악마성과, 운명처럼 주어진 불행 속에서도 포기되지 않는 주체성이 교차하는 속에서 카테리나 리보브나라는 인물이 독자의 기억 속에 자리 잡게 될 전망이 커진다고 할 수 있겠다.

3. 자연사로 소급되는 이야기

인간은 누구나 생멸의 매커니즘 속에서 자유롭지 못하며 그러한 자연사의 결정적인 계기가 되는 것이 죽음의 문제이다. 그러나 현재 우리에게 죽음은 더 이상 자연스러운 일이 되지 못하고 사건·사고로 경험되며 일상생활 영역과 분리되어 병원에서 '처리'된다. 문학 작품의 창작에서도 죽음은 다루기 힘든 제재가 되어 회피되고 있다. 그런데 벤야민이 레스코프 이야기에서 거듭 소급해 들어가는 것이 자연사다. 벤야민은 이야기꾼이 보고할 수 있는 모든 것에 대한 인준이 "죽음"이라고 말하는데 레스코프 소설들에 이 '죽음'이 빠지지 않고 들어있다.

레스코프의 소설 「분장예술가」(1883)[6]에서 소년 화자와 현재 소년

---

5) 백지은, 앞의 글, 329쪽.

화자 동생의 유모인 류보피의 두 시점이 교체되는 가운데 러시아 농노제 사회의 비인간적인 상황이 고발되고 있다. 러시아 농노제 사회에서 연극을 비롯한 예술 분야의 활동이 귀족들의 사유재산인 농노 예술가에게서 이루어지는 경우가 많았는데 이들 농노 예술가들의 처지가 주인인 귀족들의 강압과 전횡에 놓여있었다는 점에서 농노와 크게 다를 바가 없었다.[7] 「분장예술가」에서 아르카지는 농노로서 다른 농노 배우들의 화장과 이발을 해주는 이발사 겸 분장사인데 그는 "사상이 담긴 그의 화장술"로 "사람들의 얼굴에 아주 섬세하면서도 다양하기 그지없는 표정을 심어줄 수가 있었다."[8] 이렇듯 신기에 가까운 분장술을 가진 아르카지에 대해 화자는 "단순한 기능공이 아니라 사상이 있는 사람, 예술가"[9]라고 말하고 있다.

「분장예술가」에서 아르카지는 카멘스키 백작의 농노이다. 카멘스키 백작은 아르카지에게 자신과 자신이 소유하고 있는 농노 배우들 외에 다른 사람의 머리를 깎거나 면도를 금하고 있었다. 그런데 카멘스키 백작의 동생이 아르카지에게 자신의 이발과 면도를 해줄 것을 강제한다. 백작 동생은 자신을 용맹스러운 모습으로 만들어주면 열 냥의 금화를 줄 것이고 만약 상처를 입히면 자신의 권총에 죽게 될 것이라고 한다. 아르카지는 순식간에 백작 동생을 최고의 모습으로 만들어준다. 그런데 백작 동생은 순순히 자신의 명령을 따르는 아르카지에게 의심의 눈

---

6) 레스코프는 「분장예술가」에 '묘지에서 들은 이야기—축복의 날 1861년 2월 19일에 대한 신성한 기억을 기념하며'라는 부제를 달고 있다. 여기에서 '1861년 2월 19일'은 러시아의 농노제가 폐지된 날이다. 농노제 폐지는 러시아 사회가 봉건제에서 자본주의로 이행하는 계기가 된다.(기계형, 「농노에서 농민으로」, 『러시아문학연구논집』 제15권, 한국러시아문학회, 2004, 11쪽.
7) 이상훈, 「해설」, 『왼손잡이』, 286쪽.
8) 니콜라이 레스코프, 「분장 예술가」, 이상훈 옮김, 『왼손잡이』, 문학동네, 2010, 91쪽.
9) 위의 글, 89쪽.

길을 보낸다. 백작 동생의 아르카지의 선의에 대한 의심이 자신의 악의를 되비치는 거울 역할을 하면서 둘의 위치가 전도된다.

　"가도 좋다. 그런데 알고 싶은 게 하나 있군. 도대체 무슨 생각으로 이렇게 무모한 짓을 한 거지?"
　아르카지가 말했다.
　"왜 이렇게 했는지는 제 마음 속 깊은 곳만이 알고 있습니다."
　"혹시 총알에 주문이라도 걸어놓은 건가? 권총을 두려워하지 않으니 말이야."
　"권총쯤은 아무것도 아닙니다." 아르카지가 말했다. "그런 것은 전혀 개의치 않았습니다."
　"어떻게 그럴 수가 있지? 설마 네놈 주인 백작이 나보다 더 강하니까 내게 상처를 입혀도 설마 내가 널 쏘랴 한 것은 아니겠지? 어쨌든 그 주문이 아니었다면 네놈 목숨은 끝났을 거야."
　백작이라는 단어를 듣자 아르카지는 다시 전율하면서 제정신이 아닌 듯 말했다.
　"주문 같은 건 없습니다. 하느님이 제게 주신 지혜가 있을 뿐이지요. 저를 쏘려고 나라의 손에 권총을 들려 했다면, 그 전에 제가 먼저 면도날로 나라의 목을 베어버렸을 겁니다."
　　　　　　　　　　　　　　　　　　(「분장예술가」, 105－106쪽.)

　노예가 주인의 명령에 복종함으로써 주인의 힘과 권위가 생기게 되는 것인데 백작 동생을 대하는 아르카지의 태도는 노예의 그것이 아니다. 아르카지는 자신의 마음 속 깊은 곳에 있는 어떤 규율을 따르고 하느님이 주신 지혜가 있는 만큼 권총의 위력으로 목숨을 위협당한다고 해도 두렵지 않다는 것이다. 그보다 백작 동생의 목숨이 겁박당하고 있는 전도된 상황이다. 아르카지가 이렇듯 용기를 발휘하고 있는 것은 카멘스키 백작으로부터 류보피를 지키기 위해서이다. 류보피 역시 카멘스키 백작의 농노예술가로서 여배우인데 백작이 류보피를 첩에 걸맞는 분장과 차림을 해서 자신에게 데리고 오도록 아르카지에게 명령을 내린 것이다. 하지만 류보피를 사랑하는 아르카지는 백작의 그러한 명령을 따를 수가 없다. 이때의 아르카지는 더 이상 카멘스키 백작의 명령에 복종하는 노예가 아니며 자신의 사랑을 지키기 위해 죽음을 불사하는 '자유'인이다.

「분장예술가」에서 아르카지와 류보피 두 사람은 '전대미문의 독재자' 카멘스키 백작의 농노라는 사실에서 그들의 사랑은 이루어질 수 없다. 그런데 둘의 사랑이 포기되지 않는다는 점에서 이야기는 비극으로 치닫게 된다. 사랑하는 류보피를 백작에게 바칠 수 없었던 아르카지는 류보피를 데리고 사제를 찾아서 백작 동생한테 받은 금화를 주며 도움을 요청한다. 레스코프는 19세기 후반 차르 정권 아래 국가 정교회가 초기 그리스도교의가 변질되어 교조화되고 부패했다고 본다. 이러한 제도교회에 대한 레스코프의 비판적인 인식은 그의 소설에서 교리에 정통한 사제보다 그리스도 교리를 전혀 모르는 민중이 정교회에 대해 깊은 신앙을 갖고 있고 도덕적으로도 우월한 것으로 표현되고 있다. 「분장예술가」에서 역시 자신이 위험에 처하자 금화만 챙기고 아르카지와 류보피를 추격자, 즉 백작의 수하들에게 내어주는 데서 사제의 위선과 부패상이 드러나고 있다. 이에 아르카지는 사제에게 침을 뱉는 것으로 모욕을 준다.

구전되는 옛이야기에서 곤경에 처한 '선량한 약자'는 대개 조력자의 도움으로 위기를 극복하고 영웅으로 등극한다. 그런데 「분장예술가」에서 '선량한 약자'인 아르카지와 류보피에게 조력자는 없으며 그들의 힘으로 헤쳐 나가야 할 현실이 있을 뿐이다. 백작은 아르카지를 전쟁터로 내보낸다. 아르카지가 전공을 세워 귀족의 신분으로 류보피를 찾아오는 데서 운명의 여신이 선한 아르카지에게 손을 들어주는 듯싶다. 그러나 현존이 왜곡된 속에서 불구적 존재로 그려지고 있는 아르카지와 류보피에게 사랑 역시 지상에서 그들의 몫이 되지 못한다.

다음 날 아침 일찍, 류보피 오니시모브나는 양지바른 곳으로 송아지를 몰고 나가 나무껍질로 만든 그릇에 우유를 담아 먹이기 시작했다. 그때 갑자기 담장 너머 '바깥에서' 사람들이 어디론가 급히 달려가면서 자기네들끼리 재빠르게 나누는 말이 귀에 들어왔다.

"무슨 말인지 한마디도 알아들을 수가 없었어요." 그녀가 말했다. "하지만 그 사람들이 하는 말이 정말이지 비수처럼 제 가슴을 찌르며 파고들었지요. 그때 마침 거름을 운반하는 필립이 문을 열고 들어오더군요. 그래서 제가 말했지요.

'이봐요, 필립! 저 사람들이 무슨 이야기를 그렇게 신나게 하면서 가는지 들으셨어요?'

그가 대답했어요.

'그건 말이여, 푸슈카르 마을에 있는 여인숙 주인이 밤에 잠을 자던 어떤 장교를 살해했다고 해서 그걸 구경하러 가는 거라. 목을 완전히 베어버리고 오백 루불을 훔쳤다지 뭐여. 사람들이 그 자를 잡았는디. 온몸이 피투성이에 돈도 가지고 있었다는구먼.'

그 말이 끝나기도 전에 저는 그 자리에 털썩 주저앉고 말았지요.

"그래, 그랬어요. 아르카지 일리치는 그렇게 여인숙 주인에게 살해당했답니다……그리고 지금 여기, 우리가 앉아있는 바로 이 무덤에 묻혔지요…… 그래요, 그는 지금 여기 우리 아래에, 이 흙무더기 아래에 누워 있어요……도련님은, 제가 왜 언제나 도련님들을 데리고 이곳으로 산책하러 오는지 궁금했지요…… 저는 이제 저 곳은 쳐다보고 싶지도 않아요." 그러면서 그녀는 음울한 잿빛 폐허를 가리켰다. "하지만 여기 이렇게 잠시라도 그 사람 곁에 앉아서…… 그의 영혼을 위해 술 한 잔이라도 올리려고……"

(「분장예술가」, 131—132쪽)

소년 화자가 현재 가축을 돌보고 있는 류보피에 대해 이야기하다가, 류보피가 소년에게 아르카지 살해된 이야기를 소년에게 들려주는 것으로 시점이 바뀐다. 그러한 가운데 류보피와의 만남을 앞두고 아르카지가 여인숙 주인에게 살해되었다는 사실이 이야기되고 있다. 이렇듯 잔혹한 죽음으로 생을 마감하게 되기까지 아르카지의 삶은 귀족들에게 학대당하고 인권을 묵살당하는, 죽어서야 그 고통이 끝나는 러시아 농노들의 비극적 생애에 대한 일례가 된다. 벤야민은 "죽음은 이야기꾼이 보고할 수 있는 모든 것에 대한 인준"이며 인간은 "죽음으로부터 자신의 권위를 부여받는다"(434쪽)라고 말하며 「분장예술가」에서 아르카지를 '세상의 위안을 체현한 자'의 한 사람으로 꼽고 있다. 아르카지 개인의 비극적인 삶을 벤야민은 세상의 위안을 체현한 것으로 번역한 것일 텐데 아르카지의 슬픈 영혼을 사랑하는 류보피가 위무하고 있다. 그러한 류보피의 이야기가 다시 류보피를 '유모'라고 말하는 소년 화자에 의해 중개[기억]되고 있다.

지금도 나는 그 모습이 생생하다. 매일 밤, 집안 사람들이 모두 잠이 들면, 그녀가 자신의 앙상한 뼈마디가 부딪히는 소리를 내지 않으려고 조용히 침대에서 몸을 일으키고는 잠시 귀를 기울이다가, 자리에서 일어나 동상에 걸린 가느다란 다리를 움직여 창문으로 다가가던 모습이…… 그렇게 그녀는 잠깐 동안 서서 혹시 침실에서 어머니가 나오시지나 않을까 주위를 살펴보며 귀를 기울이곤 했다. 그러고는 자리를 잡고 조용히 술병을 입으로 가져가 술을 마셨다. 한 모금, 두 모금, 세 모금…… 그렇게 마음속 불을 끄면서 또한 아르카지를 추모했던 것이다. 그러고는 다시 침대로 돌아와 재빨리 이불을 덮으면, 곧바로 조용히 아주 조용히 코고는 소리가 들려왔다. 푸―푸, 푸―푸, 푸―푸, 잠이 든 것이다!

나는 평생 이보다 더 무섭고 가슴을 찢는 추도식은 본 적이 없다.

　　　　　　　　　　　　　　　（「분장예술가」, 136—137쪽)

　류보피가 매일 밤 모든 사람들이 잠든 시간에 마시는 술은 '마음 속 불'을 끄기 위한 방편인데 그것이 곧 아르카지를 추모하는 것이라고 소년 화자는 말하고 있다. 그렇다면 류보피는 어떻게 자신의 상처에 대해 위안을 받을 것인가. 아르카지를 애도하는 가운데 류보피 자신에 대해서도 어느 정도 위안이 되겠지만 다는 아닐 것이다. 벤야민은 "기억은 기억을 상속할 자를 발견하지 못할 따름"이며 소설가가 "이 기억이라는 유산을 물려받고 있"는데 대부분은 깊은 멜랑콜리를 갖고 "물려받는다."(412—412쪽)고 말하고 있다. 「분장예술가」에서 소년 화자는 류보피가 마신 술잔을 세고 있는 데서 보이듯 소설 속에서 다뤄지고 있는 사건, 즉 이야기에 깊숙이 개입해 있는 화자이다. 류보피의 아르카지에 대한 추도식이 무섭고 가슴을 찢는 것처럼 고통스러웠던 기억으로 말하고 있는 데서 화자는 류보피의 고통에 이미 감염되어 있다. 소년 화자는 류보피의 고통에 대해 통각하고 이 통각을 유산으로 물려받게 되는 것이다.

　벤야민에게 예술은 자연사의 상기요, 그 복원이다. 이 때 자연사는 발전과 승리에 대한 예찬이기보다 반복과 퇴행에 대한 기억이며 이 퇴행에서 감내해야 했던 고통스러운 패배에 대한 상기이다. 예술은 패배에 대한 기억을 통해 삶을 교정하고 쇄신하고자 하며 이 결손의식이 예술을 추동하는 힘이 된다.[10] 벤야민이 레스코프 소설들에서 자연사로 소급되는 이야기에 주목하는 것은 죽음으로부터 소생하는 힘에서 예술이 발원된다고 보기 때문이다. 여기에 죽음이 우리의 일상적인 삶의

---

10) 문광훈, 『가면들의 병기창』, 한길사, 2014, 758—759쪽.

영역에서 분리되지 않고 "그 편재성과 생생한 힘을"(433쪽) 되찾아야 한다는 '조언'의 의미가 있다고 하겠다.

4. 수공업적 방식의 이야기 창작

레스코프는 그리스 정교회의 올곧은 신자였지만 그에 못지않게 교회의 관료주의에 대해서는 반감을 갖고 있었다. 관료제 사회에 적응하지 못해 공직에 있기가 어려웠던 레스코프는 영국계 회사의 러시아 주재원으로 오랫동안 일했다. 이때 업무를 수행하면서 병행한 러시아 여행을 통해서 '세상 물정'에 밝게 되고 자국 러시아아의 상황을 알게 되었다. 이 때 경험한 러시아 민중들의 궁핍한 삶과 관료들의 폭정, 성직자들의 부패상이 레스코프 소설의 제재가 되고 있다.

벤야민은 고리끼의 말을 빌려 "레스코프는 민중 속에 깊은 뿌리를 내리고 있는 작가이고 어떤 낯선 영향도 받지 않은 작가"라고 말한다. "위대한 이야기꾼은 언제가 민중 속에 뿌리를 내리고 있고, 그 중에서도 수공업적 층위들에 뿌리를 내리고 있다."(446쪽)는 것이 또한 벤야민의 생각이다. 장인이 어떤 질료를 일회적인[교환가능하지 않은] 방식으로 가공하는 수공업적 작업 방식과, 이야기꾼이 자신과 타인의 경험을 원료로 이야기를 창작하는 과정을 같은 형식으로 이해하고 있는 것이다.

레스코프 소설에서 전형적으로 사용되고 있는 서술 기법인 액자 이야기 형식은 수공업적인 이야기 창작[전달] 방식에 다름 아니다. 전래의 수공업에서 장인과 도제가 같은 공방에서 작업하듯 액자 이야기 형식은 이야기를 하는 이야기꾼, 즉 화자가 청자에게 이야기를 들려주는 서사형식의 외양을 띄고 있다. 그러한 형식 속에서 이야기가 주조되는 것이다. 이때 이야기는 들려주는 사람의 삶 속에 침잠되어 있는 어떤 것을 끌어올린 것인 만큼 보고자로서의 흔적이 묻어나기 마련이다. 레스코프는 자신의 대부분의 소설에서 보고자[화자], 즉 이야기꾼을 등장시키고 있는데 이때 이야기꾼은 이야기기의 전달 차원을 넘어 서사에 직접 개입하는가 하면 이야기에 대해 논평을 하기도 한다. 먼저, 단편 「쌈닭」(1866)[11]에서 화자는 이야기에 직접 개입해 있다.

레스코프의 소설 「쌈닭」(1866)에서 주인공인 돔나 플라토노브나의 이야기가 그녀를 "내 친한 친구"라고 말하며 "독자들에게 돔나 플나토브나를 가능한 자세히 소개해야겠다."[12]고 자처하는 화자['나']에 의해 중개되고 있다. 돔나 플라토노브나는 레이스 상인인데 사실상 중매쟁이에서 가구와 중고 의류, 가정교사와 집사나 시종 같은 일자리 알선업에다 대부업까지 하고 있다. 이렇듯 '잡다'한 사업에 온갖 남의 일을 거들기 좋아하고 사람들에게 어떤 문제가 생길 때면 해결사를 자처하느라 돔나 플나토브나의 삶은 '풍족'하다. 그녀에게 '돈은 없'으며 '자기 일을 예술가처럼 사랑'할 뿐이다. 문제는 이러한 돔나 플라토브나 인생 항로의 파고가 만만치 않다는 것이다.

친애하는 독자들이여, 돔나 플라토브나의 이야기에서 결코 완결된 것을 기대하지 마라. 이것은 페테르스부르크에 사는 이 활동적인 여성의 지적 발전 과정에 대해서도 해명해주는 주는 일은 별로 없을 것이다. 내가 여러분에게 돔나 플라토브나의 이야기를 전하는 이유는 약간의 재미를 주기 위해서이며, 어쩌면 당신들에게 분명하게 드러나지는 않아도 무서운 힘을 지닌 '페테르스부르크의 물정'에 대해 한 번쯤 생각할 기회를 주기 위해서이다. '페테르스부르크의 물정'이라

---

11) 니콜라이 레스코프, 「쌈닭」(1866), 이상훈 옮김, 『러시아의 맥베스 부인』, 소담출판사, 2017.
12) 위의 글, 118쪽.

는 것은 돔나 플라토브나나 그와 비슷한 존재를 생성시키고 발달시킬 뿐만 아니라 동시에 무턱대고 물속으로 뛰어드는, 레카니다 같은 사람들을 그녀의 손아귀에 넘겨주는 그러한 것을 말한다.

그런 '페테르스부르크의 물정' 때문에 다른 곳 같으면 레카니다 같은 천하디 천한 사람, 기껏해야 재담꾼 정도밖에 되지 못할 여자가 페테르스부르크에서는 전제군주와 같은 존재가 되는 것이다.

(「쌈닭」, 203쪽)

「쌈닭」에서 돔나 플라토브나의 이야기를 들려주는 화자[나]는 독자[당신들]를 청자로 불러들이며 서사에 직접적으로 개입해 있다. 앞서 화자는 이야기의 주인공을 가능한 자세하게 소개하겠다고 했다. 그런데 자신이 돔나 플라토브나에 대해 완결된 이야기를 들려줄 수 없다는 것으로 태도를 바꾸고 있다. 이렇듯 화자가 한 발을 빼는 것은 돔나 플라토브나의 개인사가 대도시 '페테르스부르크'의 이야기와 무관하지 않는 데서 비롯된다. '도회지가 모첸스크 출신의 우둔한 아낙네를 요술처럼 노련한 거간꾼으로 만들었다.' 원래 우둔할 정도로 단순했던 돔나 플라토브나가 '페테르스부르크'의 대도시에서 사기를 당하고 윤간을 당하는 등의 갖은 고초를 겪으면서 이 세상을 살기 위해서 '영악'하게 변질되었던 것이다.

「쌈닭」에서 화자는 쉴 새 없이 쏟아지는 돔나 플라토노브나 수다를 들어준다. 남의 일을 돕느라 자신을 추스리지 못하듯 늦게 찾아온 사랑을 제어하지 못하고 그 사랑을 갈구하면서 죽어가는 돔나 플라토노브나를 이해하는 유일한 한 사람의 역할을 화자가 하고 있다.

"그런데 그 사람은 대체 어디서 온 거예요? 그 발레로치카 말이에요. 아주머니는 도대체 어디서 그런 근심덩어리를 알게 되었느냐고요?"

그녀는 눈물을 훔치며 대답했다.

"우리 고향 출신이지. 내가 아는 대모의 조카야. 대모가 취직 좀 시켜달라고 보냈지."

쌈닭 아줌마는 다시 우는 소리를 했다.

"자네, 조금이라도 나를 불쌍히 여겨줄 수 있겠는가? 이 멍청한 여편네를 말일세."

"정말 가슴 아픈 일이군요."

"하지만 다른 사람들은 가슴 아파하지 않을 게 분명해. 그들에겐 웃음거리일 뿐이지. 누구든 이 이야기를 들으면 비웃을 거야. 가슴 아파하는 게 아니라, 분명히 비웃을 거라고. 하지만 나는 아직 그를 사랑해. 기쁨도 없이, 행복이나 그 어떤 것도 없이 그를 사랑한다고. 다른 사람들은 상관없어! 사람들은 이해하지 못해. 그런 것을 전혀 엉뚱한 때에 경험한 사람이 얼마나 불행한지 말이야. 내가 구교도인에게 갔더니, 이러더라고.

'사탄의 영이 네 육신으로 들어왔으니……, 외람되이 행동하지 말라.'

그래서 사제에게 가서 이렇게 말했지.

'신부님, 저한테 이러저러한 일이 일어났습니다. 저도 제 자신을 어쩔 힘이 없습니다.

(「쌈닭」, 260—262쪽)

앞서 「러시아의 맥베스 부인」에서 세르게이가 카테리나 리보브나에 그랬듯 「쌈닭」에서 피아노 견습공이자 연극광인 망나니 같은 스무살 청년 발레로치카는 돔나 플라토노브나의 확고한 천성, 즉 선의를 악용하는 인물이다. 돔나 플라토노브나는 그 청년을 "정신을 못 차릴 정도로 사랑하고 있"으며 "그에게 먼지 하나라도 있으면 털어주었"다고 말한다. 화자인 '나'는 일방통행로를 걷고 있는 돔나 플로토노브나의 때늦은 '사랑'을 '비웃지' 않고 '가슴아파한다.' 이렇듯 「쌈닭」에서 화자인 '나'는 이야기의 주인공인 돔나 플라토노브나와 심리적으로 근거리에

서 자신의 '선함'으로 인해 자주 불행에 빠지는 주인공 돔나 플라토노
브나를 위로하는 역할을 하고 있다. 「쌈닭」은 그러한 돔나 플라토브나
의 이야기의 심층부에 대도시 '페테르스부르크' 이야기를 위치시킴으
로써 돔나 플라토브나의 이야기가 증폭되고 있다. 돔나 플라토브나의
개인사가 심층에 대도시 '페테르스부르크'의 이야기에서 끌어올려지고
있다는 점에서 돔나 플라토브나에 대한 이야기는 그 자체로는 해명이
어려우며 전체 이야기를 완결 지을 수 없게 된다. 이로써 「쌈닭」은 창
작 과정 중에 있는 이야기, 즉 끝나지 않는 이야기가 된다.

「쌈닭」에서 화자가 서사 내에서 주인공과 근거리에 위치해 있는 데
비해 레스코프의 다른 소설 「왼손잡이」[13]에서 화자는 서사 바깥에 위
치한다. 「왼손잡이」는 현미경으로 봐야 보일 정도로 작은 철제 벼룩의
발에 편자를 박고 편자에 장인들 자신의 이름을 새기고 못을 박을 정도
로 세공 기술을 가진 장인들의 이야기이며 그 가운데 '왼손잡이'라는
대장장이가 부각된다. 왼손잡이는 그 신기에 가까운 기술로 영국에서
위대한 장인 대접을 받지만 정작 조국 러시아에서 천민으로 냉대를 받
으며 죽어간다. '왼손잡이'의 불행이 해결되지 않고 전체 이야기가 마
무리되는데 마지막 장(20장)이 「왼손잡이」 전체 이야기에 대한 화자의
논평으로 채워지고 있다.

> 오늘날 툴라에 전설적인 왼손잡이와 같은 그런 장인들이 더이상
> 없다는 것은 당연하다. 기계문명이 제각기 다른 재능과 소질들을 균
> 질화시킨 데다가, 천재들이 더이상 근면과 정확성을 위한 싸움에 투
> 신하지 않기 때문이다. 기계문명은 임금노동을 올리는 데는 기여할
> 지 몰라도, 때때로 일반적 잣대를 뛰어넘어 민초들의 상상력을 자극

---

13) 니콜라이 레스코프, 「왼손잡이」(1881), 이상훈 옮김, 『왼손잡이』, 문학동네, 2010.

함으로써 이 왼손잡이와 같은 허구적 전설을 창조하는 예술가적 대담성을 높이는 데는 기여하지 못한다.

　물론 노동자들은 기계 과학의 실제적 적요를 통해 생기는 수익을 중요하게 생각할 것이다. 하지만 그들은 자긍심과 애국심을 가지고 지나간 옛시대를 회상할 것이다. 이것이 그들의 서사시, 그것도 매우 '인간적인 영혼을 지닌 서사시인 까닭이다.

(「왼손잡이」, 78−79쪽)

　레스코프에게 왼손잡이 이야기는 허구적 전설이며 '일반적 잣대'를 뛰어넘는 '민초들의 상상력'에 의해 자극된 것이다. 그런데 오늘날 기계문명의 '균질화'로 인해 그러한 이야기의 창조가 어려워졌다. 벤야민의 레스코프론에서 오늘날 '전달가능한 경험'이 사라졌다는 언급14)이 이 대목과 관계된다. 화자는 왼손잡이의 이야기에 비추어 오늘날 기계문명이 야기한 '균질화'의 문제, 그것의 파장인 예술의 문제에 대한 비판을 이야기꾼의 목소리로 수행하고 있다.

　레스코프 소설에서 액자 이야기 형식은 화자와 청자가 공약가능한 시간 속에서 경험을 나누는 것에 대한 형식화로 볼 수 있다. 화자에게 반국외자의 기능을 부여함으로써 서사내적인 행위로부터의 '거리'가 만들어지며 이야기가 주조[창작]되는데 그러한 과정이 수공업적인 작업 방식과 닮아 있는 것이다. 이를 테면 「쌈닭」에서 화자가 의인인 돈나 플라토노브나를 이해하고 있다는 점에서 주인공과 근거리에 있다.

---

14) 벤야민은 1차 세계 대전 생존자들의 경험을 전달가능하지 않은 것으로 이야기하고 있는데 아멜의 언급이 여기에 비견된다. "아도르노와 호르크하이머는 오뒷세우스의 고통스러운 심경을 파악하고 고향으로 돌아오는 전사와 제1차 세계 대전 생존자 사이의 심리적 유사성을 보았다. 세계 대전에서 입은 파괴와 모욕, 폭력은 결코 진정되지 않고 수많은 이들을 괴롭혔으며 복수를 불러왔다."(클로디 아멜, 이세진 옮김, 『아도르노와 호르크하이머의 오뒷세이아』, 열린책들, 2014, 39쪽)

그런데 「왼손잡이」에서 화자는 역시 확고한 천성에다 신기에 가까운 기술을 가진 자국의 민중에 대한 냉대로 구체화되고 있는 러시아의 현실 비판을 위해 화자와 서사내적인 거리가 만들어지고 있는 것이다. 장인이 수공품을 주문한 고객의 요구에 따라 질료를 다르게 매만지듯 레스코프 역시 제재에 따라 주인공과 화자의 거리를 다르게 배치하는 가운데 이야기를 구성하는 수공업적 방식으로 소설을 창작하고 있다. 이렇게 만들어진 레스코프의 이야기는 비록 텍스트로 고정되어 소설의 형식을 갖추게 되지만 그 창작 방식이 일회적이며 주인공과 화자의 거리가 서사와 서사 바깥의 경계를 지움으로써 끝나지 않는 이야기, 그러면서 증폭되는 이야기가 된다.

5. 나오며

벤야민이 레스코프 소설에서 주목하고 있는 내용을 세 가지 측면에서 살폈다. 화자가 인물들에 대해 심리학적 설명을 하지 않고 서사내적으로 개인의 고유한 경험 세계가 탐험되고 있다는 것, 자연사로 소급되는 이야기는 자연사의 죽음에서 소생하는 힘을 향해 있으며 그 힘에서 예술이 발원된다는 것, 수공업적인 방식의 이야기 창작을 형식화한 액자 형식 속에서 주인공과 화자의 거리를 다르게 배치함으로써 이야기가 증폭되고 있다는 것이다. 이로써 벤야민은 레스코프 소설에서 어떤 서사로도 다시 씌어질 수 있는 계기들 속에 들게 되는 예술의 발원, 소진되지 않는 이야기성에 주목하고 있음을 살폈다.

벤야민이 '최초의 이야기꾼'으로 헤로도토스를 꼽는데[15] 헤로도토

---

15) 유시민이 지적하듯 헤로도토스를 '최초의 이야기꾼'으로 이야기하는 것은 재고할 필요가 있다. 유시민은 헤로도토스는 '고대 그리스의 수많은 이야기꾼 가운데 역사

스의 저작에서 이집트 왕 '사메니투스'에 대한 대목을 들어 이야기성을 말하고 있다. 이집트가 페르시아에 패하여 사메니투스가 이집트의 포로로 잡힌다. 이에 페르시아의 왕 캄비세스는 포로가 된 이집트 왕에게 모욕을 주기로 작정하고 사메니투스를 페르시아 병사들의 승리 행렬이 지나가는 거리에 세운다. 이 자리에서 사메니투스는 자신의 딸이 하녀가 되어 항아리를 들고 물을 길으러 가는 모습을 본다. 이 광경을 본 모든 이집트인들이 탄식할 때 사메니투스는 미동도 하지 않는다. 처형 당하는 사람들의 행렬에 자신의 아들이 들어있는 것을 보았을 때 역시 사메니투스는 동요하지 않는다. 그런데 자신의 늙고 초라한 (남자) 시종을 보고서 사메니투스는 주먹으로 자신의 머리를 치면서 깊은 슬픔을 드러냈다는 이야기다. 벤야민은 헤로도토스의 이 이야기가 건조하기 짝이 없고 아무런 설명도 하지 않는 보고라는 사실에서 "오랜 시간이 지나도 다시 이야기를 펼칠 수 있는 능력을 갖고 있다"(427쪽)고 말한다. 세메니투스가 자식의 곤경에는 미동하지 않으면서 늙고 초라한 종을 보고 슬퍼하는지에 대해 헤로도토스가 설명하지 않음으로써 세메니투스의 행위는 보는 사람에 따라 해석이 달라지게 된다는 것이다. 헤로도토스는 구전되어 오던 (역사이기도 한) 이야기를 문자로 기록했다는 점에서 특별하다고 하겠다. 그렇게 헤로도토스가 남긴 이야기 가운데 세메니투스에 대한 이야기를 공기와 접촉이 없는 피라미드 속에서 수천년 동안 밀폐되어 오늘날에 이르기까지 그 발아력을 간직해온 씨앗에 비유하며 소진되지 않는 이야기성을 갖고 있다고 벤야민은 말하고 있다. 그리고 그러한 이야기꾼 헤로도토스의 계보에 레스코프를 세우고 있는 것이다.

가라는 명예로운 이름을 얻은 최초의 인물'이었다는 것이다. (유시민, 『역사의 역사』, 돌베개, 2018, 23—26쪽)

이야기는 개인이 타자와의 관계 속에서 서로 다른 경험을 나누는 것이며 그러한 과정에서 인간의 실존적인 제약을 극복하게 되는 틀이 되어준다. 여타의 소설가란 민중으로부터 멀어진 사람들임에 비해 레스고프는 그 민중의 이야기 속으로 걸어들어간 사람이다. 벤야민은 산업화 이후 근대성 속에서 우리가 점점 잃어가고 있는 인간의 본원적인 감성이 민중을 다룬 이야기에 들어있다고 보며 이를 레스코프 소설을 통해서 상기시키고 있다. 벤야민이 진단한 바, 소설의 위기는 삶에 대한 위기[의 반영]이기도 하다. 그런 점에서 벤야민은 레스코프 소설에서 나타나는 이야기성을 통해 현실에 대한 대안적 삶의 모델을 이야기하고 있다고 하겠다.

기계형, 「농노에서 농민으로」, 『러시아문학연구논집』 제15권, 한국러시아문학
　　　회, 2004.
레스코프, 리콜라이. 이상훈 옮김, 『왼손잡이』, 문학동네, 2010.
레스코프, 리콜라이. 이상훈 옮김, 『러시아의 맥베스 부인』, 소담출판사, 2017.
문광훈, 『가면들의 병기창』, 한길사, 2014.
백지은, 「서사가 역사를 배반하도록」, 『문학과사회』 2017년 겨울호.
벤야민, 발터. 「이야기꾼: 니콜라이 레스코프의 작품에 대한 고찰」, 최성만 옮김,
　　　『서사(敍事)·기억·비평의 자리』, 도서출판 길, 2012.
아멜, 클로디. 이세진 옮김, 『아도르노와 호르크하이머의 오뒷세이아』, 열린책
　　　들, 2001.
유시민, 『역사의 역사』, 돌베개, 2018.

제2부

한국문학을
벤야민 사유로 해석하기

사건과 기억, 그리고 살아남은 자의 글쓰기

— 벤야민과 임철우의 『백년여관』 겹쳐 읽기

김영삼

1. 사건의 현재화 방식, 기억

사건의 시공간은 종결되거나 묻힐 수 있지만 기억 속에서 사건은 언제나 새롭게 재구성될 수 있다. 사건의 의미는 기억하는 자, 즉 살아남은 자의 각각의 순간 속에서 현존하기 때문이다. 종결된 사건(종결되는 사건은 없지만)이라 하더라도 그 의미는 확정되지 않는다. 그런 의미에서 기억은 '아직 의식되지 못한 과거에 대한 지식'의 흔적이다. 벤야민은 이를 과거의 "현재화"[1]라고 부른다. 한 존재의 생애 전체를 관통하는 사건의 이미지가 존재의 기억으로 떠오르는 순간 그것은 재구성되고 재배치되면서 '현재화'된다. 과거는 고정된 사실이 아니라 현재라는 순간으로 끊임없이 부상되는 무한한 구성물이다. "한 생애 전체를 정신이 최고도로 깨어 있는 상태로 충전하려는 부단한 시도, 성찰이 아니라 현재화가 프루스트가 행한 방식"이라고 그가 말할 때, 저 프루스트가

---

1) 발터 벤야민, 「프루스트의 이미지」, 최성만 옮김, 『서사 · 기억 · 비평의 자리』(선집 9), 도서출판 길, 2012, 253쪽. (이후 선집의 경우 책과 쪽수만 표기)

호명된 자리에 이 글은 임철우를 소환하려고 한다. 그전에 먼저 벤야민의 논의를 조금 더 정리해 보자.

프루스트는 목적과 의도를 가진 자의적 기억과 우연에 의한 비자의적 기억을 대립시킨다. 그러나 벤야민은 자의적 기억과 비자의적 기억의 대립을 망각과 기억의 변증법으로 전환시킨다.

> 아니면 우리는 망각의 페넬로페적 작업이라고 말하는 게 더 낫지 않을까? 의지와 상관이 없는 회상, 프루스트적 비자의적 기억은 대개 기억이라 불리는 것보다 망각에 더 가까이 있는 것은 아닐까? 그리고 그 속에서 기억이 씨줄이 되고 망각이 날줄이 되는 이 자발적 회상의 작품은 페넬로페 작품의 닮은꼴이라기보다 오히려 그것과 짝을 이루는 반대가 아닐까? 왜냐하면 여기서는 밤이 이루어놓은 것을 낮이 풀어헤치기 때문이다. 매일 아침 우리는 잠에서 깨어날 때 망각이 우리의 내부에 짜놓은, 살았던 삶의 양탄자에서 오로지 몇 가닥만을 대개 힘없고 느슨한 상태로 손으로 붙든다. 그러나 매일 낮은 목적에 결부된 행동, 그리고 그보다 더 목적에 사로잡힌 기억하기를 통해 망각의 직조, 그 장식들을 풀어 버린다.[2]

벤야민에 의하면 망각이 짜놓은 직조는 비자의적 기억이 목적의식에서 이탈한 흔적이 된다. 망각은 기억을 보조하면서 사건을 경험한 존재의 살아남은 자로서의 생존 의식에 균열을 가하는 저장고라고도 할 수 있다. 즉 망각은 살아남은 자의 심층에 잠복하고 있는 비자의적 기억의 창고, 즉 살아남은 자가 살아남기 위해 의도적으로 숨겨놓은 장소, 그러나 결코 자물쇠로 잠가지지 않는 문서고의 기능을 한다. 따라서 프루스트와 달리 벤야민에게 망각은 회상 또는 기억을 가능하게 하는 방식이다. 망각의 창고에 잠복하고 있지만 사건 당시에는 인식하지

---

2) 발터 벤야민, 앞의 책, 236—237쪽.

못했던 것을 떠올리는 직조의 방식을 벤야민의 어법에 따라 "회상이라는 페넬로페적 작업"3)이라고 부를 수 있을 것이다. 프루스트의 작업은 밤으로 들어가는 방식이지만, 벤야민에게 기억의 작업은 그 밤을 낮의 환한 지상으로 이끌어낸다.

벤야민에 따르면 이런 괴롭고도 필수적인 기억 작업에 통일성의 힘을 부여하는 것은 작가의 인격도 아니고 작품의 줄거리도 아니다. "여기서 엄격한 직조 규정을 주는 것이 기억이다. 다시 말해 텍스트의 통일성을 이루는 것은 오로지 기억하기라는 순수 행위 자체"4)가 된다.

기억의 이미지들은 마치 불꽃이 점화되는 순간처럼 찰나지만 강력하다. 이 이미지들은 살아남은 자의 삶 속에 사건의 장소가 점유한 시간이 얼마나 길었는지와는 무관하게 작동한다. 기억의 순간은 기억이 일상적 관습에서 이탈하는 순간과 같다. 마치 "성냥불에 불붙는 마그네슘 분말처럼 쇼크에 강타"5)당하는 순간과도 같다.

> 기억이라는 말은 기억이 과거를 탐색하는 도구가 아니라 과거가 펼쳐지는 무대라는 것을 오해의 여지없이 밝혀준다. 죽은 도시들이 묻혀있는 매개체가 땅인 것처럼, 기억은 체험된 것의 매개체이다. 묻혀있는 자신의 고유한 과거에 가까이 가려는 사람은 땅을 파헤치는 사람처럼 행동해야만 한다. 이것이 진정한 기억의 어조와 태도를 규정한다. 진정한 기억에서는 똑같은 내용을 반복해서 떠올리는 것을 기피해서는 안 된다. 흙을 뿌리듯이 기억의 내용을 뿌리고, 땅을 파듯

---

3) 발터 벤야민, 앞의 책, 237쪽.
4) 발터 벤야민, 앞의 책, 238쪽
5) "우리의 기억에서 아무리해도 파괴시킬 수 없는 이미지들이 떠오른다면 그것은 쇼크 속에서 우리의 심층적 자아가 겪은 이러한 희생 덕분이다." 발터 벤야민, 「베를린 연대기」, 윤미애 옮김, 『1900년경 베를린의 유년시절 / 베를린 연대기』(선집3), 도서출판 길, 2007, 237쪽.

이 그 내용을 파헤치는 것을 기피해서는 안 된다. 왜냐하면 기억의 내용은 내부에 진짜 귀중품이 묻혀 있는 성충이나 지층에 불과하기 때문이다. 진짜 귀중품들은 아주 꼼꼼한 탐사를 통해 비로소 모습을 드러낸다. 모든 과거의 연관관계로부터 벗어난 상들이 일종의 귀중한 물건들로 나타나는 곳은 현재 우리의 성찰이 이루어지는 차가운 방이다. 물론 발굴을 성공적으로 하기 위해서는 계획이 필요하다.[6]

살아남은 자의 기억 속에 각인된 이미지들은 시간적 흐름을 연상시키는 서사적 연쇄의 통일체로 존재하지 않는다. 마치 마구잡이로 파헤쳐진 유물들의 파편처럼 흩어져 있다. 때문에 기억의 작업은 일종의 고고학적 발굴작업과 유사한 것이다. 그러나 흩어진 파편적 기억들이 연속적이고 선형적인 시간성을 띠지 않는다고 해서 무질서한 혼란으로만 존재하지는 않는다. 오히려 각각의 단편적 기억들은 고유한 독립성을 유지하면서도 하나의 별자리를 이룬다. 기억 속 이미지들은 성좌의 구성을 이루면서 배열된다. 이런 파편들을 조립하는 작업이 곧 기억을 직조하는 일이며, 글쓰기는 기억을 직조하는 미메시스적 작업이며, 이때 글쓰기는 살아남은 자의 유일한 생존방식이 된다. 임철우가 5·18을 지속적으로 소환하고 글쓰기를 하는 이유는 그것이 바로 그 존재의 생존방식이기 때문이다. 문제는 이 기억의 작업이 한 번으로 종결되지 않는다는 데 있을 뿐이다.

2. 글쓰기라는 행위

사건에 대한 기억의 한 방식이 글쓰기라면, 벤야민에게 글쓰기의 행위는 어떤 의미가 있는지를 '읽기'와 '쓰기'의 차원에서 살펴볼 필요가

---

6) 발터 벤야민, 「베를린 연대기」, 앞의 책, 191쪽.

있다. 「유사성론Doctrine of the Similar」(1933)과 「미메시스 능력에 대하여On the Mimetic Faculty」(1933)에는 "유사성(the similar)"을 지각하는 능력의 원천으로서 미메시스적 '읽기(Reading)'에 대한 벤야민의 언어철학적 고찰이 담겨 있다. 이 고찰의 의도는 언어 타락 이후 분리된 주체와 객체의 소통관계를 복원하려는 데 있어 보인다.

이 글들은 초기의 언어철학을 담고 있는 「언어일반과 인간의 언어에 대하여」(1916)와 두 가지의 전제를 공유하고 있다. 하나는 언어가 단순히 '기호들의 약속된 체계'가 아니라, 그 언어에 상응하는 정신적 본질을 전달하는 '매체'로서 기능한다는 언어형이상학적인 신념에서 기인한다. 여기서 벤야민은 대상이 지닌 본질이 단순히 언어를 '통해서'가 아니라 언어 '속에서' 전달된다고 했는데, 이것은 발화하는 행위 그 자체에 사물을 창조하는 신적 능력이 깃들어 있기 때문이었다. 마찬가지로 위의 두 글 또한 유사성에 기반한 인간의 미메시스 능력이라는 원초적인 행위 속에 세계를 보고, 느끼고, 인식하고, 창출하는 어떤 비밀이 내재되어 있다는 점을 발견할 수 있다.

또 하나는 그러한 능력의 소멸이라는 상실의 기억을 공유하고 있다는 점이다. 「언어일반과 인간의 언어에 대하여」에서 신의 말씀으로 이루어진 세계의 사물은 아담의 언어로 전이되어 지속되지만 결국 기호화된 양식으로 언어가 변이되면서 창조의 능력이 사라진 것처럼, 위 두 글에서도 인간의 미메시스 능력은 원시적 춤이나 점성술 등의 사례로 명맥을 유지하다가 결국 '언어'라는 매체로 변형되어 보존된다고 본다는 점이 그러하다. 그러나 이때의 상실의 기억은 복원불가능의 측면과 더불어 변형된 흔적을 통해 과거의 것이 복원가능하다는 측면을 동시에 지니고 있다. 때문에 벤야민이 언어와 문자의 마법적 측면(「유사성론」, 205쪽)을 말할 때, 이 마법은 감추어짐과 드러냄 또는 해체와 구원이라는 이중적 의미를 지니고 있다. 이 지점이 언어에 대한 벤야민의 이 글들이 그의 역사철학적 구상과 맞닿는 지점이다. 과거는 사라지지 않고 지금 여기의 현재성을 띠고 존재하고 있다.

> 유사한 것을 생산해내는 최고의 능력을 갖고 있는 존재는 인간이다. 인간이 소유하고 있는 유사성을 파악하는 능력은 유사해지고 또 유사하게 행동하려는 예전의 엄청난 강압의 잔재에 불과하다.[7]

유사성을 만들어내는 것은 이미 자연에서 의태(보호색)와 같은 형태로 나타난다.[8] 그러나 이 분야의 최고 능력자는 인간이다. 미메시스 능력이란 유사성을 보고, 인식하고, 창출하는 능력이다. 단순히 유사한 형태를 지녔다는 것이 아니라 '유사한 것을 만들어 내는 과정들을 재현'([유사성론], 199쪽)하려 한다는 점에서 인간의 능력은 자연의 그것과 다르다. 미메시스적 능력은 인간학적 능력이다. 다시 말해 위의 인용에서 '행동'은 단순히 보는 차원을 넘어 인식과 창출의 재현이라는 행위를 요구하는 것이고, 이것이 수행되었을 때 미메시스적 능력을 인간학적 능력이라고 할 수 있는 것이다.[9]

---

7) 발터 벤야민, 「미메시스 능력에 대하여」, 최성만 옮김, 『언어 일반과 인간의 언어에 대하여 / 번역자의 과제 외』(선집6), 도서출판 길, 2008, 211쪽.
8) 자연의 유사성과 인간의 유사성을 구별할 필요가 있다. 자연물의 미메시스는 반복되는 '본능'이다. 시스템의 반복이다. 그러나 인간의 그것은 '은총'이며 '능력'(ability)이다. 시스템을 파괴하면서 끊임없이 다른 것이 되려고 한다. 닮으면서 동시에 달라지려는 것. 이것이 인간의 미메시스 능력이다. 생물학적 자기보호와 존재론적 자기보존을 구분해야 한다.
9) 미메시스는 모방이면서 '모방이 곧 창조다'라는 이중적 의미를 담고 있다. 미메시스는 대상과 동일한 것이 되려고 하는 것이 아니라 그 대상과 다른 것이 되려고 하는 것이다. 가령 예술미는 미메시스를 통해 자연미를 닮으려고 하지만 그렇다고 예술

그러나 이 인간학적 미메시스 능력은 퇴화되어 흔적만 남는다. 이 흔적이 바로 언어다. 언어에는 이른바 '미메시스 천재'가 존재하던 시절의 능력이 스며있다. 인간과 세계의 완전한 소통이 가능했던 시절을 복원해야 한다는 벤야민의 강박이 '예전의 엄청난 강압'이라는 말로 표현되고, 언어는 그 '잔재'로서 복원의 임무를 띠고 있어 보인다. 이를 증명하기 위해 벤야민은 개체발생 측면에서 어린아이들의 놀이를, 계통발생 측면에서 과거의 점성술과 무희(원시인이어도 무방함)들의 춤 등을 언급하고 있다.

미메시스 능력은 특히 계통 발생적 의미에서의 역사를 추적해 보았을 때 확실히 축소되었거나 소멸되어버린 것처럼 보인다. 과거에는 사람들이 별자리나 동물의 내장 등 자연의 도처에서 유사성들을 발견하고, 그로부터 미래나 운명을 읽어낼 수 있었다. 그러나 이러한 전통적인 지표세계(perceptual world, Merkwelt)는 기술의 발전으로 아우라의 상실을 낳았듯이, 미메시스 능력의 퇴화는 세계와 인간 주체과 객체의 분리를 가속화했다. 이에 따라 현대인들의 지표세계는 마법적 상응관계들을 과거에 비해 훨씬 덜 포함하게 되었다. 이제 우리가 발견할 수 있는 유사성은 얼굴에서 발견되는 닮음과 같은 일상적 지각으로 한정되었다. 이에 비해 고대인들은 하늘의 일들을 하나의 전체성(totality)으로 파악함으로써 그것을 인간의 집단적이고 개인적인 삶에 적용했다. 이러한 모방 가능성(imitability), 미메시스 능력이 고대인들의 삶을 규정하는 실제적인 힘으로 작용했던 것이다.

미가 자연미가 되려고 하는 것이 아니다. 예술은 미메시스를 통해 결국 다른 창조적인 것이 되려고 한다. 또한 이러한 점에서 인간에게 미메시스는 '능력'인 것이다.

그런데 여기서 결정적 의미를 띠는 탄생이라는 것은 순간에 일어나는 사건이다. 이 점은 우리가 유사성의 영역이 갖는 또 다른 특성을 주목하게끔 한다. 유사성의 지각은 어떤 경우든 번뜩이며 지나가버리고 마는 순간에 묶여 있다. ……유사성은 별들의 운행과 마찬가지로 눈앞에 순간적으로, 일시적으로 나타나는 현상이다. 이처럼 유사한 것들이 지각하는 일은 시간적 요인에 묶여 있다.[10]

여기서 유사성론의 또 다른 특성이 도출된다. 바로 미메시스 능력이 순간성(시간성)에 의해 제약된다는 것이다. (이 장면은 언어의 해체와 구원이라는 점에서 역사철학적 개념과 상응하는 부분이고[11], 개인적으로 바디우나 아감벤의 '사건' 개념으로 이어지면서 확장되는 지점으로 보인다.) 점성술사는 자신이 가진 미메시스의 재능을 발휘해 별들의 운동을 읽어냄으로써 새로 태어난 아이들의 운명도 읽어낸다. 여기서 중요한 것은 생명의 탄생과 별자리의 운동이 순식간에 일어난다는 점이다. 즉 점성술사는 순식간에 그리고 일시적으로 눈앞에 나타났다가 사라지는 별들의 결합에 개입해서 유사성을 읽어낸다. 다시 말해 "유사성의 지각은 어떤 경우에서든 번뜩이며 지나가버리는 순간(flashing up)에 묶여있다."

앞서 아우라의 파괴를 언급했는데, 사라진 아우라가 드러나는 경우도 순간이다. 드물지만 그것은 기억을 통해 드러난다. 기억 속 과거의 구체적인 묘사(읽기)로 인해 지난 순간이 지금 여기로 상기되듯이, 시와 예술은 전이와 확산을 통해 이질적인 것들 사이의 교감적 만남을 이룸으로써 아우라를 경험케 한다.[12]

---

10) 발터 벤야민, 「유사성론」(선집6), 앞의 책, 202쪽.
11) "유사성이 섬광처럼 비치는 현상은 역사적으로는 원래 순간적 경향을 띠지 않았던 잊힌 유사성을 전유하는 기억의 성격을 갖는다. 시간 속에서 지속되는 이 잊힌 유사성은 아담적 언어정신 속에 지배한다. 노래는 그와 같은 과거의 모상을 붙잡아두고 있다." (발터 벤야민, 「말과 이름의 대립적 측면」(선집6), 앞의 책, 331쪽.)

점성술에 대한 이상의 언급에서 우리는 이미 비감각적 유사성의 개념에 대한 이해를 충분히 얻어냈다고 볼 수 있다. 비감각적 유사성이라는 개념은 일종의 상대적 개념이다. 즉 그 개념은 언젠가 사람들로 하여금 어떤 별들의 상태와 한 사람 사이에 존재하는 유사성에 대해 말할 수 있게 한 그 무엇을 우리는 더 이상 우리의 지각세계에 지니고 있지 않다는 것을 뜻한다. 그러나 우리는 비감각적 유사성의 개념이 갖는 모호성을 해소해줄 한 규준을 갖고 있다. 그 규준은 언어이다. [13]

언어는 원래의 미메시스적 능력이 변형되어 보존되어 있는 매체이자, 가장 완벽한 '비감각적 유사성, 비감각적 상응관계들의 서고'([유사성론], 205쪽)라고 벤야민은 말한다. 여기서 '비감각적'이라는 말에 주목해야 한다. 첫째, '비감각적'이라는 말은 별로 대표되는 세계와 인간 사이에 존재했던 유사성을 더이상 '감각할 수 없다'라는 말로 읽을 수 있다. 그래서 과거에 비해 현재는 상대적으로 비감각적이라고 말한다. 둘째, '비감각적'의 반대 개념과의 차이에서 의미를 해석할 수 있다. 감각은 단순히 오감을 통해 확인하고 느끼는 것에 불과하다. 때문에 감각적 유사성이라는 말이 가능하다면 그것은 자연물의 보호색에 불과하다. 반면 비감각은 단순히 느끼는 감각을 넘어 인식하는 행위로 해석된다. 때문에 비감각적 유사성은 세계를 인식하고, 재현하고, 창출하는 행위이다. 이런 행위가 바로 미메시스적 능력이며 언어가 이를 수행할 수 있는 매체인 것이다.

이를 통해 보면, 비감각적 유사성의 개념을 명확하게 이해할 수 있는 규준은 언어에서 찾을 수 있다. 이것이 바로 앞서 언급했던 미메시스

---

12) "아우라의 경험과 점성술의 경험 사이에 연관이 존재할까? 별들이 시선을 되돌려 주는 지상의 생물이나 사물들이 있을까? 별들은 먼 곳에서 보내오는 그 시선 때문에 아우라의 근원현상일까?" (발터 벤야민, 「「유사성론」과 「미메시스 능력에 대하여」 관련 노트」(선집6), 앞의 책, 325쪽.)
13) 발터 벤야민, 「유사성론」(선집6), 앞의 책, 203쪽.

능력이 역사의 과정 속에서 소멸되었다기보다 인간의 언어능력으로 변형되는 방향으로 발전해왔다는 말의 의미이다. 어쨌든 언어 형성에 있어 모방적 행위는 의성어적 요소로서 인정받았다. "모든 낱말, 그리고 언어 전체는 의성어적이다." 이러한 의성어적 설명방식은 벤야민이 인간의 언어와 사물 사이의 관계를 우연적 관계가 아닌 미메시스적 "표현"의 관계로 보고 있다는 점에서 의미가 있다.[14]

벤야민은 여기서 언어에 대한 신비주의적이고 신학적인 이해방식을 제시하고 있다. "여러 언어들에서 동일한 어떤 것을 의미하는 낱말들을 찾아내 그 의미된 것을 중심에 두고 주위에 빙 둘러 늘어놓을 경우, 어떻게 종종 서로 하등의 유사성도 보이지 않을 그 낱말들이 모두 그 낱말들의 중심에 놓인 그 의미된 것과 유사성을 보이는지를 연구해볼 수

14) 선집의 이어지는 논문 「언어사회학의 문제들」에서 벤야민은 이와 관련된 연구 목록을 검토한다. 이를 보면 벤야민은 '의성어'를 단순히 음성상징어로서만이 아니라, 원시언어의 묘사성과 아담의 언어적인 성격을 추적하려 했던 것 같다. 벤야민이 인용한 언어학자들의 말을 몇 부분을 인용한다. "헤르더와 그밖의 사람들이 언어란 예전에 그림 그리는 데 봉사했다고 주장한다."(「언어사회학의 문제들」, 앞의 책, 222쪽.) / "사람들이 보는 모든 것과 지각하는 것 일반이 …… 우선 움직임들이다. 그러나 이렇게 목소리로 이루어지는 흉내 또는 재생, 이러한 '음성 이미지'들은 소리, 색깔, 미각 및 촉각적 인상들에까지도 확대된다. ……우리는 여기서 엄격한 의미에서 의성어적 창조물들을 이야기할 수 있다. 더 나아가 여기서 일어나는 일은 묘사하는 목소리 동작들이다."(225) / "여기서는 모든 것이 이미지 개념들로 표현되기 때문에, …… 이러한 '원시' 언어의 어휘는 우리의 언어로는 단지 멀리서 어렴풋이 짐작하게 해줄 뿐인 어떤 풍부함을 지니고 있음이 틀림없다."(226) / "단지 현상에 불과한 현상이란 없으며, 단지 기호에 불과한 기호도 없다. 어떻게 해서 하나의 단어나 단지 하나의 단어에 불과할 수 있단 말인가? 모든 대상 형식, 모든 구체적 이미지, 모든 그림은 신비한 특질들을 지닌다. 그렇기 때문에 입으로 그리는 그림인 언어 표현 역시 필연적으로 그러한 특질들을 갖는다. 그리고 이러한 힘은 고유명사들만 지니는 것이 아니라 모든 단어들이 ─ 그게 어떤 종류의 것이든 간에 ─ 지닌다." (「언어사회학의 문제들」, 앞의 책, 227쪽)

있다." 아마도 비감각적 유사성이란 의미된 것과 그것을 미메시스적으로 표현하는 낱말 사이에, 그리고 그 낱말들 각각의 사이에 존재하는 설명하기 힘든 유사성을 말하는 것 같다.

그런데 신비주의 언어이론에서는 말해진(spoken) 낱말뿐만 아니라 문자(script) 역시 다룬다. 즉 문자들의 씌어진 형태(Schriftbild)가 의미된 것 또는 명명하는 사람에 대해 갖는 관계 속에서, 비감각적 유사성의 본성이 보다 분명해질 수 있다는 것이다. 이와 관련해서 벤야민은 필적 감정학을 참고한다. 즉 우리는 육필 속에서 글쓴이의 무의식이 글 속에 숨겨놓은 이미지들 또는 수수께끼 상들을 읽어낼 수 있다는 것이다. 글쓰기 행위에서도 미메시스의 과정이 중요한 의미를 지니게 됨으로써 "문자는 언어처럼 비감각적 유사성들과 비감각적 상응관계들의 서고가 되었다."

> 그러나 언어와 문자의 이러한 측면은 그것들의 다른 측면, 즉 기호적 측면과 무관하게 생겨나는 것이 아니다. 오히려 언어의 모든 미메시스적인 것은 흡사 불꽃이 그런 것처럼 일종의 전달자에게서만 현상이 되어 나타날 수 있다. 이 전달자가 기호적인 것이다. 그처럼 단어들 또는 문장들의 의미연관이 전달자이며, 이 전달자에서 비로소 섬광처럼 유사성이 현상화되어 나타난다. 15)

문자와 언어는 마법적인 측면을 지니고 있는데, 이러한 마법적 측면은 기호적 측면과 분리되어 발전하지 않는다. 다시 말해 언어 속의 모든 미메시스적인 것은 기호라는 전달자를 필수적으로 요구한다. 따라서 문자로 된 텍스트와 문장의 발화들 속에 있는 의미의 그물망은 그 속에서 수수께끼 상들이 형성될 수 있는, 그리고 그로부터 유사한 어떤

---

15) 발터 벤야민, 「미메시스 능력에 대하여」, 앞의 책, 215쪽.

것이 순식간에 번뜩이며 드러날 수 있는 기반이 된다. 여기서 '읽기 (reading)'[16]라는 말의 이중적 의미가 중요하다. 기호적 의미를 이해하는 행위로서의 읽기와, 점성술사가 별자리들로부터 운명을 읽어내는 것과 같은 마법적 읽어내기라는 두 의미가 그것이다.

여기서 우리는 벤야민이 앞부분에 했던 어떤 질문을 상기해야 한다. 미메시스 능력의 개체발생 측면을 서술하면서 벤야민은 "이와 같은 미메시스적 태도의 훈련이 어린아이들에게 어떤 이득을 가져다줄까?"(212쪽)라는 질문을 남겼다. 미메시스적 능력의 역사를 언급하고, 그것이 언어에 미친 영향을 설명하는 과정에서 중요한 것은 미메시스적 능력이 언어로 전이되었다거나 거기에서 흔적을 발견할 수 있다는 식의 신화적인 메세지가 아니다. 그것이 어떤 이득이 있는가라는 질문은 흔적에 대한 추적으로 이 글이 읽히지 않기를 바란 것으로 해석해야 한다. 언어를 기호체계가 아니라 미메시스 능력의 흔적이 담긴 매체로 봄으로써 언어에 대한 새로운 태도를 요청하는 것으로 읽어야 한다. 그 태도가 곧 질문의 답인데, 벤야민은 이를 "씌어지지 않는 것을 읽기" (「미메시스 능력에 대하여」, 215쪽)로 제시하고 있다. "이러한 읽기가 가장 오래된 읽기이다. 그것은 모든 언어 이전의 읽기, 동물의 내장, 별들 또는 춤에서 읽기이다."

'씌어지지 않는 것을 읽기'는 곧 벤야민 글쓰기의 방법론으로 보인다. 아케이드를 걸으면서 그가 쓰고자 했던 것도 일방통행로와도 같은 근대적 스펙터클의 폭력과 환호가 아니라 그것이 환기하게 하는 기억이었고 역사였다. 그것을 보는 일은 쉬운 일이 아니다. 앞서 말한 것처

---

16) 벤야민에게 텍스트를 읽는 것은 텍스트에 아담의 언어를 수여하는 것이다. '읽음'으로써 텍스트의 정신성이 드러남과 동시에 읽는 사람의 정신정도 드러나는 것이다. 텍스트의 진리 또는 진리층은 신적 언어의 층위 속에서 하나로 소통되는 것이다.

럼 순간적이기 때문이다. 주체와 객체의 유사성은 섬광처럼 순간적이다. 그 짧게 드러나는 유사성의 순간에 우리는 진실을 읽어야 한다.[17]

> "아무도 말하지 않았던 것을 말하고, 아무도 쓰지 않았던 것을 쓰며, 아무도 보지 못했던 것을 보기 위해 우리는 주어진 사물의 배후를 읽어내야 한다. 묻혀 있는 진리를 빛 밖으로 드러내는 것은 모든 읽기와 쓰기, 말하기의 핵심이다."(문광훈, 『가면들의 병기창』, 683쪽)

미메시스 작업으로서 글쓰기가 수행하는 것은 '묻혀 있는 진리'를 드러내는 고고학적 탐색과 발굴의 작업과 맞닿아 있다. 다시 말해 사건을 기억하기 위해 망각의 직조방식을 거스르는 것과 사물의 배후를 읽어내는 것은 모두 '글쓰기'라는 궁극적 행위로 수렴된다는 것이다.

지금까지의 전제를 바탕으로 이제 이 글에서 묻고자 하는 것은 문학의 처소이다. 글쓰기 행위 중 하나로서 문학이 무엇을 할 수 없었고, 또 무엇을 할 수 있는지를 구체적 사례를 통해 확인해 보는 것이다. 역사적 시간관을 벗어나 사건에 대한 기억하기로서 문학이 과연 무엇을 보여주고 있는지를 확인해야 한다. 이를 위해 이 글은 5·18이라는 사건과 이를 기억하고 현재화하는 임철우의 글쓰기를 소환하고자 한다.

---

17) 보이지 않는 것을 보려는 벤야민의 시도는 일관적이다. 벤야민이 보려고 하는 것은 아우라가 복원된 상태의 예술이 아니며, 아담의 언어가 타락 이전으로 되돌아가는 시도를 하려는 것도 아니다. 그가 보고자 하는 것은 언제나 '현재'이다. '지금, 여기'(now and here)의 문제를 보고자 한다. 마치 인간이 사물을 '명명함으로써' 자기의 정신성을 드러내듯이, 예술과 인간이 현재를 어떻게 '쓰고' 있는가를 '응시'함으로써 그 당대의 정신성을 보고자 한다. 그 시대가 무엇으로부터 멀어졌고, 어떤 것을 결여하고 있는지를 보기 위해 과거가 필요하다. 타락의 구렁텅이로 달려가는 폭주기관차를 막기 위해서, 파울 클레의 천사가 바라보는 저 먼 과거의 지점 그런 의미에서 소환되는 것이다. 미메시스 능력이 이야기되는 이유도 마찬가지로 과거가 아니라 현재의 보이지 않는 것을 보기 위해 요청되는 것이다.

3. 『봄날』이 도달하지 못한 자리

계획대로라면 『봄날』을 쓴 이후 임철우는 오월 광주라는 역사적 비극이 그에게 남긴 죄책감[18]이라는 짓눌림으로부터 벗어날 수 있어야 했다. 임철우는 한겨레신문에 『우리 사이에 강이 있어』[19]를 연재한 후 이루어진 한 인터뷰[20]에서 광주를 왜곡하고 조작하는 현실에 맞서 사건의 진실을 알리기 위해 『봄날』을 썼다고 말한다. 그에게 5·18은 "내가 무엇을 할 수 있을 것인가"를 고민하게 했으며, 운명적으로 5·18에 대해 "작가로서의 소명의식"을 가지게 했다고 회고한다. 쓰지 않고는 견딜 수 없는 분노와 좌절이 오월 광주를 기록하게 했으며, 그런 그에게 "글쓰기는 현실과의 싸움"이었다. 그리고 그는 조작된 진실에 맞서기 위해 사실주의적 표현의 가장 극단에서 "사진 찍듯이 광주의 문제, 광주의 일들을 기록"[21]했다. 전두환을 석방하겠다는 말들이 나온 것에 대한 어처구니없음과 분노가 글쓰기의 동력이었음을 고백하기도 했다. 그러니까 임철우에게 오월 광주를 글로 쓴다는 것은 살아남은 자의 죄

---

18) 임철우의 소설적 글쓰기를 죄책감과 치유의 관점에서 해석한 사례는 많다. 가장 최근의 연구로 김주선의 「임철우 초기 중단편 소설 연구―역사적 폭력에 대한 트라우마적 기억을 중심으로」(『인문학연구』 제55집, 조선대인문학연구소, 2018)는 죄책감과 같은 병리적 차원의 기억 서사와 실체적 진실로의 접근을 차단하는 트라우마적 기억 서사의 이중적 간섭에 대해 보고하고 있다. 또 임철우 단편소설의 서정성과 죄의식을 분석한 논문으로 이동재의 「1980년대 임철우의 소설에 대한 한 가지 독법」(『우리말글』 제65집, 우리말글학회, 2015)과 사건이 개인들에게 남긴 정신적 상처에 주목하면서 5·18이 야기한 폭력의 인간학과 병리학의 문제를 다루는 것을 문학적 글쓰기의 몫으로 보고 있는 차원현의 「5·18과 한국소설」(『한국현대문학연구』 제31집, 한국현대문학회, 2010) 등의 보고들이 있다.
19) 2003년 1월부터 12월까지 한겨레신문에 연재되었고, 이후 『백년여관』으로 작품명이 바뀌었다.
20) 임철우·오윤호, 「'사이'에 머물러, 소설을 쓰다―임철우」, 『문학과경계』 제4권 2호, 문학과경계, 2004, 56쪽. (이후 <인터뷰>로 표기)
21) <인터뷰>, 60쪽.

책감과 거짓에 대한 분노로 인해 무너질 것 같은 삶을 지탱하는 유일한 통로였던 셈이다.[22] 죽음에 대한 공포를 이겨내지 못한 채 현장을 떠나야만 했던 한 청춘에게 남겨진 죄책감은 그에게 글을 쓰지 않을 수 없게 했다. 그는 살아있지만 이미 죽어있는 존재였고, '중음(中陰)'[23]의 세계에 갇혀 있었으므로, 임철우에게 글쓰기는 죽음으로 무사히 건너가는 것을 허용하는 통행증이었다. 그래서 임철우는 그가 보았던 오월의 광주를 '기록'했다. 시민들의 저항과 죽음의 현장을 복원하고 국가권력의 폭력적 출현을 증언했으며, 불타는 도시와 새벽의 총소리와 이를 외면하며 숨죽여 흐느끼던 그날 새벽의 침묵의 수치를 '재현'[24]했다. 그

---

22) "5·18의 체험은 내 안에 있던 모든 게 한꺼번에 다 무너져버리고, 모든 것을 다시 새롭게 시작해야 되는 그런 것이었다. 그러니까 그 이후의 시간들은 아무것도 없는 것에서 뭔가를 계속 새롭게 만들어야 하는 과정이었고, 소설 쓰기 자체가 그런 의미였다. 사실 나는 작가가 되겠다는 확신 같은 것은 그전까지 없었다. 그런데 5·18을 겪으면서, 뭔가를 하지 않으면 안 된다고 생각했고, 내겐 유일하게 할 수 있을 것 같은 게 소설이었다. 그래서 소설을 쓰기 시작했고 그렇게 해서 어떻게 운 좋게 기회가 주어져서 지금까지 작품을 쓰게 됐다. 나로서는 처음부터 그냥 오월을 전하겠다, 이게 목표였다. 그렇게 쓰게 된 소설이 『봄날』이고, 『봄날』을 완성했을 땐 정말 그런 기분이 들었다. 아, 이제 죽어도 좋겠다." 최정운·임철우·정문영, 「5·18 광주민주화운동 34주년 기념 대담 — 절대 공동체의 안과 밖」, 『문학과사회』 제27권 2호, 2014, 343쪽. (이후 <대담>으로 표기)

23) 임철우가 말하는 '중음'은 기억도 아니고 망각도 아니고 살아 있는 사람들의 세계도 아니고 죽어 있는 사람들의 세계도 아닌, 그럼에도 불구하고 우리 곁에 있는 어떤 것들의 세계다. 또한 산 자들의 세상도 아니고 죽은 자들의 세상도 아니지만 그렇다고 간단히 부정하거나 거부할 수 없는 우리와 더불어 남아 있는 어떤 존재자들의 시공간이다. 이 공간에서 글을 쓴다는 건 『봄날』에서 볼 수 없는 다른 윤리적 태도를 보여준다는 점에서 중요하고, 본고가 주목하고자 하는 지점이 바로 여기에 있다. <대담>, 369쪽.

24) "철저하게 사실에 입각해서 쓰겠다, 인물들은 허구이지만 그들이 경험하는 현실과 사건은 철저한 고증을 거쳐 사실적으로 그리겠다고 다짐했던 거죠."(<인터뷰>, 58쪽)에서도 알 수 있듯이 임철우에게 『봄날』은 사건에 대한 기록이자 증언록이었다. 더불어 강진호는 임철우의 『봄날』을 그의 초기 작품들의 우의적 알레고리적 형식의 한계를 자각하고 체험의 실체를 사실적으로 '재현'하려고 노력한 소설로 제

러니 계획대로라면 『봄날』은 임철우에게 '자유로운 죽음'을 선물해야
했다. 그러나 사정은 달랐다.

> 끝내고 나면 사실 후련해질 줄 알았다. 그런데 그게 아니고 여전히
> 뭔가 남아 있더라. 그것은 제 개인적인 문제와 관련된 일이기도 한데,
> 죽은 친구에 대한 죄책감. …(중략)… 제가 그 비밀을 누구한테도 고
> 백한 적 없었는데, 『봄날』을 내놓고 나자 내내 떳떳하지 못한 느낌이
> 지워지지 않았다. 물론 그걸 친구한테 언젠간 할 결심이었지만, 공개
> 적으로도 이 기회에 털어놔버리자. 또 그때는 친구가 아직 살아 있었
> 으니까, 그가 내 글을 읽어보기를 바랐고, 읽을 거라고 믿었다. 그래
> 서 『백년여관』의 그 에피소드를 썼는데, 털어놓고 나니 조금은 후련
> 했다. 그런데 문제는 바로 얼마 후에 그 친구가 세상을 떠나고 만 것
> 이다. 알고 보니, 친구는 정작 그 글을 안 읽었더라. 그러니, 결국 나
> 는 용서도 한마디 구해보지 못하고 ……(<대담>, 344쪽)

임철우가 말하는 '그 친구'는 박효선[25]이다. 그는 대학생 임철우의
친구였으며, 총을 든 시민군이었으며, 항쟁 이후 연극을 통해 5·18을
알리는 데 모든 생애를 헌사한 사람이었다. 『백년여관』에서 '죽음'의
세계로부터 '당신'(임철우)를 소환하는 '케이'가 또한 박효선이다. 임철

시하고 있다. 강진호, 「5·18과 현대소설」, 『현대소설연구』 제64집, 한국현대소설
학회, 2016.

25) 박효선은 극단 <광대>이 리더였다. 5월 18일 아침 「한씨 연대기」 공연준비 중 사
건이 발발하면서 공연은 무산되고, 항쟁 기간 동안 시민궐기대회 주도하며 홍보를
담당했다. 이후에도 박효선의 시간은 언제나 1980년의 그 상황을 가리키고 있었
다. 이후 그는 극단 <토박이>를 결성해 오월을 알리는 연극을 제작했으며, 「시민
군 윤상원」(박효선 극본·연출·주연)이라는 다큐멘터리(광주MBC제작)를 만들기
도 했다. '임철우—박효선'의 관계를 '박관현—윤상원'의 관계로 확장하면서 산 자
와 죽은 자 사이의 윤리를 밝히는 논문으로 서영채, 「죄의식과 1980년대적 주체의
탄생」, 『인문과학연구』 제42집, 강원대 인문과학연구소, 2014.

우와 마찬가지로 "5·18 이후 그 친구의 삶은 오로지 연극을 통해 5월을 세상에 알리고자 하는 일에 바쳐진 삶"[26]이었다. 임철우는 글쓰기로 박효선은 연극으로 광주를 기억했다. 두 사람에게 오월 광주는 "초자아"였으며, "우리 삶 전체를 지배하는 지표 같은 것, 아주 구체적인 일상의 어떤 것에서도 우리를 지탱해주는 어떤 힘 같은 것"[27]이었다.

다음 장에서 분석하겠지만 임철우는 박효선을 죽음의 공간에 버리고 도망왔다. 이 죄책감과 비겁함이 이후 그의 삶의 모든 시간을 지배했다. 임철우는 박효선에게 자신의 비겁함을 고백하고 싶었다. 그러지 않고서는 해소될 수 없는 감정이 존재했다. 대담에서의 고백을 근거로 하자면, 『봄날』은 사건의 재현으로서는 충실했을지 모르지만 바디우적 의미에서 살아남은 자로서 '사건 이후의 충실성'을 충분히 확보하지는 못했던 것이다. 사건 이후 18년이라는 시간의 무게를 다섯 권 분량의 증언과 재현으로 탈고하고서도 채 털어내지 못한 것, 『봄날』을 죄책감을 통과하는 통행증으로 제시하지 못하게 한 것, 이것이 바로 『백년여관』이 쓰여야만 했던 이유이다. 즉 재현과 증언의 서사가 포획할 수 없는 자리, 재현과 증언의 주체가 말할 수 없는 이야기, 재현으로서의 문학적 글쓰기가 도달하지 못한 지점이 『백년여관』이 문을 열고 있는 곳이다.

4. 세 번의 전화, 재현 너머의 "나—돌아보기"

이 장에서는 1980년 5월 광주에서 '케이'가 '당신'(이진우)을 소환했던 세 번의 전화를 매개로 재현적 행위가 도달하지 못한 공간을 탐색하

26) <대담>, 345쪽.
27) <대담>, 345쪽.

려 한다. 사건 이후 "세상은 영안실 안의 그들을 벌써 오래전 망각"[28]
해 버렸다. '케이'는 지나간 과거의 시간에 한꺼번에 유폐되어버려 "미
라처럼 소리없이 잊혀져 가는 존재"(272쪽)들을 소환하는 목소리였다.

> 바로 그 순간, 당신은 비로소 깨달았다. 그날, 그 최후의 총성이 멎
> 은 바로 그 순간부터 케이의 시간도 영영 멈추어버리고 말았으리라
> 는 사실을. 바로 그 때문에 케이는 지난 십수 년 동안 맨손으로 직접
> 극단을 조직하여, 그렇듯 미친 사람처럼 그악스럽도록 연극에 매달
> 렸을 것이다. 그것도 처음부터 끝까지, 오로지 오월항쟁을 소재로 한
> 작품만을 말이다. 그는 세상과 싸우려 했었다. 부끄러움도 죄의식도
> 없는 이 비정한 세상의 망각중에 맞서서, 그는 죽는 날까지 싸우고 싶
> 었을 것이다.(272쪽)

소설의 '케이'처럼 현실의 박효선도 사건을 이야기로 재현하면서 망
각에 저항한다. 그는 항쟁지도부의 홍보부장이었다는 이유로 20개월
의 수배생활을 해야 했고, 출옥 후에도 극단 <토박이>를 창단해 오월
의 진상을 줄기차게 알리려고 했다. 그는 오월의 투사이자 '오월광
대'[29]였다. 그러나 시간은 망각의 가장 강력한 후원자였고, 시간은 과
거를 점점 망각의 영역으로 밀어내고 현재를 점점 화석화시킨다. 화석
화된 역사는 사건 속 이야기가 지니는 구체적이고 생생한 피와 눈물을
기록하지 못한다.

임철우의 『백년여관』은 이렇게 화석화된 기억으로 구성된 상상의
공동체에 균열과 파열을 가하고, 이질적인 상상의 공동체를 형성하기

---

28) 임철우, 『백년여관』, 한겨레신문사, 2004, 272쪽. (이 작품의 경우 이후 쪽수만 표기)
29) 정명중, 「지속의 시간 그리고 고통의 연대 ― 임철우의 『백년여관』론」, 『작문연구』
   제12집, 2011, 111쪽.

위해 저항적 대항서사 공간를 마련했다. 그곳이 바로 그림자들의 섬 '영도(影島)'다 (산 자와 죽은 자들이 함께 거주한다는 점에서는 '靈島' 이기도 하다). "그곳을 지배하는 시간은 초, 분, 시로 분절 가능한 혹은 시작과 끝을 지닌 선형적 시간이 아니라, 현재와 과거가 공존하는 환원 적 시간, 영원히 쳇바퀴처럼 끊임없이 반복될 뿐인 '죽은 시간'"이 다.(10쪽) 그들에게 시간은 반복적으로 찾아오는, 그래서 결코 삶에서 지워지지 않는 '죽은 시간'이다. 망각에 맞서는 '기억하기'의 글쓰기의 가치가 여기에 있음은 분명하다. '죽은 시간'을 반복함으로써 죽음을 기억하는 것이다. 망각에 대한 대항 전략으로서 기억은 망각에 대해 투 쟁하고 증언하는 문학의 방법론이었고, 이때 문학적 글쓰기는 왜곡된 진실을 바로잡겠다는 의지이며 동시에 기억투쟁의 현장인 셈이다. 이 것이 임철우의 노력이었다.

상당수의 선행 연구들은 이 망각과 기억의 틀에서 임철우의 작업에 의미를 부여하고 있다.[30] 대표적으로 김정숙[31]은 기억이 사건을 현재 화하는 회로이며, 소설은 그 매체로 기능한다고 말한다. 기억하는 주체 와 기억된 주체가 새로운 주체, 즉 윤리적 주체로 나아갈 가능성을 엿볼 수 있다. 또한 서동수[32]는 『백년여관』을 망각에 대한 투쟁 과정으로 독

30) 서동수, 「망각의 번역과 자기구원의 서사 — 임철우의 『백년여관』을 중심으로」, 『한국문예비평연구』 제42집, 2013. 김영찬, 「망각과 기억의 정치」, 『문화예술』 제 306호, 한국문화예술진흥원, 2005. 한순미, 「주변부의 역사 — 기억과 망각을 위한 제의」, 『한국민족문화』 제38호, 2010. 전흥남, 「5·18광주민주화운동'과 '기억'의 방식」, 『현대소설연구』 제58집, 한국현대소설학회, 2015. 조연정, 「'광주'를 현재 화하는 일 — 권여선의 『레가토』와 한강의 『소년이 온다』를 중심으로」, 『대중서 사연구』 제20권 3호, 대중서사학회, 2014.
31) 김정숙, 「5·18 민중항쟁과 기억의 서사화 — 8·90년대 중단편을 중심으로」, 『민 주주의와 인권』 제7권 1호, 전남대 5·18연구소, 2007.
32) 서동수, 「망각의 번역과 자기구원의 서사」, 앞의 책. 더불어 이 논문은 기억의 언어 를 벤야민의 아담의 언어로 재해석함으로써 고통스러운 재현의 언어가 궁극적으

해하면서 '망각―기억―구원의 모색'이라는 프로세스를 제공한다.

그러나 이러한 해석들은 몇 가지의 의문에 봉착하면서 무력해진다. 먼저 그토록 망각에 저항하고자 했던 '케이'의 죽음과 『봄날』 탈고 이후 또다시 글쓰기에 매달려야만 했던 '당신'의 무력감[33]을 설명하지 못한다. 또한 '당신'을 지속적으로 소환하는 '목소리'의 당위성을 설명하지 못하며, '케이'가 죽기 전 '영도'를 찾아간 이유 또한 해명하지 못한다. '기억'의 서사가 그들의 부채감을 해소해 주었다면 '영도'로의 소환은 불필요하기 때문이다.

'케이'와 '당신', 박효선과 임철우는 충분히 연극과 글쓰기라는 행위로서 사건을 재현했지만, 이들은 예의 그 '중음'의 세계로부터 벗어나지 못한 채 거기에 포획되어 있는 이유는 무엇인가. 그들에게는 또다른 작업이 남아 있었기 때문이다. 소설 『백년여관』과 '케이'의 소환하는 목소리는 재현과 증언적 삶의 너머에 존재하기 때문이다. 그들은 사건의 증언자나 참고인이 아니라 피의자로서 그 자리에 서려하고 있다. 그들에게 연극과 소설은 증언록이나 진술록이 아니다. 죽은 자들에게 산 자의 공간에서 보내는 제문(祭文)은 더더욱 아니다. 그들의 행위는 자신의 삶을 바치는 유언문에 가깝다. 그들은 '중음'의 세계에서 이승으로도 저승으로도 건너갈 수 없는 끝나지 않는 반성문을 제출하고 있는 것이다.

그래서 '케이'(박효선)가 죽음을 앞둔 시점에서 "여보, 나 이제는 갈

로는 진실이라는 낙원에 도달할 가능성을 보고하고 있다.

33) "그런데 어찌된 영문일까. 메모를 벽에 붙여놓은 그날 이후 지금껏 당신은 놀랍게도 단 한 줄의 글도 쓰지 못했다. 사면을 하얗게 칠한 좁은 방 안에 감금되어 있는 듯한 막막한 무력감. 그 백색의 벽면은 어느새 당신의 머릿속에 꽉 들어차고, 의식의 표면 위로는 아무런 생각도 느낌도 떠오르지 않는 것이다. 도대체 무엇이었을까. 죽음보다 깊은 그 끔찍스런 무력감의 정체를?" (16쪽)

게. 나를 좀 바닥으로 내려줘"라면서 "아래로, 조금 더 아래로…"(302쪽)라고 말할 때, '아래'는 증언과 재현 행위가 닿지 못한 곳으로서, 배신자인 자신만이 알고 있는 부끄러움의 밑바닥이라는 의미에 닿는다. 1980년 5월 27일 새벽이 오기 전 여성 동지들을 집으로 돌려보내기 위해 도청을 빠져나오던 당시, 자신의 마음을 점령했던 죽음의 공포, 그리고 삶과 죽음 사이의 갈등에서 기어이 빠져나오지 못했던 자아의 무력감은 자신만이 안다. 평생을 사건의 진실에 매달렸던 '케이'의 말은 광주 '바깥'의 사람들에게 사건의 진상을 알리는 것만이 삶의 목적이 아니었음을 의미한다.

사정은 '당신'(임철우)의 경우에도 다르지 않아서 '케이'를 보고도 끝내 등을 돌렸던 오월의 광주 Y회관 앞에서 '당신'은 이미 패배했다. 그 내밀한 갈등과 부끄러운 자기합리화가 가져온 패배의식과 무력감은 자신만이 안다. 그리고 이 무력감은 아무리 사건을 증언하고 재현해 내도 지워지지 않는다. 사건의 재현, 즉『봄날』은 끝내 자기변명의 위치를 벗어나지 못한다. 이것이 "죽음보다 깊은 그 끔찍스런 무력감의 정체"(16쪽)다. 무력감에서 벗어나는 유일한 방법은 그 깊은 구렁으로 들어가는 일이다. 그래서 '당신'은 영도로 가서 광주 '바깥' 사람들의 망각이 아니라 "내 자신을 결코 용서할 수가 없었"[34]다는 고해를 통해 자신을 심판대에 세워야 했던 것이다.

이제 그 심판의 핵심으로 들어가 볼 차례다. 바로 '케이'로부터 세 번의 전화가 울리던 당시로 말이다. 소설에서 '당신'은 '케이'로부터 세 번의 전화를 받는다. 살아 있는 자로서의 '케이'에게 받은 소환이었다. 첫

---

34) "그래, 난 세상을, 이 놀라운 망각과 배반을 용서할 수가 없어. 하지만, 사실은 꼭 그것뿐만은 아니야. 동시에 난, 난 …… 내 자신을 결코 용서할 수가 없었어. 순옥아."(305쪽)

번째 전화는 '당신'이 친척집 2층 다락방에 은신하고 있을 때[35]였다. 다음날 서점에서 만나기로 약속하지만 우연히 그곳을 지나가던 대학강사 선배의 회유로 되돌아온다. 그때 '당신'은 "나로서는 그래도 약속을 지킨 셈이잖아. 어차피 녀석에게서 또 연락이 올 테니까⋯⋯"(307쪽)라는 변명을 하면서 서점으로 되돌아가지 않는다. 첫 번째 소환의 실패였다.

두 번째 전화는 "이틀 후"(307쪽)[36] 걸려오고, 다음날 오후 Y회관 앞에서 만나기로 약속한다. 죽음을 각오하고 나간 현장에서는 항쟁 지도부가 무장한 채 시민들에게 총을 나눠 주고 있었다. 이때 '당신'은 "'적'이라는 의미와 실체에 대한 극심한 혼돈"(308쪽) 때문에 당혹해한다.[37] 첫 번째의 경우와 마찬가지로 마음은 배신을 준비하고 있었던 것이다. 두 번째 소환도 실패했다. 그렇게 혼자만의 질문과 대답을 반복하고 있을 때, 이후 소설의 '당신' 이진우와 현실의 임철우를 죄책감에서 벗어나지 못하게 하는 장면이 서술된다.

> 약속 시각이 두 시간이나 지났을 때, 군용 지프 한 대가 건물 앞 광장에 나타났다. 앞좌석엔 연한 밤색 점퍼 차림의 케이가, 뒷자리엔 총을 쥔 청년 둘이 앉아 있었다. 운집한 인파 때문에 지프는 더 이상 전

---

35) 2004년 한겨레출판사 판본에는 "23일인가"(306쪽)으로 쓰였지만, 2017년 문학동네 판본에서는 "22일"(『백년여관』, 문학동네, 2017, 338쪽.)로 수정된다.

36) 2017년 판본에서 여기는 "다음날 저녁"(문학동네, 339쪽)으로 수정된다. 그리고 전화를 받은 다음날 집을 나서는 장면의 서술은 "다음날 당신은 다시 집을 나섰다."(307쪽)에서 "다음날인 25일, 당신은 다시 집을 나섰다"(문학동네, 340쪽)로 수정된다.

37) '자, 이제 난 총을 들게 될지도 모른다. 그 순간 이후, 난 누군가를 향해 방아쇠를 당겨야 하고, 그것은 적을, 혹은 누군가를 죽여야 함을 의미한다. 그렇다면, 내가 죽여야 할 '적'은 누구인가? 계엄군? 아니, 잠깐만. 저들이 과연 진짜 우리의 '적'이 맞는 건가? ⋯(중략)⋯ 만약 그들이 적이 아니라면, 대체 누가 진짜 '적'인가? 내가 총구를 향하고 방아쇠를 당겨야 할 진정한 '적'은 어디에 있는 것인가?'(308쪽)

진하지 못하고 정지했다. 케이는 엉거주춤 일어나 한동안 주위를 두리번거리며 당신을 찾고 있었다. 당신과의 거리는 불과 몇 십 미터. 그런데도 당신은 그의 이름을 부르지 못했다. 팔을 쳐들어 보이기만 했어도 케이는 당신을 발견했을 터이지만, 당신은 어째서인지 그 자리에 꼼짝없이 앉아 그를 지켜보고만 있었던 것이다. 그 사이, 찾기를 단념한 듯 케이는 자리에 앉았고 지프는 방향을 돌려 오던 길로 사라져버렸다.(309쪽)

이 장면은 소설 속 '당신'의 죄책감의 원형이자, 현실의 임철우에게도 원죄로 남아 있는 기억이다. 서영채는 이 장면이 임철우의 소설에서 반복 서술되고 있다는 점[38]을 분석하면서, 작가 임철우가 자신의 '비겁'을 털어놓는 장면으로서 '죄의식을 통한 주체화'[39]가 형성되는 과정이라고 해석한다. 본고는 이 해석을 증폭시켜 이 주체화 과정이 '사건 이후의 충실성'에 해당하는 주체가 되어가는 과정이며, 이때 주체는 끊임없이 현재의 '나―돌아보기'를 수행하는 존재가 되며, 이런 주체에게 글쓰기의 의미는 재현과 증언을 초과하는 것이라는 점을 제시하고자 한다.

세 번째 전화는 "5월 26일 밤 10시 30분"(309쪽)[40)]에 걸려온다. 마지막이 될지 몰라서 전화했다는 케이의 목소리는 놀랍도록 차분했고 '당신'은 기어들어가는 목소리로 전화를 끊을 수밖에 없었다.

---

38) 이 장면은 임철우의 자전적 소설인 「낙서, 길에 대하여」(『문학동네』 1998년 봄호, 64쪽)에서도 그대로 쓰여 있다. 『백년여관』이 출판되기 6년 전, 『봄날』에 대한 리뷰의 자리에서 임철우는 이미 박효선에 대한 죄책감으로 괴로워하고 있었다는 사실을 토로한다. 이는 임철우의 글쓰기가 반성적이고 자기고백적 서사일 수밖에 없는 이유를 말해준다.
39) 서영채, 앞의 책, 57쪽.
40) 이 부분의 시간 표현은 두 판본이 같다. 마지막 전화가 온 '5월 26일 밤'이라는 시간을 맞추기 위해서 2004년 판본의 시간 오류들을 2017년 문학동네 판에서 수정한 것이다.

그리고 정확히 세 시간 후, 진압작전은 개시되었다. 칠흑같은 어둠 속에서 폭포처럼 쏟아지던 총성과 폭음……. 가두방송 차량 위에서 살려달라고 외치던 여학생들의 절규. 그 악몽의 시간은 새벽 다섯 시 까지 이어지고, 당신은 방구석에 숨어 엎드려 통곡했다. 아아, 케이야 네가 죽어가는구나. 내 동료들과 선배와 후배들이 지금 저곳에서 죽어가고 있구나. 가장 의롭고 용기 있는 사람들만 저리 외롭게 쓰러지는구나. 그런데도 난 이리 비겁하게 목숨이 아까워 숨어 떨고 있구나. 케이야……(310쪽)

이 비겁과 배신의 기억이 임철우에게 소설을 쓰게 했다. 지옥같은 세상에서 '당신'(임철우)은 기도했다. "하느님, 제가 그 날을 소설로 쓰겠습니다. 목숨을 바치라면 기꺼이 바치겠습니다. 저를 도와주십시오."(311쪽) 그러나 이 기도와 노력은 실패일 수밖에 없었다. 생사를 걸고 완성한 "다섯 권 짜리 장편소설"(313쪽), 즉 『봄날』은 자신의 비겁함과 배신에 대한 서사가 아니었기 때문이다. 그래서 소설의 '당신'은 "고해를 치르고 그에게 용서를 구할 결심"(313쪽)이었지만, '케이'의 병(간암, 박효선은 폐암)과 죽음으로 인해 고해는 지연되고 끝내 실현되지 못한다. 재현은 죄책감 해소에 실패한 것이다.

이 부분에서 임철우의 서술은 혼란스럽다. 국가폭력의 진실을 알리기 위한 분노와 친구를 죽음의 자리에 남겨둔 채 자신만 빠져나왔다는 죄책감이라는 두 가지 글쓰기 원인들이 자꾸 중첩 서술된다. 가령 "미중유의 폭력과 거짓으로 점철된 야만의 시대"에 대한 증오와 분노, "정의와 불의가 전도된"(311쪽) 세계에 대한 억울함을 소설을 쓰는 이유로 제시하다가도 이내 "어디를 가거나 당신은 어김없이 포스터 속의 케이와 동료들의 얼굴과 마주쳐야 했"고 "아무 일도 못한 채 비겁하게 혼자 살아남아 있다는 죄책감 그리고 부끄러움과 자기혐오의 수렁에 빠져"(311쪽) 허우적거렸다는 고백을 한다. '케이'의 죽음에 대해서도 마찬가지다. 사람들의 무관심과 세상의 망각이 케이의 죽음을 불어왔다고 분노하면서도 자기 스스로를 용서할 수 없다는 진술이 함께 쓰이고 있다.[41]

그러나 이어지는 '순옥'과의 대화에서 이런 혼란은 모순이 아니라 자기 반성적 주체가 타자들의 목소리와 아픔에 응대하는 타자적 주체가 되어가는 과정일 수 있음을 알려주고 있다.

> "순옥아, 결국 난 케이에게 용서를 구할 기회를 영영 잃어버리고만 거야. 도대체 그 따위 말도 안 되는 우연이라니! 마침내 모든 걸 털어놓으려고 찾아간 하필 그 순간에, 케이는 죽음과 마주하고 있었어. 아아, 그 녀석이 불쌍해서, 너무나 분하고 억울해서 난 견딜 수가 없구나. 순옥아……"('당신'의 말. 316쪽)

> "저는 말이에요. 이렇게 나약한 모습의 선생님이 갑자기 못나 보이고 싫어지네요. 선생님께서 그처럼 힘드셨다면, 다른 수많은 분들은 정녕 어떠했을까요? 그날 이후 혈육을 빼앗긴 사람들이나 앞으로도 평생을 불구로 살아가야 하는 이들의 고통과 슬픔에 비하면 선생님은 그래도 나은 처지가 아닌가요……"('순옥'의 말. 318쪽)

'당신'의 부끄러움은 5월 27일 새벽의 배신에서 출발했을지 모르지만, 현재 이 부끄러움과 수치는 자신에 대한 연민과 변명으로 인해 자기 이외의 존재들이 겪는 고통과 슬픔을 외면하거나 인지하지 못했다

---

41) "도저히 감당할 수 없는 맹목의 분노와 증오심에 당신은 미칠 것만 같았다. 세상이 케이를 죽였다고 당신은 생각했다. 만면에 웃음을 띠고 활보하는 학살자들 못지않게, 세상 사람들의 망각과 편견과 냉소가 바로 그를 죽음으로 몰아갔다고 당신은 확신했다. 당신은 세상을 용서할 수 없었다. 당신은 또한 당신 자신마저 용서할 수 없었다."(316쪽)

는 사실에 위치하고 있다. 위에서 인용된 '당신'과 '순옥'의 대화에는 자기 연민에 빠졌던 임철우의 목소리('당신'의 말)와 그로 인해 친구와 동지들 즉 이웃한 타자들의 고통에 무감각했던 자신을 가혹하게 비판하는 또 다른 임철우의 목소리('순옥'의 말)로 이해할 수 있다.

사실은 '케이' 또한 군의 최후작전 개시 직후, 십여 명의 어린 여학생들을 이끌고(여기에 순옥도 포함되어 있었다) 도청을 빠져나왔다. 때문에 '케이'는 "그날 이후 단 한 순간도 마음이 평화로운 적이 없었노라"(319쪽)는 마지막 참회의 문장을 남긴다. 이 문장은 '당신'의 부끄러움과도 정확히 일치한다. 그럴 수밖에 없는 것이 모든 소설의 문장이 작가 임철우의 반성적이고 윤리적인 주체의 목소리를 대변하기 때문이다. '케이'의 뒤늦은 고해를 '당신'은 순옥을 통해 듣게 된 것이다. 자신의 아픔과 고통에 매몰된 채 정작 배신과 수치의 원인이었던 '케이'가 겪었던 수치와 부끄러움을 보지 못한 것이다. 임철우 소설의 참혹하고 지독한 부끄러움의 서사는 바로 이런 '나—돌아보기'의 지속적인 행위에서 잉태되고 있다.

정작 이웃한 타자의 고통에 무감했다는 깨달음에 도달했을 때 소설 『백년여관』은 마무리되고, 그제야 '당신'의 소설은 새롭게 시작될 수 있었다. '당신'이 구상한 소설의 첫 문장이 임철우의 소설 『백년여관』의 첫 문장으로 쓰일 수 있었던 결정적 퍼즐은 사건에 대한 증언이 아니라 증언을 초과한 '정동의 공감' 때문에 가능했다. 그러므로 사건 이후 글쓰기의 필요충분조건은 재현의 가능성에 있는 것이 아니라, 윤리적 주체의 '나—돌아보기'라는 지속적인 행위에 달려있는 것이다. 더불어 윤리적 주체가 이웃의 정동에 공감하고 응대하는 '타자적 주체'가 되어가는 과정이다.

임철우의『백년여관』은 이런 점에서 '『봄날』이후의 소설'이 아니라 '지속되는『봄날』로서의 소설'로 기입되어야 한다. 단편 「봄날」과 「동행」에서도 등장했던 비겁함의 자리에서 출발해서, 자기 연민과 변명에서 벗어나 타자의 슬픔과 고통을 들여다보는 자리까지 긴 여정을 통과했기 때문에,『백년여관』은 5·18만이 아니라 4·3 사건과 한국전쟁에서 죽어간 원혼들의 이야기를 들을 수 있게 된 것이다. 임철우가 한국의 비극적인 역사로 인해 고통받던 '입 없는 자'들을 시간과 공간이 뒤틀린 '영도'라는 섬에 한꺼번에 소환할 수 있었던 이유이기도 하다.

5. 세 명의 '케이', 세 층위의 글쓰기

소설『백년여관』에서 '당신'의 글쓰기를 강력하게 촉발시킨 '케이'의 존재는 세 가지 측쪽에서 각기 다른 임철우를 표상한다. 세 명의 '케이'와 세 명의 임철우가 존재한다. 그리고 이에 대응하는 글쓰기의 기록들이 임철우의 작품들에 존재한다. 이 장에서는 세 명의 '케이', 세 명의 임철우, 그리고 세 가지의 글쓰기가 어떻게 공명하고 있는지를 탐색하고자 한다.

첫 번째 '케이'는 1980년 5월 27일 새벽이 오긴 전 예견된 죽음에서 빠져나온 자리에 위치한다. '케이'와 같이 마지막까지 도청에 남았던 시민들의 존재는 '죽었기 때문에 살아있는 존재'로서 '당신'과 같이 남겨진 자들을 '살아있지만 죽은 존재'로 만들었다. 돌이킬 수 없는 과거의 시간은 '당신'에게 지속적인 죄책감으로 부유했었다. 그러나 '케이'가 마지막 순간 도청을 빠져나왔다는 사실을 알게 된 순간 '케이' 역시 '살아있지만 죽은 존재'가 되며, '당신'(임철우)의 또 다른 자아라는 위치에 서게 된다. 차라리 광주에서 죽었어야 할 육체가 살아남아 회복 불가능한 부끄러움이라는 감정의 지배를 받게 된다. '죽지 못한 육체'를 지닌 채 살아남은 인물들의 정서는 '치욕'에 닿아있다. 그리고 이 치욕은 "부끄러움 그 자체로부터 벗어날 수 없고, 그로부터 단절할 수 없는 우리 존재의 무능력에 근거"[42]를 두고 있다. 아감벤이 부끄러움을 느낀다는 것을 "감당이 안 되는 어떤 상황에 놓인다는 것"[43]이라고 말할 때, 그 감정에서 도망칠 수 없고 시간을 돌이킬 수도 없는 회복 불능의 무능력이 부끄러움의 한 가운데 놓여있는 것이다.

임철우에게 이런 존재들의 출현은 그의 초기 소설부터 빈번하게 등장했다. 5 · 18을 다룬 최초의 작품인 단편 「봄날」(1984)[44]에서부터 부끄러움은 서사의 핵심이었다. '상주'(임철우)는 총소리가 도시를 뒤덮던 그 밤, 자신의 집 대문을 두드리던 소리를 듣고서도 공포로 인해 도움을 주지 못했다는 죄책감 때문에 괴로워한다. 「봄날」에서 '상주'는 이 감정을 일기로 기록하고, 친구들은 일기에 기록된 죄책과 고백을 보게 된다. 일기의 내용이 사실이든 환각이든 당시의 글쓰기는 무기력과 자책의 기록이었다. 그 문장들은 모든 망각하는 자들에게 저주의 기록이자 판결문[45]이었다. 부끄러움과 수치의 대가는 "벙어리 아들"을 낳게 되는 것이다. 거기에 더해 "혀"가 잘릴 것이며 언어를 상실하게 될 것이다. 그들이 얻을 수 있는 것은 오직 "십 년 가뭄 끝에 벌건 빈 밭을

---

42) 조르조 아감벤, 정문영 옮김, 『아우슈비츠의 남은 자들』, 새물결, 2012, 157쪽.
43) 조르조 아감벤, 앞의 책, 158쪽.
44) 임철우, 「봄날」, 『아버지의 땅』, 문학과지성사, 1984.(이후 작품명과 쪽수만 표기)
45) "……기억하라. 너는 이제 벙어리 아들을 낳으리라. 아벨을 묻은 피에 젖은 네 두 손의 업보로서, 그 배신의 증거로서, 내 손수 네 아들의 혀를 자르리라. 그리하여, 뭉툭하니 잘려나간 네 아들의 입속을 들여다보며 그늘의 네 죄악을 기억하게 하여 주리라. 심중의 진실을 전할 수가 없어서, 심장을 터뜨릴 듯 부릅 뜬 눈을 터뜨릴 듯 먹먹하게 다만 바라보며 제 가슴팍만 맨주먹으로 두들기기만 하는 아들의 얼굴을 들여다보면서 네 가중한 배신의 흔적을 확인하게 하리라." (「봄날」, 325-326쪽.)

수확하는 황홀한 기쁨"과 "죄악의 풍족한 소출"이라는 역설들뿐이
다.46) 가혹한 저주의 주문(呪文)이다.47) 이 소설에서 '상주'는 그의 친
구들에게 부끄러움을 준다는 점에서 '케이'와도 같으나, 동시에 대문을
두드리던 도움의 요청을 묵인했다는 점에서 죄책감에 시달리는 임철
우의 감정을 대변하는 인물이기도 하다.

「동행」(1985)48)에서 5·18 이후 수배생활을 하던 '너'(박효선, 케이)
는 "조심스럽게 지켜오고 있던 휴식과 평온하고 느슨한 일상의 생활 감
각을 밑바닥부터 송두리째 휘저"(「동행」, 287쪽)으면서 등장했다. '너'
는 "불쾌하고 섬뜩한 악몽의 흔적"(「동행」, 299쪽)으로 나타나 망각의
유혹에 빠진 살아남은 자들에게 섬뜩하고 날카롭게 파고들어 부끄러
움을 남겨주는 존재였다.49) 이 첫 번째 층위에 살아남은 자로서의 '케
이'가 있고, 부끄러움을 느끼는 임철우의 첫 번째 자아가 있다. 그리고
이때 문학은 자기고백의 글쓰기, 죄책감의 글쓰기 방법이 된다. 글쓰기
의 동력은 부끄러움이라는 무능력이었고, 이에 대한 저항의 방식이 바
로 '기억하기'였다.50)

---

46) '벙어리'나 '빈 밭' 등과 같은 비생산의 모티프는 당시 임철우 소설에서 '사산'과 같
  은 이미지로 변용된다. 「사산하는 여름」의 제목도 그러하고, 「동행」에서도 소설의
  맥락과 무관하게 다음과 같은 부분이 삽입되어 있다. ("저예요. 네네. 어떻게 되었
  다구 하던가요? (생략) 여자는 울상을 짓고 있었다. 또 사산이라니…… 세상에……
  두번씩이나…… 세상에." (288쪽)) 이러한 '사산'의 이미지들은 임철우 초기 소설에
  서 5·18에 대한 글쓰기의 괴로움과 부끄러움을 환기한다.

47) 김영삼, 「이중적 예외상태로서의 5·18과 민중·민족문학 담론 ―『창작과비평』의
  논의를 중심으로」, 『현대문학이론학회』 제71집, 2017, 90쪽.

48) 임철우, 「동행」, 『우리시대 우리작가 31―임철우』, 동아출판사, 1987. (이후 작품
  명과 쪽수만 표시)

49) "그것들은 순간, 너와 내가 그토록 안간힘을 써가며 간신히 덮어두고 있었던 그해
  봄날의 악몽의 이부자리 한 자락을 잡아채어 매몰차게 벗겨 내고 말았다. 그리고
  그 이부자리 속에서 기어코 우리의 수치스런 알몸은 드러나 버린 것이었다. 그것은
  섬찟한 윤간의 기억이었다. 안 돼. 안 돼. 순간 나는 세차게 고개를 흔들어 버렸
  다."(「동행」, 308쪽.)

두 번째 '케이'는 사건 이후 증언자라는 자리에 위치하고 있다. 이미 앞서 설명했듯이 '케이'이자 박효선은 사건 이후 오월 광주를 알리는 데 모든 생애를 바쳤다. '당신'(임철우)이 서울로 거처를 옮기고 "촉망받는 신인 작가"(312쪽) 생활을 할 때에도 '케이'는 그 도시에 남아 학원 강사 생활을 하면서 계속 연극을 제작했다. 그때부터 "십 수 년 동안 그는 죽는 날까지 혼신의 힘으로 오로지 오월 항쟁을 다룬 작품들만 고집스레 무대에 올려왔던"(312쪽) 것이다. 이러한 '케이'의 모습은 오월 광주를 고통스럽게 증언하고 재현하는 임철우의 행위와 중첩되면서 그의 또 다른 자아를 표상한다. "절반은 미치고 절반은 뭔가에 홀"린 채, "마침내 십 년 만에야 당신은 그 다섯 권짜리 장편소설을 완성해냈던 것"(313쪽)이다. 이 작품이 바로 『봄날』이다. 그리고 그들이 재현의 작업을 통해 표현하고 싶었던 오월 광주의 모습은 다음과 같은 장면으로 대표될 것이다.

　"그 어마어마한 숫자의 사람들, 발을 옮길 수 없을 정도로 들어찬, 그때 본 그 사람들. 도청 광장과 충장로 금남로를 중심으로 전 지역이 다 그랬다. …… 정말이지 그 광경은, 내가 꿈을 꾸었나 하는 생각까지 든다. 지금 생각하면 꿈같다. 내가 정말 꿈을 꾼 것이 아닌가, 헛것을 본 것 아닌가. 그 사람들, 그 표정들, 그 모습들, 그때의 힘들을 떠올려 보면 과연 이게 사람인가, 진짜 사람들이었나 하고 말이다. 김준

---

50) 윤정모의 「밤길」(1985) 또한 사건의 진상을 외부로 알리기 위해 죽음의 현장에서 탈출한 지식인들의 우울과 부채의식을 형상화하고 있다. 정도상의 「십오방 이야기」(1987)는 학살의 현장에서 동생을 쏴 죽인 죄책감 때문에 정신질환을 겪고 있는 공수부대원이 등장한다. 유사한 맥락에서 이순원의 「얼굴」(1990)의 인물은 5·18 당시 자신의 만행을 기록한 테잎을 끊임없이 확인하면서 불면에 시달리는 강박증세를 고발하고 있다. 폭력적 외상으로 인해 광기에 유폐되어버린 한 소녀의 자기 징벌을 표현한 최윤의 「저기 소리 없이 한 점 꽃잎이 지고」도 빼놓을 수 없다.

태 시인의 시중에 「나는 하느님을 보았다」는 시가 있는데 나는 그 의
미를 백분 이해한다. 우린 그날 사람들에게서 하느님의 모습을 본 것
이다. …… 그날 밤, 그곳에는 신과 악마, 인간과 짐승이 한꺼번에 뒤
엉켜 있었던 거다. 그것이 내가 말하는 5·18 초반 3일의 참된 비밀,
핵심 중의 진짜 핵심이다. 인간성이라는 그 엄청난 불가사의, 그 신비
가 그야말로 일순간에 우리 눈앞에 현현한 거다. 그걸 목격했는데, 내
눈으로 똑똑히 봤는데 어떻게 예전의 나로 돌아갈 수 있겠나. 그 순간
만 생각하면 지금도 막 눈물이 솟구친다." (<대담>, 356-357쪽.)

거리로 쏟아져 나온 인파들의 행렬 속에서 임철우가 본 것은 죽음을
두려워하지 않은 고양된 인간성의 위대함과 인간 이하의 취급을 받으
며 죽어갔던 참혹했던 순간들이었다. 오월 광주의 현장에서 임철우가
본 것, 그리고 그가 재현 작업을 통해 보여주고 싶었던 것은 "신과 악
마, 인간과 짐승"이 공존했던 순간이었다. 두 번째 '케이'가 표상하는 임
철우에게 소설은 증언과 재현으로서의 글쓰기 대상이었다. 그날의 뜨
거웠던 감정과 절대공동체의 진정성을 알리려는 목적이 강력한 동기
였으며, 거짓에 맞서는 저항의 방식은 무엇보다 '진실'이었다. 그러나
이미 앞 장에서 말했듯이 재현과 증언의 글쓰기는 분노와 증오를 표현
할 수는 있어도 수치와 부끄러움을 치유할 수는 없었다.

여기에 세 번째 '케이'의 자리가 있다. 죽음 이후 '영도'에서 '당신'을
소환하는 '케이'의 목소리는 유일하게 진리의 가능성을 열어주면서 등
장한다. 그 공간이 바로 '중음'의 자리다. 재현으로 정동을 표현할 수 없
었던 임철우에게는 또 다른 글쓰기가 필요했다. 그러나 그는 단 한 줄
도 쓸 수 없다는 무력감에 시달렸고, 『백년여관』이 나오기까지 6년 여
의 시간이 필요했다. 구원의 밧줄은 '죽어 있으나 살아있는 존재'들의
목소리로 등장했다. 그 소리는 곧 세 번째 '케이'이자 박효선이고, 타자

들의 고통과 신음에 귀기울이기 시작한 임철우의 세 번째 자아를 표상한다. 그리고 문학은 타자에 공감하고 응대하는 타자적 글쓰기, 즉 '타자—되기의 글쓰기'로 공명한다.

많은 연구들이 놓치고 있는 부분이자 5·18을 대상으로 하는 임철우 글쓰기의 핵심적이고 일관된 방법론에 해당하는 것이 이 세 번째 자아의 '타자—되기의 글쓰기' 작업이다. 조금 길지만 인용할만한 가치가 있다.

> 언젠부턴가 산 자와 죽은 자가 사실은 따로 있는 게 아니라는 생각을 하고 있다. 그 전에는 산 자와 죽은 자에 대해서 이야기를 할 때 산 자의 입장에서, 나는 살아 있는 자를 대표해서 죽은 자들을 애도하고 또 복수를 생각하고 또 그들의 고통이나 한을 내 것으로 받아들여서 싸워야 하는, 늘 이런 것이었다. 그런데 이제는 산 자와 죽은 자가 같이 있다고 생각하게 됐다. 지금은 거의 그렇게 믿고 있다. 왜 그러냐면 내가 지금 죽은 자의 기억들을 잊지 않겠다고 하는 건 죽은 자들의 삶이 안고 있었던 문제들을 잊지 않겠다는 의미이고, 그들이 하고 싶었던 말을 듣고 전해야 한다는 건 작가로서 내가 풀어야 할 문제이기도 하니까. 그것들은 내 삶에 여전히 영향을 미치고 있고, 과거의 사람들은 아직 살아있는 나와 여전히 이 시간을 함께 살아가는 셈이다. 그래서 죽은 자와 산자가 함께 있다고 생각하게 된 거다. (<대담>, 369—370쪽.)

소설적 글쓰기가 취할 수 있는 두 가지 방법이 있다. 하나는 현재의 시점에서 즉 살아남은 자의 입장에서 죽은 자들을 기억하는 방식이다. 다른 하나의 방법은 과거의 그 인물이 되어서 그들의 언어로 과거의 시간을 이야기하는 방식이다. 소설가는 "허구 속에서 산 자와 죽은 자의 경계를 풀어서 함께 있으려 하고, 또 그래야만 쓸 수 있"다는 임철우의 말은 『백년여관』에 환상과 환각이 왜 그토록 많은지, 수많은 원혼들의 언어들이 왜 그토록 많은지를 설명해준다.

임철우가 5·18의 정신적 외상을 기록하는 방식으로 죽은 자들에 대한 환각을 등장시킨 것은 『백년여관』이 처음이 아니다. 초기작 「직선과 독가스」(1984)[51]에 그 최초의 흔적이 있다. 소설의 화자 '허상구'(40세. 모 신문사 시사만화가.)는 비판적 성향의 만화를 그린 이유로 정보기관에 끌려가 하루 동안 아무것도 하지 않은 채 흰 벽의 방에 갇혀 있다 풀려난다. 이후 '허상구'는 정신분열 증세를 보이면서 충장로 사거리 우체국 앞에서 '살려달라'는 피켓을 들고 단식을 하기도 한다. 다음의 인용은 그가 어느 날 비 내리는 거리에서 죽은 자들의 환영을 보는 장면이다.

> 사람들이었어요. 수많은 아이들과 젊은이들, 그리고 더 나이가 들어 보이는 남자와 여자들의 모습이 보이기 시작했읍니다. 거리 칠흑같은 어둠 속, 바로 그 광장 한가운데에서 말입니다. …… (중략)……
> 이윽고는 두꺼운 길바닥 어디쯤인가에서, 그해 늦은 봄 어느날 바로 그 자리마다에 엉겨붙은 검붉은 피의 얼룩과 숱한 발자국와 고함소리, 그리고 누군가의 식어가는 마지막 숨결들까지도 하나하나 들춰내고 있었읍니다. 하나, 둘, 넷, 다섯, 열, 열 둘 ……. 어느덧 광장은 수십 수백의 그림자로 채워지기 시작했는데, 그들은 한결같이 입에 빨간 꽃잎을 하나씩 물고 있는 채로였어요. 자목련 꽃이파리만큼이나 크고 넓적하면서도 훨씬 곱고 선연한 붉은색 꽃잎은 그들의 입술과 뺨에도, 목덜미와 가슴과 옆구리와 허벅지에도 붙어 있었읍니다. 그 때문에 온통 붉게만 보이는 그들의 얼굴은 이윽고 한 덩어리가 된 채 천천히 움직이기 시작했지요. (「직선과 독가스」, 352쪽.)

---

51) 임철우, 「직선과 독가스」, 『세계의 문학』 제33호, 1984년 가을호. (이후 작품명과 쪽수만 표기)

환상은 현실의 시각으로 볼 수 없고 합리적으로 판단할 수 있는 차원 이상의 것이다. 소설에서 빈번하고도 갑자기 등장하는 죽은 자들의 환상과 파도처럼 부유하면서 섬을 감싸고 있는 예의 그 '푸른 손'의 이미지들은 현실의 세계를 새로운 인식의 지평으로 편입하고 확장시키는 기능을 수행한다. 환상은 일상 속에 갇혀 있는 우리의 감각과 정동을 끊임없이 깨어있게 하는 매개로서 기능한다. 일상적 현실은 자연법칙과 과학에 의해 지배되고 있는 것처럼 보이지만, 사건 이후 살아남은 자들에게 삶은 그것을 넘어서는 차원을 함의하고 있고, 임철우의 글쓰기는 이 '중음'의 언어를 현실로 소환하는 작업이다. 일상적 삶을 새로운 차원에서 경이롭게 보고자 하는 것이 마술적 사실주의의 힘이듯 임철우의 환각은 과거의 사건을 새롭게 재인식하게 하면서 주체의 자리를 되돌아보게 한다.

현실의 언어를 초과하는 죽은 자들의 "고통과 한을 내 것으로 받아들"이기 위해 임철우는 이때부터 비정상적으로 보일 만큼 비현실적인 스토리를 구성해 낸 것이다. 죽은 자들이 되어서 그들의 말을 전달하는 유일한 방법이 환상과 환각에 있기 때문이다. "과거와 현재를 한꺼번에, 겹으로 산다"(<대담>, 370쪽)는 임철우의 말은 그의 글쓰기의 방법론이자 그가 위치하고 있는 '중음'의 공간적 의미를 표현한 것이기도 하다.

고통과 절망의 트라우마를 지닌 존재들은 과거와 현재의 시간을 동시에 살아간다. 때문에 '중음'은 가상이 아니라 살아남은 자들의 삶 자체를 의미하기도 한다. 과거와 현재가 뒤섞인 채 경계가 없는, 과거에 살았던 인류의 무수한 자들 역시 그랬을 것이고 앞으로도 그렇게 살아갈 것이다. 그들의 목소리를 듣고 기록하는 것이 임철우 글쓰기의 최종적인 방법론이다. 그리고 그 목소리의 주체는 죽은 박효선이자 '케이'

다. 또한 동시에 "가없는 중음의 암흑천공을 형체도 없이 그림자로 떠도는 무수한 원귀들을 불러내기 위해, 두 눈알을 허옇게 까뒤집고 부들부들 떨어대는 사십 대의 박수무당"(17쪽)이 되어야 했던 신병(神病)을 앓는 임철우이기도 하다.52) 한국전쟁 당시의 비극적 상처 때문에 섬에 오게 된 '요안'의 이야기와 제주 4 · 3 사건으로 인해 스무 명이 넘는 일가족이 몰살당했던 상처 때문에 죽은 자들을 보게 되는 백년여관의 주인 '복수'의 이야기를 임철우는 무당이 되어 서술하고 있는 것이다. 소설에서 조천댁의 마지막 씻김굿도 여기에 맞닿아 있다.

때문에 이러한 임철우의 행위를 자기구원의 서사로 읽는 것은 사건 이후 문학의 의미를 개인적 차원으로 축소하는 해석이다. 이제 임철우의 행위는 국가폭력에 의해 억울하게 죽어갔던 이 땅의 수많은 '입 없는 자'들의 목소리를 대신 들려주는 무당적 글쓰기 곧 '타자—되기의 글쓰기'로 독해되어야 한다. 마치 '박수무당'처럼 원혼들의 이야기를 전달하는 '타자—되기의 글쓰기'가 오월 광주라는 사건의 의미를 지속적으로 현재화하는 임철우 글쓰기의 유일한 통로이자, 사건 이후 임철우 문학이 위치한 자리다.

6. 예외상태와 이웃한 타자의 자리

'1980년 5월 광주민주화운동'(이하 5 · 18)은 국가의 물리적 폭력이 데모스의 생명을 대량으로 앗아간 사건이었고, 국가의 행정권력이 동원되어 사건의 진실을 은폐하고 왜곡하면서 광주를 고립시켰던 음모의 기획이었다. 5 · 18은 사건 그대로의 모습으로 기록되거나 전달되지

---

52) "그런 생각을 하다 보니 무당, 무속에 생각이 미쳤다. 어떻게 보면 작가란 존재는 무당하고 많이 닮은 것 같다. 무당이 왜 존재하게 됐을까, 왜 사람들이 무당을 필요로 했을까. 무당이 바라보는 세상이 바로 그것이 아니겠나." <대담>, 370쪽.

못했고, 군부의 반공이데올로기적 프로파간다의 대상으로 전락했다. 사건의 실체 일부분이 외부로 유출되었더라도 대부분 그것은 '음흉한 소문'이거나 '믿지 못할 음모론적인 이야기' 정도였다. 5·18의 진실은 은폐됐고, 믿기 힘든 증언들은 대부분 죽음에 관한 것이었고, 군부의 압도적인 국가폭력이 국민의 신체에 직접 개입한 장면에 대한 목격담이 너무나 생생했다. 민주주의라는 신화는 철저히 파괴되었고, 현장에 대한 증언은 대부분 묵살되었다. 진실은 외면당했고 살아남은 자들은 무기력했다.

마치 세월호가 물에 잠기는 현장을 텔레비전의 실시간 화면으로 목도한 비극의 스펙터클이 우리의 무기력을 증언한 것처럼, 5·18 현장의 믿지 못할 국가폭력의 실체적 진실과 이에 대한 은폐의 정치학은 주체의 '무기력'과 '우울'을 생산해냈다. 애도와 달리 우울은 슬픔의 리비도를 해소하지 못한 상태로 상실과 자기 비하를 가져온다. 또한 사건 당시의 무기력으로 인해 아무것도 할 수 없었던 주체들은 이후 무거운 무기력에 짓눌리게 되었다.[53] 5·18이라는 정치적 사건이 문학적 사건일수 있는 이유는 이처럼 사건의 진실이 밝혀지지 않았기 때문이고, 사건의 당사자들이 겪었던 주체의 무기력과 우울의 정서가 미학적 형상화의 가능성으로 작동하고 있기 때문이었다.

---

53) 프로이트에 의하면 멜랑콜리(우울)은 애도의 불가능성을 동반한다. 증상의 관점에서 보면 애도와 우울은 흡사하지만, 리비도 경제학의 관점에서는 차이가 뚜렷하다. 애도는 상실된 에너지를 다른 대상으로 이입하는 노동 과정으로 애도 후 주체는 일상으로 복귀가능하다. 그러나 우울은 리비도가 새로운 대상을 찾지 못한 채 주체의 내부로 회수되어 쓸모없고, 무능력하고 도덕적으로 타락한 자아에 대한 비하감을 생산한다. 프로이트는 이것이 주로 '도덕적인 열등의식'으로 드러난다고 말한다. 우울은 상실된 것의 정체를 모르는 것이 아니라 그 의미를 알지 못한다. 본 논문에서 분석되고 있는 임철우 작품의 인물들은 기본적으로 이런 우울의 정서에 기반하고 있다. (지그문트 프로이트, 「슬픔과 우울증」, 윤희기·박찬부 옮김, 『정신분석학의 근본개념』, 열린책들, 2004, 244−249쪽.)

5·18 이후 1980년대는 일종의 '예외상태'에 놓여있었다. 군부권력은 독점적 국가 폭력을 통해 주권과 법질서를 정지시켜 '정치적 예외상태'[54]를 선언했다. 군부권력은 주권자임을 자처하면서 민주주의에 대한 광주 시민들의 열망을 공공의 안전을 위협하는 폭력으로 규정하고, 정상적인 법질서와 주권의 행사를 정지시킴으로써 예외를 상례화시켰다. 신군부는 1980년 5월 17일 21시 30분 비상계엄 전국 확대를 국무회의에 상정하게 했다. 이때 신군부가 표면적으로 내세운 계엄령의 확대 이유는 '사회 혼란에 따른 북괴의 남침 위기'[55]였다. 5·18이 '광주사태' '폭동' '국가전복을 노린 불순한 배후세력의 조종에 의해 발생한 내란' 등의 용어로 불린 뒤, 1987년 6월 항쟁을 거쳐 1988년 6공화국이 들어선 뒤 국민화합을 모색한다는 이유로 '광주민주화운동'으로 재규정된 것을 보면 최소 8년 동안 5·18은 예외상태의 시공간 속에 있었다. 그리고 남북 분단이라는 정치적 논리와 경제발전이라는 경제적 논리는 예외를 상례로 규정할 수 있게 했던 암묵적이고 은밀한 합의로 기능했다.[56]

아감벤은 "현대의 전체주의는 예외상태를 통해 정치적 반대자뿐 아니라 어떠한 이유에서건 정치 체제에 통합시킬 수 없는 모든 범주의 시민들을 육체적으로 말살시킬 수 있는 (합)법적 내전을 수립한 체제로 정의될 수 있다"[57]고 하면서 항구적인 비상사태(예외상태)의 출현을

---

54) 칼 슈미트는 "주권자란 예외상태Ausnahmezustand를 결정하는 자"라고 규정했다. 이 기준에 의하면 당시 군부는 스스로를 주권자로 정초한 것으로, 국민의 권리를 일시적이지만 항구적으로 유보한 셈이다. 칼 슈미트, 김항 옮김, 『정치신학:주권론에 관한 네 개의 장』, 그린비, 2010, 16쪽.

55) 「관보 제8547호」, 국가기록원, 1980년 5월 17일.

56) 5·18의 역사적 사실에 대한 자료로는 아래의 두 자료를 참고하였다. 전남사회운동협의회 편, 『(광주 5월 민중항쟁기록) 죽음을 넘어 시대의 어둠을 넘어』, 풀빛, 1985. 광주광역시 5·18사료편찬위원회 편, 『5·18 광주민주화운동자료총서』(1-20권), 전일실업, 1997-1999.

경고한 바 있다.58) 그리고 이런 국가 폭력은 작품들의 서사에서 인물들이 직간접적으로 경험한 억압적 상징으로 표상된다. 5·18 이후 문학은 국가권력의 행정적이고 독점적인 폭력에 의해 목소리를 빼앗긴 '정치적 예외상태'의 대상이었다.59)

문학의 자리도 예외상태로부터 자유롭지 못했다. 5·18 광주민주화운동이라는 '사건' 이후 재현을 목표로 했던 문학은 무기력했다. 그러나 문학이 '사건이 주체들의 마음에 새긴 무엇'에 대한 탐색이라면 문학의 가능성이 열린다. 덧붙여 이때 문학이 호명하는 주체가 오월 광주에서 죽은 자들이나 살아남은 자들만이 아니라, 오월 광주 이후를 살고 있는 지금—여기의 보편적 주체라면 어떤가? 여기에 동의하면 다음과 같은 질문들이 따르게 마련이다. 38년이라는 시간이 흘렀지만, 오월의 사건이 현재의 주체에게 어떤 감정을 유발하고 있는지, 현재의 삶을 어떻게 평가하게 하는지, 그리고 여전히 오월 광주에 빚지고 있는 지금—여기의 주체들은 어떤 삶을 살아야 하는지, 문학은 이 질문들에 어떤

---

57) 조르조 아감벤, 김항 옮김, 『예외상태』, 새물결, 2009, 15쪽.

58) 항구적인 예외상태에 대한 아감벤의 이러한 우려는 1960년대 박정희의 제3공화국에 대한 관점을 시사한다. 박정희의 군부독재가 스스로를 '혁명'정부로 칭하면서 어떻게 18년간의 장기집권을 가능하게 했는가 하는 정권유지의 방법론을 이 예외상태에 대한 규정에서 찾을 수 있다.

59) 조르조 아감벤, 앞의 책, 14—21쪽. 칼 슈미트와 벤야민에 의해 촉발된 예외상태의 개념은 일차적으로는 독재에 상응하는 주권권력이 법집행을 정지하고 일상에서는 불가능했던 폭력적 상황을 자행하는 상황으로 이해할 수 있다.(14—21쪽) 그러나 아감벤이 말하는(벤야민을 경유한) '예외상태'에 대한 개념은 좀 더 폭넓게 해석될 여지가 충분하다. 예외가 상례가 되어버리는 군사정권의 폭거와 같은 형태만이 아니라 5·18 항쟁 당시 시민들에 의해 선언된 법 정지 상태를 또한 예외상태로 규정할 수 있다. 이때 예외상태는 유스티티움 Iustitium(법의 정지)에 더 가깝다. 유스티티움은 공화국에 위기에 빠질 수 있다고 판단될 경우 원로원의 최종권고를 통해 집정관이나 시민에게 국가를 위한 모든 수단을 취할 것을 요구한 로마의 사례를 기반으로 하고 있다. (84—85쪽) 본 논문에서 '예외상태'는 일반적인 의미의 법정지상태를 가리키는 의미로 사용한다.

응답을 할 수 있는지.『봄날』이후『백년여관』을 써야만 했던 임철우의 글쓰기는 문학이 표현해야 하는 것이 '사건' 자체가 아니라, '사건이 보게 하는 것' 또는 '사건이 우리 마음에 남긴 것'이라는 사실을 생각하게 한다. 임철우의 글쓰기 행위는 문학의 주체가 '재현의 주체'가 아니라 '윤리적 주체'가 되는 방법을 제시하고 있다. 이러한 문학적 글쓰기의 응답을 주체의 '나—돌아보기'라고 이름 붙일 수 있다면, 바로 거기에 문학의 처소가 있다. 세월호 사건 이후 현재의 한국 문학이 봉착하고 있고 고민하고 있는 자리이기도 하다.[60] 문학의 본질은 '사건' 이후 문학적 주체들을 재정립하는 문제와 맞닿아 있다.

『백년여관』은 문학적 재현이 도달하지 못하는 자리에서 잉태되었다.『봄날』은 모자이크처럼 그 당시의 상황에 대한 증언들을 모으고, 금남로와 충장로 일대의 모습들의 퍼즐을 맞추어 오월의 광주를 사실주의적으로 재현했다. 그러나 재현과 증언의 글쓰기는 살아남은 존재의 수치와 부끄러움을 치유하기에는 무기력하다. 또한 오월은 근대적 정치 이념이나 서구적 법률이나 제도로 귀착되지도 않는다.[61] 광주의 그 며칠 동안의 '절대공동체'는 민주주의라는 정치 이념 이전에 인간의 존엄과 생명이라는 근본적 가치에 대한 믿음을 보여주었기 때문이다.

---

60) "'사건'은 자기 자신에 대한 뼈아픈 윤리적 질문으로 되돌아와야 한다. 이 끔찍한 사태는 그것을 만들어낸 이 체제 안에서의 자신의 존재 방식을 거부하고 자기 자신을 다시 창조하는 사유를 요구한다. "사건은 우리로 하여금 새로운 존재 방식을 결정하도록 강요하는 것이다." '사건 이후의 주체'가 맞닥뜨리는 중요한 문제는, 그 사회와 시스템의 일부였던 모두가 떠안은 윤리적 문제이다. 이 사건에 작동한 신자유주의의 생명관리정치에 대해 비판적 인식은 필연적이지만, 그 체제 속에서 숨쉬고 살았던 개인 주체들은 어떻게 할 것인가 하는 문제가 더 깊이 남아 있다. 문학적인 질문이 비로소 시작되는 것은 바로 이 지점이다." 이광호,「남은 자의 침묵 — 세월호 이후에도 문학은 가능한가?」,『문학과사회』, 2014년 겨울호, 85—86쪽.
61) 최정운,『오월의 사회과학』, 오월의봄, 2012, 114쪽.

임철우에게 글쓰기 행위를 멈추지 않도록 명령하는 내면의 힘은 이 인간에 대한 근본적 가치에 대한 되돌아봄이었다. 사건을 기억하기 위한 글쓰기는 종결을 선언할 수 없다. "인간의 기억은 놀라운 도구인 동시에 속이기 쉬운 도구"[62]이기 때문이다. 우리에게 깊은 상처를 준 어떤 사건에 대해 이야기하면서 '절대로 잊지 않을게'라고 말하는 것만으로는 경솔하다. 기억은 표류하고 왜곡되기 때문이다. 상처를 받은 사람은 고통을 되풀이하지 않기 위해 기억을 지우려고 하고, 상처를 준 사람은 그 기억으로부터 해방되고 자신의 죄의식으로부터 벗어나기 위해 마음 깊숙한 곳으로 그 기억을 가두어버린다. 프리모 레비의 이러한 성찰은 기억의 배반이라는 성질을 익히 알려주었다. 살아남기 위해 기꺼이 동물이 되어야 했던 수용소에서의 삶을 지속적으로 성찰하는 프리모 레비의 글쓰기는 주체의 지속적인 '나—돌아보기'의 강력한 사례일 것이다. 수용소에서 그 누구도 자살을 하지 않았다. 그들은 당시 '비—인간'이었기 때문이다. 인간만이 자살을 선택한다. 인간만이 수치스러움과 부끄러움을 알기 때문이다.[63] 프리모 레비는 결국 죽음을 선택함으로써 윤리적 주체의 성찰이 도달하는 한 극단을 보여주었다면, 임철우는 애도의 종결을 지연하면서 그가 느꼈던 수치와 부끄러움을 글쓰기의 행위를 통해 지속적으로 재소환했다. 사건에의 충실성을 위해 임철

---

62) 프리모 레비, 이소영 옮김, 『가라앉은 자와 구조된 자』, 돌베개, 2014, 23쪽.
63) 죽은 자들과 함께 하지 못한 것을 어떤 이데올로기나 담론으로 이론화할 수 없다. (최정운, 앞의 책, 113쪽) 그것은 인간이라는 가치에 대한 눈돌림이었고 회피였기 때문에 '수치'를 느낀 것이다. 이 수치의 핵은 바로 '비—인간'으로의 전락이다. 때문에 이들은 자살하지 않는다. 프리모 레비에 따르면 자살은 온전히 인간의 선택이다. 그러나 남은 자들은 스스로 인간이 아니라고 생각하고 있었다. 항쟁의 과정에서 도망치거나 죽음의 공포에 짓눌려 이불을 뒤집어 쓸 때 그들은 자신도 모르게 '인간'이라는 범위에서 벗어나 버렸다고 느꼈다. 이런 점에서 볼 때 오월 광주는 인간의 존엄성과 생명의 가치라는 가장 근원적인 인간됨에 대한 투쟁인 것이다.

우는 '죽었지만 살아있는 자'들의 목소리를 '살아있지만 죽어있는 자'들의 언어에 기입했다. 현실의 언어가 사건의 광기와 충격을 지시할 수 없다는 무력감을 극복하기 위한 유일한 방법으로서 그는 삶과 죽음의 사이 공간에 '중음'의 세계를 연 것이다. 부끄러운 생존의 자기 서사를 고백하는 글쓰기에서 출발해서, 사건을 왜곡하고 거짓을 증폭하고 망각을 유포하는 세계에 증언하고 재현하는 글쓰기를 거쳐, '중음'의 세계에서 들려오는 목소리를 현실로 소환하는 '타자─되기'의 글쓰기에 도달한 것이다. 그곳에서 애도를 부인하고 우울의 상태를 지속함으로써 사건의 완결과 화석화를 거부하고 그것의 현재적 의미를 묻는 것[64]이 임철우가 글을 쓰는 지속적 행위의 가치이다.

---

64) 주디스 버틀러, 양효실 옮김, 『불확실한 삶 ─ 애도와 폭력의 권력들』, 경성대출판부, 2008, 15쪽.

강진호, 「5·18과 현대소설」, 『현대소설연구』 제64집, 한국현대소설학회, 2016.

김영삼, 「이중적 예외상태로서의 5·18과 민중·민족문학 담론—『창작과비평』의 논의를 중심으로」, 『현대문학이론학회』 제71집, 2017.

김영찬, 「망각과 기억의 정치」, 『문화예술』 제306호, 한국문화예술진흥원, 2005.

김정숙, 「5·18 민중항쟁과 기억의 서사화—8·90년대 중단편을 중심으로」, 『민주주의와 인권』 제7권 1호, 전남대 5·18연구소, 2007.

김주선, 「임철우 초기 중단편 소설 연구—역사적 폭력에 대한 트라우마적 기억을 중심으로」, 『인문학연구』 제55집, 조선대인문학연구소, 2018.

레비, 프리모. 이소영 옮김, 『가라앉은 자와 구조된 자』, 돌베개, 2014.

버틀러, 주디스. 양효실 옮김, 『불확실한 삶—애도와 폭력의 권력들』, 경성대출판부, 2008.

벤야민, 발터. 윤미애 옮김, 『1900년경 베를린의 유년시절 / 베를린 연대기』(선집3), 도서출판 길, 2007.

벤야민, 발터. 최성만 옮김, 『언어 일반과 인간의 언어에 대하여 / 번역자의 과제 외』(선집6), 도서출판 길, 2008.

벤야민, 발터. 최성만 옮김, 『서사·기억·비평의 자리』(선집9), 도서출판 길, 2012.

서동수, 「망각의 번역과 자기구원의 서사—임철우의 『백년여관』을 중심으로」, 『한국문예비평연구』 제42집, 2013.

서영채, 「죄의식과 1980년대적 주체의 탄생」, 『인문과학연구』 제42집, 강원대인문과학연구소, 2014.

슈미트, 칼. 김항 옮김, 『정치신학 : 주권론에 관한 네 개의 장』, 그린비, 2010.

아감벤, 조르조. 김항 옮김, 『예외상태』, 새물결, 2009

아감벤, 조르조. 정문영 옮김, 『아우슈비츠의 남은 자들』, 새물결, 2012.

이광호, 「남은 자의 침묵—세월호 이후에도 문학은 가능한가?」, 『문학과사회』, 2014년 겨울호.

이동재, 「1980년대 임철우의 소설에 대한 한 가지 독법」, 『우리말글』 제65집, 우리말글학회, 2015.

임철우, 「낙서, 길에 대하여」, 『문학동네』, 1998년 봄호.

임철우, 「동행」, 『우리시대 우리작가 31—임철우』, 동아출판사, 1987.

임철우, 「봄날」, 『아버지의 땅』, 문학과지성사, 1984.

임철우, 「직선과 독가스」, 『세계의 문학』 제33호, 1984년 가을호.

임철우, 『백년여관』, 문학동네, 2017.

임철우, 『백년여관』, 한겨레신문사, 2004.

임철우·오윤호, 「'사이'에 머물러, 소설을 쓰다―임철우」, 『문학과경계』 제4권 2호, 문학과경계, 2004.

전흥남, 「'5·18광주민주화운동'과 '기억'의 방식」, 『현대소설연구』 제58집, 한국 현대소설학회, 2015.

정명중, 「지속의 시간 그리고 고통의 연대 — 임철우의 『백년여관』론」, 『작문연 구』 제12집, 2011.

조연정, 「'광주'를 현재화하는 일 — 권여선의 『레가토』와 한강의 『소년이 온다』 를 중심으로」, 『대중서사연구』 제20권 3호, 대중서사학회, 2014.

차원현, 「5·18과 한국소설」, 『한국현대문학연구』 제31집, 한국현대문학회, 2010.

최정운, 『오월의 사회과학』, 오월의봄, 2012.

최정운·임철우·정문영, 「5·18 광주민주화운동 34주년 기념 대담 — 절대 공동 체의 안과 밖」, 『문학과사회』, 제27권 2호, 2014.

프로이트, 지그문트. 「슬픔과 우울증」, 윤희기·박찬부 옮김, 『정신분석학의 근 본개념』, 열린책들, 2004.

한순미, 「주변부의 역사 — 기억과 망각을 위한 제의」, 『한국민족문화』 제38호, 부산대 한민족문화연구소, 2010.

역사적 죽음을 현재화하는 글쓰기
―최인훈의 「바다의 편지」를 중심으로

강소희

1. 들어가며

최인훈(崔仁勳, 1936~2018)은 한국문학사의 손꼽히는 문제적 작가라고 할 수 있다. 그에 대한 학위 논문이 백여 편에 이르고, 평론 또한 수백 편이 나올 정도로 최인훈은 한국 문단의 지속적인 관심의 대상이었다. 1955년『새벽』에「수정」이라는 시가 추천되어 시인으로 등단했던 그는, 1959년「그레이 구락부 전말기」라는 작품을『자유문학』에 발표하면서 본격적인 소설가의 길로 들어선다.

이듬해「광장」을 통해 문단의 찬사를 한 몸에 받은 최인훈은『가면고』(1960),『구운몽』(1962),『회색인』(1963),『크리스마스 캐럴』연작(1963-6),『서유기』(1966),『총독의 소리』연작(1967-68),『소설가 구보씨의 일일』연작(1970-72),『태풍』(1973) 등의 작품을 꾸준히 발표한다. 그리고 그가 내놓은 이 일련의 작품들은 분단으로 상징되는 한국현대사의 굴곡과 상흔을 특유의 관념적이며 지성적인 언어를 통해 치열하게 사유하고 있다는 점, 그리고 기존의 사실주의 전통에서 벗어나 난해한 소설 기법을 실험하고 있다는 점 등에서 끊임없는 논란의 대상이 되었다. 그러다 70년대 중반, 갑자기 희곡으로 선회한 최인훈은 「옛날 옛적에 훠이훠이」(1976)를 시작으로 「한스와 그레텔」(1982)에 이르기까지 총 7편의 희곡을 창작한다. 그리고 소설 쓰기를 중단한 지 20년 만에, 한국 근대 역사를 삶으로 지나온 작가 특유의 경험과 사유를 기록한 작품 『화두』(1994)를 내놓는다.

「바다의 편지」[1]는 『화두』 이후 8년이라는 긴 공백을 깨고 최인훈이 2003년에 발표한 단편소설이다. 이 작품은 편지의 형식을 취하고 있는데, 발신인은 바다에서 죽음을 맞은 한 청년이며, 수신인은 그의 어머니이다. 난해하고 단편적인 문장들이 시처럼 나열되어 있어서 서사를 읽어내는 것이 쉽지 않지만, 떨어져 있는 조각들을 모아 연결하면 다음과 같다. '나'는 국가로부터 어떤 임무를 받아 일인승 잠수정을 타고 정찰을 수행하던 중 "접근해야 할 해안까지는 아직도 먼 위치에서 적에게 발견되어 공격당하였다."[2] 커다란 폭발이 있었고 정신을 잃었던 '나'가 의식을 되찾았을 때, 이미 몸의 살은 모두 사라져 물고기들이 눈의 구멍 속을 드나들고 있었고, 두개골과 가슴뼈와 팔다리뼈가 물살에 밀려 "마치 실재의 나보다 세 배쯤 한 크기의 거인 백골"(511면)이 되어 있었다. 하지만 신기하게도 아직은 '나'의 추억이 유해 언저리에 남아있어, '나'는 어머니께 편지로 마지막 인사를 대신하는 중이다. 정리하면, 「바다의 편지」는 바다에서 죽음을 맞은 한 청년이 몸은 이미 백골이 되었으나 사랑하는 이에 대한 기억은 남아 있는 상태에서, 곧 흩어져버릴

---

1) 최인훈, 「바다의 편지」, 『황해문화』, 2003년 겨울.
2) 최인훈, 오인영 기획, 『바다의 편지』, 도서출판 삼인, 2012, 513쪽. 본고에서는 이 단행본을 기본 텍스트로 삼는다. 이후 「바다의 편지」를 인용할 때는 본문에 쪽수만을 밝힌다.

의식을 붙잡고 어머니께 보내는 편지라고 할 수 있다.

지금까지 「바다의 편지」에 대한 연구 논문은 세 편에 불과하다. 먼저, 장사흠은 「바다의 편지」를 중심으로 최인훈 소설에 나타난 낭만주의적 세계관의 면모를 밝히고 있다. 그에 따르면 최인훈은 독일 관념론의 '불사의 자아', '무제약적 자아' 등의 개념을 자신의 방법으로 재해석해 작품 속에 투영시키는데, 이는 "주어진 현실을 비판하고 정치적 문제를 해결하기 위한 낭만주의적 방법론의 핵심"으로 작동한다.3) 다음으로 연남경은 최인훈의 전 작품세계를 관통하는 기호로서 '바다'라는 공간에 주목하고, 「광장」, 「하늘의 다리」, 「태풍」, 「낙타섬에서」 등의 작품에 나타나는 인물의 이동경로를 분석한다. 부정적 육지 공간에서 탈출하면서 시작된 인물의 이동이 시간이 지남에 따라 원저와 해저로 확장되는 양상을 보이며, 이는 「바다의 편지」에 이르러 바다가 "과거 역사와 화해하고 희망적인 미래를 상상"하게 만드는 '우주적 공간'으로서의 의미를 획득한다는 것이다.4)

본 논문의 주제와 관련하여 주목되는 것은 연남경의 다른 논문인 「기억의 문학적 재생」이다. 이 글에서 그는 희곡 「한스와 그레텔」, 소설 「화두」와 「바다의 편지」를 대상으로 최인훈의 문학세계를 관통하는 기억의 실체가 무엇이며, 그것이 작가의 세계관에 어떠한 변화를 가져오는지 밝히고 있다. 그에 따르면 최인훈은 <한스와 그레텔>에서 홀로코스트에 대한 독일인의 기억을 통해 역사적 경험기억의 문제를 제기한 이후, 기억을 주제이자 형식으로 삼은 소설 『화두』를 통해 일제강

---

3) 장사흠, 「최인훈 소설에 나타나는 낭만적 의지와 독일 관념론」, 『현대소설연구』 제23집, 현대소설학회, 2007.
4) 연남경, 「우주적 공간 '바다'를 향하는 최인훈의 소설 쓰기」, 『한국문학이론과 비평』 제44집, 한국문학이론과비평학회, 2009.

점기와 전쟁을 겪은 한민족의 집단기억과 정체성을 재수립하고자 한다. 이 지점에서 연남경은 「바다의 편지」를 「화두」의 에필로그에 해당하는 작품으로 설정하고, 최인훈이 「바다의 편지」에 이르러 "역사가 허구 담론인 문학 안에서 새롭게 바뀌는 것을 보여줌으로써 대항—기억으로서의 문학적 재생의 힘"을 보여준다고 설명한다.[5]

최인훈의 다른 작품들과 비교할 때, 「바다의 편지」는 상대적으로 소홀히 취급되어 온 것이 사실이다. 이 작품에 대한 기존의 연구들 또한 대체적으로 최인훈의 전체 소설을 분석하면서 하나의 장을 할애하여 부분적으로 다루거나, 글의 후반부에 잠깐 언급하는 것에 그치고 있다. 더욱이 이 작품을 최인훈의 문학론과 연결시켜 연구한 논문은 전무하다. 최인훈은 「바다의 편지」를 발표한 후, 한 인터뷰에서 자신의 문학 여정을 항해일지에 비유하며, 『화두』까지의 작품이 "인류 문명과 한국 역사에 대한 사유의 항해航海 과정을 기록"한 것이라면, 「바다의 편지」는 이 항해하던 배가 "무사히 안착했음"을 바라는 희망에 대한 기록이라고 말했다.[6] 그리고 김명인은 이 작품의 해제에서 「바다의 편지」를 일평생 경계인으로 살아온, 환갑이 넘은 한 노작가가 오랜 시간 발효해왔다가 마침내 우리에게 보내온 "문학적 유서"라고 명명한다.[7]

위의 논의들에 기댄다면, 「바다의 편지」는 한국의 '근대'라는 특수한 상황 속에서 역사와 문학에 대해 치열하게 사유해온 최인훈이 50년이 넘는 자신의 문학 여정을 어떻게 의미화하고 있는지 읽을 수 있는 작품이다. 그리고 이렇게 말할 수도 있을 것이다. 「바다의 편지」는 '문학이

---

5) 연남경, 「기억의 문학적 재생」, 『한중인문학연구』 제28집, 한중인문학회, 2009.
6) 최인훈·연남경, 「최인훈 문학 50주년 기념 인터뷰—「두만강」에서 「바다의 편지」 까지」, 『문학과 사회』, 문학과지성사, 2009년 여름호, 437쪽.
7) 김명인, 「영원한 경계인의 문학적 유서」, 『황해문화』, 2003년 겨울호, 34쪽.

란 무엇이고 또 무엇을 할 수 있는가'라는 질문에 대한 대답 혹은 희망을 적어 그가 우리에게 보낸 편지라고.

최인훈은 왜 죽은 자의 목소리로 우리에게 편지를 보낸 것일까? 그리고 바다 속에서 죽어가는 '나'는 누구이며, 작가는 왜 '나'의 몸과 의식이 해체되어 가는 과정을 그리고 있는 것일까? 이 글은 이와 같은 몇 개의 질문들이 최인훈에게 있어 '문학이란 무엇인가' 하는 문제와 긴밀한 연관성을 지니고 있다는 전제에서 시작되었다. 따라서 이 글에서는 단편 「바다의 편지」를 중심에 두고, 이 작품과 상호텍스트적 관계를 맺고 있는 소설 「하늘의 다리」와 「구운몽」, 그리고 몇 편의 에세이를 경유하면서 앞에 던진 질문들에 대한 답을 탐색하고자 한다. 그리고 이 과정에서 최인훈 문학론의 한 단면을 짚어볼 것이다.

2. DNA´를 환기하는 문학

우선 최인훈 문학론의 바탕을 이루는 개념과 문제의식부터 살펴보자. 사실 그의 문학론을 이해하는 것은 쉬운 일이 아니다. 왜냐하면 그는 예술의 원리 혹은 문학의 원리를 설명하기 위해 생물학의 개념을 빌려오기도 하고, 물리학의 수식이나 화학의 기호 등을 도입하고 있기 때문이다. 다시 말해 최인훈은 예술과 문학에 대한 사유를 전개하는데 있어서 과학적 지식을 원용하는데, 이는 예술과 문학을 인류문명의 탄생과 진화 과정 속에서 설명하고 규정하려는 방식이라고 할 수 있다. 최인훈 문학론에서 가장 대표적인 에세이로 꼽히는 것은 「문학과 이데올로기」이다. 여기서 그는 생물학자 헤켈이 종의 진화와 유지 방법을 정의한 "개체발생은 계통발생을 되풀이한다"라는 명제를 가져와 예술과 문학에 대해 설명한다.

이 글에서 핵심적인 개념으로 사용되는 것은 'DNA'이다. DNA는 생명체가 자기의 종을 유지하기 위해 선택되어진 네 개의 염기 배열구조를 말한다. 생명 발생에서부터 그 구조를 완결시키기 위해 무수한 시행착오와 낭비를 거듭하다가 50만 년 전 그 구조가 완결되었다. 다시 말해 네 개의 염기 배열에 의해 선택된 나선형의 사슬에 생명 발생에서부터 50만 년 전까지의 모든 정보가 압축된 상태로 기록되었는데, 이를 계통발생이 완결되었다고 말한다. 그리고 이 완결된 DNA는 하나의 종이 또 다른 생명을 탄생시킬 때, 다시 말해 개체를 발생시킬 때 압축된 상태로 전해진다.

이렇게 인간을 포함한 모든 생명체는 오랜 환경 적응 끝에 완결된 계통발생의 모든 정보를 개체를 발생시키는 수태기간 동안 전하는 것을 반복한다. 이러한 설명을 통해 최인훈은 인간 또한 진화의 산물이며, 생물학적인 여러 법칙들에 지배를 받고 있다는 점에서 다른 생명체와 동일하다고 말한다. 하지만 인간이 다른 생명체와 구별되는 한 가지 사실은 인간에게 문명이 있다는 점이다.

> DNA가 자기 속에 계통 발생의 단계를 기억으로서 지니고, 그 기억의 되풀이에 의해서만 개체를 발생시킬 수 있는 것처럼, 문명 유전 정보라고 할 (DNA)′도 그 자신 속에 역사적 진화의 기억을 지니고 있다. 먼 옛날의 어느 날에 원시 인류가 돌멩이 한 개를 집던 순간부터 먼 옛날 어느 날 저녁에 원시 인류가 나뭇가지를 서로 비벼서 불을 일으킨 그 첫 겪음에서부터 지금에 이르는 동안의 모든 기억의 총체— 그것이 오늘날의 우리가 지니고 있는 (DNA)′의 내용이다. … 그러나 여기서 큰 위험이 지적되어야 할 것이다. 유감스럽게도 (DNA)′는 DNA와는 다르다. DNA는 정보이면서 실재이기도 하다. 그것은 자동적으로 자기를 완성시키지만 (DNA)′에는 그러한 필연성이 없다.

그것은—(DNA)′는 배우면 있고 배우지 않으면 없다. … 둘째로 (DNA)′는 생물의 개체 발생과는 달리, 그것(당대 문명)의 성체 형태 즉 최종 형태만으로 이식·전달이 가능하다는 성격을 갖는다.[8]

최인훈에 따르면 DNA가 계통발생의 유전 정보를 담고 있는 것처럼, 인간의 문명에도 이와 같은 유전 정보가 있으며, 인간의 문명 또한 이것을 전달함으로써 진화한다. 이러한 문명 유전 정보를 최인훈은 DNA′라 명명하고, 여기에 문명이 탄생하게 된 순간부터 지금에 이르기까지 모든 역사적 기억의 총체가 저장되어 있다고 말한다. 그런데 DNA와 DNA′에는 중요한 차이가 있다. DNA는 완결된 상태로 생명체 속에 실재하고 있어서 자동적으로 유전되는 반면, DNA′는 배우지 않으면 전달되지 않으며, 문명의 최종 단계만이 이식 혹은 전달 가능하다는 사실이다. 다시 말해 DNA′는 그것의 한 부분만을 이식·전달할 수 있으며 따라서 계통발생의 되풀이 없이도 개체발생이 가능하다는 특성을 지닌다.

여기서 최인훈은 완전한 혹은 이상적인 문명을 이룩하려면 인간 문명의 계통 발생 전全 단계를 모두 갖추고 있어야 한다고 주장한다. 그리고 바로 이 지점에서 한국적 근대라는 특수한 역사적 조건이 문제시된다.

개항 이래 우리 사회는 충격적인 (DNA)′의 변화를 겪어오고 있다. 근자 2, 3백 년 전부터 유럽에서 일어난 가속적인 (DNA)′가 유럽 밖으로 퍼져 나온 역사의 한 부분에 우리도 휩쓸려 오면서 살고 있다. 그리고 이러한 변화는 주권국 사이의 문화 교류 같은 팔자 좋은 상태로 이루어진 것이 아니라 정치적 독립을 빼앗기면서 이루어졌다는

8) 최인훈, 「문학과 이데올로기」, 『문학과 이데올로기』(전집12), 문학과지성사, 2008, 395−396쪽.

데서 혼란과 괴로움은 곱빼기가 되었다. 더구나 정치적 제도라는 것 자체가(DNA)′의 중요한 구성 인자의 하나이고 보면 사태는 더욱 괴기한 것이 된다. … 이것을 이 글에서 써오는 이론 모형의 궤도에 옮겨 본다면 근대 유럽형 정치 제도라는 개체 발생의 중요한 고리가 빠져버렸거나 억제되었기 때문에, 아무튼 발생하기는 한 해방 후 한국 정치라는 이 개체는 혹시 그 개체 종의 계통발생의 어느 진화 단계에 머문 기형아에 지나지 않는 것이 아니었을까?9)

한국의 근대가 역사의 자연스러운 발전 과정을 통해 이루어진 것이 아니라 유럽과 일본이라는 낯선 타자를 통해 이식되었다는 사실은 최인훈의 문학론을 관통하는 문제의식이다. 그는 DNA′를 '계통발생 사다리'에 비유하면서, 한국이 서양 근대 문명의 DNA′ 그것의 부분만을 이식받아 계통발생 사다리의 여러 단계가 존재하지 않는다고 진단한다. 그 결과 한국에는 기이한 변형 혹은 불완전한 사본만이 남게 되었다는 것이다. 특히 그는 한국의 민주주의에 대해 이야기하면서 해방 후 한국 정치제도의 현실을 "계통발생의 어느 진화 단계에 머문 기형아"에 지나지 않는다고 비판한다.

한국적 근대에 대한 최인훈의 이러한 진단은 이 역사를 삶으로 지나온 사람들이 놓일 수밖에 없는 존재 조건에 대한 탐색으로 이어지는데, 그는 이것을 "기묘한 기억 상실의 조건"으로 규정한다. "한국의 개화가, 민족사가 안에서 곪아 터지는 형식이 아니고, 수술당한 형식이었다는 것은 이 역사의식의 연속성이 끊긴 것이 된다. 수술의 고통에서 깨어나 보니 상처는 아물었는데, 자기 자신이 누구였던가를 잊어버리고만 것이다."10) 다시 말해 서구의 근대 그리고 민주주의라는 정치제도

---

9) 위의 글, 399—406쪽.
10) 최인훈, 「소설을 찾아서」, 위의 책, 240쪽.

가 한국에 이식될 때, 그 속에 축적되어 있는 오랜 역사적 경험들이 함께 유입되지 못했기 때문에 한국인의 역사인식에는 근본적인 단절이 존재할 수밖에 없으며, 이로 인해 자기 자신이 누구인지를 잊어버린 상태에 놓여있다는 것이다.

당연한 수순이지만, 한국 역사에는 존재하지 않는 계통발생의 사다리들 그리고 한국인들이 잃어버린 역사적 기억들, 이것을 환기시키는 것이 최인훈에게 있어 예술과 문학의 근본적인 역할이다. 그는 예술을 "기호 자체를 환기하거나 (DNA)′ 자체를 환기하는 의사소통 행위"로 정의하면서, "사람은 왜 이런 기호 행동(예술)을 하는 걸까?"라고 묻는다.

> 예술은 기호 행동이다. 그것은 상상적 (DNA)′를 불러내는 것을 본질적이고 최종적인 목적으로 삼는다. … 예술이 환기코자 하는 (DNA)′는 이러저러한 (DNA)′가 아니라 바로 (DNA)′ 그 자체이며, 그보다 더 옳게 말하자면 그 전솔 (DNA)′를 존재에까지 승격시키는 것이라고 하면, 예술이 하고자 하는 일은 (DNA)′ 자체를 넘어서 우주 자체를 환기시키는 것이라는 말이 된다. 왜 그렇게 하는가? 인간이 유로써 도달한 에누리 없는 높이에 자각적으로 서서 우주의 전량과 맞서보는 시간을 갖기 위해서, 문명인의 개체 발생의 이상형을 가지기 위해서, (DNA)′의 모든 사다리를 활성화하기 위해서 (DNA)′의 전량을 직관하기 위해서이다. … 문학의 경우를 예로 든다면, 문학은 언어라는 기호를 예술 일반과 같은 약속 아래 사용함으로써 우주를 불러내는 예술의 한 가닥이다.[11]

최인훈에 따르면 예술이 하는 일이란 우주의 탄생에서부터 지금까지 쌓인 모든 문명 계통발생의 사다리, 즉 DNA′의 전량을 환기시키는 것이다. 그는 이러한 예술을 DNA∞라 명명하고, 현실과는 다른 세계

11) 위의 글, 410−412쪽.

를 상상할 수 있는 능력으로 빚어낸 인간의 예술은 부재하는 것을 존재하는 것으로, 불가능한 것을 하나의 가능태로 드러낸다고 설명한다. 이를 앞에서 언급한 '민주주의'라는 정치제도에 대입하면 다음과 같이 이해할 수 있다. 예술은 민주주의의 발생에서부터 현재에 이르기까지 DNA′의 모든 사다리를 환기시키며, 문학 또한 언어라는 기호를 사용하여 이와 동일한 역할을 한다. 그리고 이러한 문학을 통해 현실에는 존재하지 않는 민주주의의 이상형을, 계통 발생 사다리의 전량을 직관할 수 있다는 것이다. 최인훈은 기본적으로 문학에 인류 문명과 역사에 대한 보편적 환기력이 있음을 믿는다.

그렇다면, 문제는 이것이 어떻게 가능한가 혹은 이를 가능하게 할 구체적인 문학적 방법은 무엇인가 하는 점이다. 여기서 최인훈은 서양사와의 대비를 통해 한국의 역사에는 존재하지 않는 계통발생의 사다리, 다시 말해 우리에게 부재하는 민주주의에 대한 경험을 제시하거나, 민주주의의 이상형 즉 유토피아의 세계를 그리는 방법을 택하지 않는다. 대신에 그는 우리 역사에 수놓아진 수많은 죽음들, 그 시공간에 천착한다.

3. 역사적 죽음의 바다

앞에 제시했던 질문으로 돌아가자. 바다 속에서 죽어가는 '나'는 누구이며, 최인훈은 왜 이 자의 목소리로 편지를 보낸 것일까? 이미 여러 논자들에 의해 지적된 바, 최인훈의 작품에서 '바다'는 특별한 공간이다. 가장 먼저 「광장」의 이명준이 남과 북 어디에서도 '푸른 광장'을 발견하지 못하고 투신한 남지나해의 '푸른 바다'가 있다. 그리고 「하늘의 다리」에서 김준구가 LST를 타고 북에서 남으로 오기 위해 건넜던 동해도 떠오른다. 이외에도 「낙타섬에서」, 『태풍』, 『화두』 등 최인훈 작품

곳곳에 바다가 등장하는데, 여기에서 주목해야 할 것은 「바다의 편지」가 최인훈의 이전 소설들과 상호텍스트적 관계를 맺고 있다는 점이다. 즉 최인훈은 이전 소설들을 「바다의 편지」에 인용하거나 재배치함으로써 소설 속 인물들이 놓여있던 역사적 시공간을 '바다'에 끌어들인다.

특히 소설 「하늘의 다리」와 「구운몽」은 「바다의 편지」와 가장 긴밀한 상호텍스트적 관계를 맺고 있는 작품으로, 「구운몽」 속 <해전>이라는 시와 「하늘의 다리」 13장의 일부분이 그대로 「바다의 편지」에 교차 편집되어 있다. 최인훈은 여기에서 시 <해전>은 기울임체로, 「하늘의 다리」 13장은 바르게 쓰고, 각 부분을 인용할 때마다 '/'를 사용하여 둘을 구분한다. 그리고 두 작품의 인용은 "소속을 알 수 없는 기억들이 나의 의식 속에 혼선이 된 전화선 속의 말소리들처럼 섞이기 시작하고 있다"(517-518)는 서술 뒤에 시작된다.

잠수함이 가라앉으면서 붕어들은 태어난 것이다. 바닷풀 사이사이를 지나 그 무쇠배들조차 숨 막혀 죽은 수압 해구海溝를 헤엄쳐 어항 속으로 찾아온 것이다 (…) 잠수함이 침몰했을 때 이등 수병은 어머니의 사진에 입을 맞췄다 그 입술에서는 장수연 냄새가 났다 자식은 열아홉 살이나 먹었는데 애인이 없었다 게다가 담배질도 배우기 전 (…) 어머니 사진이 물 밑에 깔렸다고 해서 바다는 장수연을 피웠다고 할 수 있겠는가 (…) 싱그런 미역풀이 함기艦旗 만 못하다는 건 아니지만 81명의 수병을 그 밑에 영주시켰다고 해서 우리는 위대한 이민移民 국가라고 할 수 있겠는가 (…) 하늘에 치뿜는 물기둥이 쏟아져 밀린 해일 다만 금붕어는 온 것이다 철함을 질식시킨 해구의 수압을 뚫고 … (518-522)

어머니 나는 이 특별한 임무, 잠수정을 타고 최전방의 바다에서 정찰을 수행하는 특별히 위험한 임무를 지원했습니다. 어머니와 제가 떳떳하게 나라 속에 있기 위해서 그렇게 해야 한다고 생각했습니다. … 왜 우리는 이 조그만 우리나라의 연해를 그나마 휴전선으로 꼴사납게 잘라놓고는 보잘 것 없는 잠수정을 타고 검디검은 그믐밤을 골라 가자미 새끼처럼 기어 다녀야 하는지 그 까닭을 알아보고 싶었습니다. … 그리고 어머니가 저에게 말씀해주지 못하셨던 일, 아버지와 나라 사이에 있었던 모양인 불화가 어떤 성격의 것이었던가를 연구해보고 싶었습니다. 밀림에서 나왔을망정 다시는 밀림의 법칙으로 돌아가지 않겠다는 성깔이 있는 사람들에게서만 문제가 되는 그런 문제 때문이었을 거라는 상상이 왜 그런지 드는군요. (515-516)

첫 번째 인용문은 「바다의 편지」에 교차 편집된 <해전>의 일부를 모은 것으로, 무쇠배로 불리는 잠수함에 탑승한 81명의 젊은 수병들의 죽음을 그리고 있다. 열아홉, 너무도 젊어서 담배도 피우기 전, 애인도 사귀기 전인 이들은 밤바다에서 폭뢰에 맞아 해저로 가라앉았다. 죽음 직전에 어머니의 사진에 입을 맞추었으며, 이들이 해구의 수압을 뚫고 금붕어로 다시 태어났다는 등의 이야기가 시의 골격을 이루고 있다. 따라서 소속을 알 수 없다고 쓰여 있으나, 바다 속 '나'의 의식 속에 섞여 드는 것은 우선 해저에 수장된 81명의 젊은 수병들, 그들의 말과 기억이다. 그리고 <해전>에서 그려지는 이 수병들의 죽음은, 「바다의 편지」에서 잠수정을 타고 정찰하던 중 폭뢰에 맞아 바다 속에 가라앉은 '나'의 죽음과 그대로 겹쳐진다.

주지하듯이 최인훈 소설에서 바다가 문제적 공간으로 그려지는 이유는 한국전쟁과 남북북단이라는 현실 때문이다. 특히 휴전선으로 육지의 길이 막힌 상황에서 바다는 목숨을 걸고 남과 북 사이를 이동하던 통로였고, 이로 인해 수많은 죽음들이 가라앉아 있는 곳이다. 이는 두 번째 인용문에서 '나'가 정찰을 수행하는 임무에 지원하게 된 동기를 밝히는 부분에서 잘 드러난다. 이유는 두 가지로 제시되는데, 하나는 "왜 우리는 이 조그만 연해를 휴전선으로 갈라놓고" 깊은 밤에 몰래 지나야 하는지 그 까닭을 알아보고 싶었다는 것, 다른 하나는 어머니가 말씀해주시지 못했던, "아버지와 나라 사이에 있었던 불화"가 무엇인지를 연구해보고 싶었다는 것이다. 그리고 이 두 가지를 가리켜 "눈 먼 상태로 돌아가지 않겠다는 결심을 한 그런 사람들이 만나는 문제"(516)라고 이야기한다. 따라서 「바다의 편지」 속 '바다'는 한국전쟁과 남북 분단이라는 역사적 상황으로 인해 죽어간 사람들이 수장된 곳이면서 동시에 이 문제와 대면해 치열하게 사유하고자 했던 사람들이 사라져 간 장소라고 할 수 있다.

한편 <해전>이라는 시가 수록된 「구운몽」이라는 소설 자체의 성격에 주목하면, 「바다의 편지」 속 '바다'는 또 다른 역사적 죽음의 장소로 확장된다. 잘 알려져 있는 것처럼 「구운몽」은 『회색인』과 함께, 최인훈이 4·19에서 5·16으로 이어지는 시간을 보낸 후 혁명에 대해 문학적으로 사유했던 대표적인 작품이다. 이와 관련하여 권명아의 글이 주목할 만한데, 그는 4월 혁명을 전후한 이미지와 담론이 「구운몽」에 어떻게 르포르타주 되어 있는지 읽어내면서, 독고민의 꿈속에 등장하는 바다를 김주열의 시신이 발견된 마산 앞바다로 해석하고 있다.[12] 다시 말해 「구운몽」과의 상호텍스트적 성격으로 인해 「바다의 편지」 속 '바다'는 김주열로 대표되는, 4월 혁명으로 인해 죽어간 자들의 장소로 의미화 된다.

---

12) 권명아, 「죽음과의 입맞춤: 혁명과 간통, 사랑과 소유권」, 『문학과사회』, 문학과지성사, 2010년 봄호.

관棺 속에 누워 있다. 미라. 관 속은 태胎의 집보다 어둡다. 그리고
춥다. 그는 하릴 없이 뻔히 눈을 뜨고 누군가를 기다리고 있다. 몸을
비틀어 돌아눕는다. 벌써 얼마를 소리 없이 기다려도 아무도 찾아오
지 않는다. 몇 해가 되는지 혹은 몇 시간인지 벌써 가리지 못한다. 혹
은 몇 분밖에 안 된 것인지도 모른다. 똑똑. 누군가 관 뚜껑을 두드리
고 있다. 누구요? 저예요. 누구? 제 목소릴 잊으셨나요? 부드럽고 따
뜻한 목소리. 많이 귀에 익은 목소리. 빨리 나오세요. 그 좁은 곳이 그
리도 좋으세요? 그리고 춥지요? 빨리 나오세요. 따뜻한 데로 가요. 저
하고 같이. 그는 두 손바닥으로 관 뚜껑을 밀어올리고 몸을 일으켰다.
어둡다. 아무것도 보이지 않는다. 게 누구요? 대답이 없다. 그는 몸을
일으켜 관을 걸어 나왔다.[13]

「구운몽」은 주인공 독고민이 미라가 되어 관 속에 누워있는 그의 꿈
으로 시작되는데, 이 장면은 4·19 이후 한국의 정치적 상황에 대한 알
레고리로 읽을 수 있다. 미라가 되어 어둡고 캄캄한 관 안에 누워 있는
독고민을 부르는 부드럽고 따뜻한 누군가의 목소리. 이 장면 바로 뒤에
사라졌던 여인 '숙'에게서 한 통의 때늦은 편지가 도착한다. 따라서 독
고민을 일으켜 관 밖으로 걸어 나오게 만든 것은 사랑하는 여인 '숙'의
편지라고 할 수 있다. 최인훈은 갑자기 사라져버린 숙의 존재와 5·16
으로 인해 좌절된 혁명을, 그리고 독고민이 미라가 되어 누워 있는 관
의 어두움과 혁명에 대한 아무런 전망도 보이지 않는 시대 상황을 대응
시켜 잃어버린 사랑을 다시 찾아가는 「구운몽」의 서사를 통해 혁명의
(불)가능성에 대해 탐색한다.

편지를 받은 뒤 독고민은 그녀를 찾으러 다시 광장으로 나가고, 이후
도시의 여러 사람들과 마주친다. 그가 만나는 사람들은 각각 문학, 경

---

13) 최인훈, 「구운몽」, 『광장/구운몽』(전집1), 문학과지성사, 2008, 213쪽.

제, 예술을 대표하는 시인, 은행가, 무용수들의 무리로, 이들은 후에 혁명을 이끈 주축 세력으로 밝혀진다.

　　바다처럼 망망한 강. 빨리 건너야 한다. 그는 힘차게 헤엄쳐 나간다. 이른 봄 얼음 풀린 물처럼 차다. 한참 헤엄쳤는데도 댈 언덕은 아득하기만 하다. 그러자 민은 보는 것이다. 그의 왼팔이 어깻죽지에서 홀렁 빠져나가는 것을. 저런. 그 팔 끝에 달린 다섯 손가락. 고물고물 물살을 휘젓는 다섯 손가락. 마치 다섯 발짜리 문어처럼 그것은 저 혼자 헤엄쳐 나간다. ⋯ 오른팔 오른다리, 가운데 토막. 모조리 쪼개진다. 쪼개진 조각들이 또 갈라지고 삽시간에 강은 수없이 많은 몸의 조각들로 덮여버렸다. 어느덧 조각이 하나둘 가라앉기 시작한다. ⋯ 물고기들이 주둥이 끝으로 톡톡 건드려보다가 지나간다.[14)]

　　사랑스러운 밀고자. 밤 속에서 들려오는 소리의 홍수들. 크낙한 홍수의 밑바닥에 누워서 아우성치는 소리를 듣는다. 너무 큰 아우성치는 소리를 듣는다. 너무 큰 아우성은 소리도 없다. 이제 나는 내 의식 속에 내 추억만을 가두어놓은 힘을 잃고 있는 모양이다. 마치 외계를 막아서는 힘을 잃어버린 세포막처럼. 영원한 미래의 그 날의 부활을 위한 장정長征이 이렇게 시작되었다는 것이겠지. 누구의 의식인지도 알 수 없는 이 넋두리들이─내가 접근하려던 저 도시의 사람들이─마치 강물이 육지의 유기물을 바다에 흘려보내듯─그들의 가위 눌린 잠 속에서 잃어버린 꿈넋두리가 흘러들어온 것이겠지─밀어낼 수 없이 내 속에 이렇게 넘어들어 온다는 것은. 이렇게 해서 나는 나 아닌 것이 되겠지. 나는 없어지겠지. (523─524)

　　첫 번째 인용문은 「구운몽」의 독고민이 꾸었던 꿈의 한 장면이다. 바다를 건너기 위해 헤엄치던 그의 신체가 조각나고, 이 조각들을 물고기

---

14) 「구운몽」, 243─244쪽.

들이 건드리며 지나가는 이 장면은 그대로 「바다의 편지」에서 각각의 뼈들로 해체되었던 "느슨한 나 연합 같은 것"을 물고기들이 헤엄쳐 통과하는 장면과 겹쳐진다. 이후 독고민의 꿈은 조각난 신체들이 뭍으로 올라와 도시 사람들, 즉 혁명에 참여했던 사람들을 향해 걸어가고, 그들은 손에 하나씩 낚싯대를 들고 독고민의 조각난 몸을 낚아 올리는 장면으로 이어진다.

　두 번째 인용문은 「바다의 편지」에서 「하늘의 다리」 13장을 인용한 일부이다. '나'는 한밤중 바다 속에서 너무나 큰 아우성치는 소리를 듣는다. 그리고 "내가 접근하려던 저 도시 사람들의 넋"이, 그들이 잃어버렸던 꿈의 넋두리들이 바다로 흘러들어와 나의 의식 속에 섞여들고 있는 것을 느낀다. 그렇게 나의 의식이 해체되고 "나는 나 아닌 것"이 된다. 따라서 소속을 알 수 없다고 표현된, 바다 속 '나'의 의식 속에 섞여드는 또 다른 하나는 4월 혁명으로 인해 죽어간 사람들의 넋, 그들의 이루지 못한 꿈이라고 할 수 있다.

　　물고기들이 나를, 즉 우리를 건드리고 지나갈 때마다 우리는 나를 느낀다. … 물고기들과의 접촉은 여전히 공동경험이면서 서로 떨어진 각자의 각각의 느낌이라는 정도가 점점 짙어져오는 것이다. 이러다가는 마침내 내 백골의 각 부분은 마치 서로 다른 독립된 존재가 돼버리고 나는 자기들 주변을 휩싸고 도는 무슨 슬픔의 기운 같은 것이 되고 말 것이 분명하다. 뭐 그렇다고 해서 꼭 안 될 것은 없지만 여태껏 내가 알지 못한 새 존재 형식 속으로 내가 들어가게 될 것이 분명할 뿐 아니라 아직까지는 가지고 있는 나의 기억, 나의 추억의 단일성이 더는 지켜지기 어렵게 될 모양이다. … 이렇게 해서 나는 쓸데없는 바다 속 초소에서 쓸데없는 고정 초소 근무를 하면서 백골이 되다 못해 마침내 백골도 아닌 것—물고기일까, 바닷물일까, 어쩌면 햇빛일까 그런 것이 될 것 같은 앞날을 기다리고 있다. (514)

그래서 바다 속 백골은 '나'가 아닌 '우리'로 명명된다. '나'의 의식 속에 섞여드는 젊은 수병들의 기억과 도시 사람들의 넋으로 인해 개체로서의 '나'는 점점 사라지고, "느슨한 나 연합 같은 것"은 "공동경험", "슬픔의 기운"이 되어간다. 이렇게 해서 바다 속의 '나'는 공동의 성격을 획득한다. 그것은 기형적인 근대의 역사적 시간 속에서 죽어간 자들의 공동의 목소리이다. 그리고 여기에는 한국전쟁과 남북분단, 4·19와 5·16 그 시간을 지나왔던 자들의 역사적 기억과 실현되지 못한 꿈이 간직되어 있다. 바로 이것이 '나'가 들어가게 될 "새로운 존재 형식"이며, 최인훈은 이 존재의 목소리로 편지를 보낸 것이다. 최인훈이 자신의 작업을 '고고학적 글쓰기'로 명명한 이유 또한 여기에 있다. 그가 문학을 통해 발굴하고자 하는 것, 그것은 점점 "슬픔의 기운"으로 사라져 가는 아우성, 너무나 크지만 소리가 없는 역사에서 죽어간 자들의 기억과 꿈이기 때문이다.

4. 죽음을 발굴하는 고고학적 글쓰기

오늘 여러분이 보신 영화는, 고고학 입문 시리즈 가운데 한 편으로, 최근에 파낸 어느 도시의 전모입니다. 이 도시는 분명히 상고 시대 어느 왕조의 서울로 짐작됩니다. 이 한편을 특히 고른 것은, 그것이 아주 최근의 발굴이라는 것뿐 아니라, 아까 말씀드린 한국 유적이 모두 그런 황폐성과 무질서성이, 아주 본보기로 나타나 있는 까닭입니다. 그런 점에서 이 영화는 한국 고고학의 과제와 전망 및 골치를 한눈에 보여주고 있는 백미편이라 하겠습니다.[15]

---

15) 「구운몽」, 346쪽.

인용문은 「구운몽」의 마지막 부분이다. 최인훈은 여기에서 독고민이 '숙'의 편지를 받고 나아간 광장에서 마주친 도시 사람들과의 여러 사건 그리고 결국 혁명군의 수괴로 몰려 처형을 당하게 되는 일련의 과정을 한 편의 영화가 상연된 것처럼 결론짓는다. 그리고 이 영화에 대해 최근에 발굴된 상고 시대의 한 도시를 담아낸 필름이라고 설명한다. "고고학 입문 시리즈"라고 이야기되는 이 영화는 한국 유적이 지닌 "황폐성과 무질서성이 아주 본보기로 나타나 있"다는 점에서, 또한 "한국 고고학의 과제와 전망 및 골치를 한눈에 보여"준다는 점에서 "백미편"이라 서술하고 있다. 최인훈은 왜 「구운몽」의 전체 서사를 '고고학 필름'에 비유하는 것일까?

> 죽음을 다루는 작업, 목숨의 궤적을 더듬는 작업. 그것이 고고학입니다. 우리들의 작업대 위에 놓이는 것은 시체가 아니면 시체의 조각입니다. 사면장死面匠, 박제사剝製師. 우리의 이름입니다. … 우리들의 작품을 가리켜 생명에 넘쳤다느니, 창조적이라느니, 허구의 진실이라느니 하고 칭찬할 때는 사실 낯간지러워집니다. 고고학자란 목숨이 아니라 죽음을, 창조가 아니라 발굴을, 예언이 아니라 독해를 업으로 하는 사람입니다. … 역사란, 신神이, 시간과 공간에 접하여 일으킨 열상의 무한한 연속입니다. 상처가 아물면서 생긴 이 결절結節한 자리를 시대 혹은 지층이라고 부릅니다. 이 속에 신의 사생아들이 묻혀 있습니다. 신은 배게 할뿐, 아이들의 양육을 한 번도 맡는 일 없이 늘 내깔렸습니다. 우리가 하는 일은, 이 지층 깊이 묻힌 신의 사생아들의 굳은 돌을 파내는 일입니다.[16]

최인훈은 자신의 글쓰기를 고고학에서의 발굴 작업에 자주 비유한다. 왜냐하면 그의 소설이 탐색하는 것은 과거의 역사, 그 중에서도 역

---

16) 「구운몽」 344쪽.

사의 '상처' 부분이기 때문이다. 그는 이것을 하나의 '지층'에 비유하면서 여기에 신에게 버림받은 사생아들이 묻혀 있다고 말한다. '신'을 한 개인의 힘으로는 막을 수 없는 거대한 역사의 흐름에 대한 상징으로 읽을 수 있다면, 사생아들은 이 역사의 흐름 속에서 희생된 자들에 대한 비유일 것이다. 최인훈은 이 지층에 묻혀 있는 이들의 죽음을, 시체의 조각들을 발굴하려 한다. 그리고 이 발굴한 "조각을 이어 붙여서 제 모습을 되살리는 것"이 바로 '고고학적 글쓰기' 작업임을 분명히 한다.

따라서 「구운몽」의 전체 서사를 상고 시대의 한 도시를 담은 고고학 필름에 비유한 것, 그리고 「바다의 편지」에서 역사 속에서 죽어간 자들의 공동의 목소리로 편지를 보낸 것은 최인훈에게 있어 문학의 지향점이 어디를 향하고 있는지를 잘 보여준다. 역사의 미래와 전망을 이야기하기 위해서는 무엇보다 우리의 상처 지점, 즉 역사적 죽음의 시공간에 대한 치열한 사유가 전제되어야 한다는 것이다. 그리고 이 작업은 앞에서 이야기했던, 한국 역사에는 존재하지 않는 계통발생의 사다리들 그리고 한국인들이 잃어버린 역사적 기억들을 탐색하고 복원하려는 최인훈의 문학적 방식이기도 하다. 이를 다시 민주주의에 대입해 이야기한다면, 한국 정치의 이상형은 서양의 DNA'와의 비교를 통해 발견되는 것이 아니라, 한국의 지난 역사 속에서 죽어간 자들의 기억과 꿈을 '어떻게 현재화 할 것인가' 하는 고민 속에서 찾아진다는 것이다. 이 지점에서 최인훈의 문학은 벤야민의 유물론적 역사서술과 공명한다.

> 역사는 구성의 대상이며, 이때 구성의 장소는 균질하고 공허한 시간이 아니라 지금시간(Jetztzeit)으로 충만된 시간이다. 그리하여 로베스피에르에게 고대의 로마는 지금시간으로 충전된 과거로서, 그는 이 과거를 역사의 연속체에서 폭파해냈다. 프랑스혁명은 스스로를

다시 귀환한 로마로 이해했다. 프랑스 혁명은 마치 유행이 과거의 의상을 인용하는 것과 똑같이 고대 로마를 인용하였다. 유행은 현재적인 것을, 그것이 과거의 덤불 속 어디에서 움직이고 있는지 알아채는 감각을 갖고 있다. 유행은 과거 속으로 뛰어드는 호랑이의 도약이다. 다만 그 도약이 지배계급이 지휘를 하고 있는 경기장에서 일어나고 있을 뿐이다. 역사의 자유로운 하늘 아래에서 펼쳐질 그와 같은 도약이 마르크스가 혁명을 파악했던 변증법적 도약이다.17)

벤야민에게 역사와 과거는 두 가지로 계열화된다. 이미 씌어진 역사와 아직 씌어지지 않은 역사 그리고 승리자들의 시간과 억눌린 자들의 시간이 그것이다. 이는 각각 보편사적 역사서술과 유물론적 역사서술로 지칭되는데, 전자는 균질하고 공허한 시간을 채우기 위해 승리자의 사실 더미들을 기록한 것이라면, 후자는 이 기록들을 거슬러 솔질하며 그 속에 묻혀 있는 억압받은 자들의 시간을 포착하고 그들의 이루지 못한 꿈을 회복하고자 한다.

인용문은 벤야민의 '역사철학테제 14'이다. 여기에서 그는 프랑스 혁명이 고대의 로마를 인용함으로써, 다시 말해 과거에 존재했던 혁명의 순간과 과거 사람들이 품었던 유토피아적 전망을 현재화함으로 일어났다고 설명한다. 혁명은 "과거 속으로 뛰어드는 호랑이의 도약"과 같이 과거의 혁명을 "지금시간" 속으로 불러들일 때 시작되는 것이다. 그래서 역사는 이미 씌어진, 완결된 기록이 아니다. 그것은 "지금시간"에 의해 끊임없이 다시 씌어지는 구성의 대상인 것이다.

벤야민은 과거가 우리를 스쳐가는 한줄기 바람에, 우리가 일상에서 듣는 목소리 가운데 매순간 '구원'의 손짓을 보내고 있다고 말한다.18)

---

17) 발터 벤야민, 「역사의 개념에 대하여」, 최성만 옮김, 『역사의 개념에 대하여/폭력비판을 위하여/초현실주의』(선집5), 도서출판 길, 2008, 331-332쪽.

따라서 중요한 것은 승리자들의 시간으로 기술된 역사 속에서 과거가 우리에게 보내는 구원의 손짓을 포착하고 이를 끊임없이 현재화하려는 글쓰기이다. 그리고 이것이 바로 최인훈의 고고학적 글쓰기가 의미하는 바다. 그에게 글쓰기는 역사의 지층에 묻혀있는 과거의 죽음들을 향해 있으며, 그들의 기억과 꿈을 현재로 불러내는 작업이기 때문이다.

> 5월의 밤/ 가만히/ 귀를 기울이면/ 남 몰래 다가드는 소리가 있다
> 또르락또르락 창틀에/ 간들간들 플라타너스 가지 끝에/ 멀리 흘러
> 와서 부딪히는 소리/ 아득한 옛날에서 부르는 소리
> 5월의 밤/ 아득한 목소리 듣고 있으면/ 이 내 맘 공연히 /싱숭해지
> 며 /님이여 그립다는 편지를 쓴다[19]

> 예술이란, 불러내는 것. 먼데 것을 불러내는 것. 가라앉은 것을 인
> 양하는 것. 침몰한 배를 끌어올리는 것. 기억의 바다에 가라앉은 추억
> 의 배를 끌어내는 것. 바닷가. 표류물을 벌여놓은 바닷가. 그렇게 캔
> 버스 위에 기억의 잔해 찌꺼기들을 그러모으는 일이 아닌가?[20]

문학에 대한 최인훈의 이와 같은 생각은 「바다의 편지」와 상호텍스트적 관계에 놓여있는 「구운몽」과 「하늘의 다리」 곳곳에 편린처럼 산재해 있다. 글쓰기(편지)는 "아득한 옛날에서 부르는 소리"에 귀를 기울이며 시작되고, 그렇게 쓰여진 글(예술)은 먼 기억의 바다에 가라앉아 있는 잔해들을 다시 '끌어'내고 '불러'낸다. 따라서 오랜 침묵을 깨고 최인훈이 우리에게 보내온 「바다의 편지」는 역사와 문학에 대한 최인훈 사유의 직접적 반영물이라고 할 수 있다. 그는 6·25 전쟁과 4·19 혁명

---

18) 위의 글, 331쪽.
19) 「구운몽」, 349쪽.
20) 최인훈, 『하늘의 다리/두만강』(전집7), 문학과지성사, 2009, 65쪽.

이라는 아득한 옛날을 문학의 자리로 소환해, 그 시공에서 죽어간 자들의 목소리로 그들의 기억과 꿈을 다시 이야기한다. 왜냐하면 우리는 여전히 남북분단이라는 현실과 진정한 민주주의라는 과제 앞에 놓여 있기 때문이다. 이에 대한 전망과 모색은 미래에 대한 희망의 약속들이 아니라, 과거의 잊혀진 기억과 꿈에서 찾아진다는 것이 「바다의 편지」를 통해 보내는 최인훈의 전언일 것이다

5. 나가며

지금까지 2003년에 발표한 단편 「바다의 편지」를 중심에 두고, 이 작품과 상호텍스트적 관계를 맺고 있는 소설 「하늘의 다리」와 「구운몽」 그리고 몇 편의 에세이들을 분석하면서, 최인훈 문학론의 한 단면을 짚어보았다. 역사적 죽음을 발굴하려는 고고학적 글쓰기 작업은 문학에 대한 그의 강력한 믿음 위에서 작동한다. 최인훈에게 주어진 현실의 한계를 극복하는 방법은 현실과는 다른 것을 상상할 수 있는 능력으로 환상의 세계를, 즉 문학의 세계를 구성해내는 것이기 때문이다. 문학은 부재하는 것을 존재하는 것으로, 불가능한 것을 하나의 가능태로 만드는, "현실을 자동적으로 극복한 세계"[21]이다. 하지만 이 세계는 낭만적 유토피아가 아니다. 그것은 치열한 싸움의 장이다.

예술은 역사적 시간, 이익 사회에 묶인 인간의 분열된 분석론적 시간을 예술이라는 선의와 사랑의 시간 속에서 이겨내어 되찾아진, 또는 꿈꾸어진 공동체의 시간이다. 이익 사회에 의해서 주어진 조건 모두를 떠맡으면서 저 하늘로, 아름다운 공동체로 날아오르려는 씨름—

21) 최인훈, 「「광장」의 주인공 이명준에 대한 생각」, 『길에 관한 명상』, 도서출판 솔과학, 2005, 247쪽.

그것이 문학이다. … (작가는) 무엇을 믿고 거는가. 모든 인간은 분석 이전에 하나이며, 공동체이며, 죄가 있는 곳에, 분열된 사회 자체에, 분열된 의식 자체에 구원과 각성의 가능성은 내재해 있다는, 구하면 얻어지리라는 저 삶의 신비한 직관을 믿고 그렇게 한다.[22]

　최인훈에게 문학은 우선 현재 인간이 놓여 있는 존재 조건, 공동체에 대한 꿈을 불가능하게 만드는 현실과의 싸움이다. 그래서 그는 새로운 공동체의 상을 제시하며 희망을 이야기하는 대신에, 공동체의 꿈이 좌절된 과거의 시공간들 그리고 이에 대한 자신의 치열한 사유의 과정을 기록하는 방법을 택한다. 왜냐하면 이것이 "인간의 조건을 확인하고 구원은 밖에서 오지 않는다는 조건을 승인"하면서, 현실의 불가능성을 문학으로 이겨내는 방법이기 때문이다. 오직 이러한 방법으로 환상의 세계를 구성한다는 점에서 문학은 역사적 시간, 즉 현실의 시간들을 이겨낸 "꿈꾸어진 공동체의 시간"이다.

　「바다의 편지」도 이 "꿈꾸어진 공동체의 시간"에 대한 믿음을 이야기하는 것으로 끝을 맺는다. "내가 하고 싶었던 일", 그 실현되지 못한 꿈을 "살아 있는 자들이 이어받을 것"이며, 그래서 지금 이 "무섭고 슬픈 기억의 바다"는 언젠가 휴전선이 사라진 "아름다운 돛배들의 놀이마당"이 되리라는 것을, 그리고 "먼 미래의 어느 날" 우리는 "슬픔 따위가 어쩌지 못할 힘 있는 종족"이 되어 "어머니와 나는 아주 질 좋은 차"를 마시게 되리라는 것을, 또한 우리는 언젠가 "둥근 슬픔의 메시지"를 읽을 수 있게 될 것이고 그래서 "지구는 한 줄의 시가 되리라"는 것을 "나는 믿는다"(524-525)고 쓴다.

---

22) 최인훈, 앞의 글, 253-256쪽.

따라서 역사적 죽음, 그 공공의 목소리로 최인훈이 보낸 「바다의 편지」는 잊혀진 과거가 보내는 '슬픔의 메시지'를 읽을 것을 우리에게 요구하고 있다. "구원과 각성의 가능성"은 우리가 지나온 시간 속에 내재한다. 그 시간들을 지금, 다시 사유할 때 비로소 어떤 가능성이 생겨날 것이다.

권명아, 「죽음과의 입맞춤: 혁명과 간통, 사랑과 소유권」, 『문학과사회』, 문학과
　　　지성사, 2010년 봄호.

권성우, 「최인훈 에세이에 나타난 문학론 연구」, 『한국문학이론과 비평』 제55집,
　　　한국문학이론과비평학회, 2012.

김명인, 「영원한 경계인의 문학적 유서」, 『황해문화』, 2003년 겨울호.

김태환, 「문학은 어떤 일을 하는가」, 『시학과 언어학』, 시학과언어학회, 2001.

벤야민, 발터. 「역사의 개념에 대하여」, 최성만 옮김, 『역사의 개념에 대하여/폭력
　　　비판을 위하여/초현실주의』(선집5), 도서출판 길, 2008.

연남경, 「최인훈 문학 50주년 기념 인터뷰 ―「두만강」에서 「바다의 편지」까지」,
　　　『문학과사회』, 문학과지성사, 2009년 여름호.

연남경, 「우주적 공간 '바다'를 향하는 최인훈의 소설 쓰기」, 『한국문학이론과
　　　비평』 제44집, 한국문학이론과비평학회, 2009.

연남경, 「기억의 문학적 재생」, 『한중인문학연구』 제28집, 한중인문학회, 2009.

장사흠, 「최인훈 소설에 나타나는 낭만적 의지와 독일 관념론」, 『현대소설연구』
　　　제23집, 현대소설학회, 2007.

정영훈, 「최인훈 문학에서 기억의 의미」, 『현대문학이론연구』 제48집, 현대문학
　　　이론학회, 2012.

최인훈, 오인영 기획, 『바다의 편지』, 도서출판 삼인, 2012.

최인훈, 『광장·구운몽』(전집1), 문학과지성사, 2008.

최인훈, 『문학과 이데올로기』(전집12), 문학과지성사, 2008.

최인훈, 『하늘의 다리/두만강』,(전집7) 문학과지성사, 2009.

최인훈, 『길에 관한 명상』, 도서출판 솔과학, 2005.

황　경, 「최인훈 소설에 나타난 예술론 연구」, 고려대 박사논문, 2003.

혁명에 대한 알레고리로서의 「구운몽」

최윤경 · 임환모

1. 서론

최인훈은 4 · 19와 5 · 16이 교차했던 1960년대 초반을 '세상 아닌 세상'으로 파악했다. 「구운몽」(1962)[1]은 작가가 파악한 부정(不正)의 시대를 무대화함으로써 여전히 부정한 '지금 여기'의 문제를 환기한다. 「구운몽」은 네 개의 서사가 교차되며 중층적으로 구성되어 있다.[2] 스토리 차원에서 보면, '독고민의 서사', '신경외과 의사의 서사', '고고학자의 서사', '연인의 서사'로 이루어져 있지만, 이것이 플롯의

---

1) 최인훈, 「구운몽」(1962), 『광장/구운몽』, 문학과지성사, 2012.
2) 이는 선행연구에서 액자구성으로 파악되며(김기주, 「상징계 진입의 고통, 혹은 표류하는 기호들—최인훈 「구운몽」 새롭게 읽기」, 『한국문학이론과 비평』 제7집, 한국문학이론과비평학회, 2000, 14—16쪽 참조.) 크게 이견이 없는 것으로 보인다. 여기에서 액자구성은 러시아의 마뜨로쉬까 인형처럼 맨 안쪽에 독고민 이야기가 있고 이를 신경외사 의사, 고고학자, 연인의 이야기가 순차적으로 감싸고 있는 것으로 이야기된다. 그러나 각각의 이야기는 액자형식 안에 오롯하게 담기지 않는다. 각각의 이야기 자체가 겉과 속이 분명하게 나뉘지 않고 상호 교차하면서 오히려 몽타주되고 있다.

차원에서는 네 개의 서사가 상호 겹치거나 교차한다. 독고민의 서사 정보는 현재 시점에서 초점화되어 서술되다가 신경외과 의사의 초점화 서술에서 대상화된다. 또 다시 '독고민의 서사'는 미래의 어느 시점에서 고고학자의 유물로 발굴된다. 그러한 고고학자의 작업이 영화로 제작되어 상영되고 이 영화를 관람한 연인의 대화에서 독고민의 서사 정보가 다시 한 번 서술된다. 「구운몽」에서 '독고민'은 1960년 초반의 현재와 어느 미래의 두 시간 축이 몽타주되면서 다르게 변주된다.3) 이렇게 텍스트의 형식을 이해할 때 '독고민이 누구인가' 하는 것이 「구운몽」을 관통하는 핵심적인 물음이다. 그런데 독고민의 정체성 해명은 쉽지 않다.

논자들의 독고민에 대한 이해가 매우 상이하게 드러나는데 이런 현상은 독고민의 정체성 규명이 난제임을 반증한다. 선행연구에서 독고민을 "자신의 삶조차 규정할 능력이 없는 무지하고 무력한 개인"4)으로 보는가 하면, "타자의 접속을 용인하지 않는 익명적인 존재"5)로 전혀 다르게 이해하기도 한다. 그런가 하면 "'개인 세우기'와 외부와의 연대

---

3) 최현희는 「구운몽」의 액자구성이 사후적으로 앞의 이야기를 재해석하도록 요구한다고 본다. 완결된 것으로 보였던 서사는 그 바깥에 위치하는 서술자를 통해서 그 의미가 새로이 해독되어야 할 것으로 재발견된다는 것이다. (최현희, 「반복의 자동성을 넘어서—최인훈의 「구운몽」과 정신분석학적 문학비평의 모색」, 『한국문학이론과 비평』 제34집, 한국문학이론과비평학회, 2007) 본고는 그러한 「구운몽」 텍스트를 이해하는 데 최현희의 '사후성의 원리'에 빚을 졌다. 그런데 최현희의 논의는 '정신분석학적 방법론'을 분석틀로 삼고 있으며 「구운몽」이 태동한 시대사적인 맥락을 중요하게 다루고 있지 않은 점에서 본고와 구별된다.

4) 이인숙, 「최인훈 소설의 담론 특성 연구」, 고려대 박사논문, 1998, 118쪽; 김미영, 『최인훈 소설 연구』, 깊은샘, 2004, 설혜원, 「최인훈의 몽유소설 연구—「구운몽」「금오신화」「서유기」를 중심으로」, 중앙대 박사논문, 2015, 3쪽; 최은혁, 「최인훈 소설에 나타난 양가성 표출 양상 연구」, 서울시립대 박사논문, 2016, 133쪽.

5) 정영훈, 『최인훈 소설의 주체성과 글쓰기』, 태학사, 2008, 59—64쪽.

를 동시에 추구하는 존재"6)로 보거나 4월 혁명의 희생자로 규정하기도
한다.7)

　문제는 네 개의 몽타주 형식으로 구성된 「구운몽」을 어떻게 독해할
것인가이다. 권명아는 「구운몽」에서 혁명의 '갱생'을 읽어내고 있다.
그에 따르면 4월 혁명의 세계로 들어가는 일은 살아남은 자의 회고 형
식으로는 불가능하며8) 죽은 자의 몸으로 들어가는 것이 유일한 길이
다. 「구운몽」은 죽은 자의 미완의 꿈이 미래로 송신되며 혁명에 대한
새로운 서사를 창출한다는 그의 논점은 일견 타당성이 없지는 않다.
다만 사물의 화려한 외양과 그 내부에 깃든 다가올 폐허와 몰락을 읽
어내는 동시에 갱생을 떠올리는 벤야민의 '알레고리 정신'9)이 정당성
을 갖는다면 폐허에서 되살려낼 집단 무의식으로서의 꿈을 밝히기 위
해 폐허에 대한 직시가 우선시되어야 할 것이다.10) 그런데 「구운몽」

─────────────────────

6) 성지연, 『최인훈 문학에서의 '개인'에 관한 연구』, 연세대 박사논문, 2003, 68쪽.
7) 권명아, 「죽음과의 입맞춤: 혁명과 간통, 사랑과 소유권」, 『문학과사회』, 2010년 봄호.
8) "문학에 있어서 4·19세대의 유산과 한계에 대한 평가는 문학과지성으로 대표되는
　'자유주의적' 지식인 그룹과 창작과비평으로 대변되는 '민족주의적' 지식인 그룹
　사이의 논쟁으로 여전히 지속되고 있다. 이러한 논란 속에서 4·19혁명의 유산은
　자유주의와 민중 지향적 지식인들 중 과연 누가 그 유산의 적자인가라는 논의 형식
　을 반복한다. 여기에서 4월 혁명에 내포되었던 혁명의 열정은 두 지식인 그룹의 현
　재적 정체성 규명과 관련하여 반복적으로 전유된다. 실상 혁명의 유산을 둘러싼 이
　러한 전유의 방식은 4월 혁명 그 자체에 내재된 것이라고 할 수 있다. 즉 4월 혁명
　은 그 열정과 그 소유권이 자유주의의 이름으로든, 민중 지향적 지식인의 이름으로
　든, 청년 남성 지식인으로 전유되었던 것이다."(권명아, 위의 글, 281쪽.)
9) 문광훈, 『가면들의 병기창』, 한길사, 2014, 287쪽.
10) 전통적 알레고리가 한 사물의 속성을 다른 사물의 외피에 의지하여 '다르게 말하는
　것'에 불과한 반면 보들레르의 시학을 경유한 벤야민이 보기에 알레고리는 모든 환
　상에 대한 파괴적인 힘을 내면화하고 있다. (황현산, 「옮긴이의 말」(발터 벤야민,
　김영옥·황현산 옮김, 『보들레르의 작품에 나타난 제2제정기의 파리/보를레르의
　몇 가지 모티프에 관하여 외』, 길, 2013) 참조. 벤야민에게 알레고리는 '최초의 약
　속─유토피아적 내용, 행복'을 되찾기 위한 '방법적 파괴'로 정리할 수 있다. 이러
　한 벤야민의 사유에 착안하여 최인훈이 『구운몽』에서 4·19 혁명이 '망실'의 자리

에서 폐허와 성찰, 이 둘의 연관항 속에서 '갱생'에 대한 전망은 매우 불투명하다. 본고는 「구운몽」에서 폐허로 드러나고 있는 혁명과 이에 대한 성찰의 문제에 주목하여 그것의 현재적 의미를 밝히는 것을 목적으로 한다.

4·19와 5·16은 1년이라는 시차를 두고 1960년대 초반에 실제로 일어났던 역사적인 사건이다. 그런데 「구운몽」에서는 두 사건이 동시적으로 배치되고 있다. 시간적 질서가 와해된 서사구조 속에서 4·19는 서사 주체에게 망실(忘失)된 '혁명'으로 경험된다. 최인훈은 「구운몽」을 "군사반란 다음해에", "내란이 벌어진 어느 가공의 도시에서 헤매는 영문 모르는 개인의 희극적인 모습"을 그린 것은 "현실의 어이없음에 맞먹는 표현형식을 실천하고 싶은 깊은 충동"[11]에서 비롯되었다고 말한다. '현실의 어이없음[5·16]'에 대한 대타항으로 희극적인 개인[4·19]을 놓은 것이다. 「구운몽」에서 '독고민'이 '희극적인 개인'에 필적한다. 그런데 「구운몽」에서 4·19와 5·16의 시간차가 소거되어 5·16이 무대화되고 있다는 점에서 독고민은 결과적으로 망실된 혁명의 표지가 된다. 따라서 최인훈이 「구운몽」에서 이렇듯 혁명을 망실된 것으로 서사적 실험을 한 까닭이 어디에 있을까 탐색하는 것이 본 연구의 목적이다. 이러한 목적은 독고민이 누구인가, 독고민이 어떻게 이야기되고 있는가 하는 물음을 해명하는 가운데 고찰될 것이다.

에 놓인 것으로 파악했으며 이를 본 연구의 출발점으로 삼았다.
11) 최인훈, 『화두1』(1994), 문학과지성사, 2008, 379쪽. 『화두』는 최인훈의 글쓰기 형식과 방법론을 집대성한 '실험적'인 소설이며 작가가 앞서 발표했던 문학작품들이 메타적으로 언급되고 있다.

2. '주권적 개인'의 탄생

흔히들 소설은 하나의 세계를 다룬다고 말한다. 이때 하나의 세계에서 전경화되는 인물은 그 세계에 대한 흔적의 담지자로서다. 「구운몽」에서 독고민이 1960년대 초의 혼란했던 시대상을 부조한다. 그런데 몽타주된 겹서사 속에서 다층적으로 전유되고 있는 이 인물의 정체성 구명이 쉽지 않다는 것이 문제다.

「구운몽」의 겹서사 가운데 맨 앞에 '독고민의 서사'가 자리한다. 독고민은 현재 조그만 간판 가게 직공이며 "그저 어 하면서 스물일곱 해를 살아온 사람"[12]으로 자신을 시시하게 생각하는 인물이다. 생활은 "늙은이 뼈마디처럼 덜거덕거리는" "낡아빠진 바라크 아파트"에 세 들어 사는 곤궁한 처지에 있다. "이 추운 겨울날" "불도 없는 찬 방 침대에 자면서도 독고민이 아직껏 죽지 않은 것은" 첫사랑 '숙'과의 "달콤한 추억"이 있기 때문인데 숙이 자취를 감추었다. 독고민은 "어차피 자기 같은 사람에겐 과분한 여자였다"(222—223)고 생각하며 마음을 다잡는 중이다. 이렇듯 「구운몽」은 독고민의 삶의 세부, 구체적인 일상을 보여주는 것으로 시작된다. 그런데 '숙'이 보낸 편지를 받고 그녀를 만나러 나가면서부터 독고민은 낯선 무리의 사람들과 조우하며 알 수 없는 시·공간의 '미궁'을 헤맨다. 시인·은행원·무용수·여급의 무리들이 "선생님 한 번만 말씀해 주세요.", "결심하시는 것이 사장님의 의무입니다."라고 말하며 독고민을 쫓는다. 무리의 사람들은 "자꾸 무엇인가 말해달라"(239)고 하며 독고민에게 '선생님, 사장님 등의 어떤 역할을 해줄 것을 요구[강제]한다. 이에 독고민은 "사람들의 눈길이 마치 쇠줄

---

12) 최인훈, 「구운몽」, 『광장/구운몽』, 문학과지성사, 2010, 239쪽. 이하 본문에서 괄호 안의 '쪽' 표기를 생략한다.

처럼 샅샅이 그의 몸뚱이를 둘러싼 가운데" 자신이 "초롱 속 새"된 것으로 느낀다. 독고민은 실어증에 걸린 듯 거의 말을 하지 않는데 자신이 자신에 대한 피력이 필요할 때면 말문을 연다. 무리의 사람들에게 자신은 '독고민'이라는 이름을 갖고 있는 간판사이고, 현재 '숙'을 찾고 있다는 자신의 입장을 분명하게 표명한다. 그러한 독고민의 행위는 사회적 관습이나 강제를 받아들이기보다는 자신의 행위규칙을 스스로 정하고 그 규칙에 따르는 자기입법[자기지배]을 보인다. 자기입법은 자신에 대한 존중과 긍지를 전제하며 그러한 속성을 갖춘 인간이 '주권적 개인'[13]이다. 「구운몽」에서 자신의 '실존'을 위협하는 무리의 사람들과 대치중에 있는 독고민은 니체의 이른바, '주권적 개인'의 출발점에 선 것으로 볼 수 있다.

「구운몽」은 독고민이 자신의 현재적 입장을 표명하는 방식과 사람들 각각의 입장에서 독고민을 다르게 호명하는 방식 사이에 서사적 의미망이 자리한다. '흉악범'이라는 죄목으로 '감옥'에 갇혔을 때 역시 독고민은 자신이 무고하다는 자신의 입장을 표명한다.

> "어디로 가는 겁니까?"
> "감방으로."
> "저는 아무 죄도 없습니다."
> "그러니까 잡는 거야!"
> "죄가 없는데요……"
> "몇 번 말이나 해야 아나! 죄 업수니까 잡는다꼬 말이나 하지 않았나!"
> 독고민은 이 간수가 일본 사람이구나 했다. 일본 사람이 아직도 우리나라에서 간수 노릇을 하다니. 벌써 15년 전에 없어졌을 왜놈들이.

---

13) 백승영, 『니체』, 한길사, 2015, 177−209쪽 참조.

어떤 문 앞에서 간수는 멎었다.

"정말 전 아무 죄 없습니다."

"바까야로. 센징와 쇼아 나이!"

간수는 눈에서 불똥이 튀게 민의 뺨을 후려갈기고는, 방문을 획 열
고 독고민을 처넣었다. (296—297쪽)

독고민이 죄가 없어서 '잡는다'는 간수의 말은 '법치주의'라는 '표준
과 규범'의 효력을 정지시킨"[14] 법[국가권력]의 자기폭로에 다름 아니
다. 카프가의 『소송』에서 K는 어느 날 아침, 뚜렷한 혐의 없이 체포되
고 심급을 알 수 없는 심판이 계속된다. 독고민 역시 난데없이 체포되
어 감옥에 갇힌다. 정당한 법의 절차가 실종된 상태에서 K나 독고민 같
은 시민에게 불의가 행해지고 있는 것이다. K가 자신이 법치국가에 살
고 있는 사실을 상기하고, 독고민이 자신의 무죄를 주장하는 것은 그
자체로 법의 부당성[자의성]을 심문하는 역할을 한다.

독고민의 미궁 속 헤매기가 계속되는 가운데 독고민의 귀에 '혁명군'
과 '정부군'의 방송이 교차로 들린다.[15] 혁명군 방송은 경어체로 '자유'
를 강조하며 압제자들에 맞서기 위해 무장하고 거리로 나오도록 시민
들을 독려한다. 이에 반해 정부군 방송은 '질서'를 강조하며 반란군의
출두를 지속적으로 명령한다. 반란군의 출두의 조건은 갖은 비리와 폭

---

14) 김항, 「알레고리로서의 4·19와 5·19」, 『상허학보』 제30집, 상허학회, 2010, 197쪽.
15) 「구운몽」에서 '방송의 소리'가 서사를 추동하는 구성요소가 되고 있다. 서은주는
    최인훈의 소설 가운데 「구운몽」, 『서유기』, 「총독의 소리」, 「주석의 소리」에서
    '방송의 소리'가 다양한 집단의 이데올로기를 전파하는 매개적 장치가 되고 있다고
    본다.(서은주, 「최인훈 소설에 나타난 '방송의 소리' 형식 연구」, 『배달말』 제30집,
    배달말학회, 2002) 「구운몽」의 '독고민의 서사'에서 혁명군과 정부군의 방송 외에
    바티칸 방송이 서사화된다. 미궁을 헤매던 독고민은 정부군에 의해 혁명군 수령으
    로 지목되며 광장에서 사살되는 것으로 그려진다. 그러한 독고민의 죽음이 '바티칸
    방송'에서는 화평사절로 한국에 보내진 대주교의 순교로 설명된다.

력, 부도덕한 행위를 허용하겠다는 것이다. 그러한 정부군과 혁명군의 방송에 귀를 기울이는 유일한 사람이 독고민이다.[16] 급기야 정부군 방송에서 반란군의 수령으로서 독고민을 추격하고 있다는 사실을 내보낸다. 독고민이 네 방향에서 쏟아져 나오는 '군중'에 쫓기다가 이른 곳이 광장이다. 군중이 독고민을 광장으로 몰아온 것인데 여기에서 독고민을 '광장'으로 몰아온 군중이 다름 아닌 시인, 은행가, 댄서, 여급의 무리다. 광장을 둘러싼 고층 건물들 꼭대기 열린 창문에서는 사람들이 기관총을 들고 독고민을 내려다보고 있다. 그 가운데 '숙'을 발견한 독고민은 자신이 그녀의 애인이라는 사실에 대한 증명을 요청한다. 그런데 숙에게 독고민은 애인은커녕 그 존재조차도 기억되지 못한다. 그러한 사건의 정황이 '정부군의 방송'에서 다음과 같이 보도된다.

> 긴급 뉴스입니다. 악한 독고민은, 마지막 순간에 한바탕 추태를 보였습니다. 그는 자기의 신분과 반란 현장에 대한 부재 증명을 한다고 울부짖으면서, 정부 모某 고관의 부인을 지명했는데, 재판의 공정성을 고려하여 정부의 종용으로 현장에서 독고민과 대질한 전기 부인은, 명확히 이를 부인했습니다. 이로써 재판은, 범인 자신이 신청한 증거까지도 공정히 살핌으로써, 법 앞에서 만인의 평등을 구현한 것입니다. 판결은 확정되었습니다. 정부군 사령부는, 전기 명령을 재확인하고 이의 집행을 명령합니다. 신호탄이 곧 발사될 것입니다. (312—313쪽)

이렇듯 독고민이 첫사랑인 숙을 찾아서 헤맨 시간은 숙의 배반으로 환수된다. 광장에서의 이 일은 정부군의 방송에서 독고민의 '추태'로

---

16) 네 무리의 사람들—시인들, 은행가들, 댄서들, 여급들—에게 혁명군의 방송은 들리지 않거나 다르게 들린다.

곡해되며 결국 독고민은 '1분간 집중 사격'된다. 최인훈의 「광장」에서 이명준은 "남의 나라" "혁명의 풍문만 들었을 뿐" 우리에게는 "주체적인 혁명 체험이 없었다는 데 비극이 있다"고 보며 우리의 "조건에 어울리는", "우리한테 맡겨진 혁명"17)을 사유한다. 「구운몽」에서 독고민은 이명준이 꿈꿨던 '혁명'의 '광장'에 들어선 것일 수 있다. 그러나 독고민이 군중에 쫓기다 들어선 이 광장은 시민적 '자유'가 구가되는 영역이 아닌 '학살'18)의 장소로 표상되고 있다.

그렇듯 광장에서 집중 사격된 독고민은 개처럼 돌기둥에 걸쳐진다. 그리고 이제까지 독고민을 선생님, 사장님, 여보로 호명해왔던 무리의 사람들은 기쁨을 만끽한다. 이제까지 독고민을 광장으로 이끌었던 네 무리의 사람들의 행위가 독고민의 학살로 귀결되는 장면이다. "할 일을 마친 사람들이 저마다 나왔던 길로 광장에서 물러"(314)가는 데서 독고민을 따르던 사람들의 자기배반이 부각되는데 이는 1960년대 초의 혼란상을 부조한다. 4·19의 '자유'19)가 폐기되고 대신 '빵'에 대한 요구가

---

17) 최인훈, 「광장」(1960), 『광장/구운몽』, 문학과지성사, 2010, 157쪽.
18) 최인훈의 『회색인』(1963)에서 '준'의, 드라큘라가 어쩌다가 흡혈귀가 되었을까 하는 생각은 내가 ―드라큘라가 신神이 아닐까 하는 생각으로 발전해서 드라큘라를 '검은 신약新約'의 주인공으로 만들어낸다. "그[드라큘라]는 주主가 되기를 택했다. 이렇게 해서 밤의 포교가 시작되었다. 낮에는 이미 땅을 차지한 승려들의 눈이 있었기 때문이다. 적들은 마귀가 다니니 문단속을 하라고 선전했다. 파우스트는 타협했으나 드라큘라는 타협하지 않았다. 파우스트는 적의 진영에 타협하여 작위를 받았으나 드라큘라는 학살되었다. 그가 십자가 그림자에 걸려서 그 그림자 속에서 타죽은 것은 얼마나 상징적인가. 드라큘라도 십자가에 못 박혀 죽은 것이다. 거짓 상식과 비열한 평화를 뜻하는 그 갈보리의 십자가에. 이렇게 해서 그는 주가 되었다. 왕관과 천사군과 나팔과 처벌로 표현되는 지배자의 의상을 벗어버리고, 반역과 뒤따르는 밀정의 무리와 고문과 사랑의 호소로 표현되는 반란자叛亂者의 모습으로 학살된 것이다. 그래서 그는 검은 신약의 주인공이 된 것이다."(최인훈, 『회색인』, 문학과지성사, 2012, 360―361쪽.) 준의 상상에서 '독고민―드라큘라―비타협―학살'과 그리고 '숙―파우스트―타협―작위'의 두 개의 계보가 형성된다.
19) 이는 4·19가 '기적과도 같은 초유의 자발성 속에서 어떤 환멸도 겪지 않는 순결한 젊

절실했던 당대적 분위기 속에서 '빈곤'에 대한 돌파구로 5·16을 묵인한 지배적인 분위기가 있었다.[20] 아렌트가 지적하듯 "전제나 억압과 벌인 투쟁에서 불행과 빈곤의 막강한 위력을 선용하고 악용했다."[21]는 것이 인류사에서 파악되는 대다수의 혁명의 이력이기도 하다. 그렇듯 빈곤의 문제와 직결된 5·16에 대한 묵인, 그 '오해'의 늪이 있었다.[22]

'독고민의 서사'에서 광장에서 독고민이 죽은 것은 아니었다. 혁명군의 일원인 '젊은 여인'이 독고민의 방탄복을 벗기고 둘은 광장을 떠난다. 혁명군 조직이 드러남에 따라 혁명군의 수령으로서 독고민은 '나라 밖'으로 나가도록 결정된 것이다. 이제까지 독고민은 간판사 직공으로서 애인 숙을 찾고 있다는 사실이 관철되었다. 그런데 나라 밖을 향하는 배에서 독고민의 그러한 입장이 위기를 맞는다.

①민은 아까부터 골똘히 생각하고 있었다. 그는 야릇한 헛갈림에 빠져들고 있다. ②나는 정말 이 사람들의 수령이 아닐까. 아니다. 이 사람들에게 홀리면 안 된다. 그러면 다시는 숙을 못 만난다. 하지만 숙은, 아까 광장에서 내가 총 맞아 죽을 때도 건져주지 않았다. 왜 그랬을까. 그 생각을 하자 왈칵 서러워진다. 무슨 까닭이 있을 것이다.

은이들의 사건, 한 점 균열 없이 황홀할 만큼 일체화된 공동의 경험'(권보드래·천정환, 『1960년을 묻다』, 천년의상상, 2012, 28쪽)으로 이야기된다는 점에서 그러하다.

20) 권보드래·천정환, 위의 책, 47─51쪽 참조.

21) 한나 아렌트, 홍원표 옮김, 『혁명론』, 한길사, 2012, 200쪽.

22) 그 예로 함석헌을 들 수 있다. 함석헌은 5·16이 그 뜻에 있어서 4·19와 다를 것이 없다고 한다. 칼을 든 것이 큰 일로 여겨질 수도 있지만 "먼젓번에 못한 것을 하려 분통을 터치고 일어난 것이기 때문에 그 일이 전보다 强力的으로 되는 이것은 자연한 일"(함석헌, 『인간혁명』, 일우사, 1961, 280쪽.)이라는 것이다. 이보다 앞서 "'善意의 獨裁'란 '내용 없는 빈말'"이며 '강간이 사랑이 아니듯 독재 역시 선일 수 없다'는 것으로 5·16을 '공박'한(함석헌, 「5·16을 어떻게 볼까」(1961.7), 『사상계 영인본』, 1989, 190쪽 참조.) 함석헌은 4·19에서 5·16에 이르는 시대적 혼란 속에서 길을 잃었던 것이다.

아까 노인도 자꾸 사랑하라고 했다. 필시 그녀에게 무슨 사정이 있었으리라. 아니 사정이 없대도 좋다. 그녀가 몰라도 좋다. … 이 사람들에게 홀리면 안 된다. 어떤 유혹이 와도 물리치리라. ③집착할 아무 까닭도 없어진 사람이, 집착할 아무 아무 까닭도 없어진 사람에게 매달리기로 마음먹은 것이다. 바보는 끝까지 바보였다. 독고민은 앞 창문을 통해 어둠을 내다본다. 허虛가 허虛를 보고 있다. 그녀는 민의 옆모습을 황홀하게 바라보면서 그녀대로 딴생각을 하고 있었다. ④ 오늘밤 이 수줍은 애인을 데리고 자줘야지. ⑤배가 해안을 떠날 때. 그녀는 오랜 사이를 두고 수령에게 바쳐온 짝사랑이 이제 열매를 맺는 것을 생각하면, 자기의 사명이 얼마나 위험한 것인가를 돌이켜볼 짬이 없었다. 그녀는 수컷을 잡은 암호랑이처럼 자랑스러웠다. (328-329쪽, 원문자와 밑줄은 인용자 표시)

예문은 자유간접화법적인 형식23) 속에서 서술자와 작중인물의 목소리24)의 경계가 지워져 있음을 알 수 있다. ①·③·⑤가 서술자, ②는 작중인물인 독고민, 그리고 ④는 역시 작중인물인 '그녀'의 목소리다. 먼저 서술자[①]에 의해 설명되는 바, 독고민[②]은 지금 혁명군의 수령이냐, 숙이냐 하는 두 개의 선택지 속에서 '야릇한' 헛갈림의 상태에 있다. 광장에서의 숙의 배반을 인식하지 못하며 '이 사람들[혁명군]에게 홀리면 안 된다'고 되뇌는 미망(迷妄)에 빠져있는 것이다. 실인즉 독고

---

23) "자유간접화법에서 서술자는 등장인물의 언어를 선택한다, 아니 등장인물이 서술자의 목소리를 통해 말하는 것이라고 해도 좋다. 그래서 그 음성이 한데 합쳐진다."(제라르 즈네트, 권택영 옮김, 『서사담론』, 교보문고, 1992, 162쪽) 그런데 「구운몽」의 위 예문에는 한 문장이 아니라 문장과 문장 사이에서 서술자와 등장인물의 목소리의 경계가 지워져 있다.

24) 서술자와 두 작중 인물 중 어느 쪽이 더 신뢰할 수 있는 목소리가 하는 문제에서 작중인물들은 '헛갈림에 빠져'있고, '딴 생각'에 빠져 '자기의 사명이 얼마나 위험한 것인가'를 놓치고 있는 만큼 그 둘의 목소리는 서술자에 비해 신뢰할 수 없는 목소리다. 그렇다면 서술자는 신뢰할 수 있는가가 문제가 될 수 있는데 이 문제는 논외로 한다.

민은 지금 숙에게 홀려 있으며 이에 대한 '각성'이 필요한 '위기의 순간'에 있다. 그런데 독고민의 선택이 '숙'으로 기울어진다. 독고민이 그러한 인식을 보이는 데서 독고민에 대한 서술이 '정지'된다. 곧바로 서술자[③]의 '독고민'과 그녀 안으로 들어가기가 수행되며 둘의 현재적 상황이 '허'가 '허'를 보고 있는 것으로 설명된다. 서술자에 의해 설명되는 그녀는 지금 딴생각을 하고 있다. 그녀[④]는 독고민을 수령이 아닌 애인인 듯 생각[착각]하고 있는 것이다. 이때 서술자[⑤]의 '그녀' 속으로 들어가기가 수행되며 그녀가 이제까지 혁명군으로 수행해온 일이 '수령에게 바친 짝사랑'으로 전환된다. 짝사랑이 비로소 열매를 맺는다는 생각에 빠져 '자기가 맡은 사명'을 돌아볼 틈이 없는 그녀는 지금 수컷을 포획한 암호랑이가 되어, 수령을 사랑하기도 전에 배반을 앞세우고 있는 것이다.

여기에서 서술의 묘미는 서술자의 목소리에서 독고민과 그녀가 '허'로 설명되는 대목이다. 그리고 독고민이 헛갈림에 빠져있고, '그녀'가 딴생각을 하고 있다는 사실에서 '허'는 두 인물의 '인식공백'을 지시한다. 벤야민에게 현재인 '지금—여기'는 주체가 자신의 과거를 새롭게 인식함으로써 현재적 삶을 새롭게 조직할 수 있는 가능성의 시간이다. 그러나 현재에 인식되지 않는 과거는 현재와 함께 사라지며 '적'들의 수중에 떨어지게 되는 '위험한 순간'이기도 하다.25) 「구운몽」에서 독고민과 그녀의 인식공백으로 드러난 그 '허'의 시간이 벤야민의 '지금—여기'에 다름 아니다. 서술자가 인물들 속으로 개입해 들어간 것이 바로 그 순간이며 이때 독고민과 그녀의 인식이 '정지'되어 발화가 통제된다.

---

25) 발터 벤야민, 「역사의 개념에 대하여」, 최성만 옮김, 『선집5』, 길, 2009, 333—337쪽 참조.

여기까지가 '독고민의 서사'다. 혁명군의 수령으로 오해되어 나라 밖으로 나가는 배에서 맞닥뜨린 독고민의 '허─인식공백'의 시간은 '주권적 개인'의 위기에 다름 아니다. 이러한 독고민의 '허─인식공백'의 시간이 현재적 시점에서 '신경외과 의사의 서사'와 미래 어느 시점에서 '연인의 서사'에서 전유된다. 독고민의 '허'의 시간은 신경외과 의사와 연인에 의해 결정된다.

3. 망실된 혁명의 알레고리: 몽유병자와 혈거인

독고민은 낯선 무리의 사람들의 사회적·정치적 입장에 따라 자신을 호명하는 방식에 맞서 삶을 스스로 구성하려는 '주권적 개인'을 보여주었다. 나라밖으로 향하는 배에서 인식공백을 보이며 위기를 맞지만 독고민의 자신에 대한 현재적 입장이 철회된 것은 아니다. 그런데 '신경외과 의사의 서사'에서 '독고민의 서사'가 전유되며 독고민에 대한 독해가 이루어진다.

'독고민의 서사'에서 '감사역─노인'과 '빨간 넥타이─시인'이 '나라밖'을 향하는 독고민과 '그녀'를 배웅하며 대화한다. 그리고 한 줄을 띄어서 신경외과 김용길이 초점화되고 있는 서술이 이어진다. 김용길은 국내외적으로 이름 있는 신경외과 의사로서 '성공'했다. 현재 김용길은 2층 원장실에서 병원 뜰을 내려다보고 있다. 그런데 뜰 가운데 있는 분수를 동상을 옮겨낸 대석처럼 허전하다고 느끼고 있는 데서 독고민이 집중 사격당한 '광장'을 연상시킨다. 이로써 독고민이 김용길에게 독해[대상화]되고 있음을 알 수 있다.

김용길은 '한국 심령학회에서 내는 계간 잡지' 『프시케』를 읽는데 옛날, 발원發願하여 극락으로 길을 떠난 토끼·말·코끼리 세 마리의 짐승

이야기다. 세 짐승이 고해의 강을 건널 때 서로 자기가 더 고생했다는 데서 시작된 '점잖지 못한' 싸움이 관세음보살의 깨우침으로 중재된다는 내용이다. 여기에서 세 마리의 짐승은 '자기 분열이 없는 소박한 고대인'을 대리하면서 '한 인간의 각각의 구석'을 나타낸다. 토끼·말·코끼리는 각각 의식·전의식·무의식을 상징하고 이것들이 서로 갈등하면서 다투는 형국을 보여주는 것이 현대인의 자기분열이다. 그런데 고대에는 인간의 현실과 인식의 양자 사이에는 차액이 없거나 무시되며 그런 점에서 세계[공동체]는 완결되어 있었다.26) 이에 비해 현대는 '좌절의 시대', '난파의 계절'이며 그 속에 사는 '현대인의 인격적 상황은 극심한 자기분열'에 시달리는 것으로 그려진다. 이렇듯 의사 김용길은 현대인의 자기분열을 전제하며 세 짐승처럼 "처음부터 가라앉지 않도록 뜰 주머니를 주고, 분열하지 않도록 코르셋을 주자"(336)고 생각한다.

> 바다처럼 방대한 조직과 풍문보다 불확실한 뉴스 문화의 홍수 속에서 개인의 해체를 막고 그의 허리를 죄어줌으로써, 그 한 자루의 대[竹] 빗자루처럼 핑 하니 설 수 있게 해줄 코르셋은 과연 무엇인가. 일을 더욱 어렵게 만드는 것은, 현대인 속의 고대인이다. 배움도 적고 겪음의 너비도 좁은 사람들의 정신질환이다. (337쪽)

문제는 현대가 '개인의 해체'의 위기에 처해 있으며 그것을 막아줄 '코르셋'이 필요한데 그것을 찾기가 쉽지 않다는 것이다. 방대한 조직과 불확실한 뉴스 문화의 홍수 속에서 개인의 해체가 가속화된다. 그것은 현대인 속의 고대인, 즉 '한 인간의 각각의 구석'이 개인의 정신질환을 야기한다는 의미이다. 배움도 적고 겪음의 너비도 좁은 현대인의 비

---

26) 최인훈, 「문학과 현실」, 『문학과 이데올로기』, 문학과지성사, 2009, 32쪽 참조.

극이다. 김용길의 인식에는 고대인을 인간과 구분되는, 사유능력을 갖지 못한 동물의 차원에 두고 있는 것인데 이는 신경외과 의사 김용길의 현재적 관점에서 그러할 뿐이다.[27] 고대인에 대한 김용길의 이러한 인식은 "박사가 고안한 뜰 주머니는 자꾸 공기가 새고, 코르셋은 노상 터져 나왔다."(337)고 하는 데서 드러나듯 김용길의 자의식의 모순, 한계적인 인식을 반영한다. 그러나 김용길이 신경외과 의사라는 사실에서 고대인의 특성을 정신질환을 규정짓는 것은 '진단'의 성격을 갖게 되며 독고민의 '인식공백'에 어떤 틈입을 예비한다. 신경외과 의사와 조수('빨간 넥타이 시인')에 의해 독고민이 몽유병자로 만들어지는 문제적인 지점이 여기에 관계된다.

　　인기척. 박사는 뒤돌아봤다. 조수였다. 빨간 넥타이가, 대학 갓 나
　온 풋내기 티를 더 돋우어준다. …
　　"자네 논문은 어떤가?"
　　"네…… 한번쯤 더 해봤으면 싶은데, 확실치 않은 데가 있어서요."
　　"무얼 말인가?"
　　빨간 넥타이는 대답 대신에 손으로, 해부하는 시늉을 해 보였다.

---

27) 그러한 김용길의 인식은 데카르트의 '동물기계론' 주장과 닮아있다. 데카르트는 인간을 두 개의 실체로 분리시키며 인간과 달리 이성적 혼[사유하는 정신]이 없는 동물의 몸은 기계와 같다는, '동물기계론'을 주장한다. 인간과 동물을 별개의 차원으로 보았던 데카르트와 달리 라메트리는 동물과 인간 사이의 유사성에 주의를 기울인다. 그러한 라메트리는 물질 안에 어떤 새로운 능력이 가능태의 형태로만 존재한다고 보는 고대인의 물질관을 높이 평가한다. 그는 (아리스토텔레스에 따라) '혼'을 식물혼, 감각혼, 이성적 혼의 세 종류로 구분하는데 그 가운데 동물과 인간에 공통되는 감각혼에 특별한 중요성을 부여한다. 데카르트가 인간의 고유한 특징으로 제시한 '사유'는 감각능력에 불과하며, 이성적 혼은 개념들을 숙고하고 추론하는 데 적용된 감각혼에 불과하다. 그런 점에서 '바보나 천치는 사람의 형상을 한 동물이며, 총기 넘치는 원숭이는 다른 외모의 작은 사람이 된다. (여인석, 「라메트리의 인간기계론과 뇌의 문제」, 『의철학연구』 제7집, 한국의철학회, 2009 참조.)

"왜, 하면 되잖나?"

"시체가 떨어졌습니다."

…

간호부장이었다. …

"무슨 일이오"

"제7병동 앞 벤치에서 동사자가 발견됐습니다."

"뭐? 입원 환자란 말인가?"

"아닙니다. 외래인인 모양입니다."

…

"뭐, 독고민?"

…

"그런데 어떻게 돼서 여기까지 왔을까? 환자도 아니라면……"

"혹시 몽유병잔지 않니까?"

박사는 제자의 재치 있는 농담에 껄껄 웃었다.

"직업이라……무직……가족이　없고……본적이　황해도……독신……자네 뭐라고 했지, 몽유병자라구?"

그 순간 원장과 충실한 조수는 꼭 같이 어떤 생각을 했다. 바꾼 눈짓은 그 생각이 같은 내용이었다는 것을 말해주었다. (337-340쪽)

김용길의 조수는 지금 쓰고 있는 논문을 위해 해부용 시체가 필요한 상황이다. 그리고 때마침 간호원이 병원 병동 앞에서 '독고민'이라는 무연고의 동사체가 발견됐다는 사실을 알린다. 이에 조수와 의사 사이에 독고민이 몽유병자일 수 있다는 '농담'을 주고받는다. 여기에서 몽유병자가 어떤 개인이 자신의 주관성을 의식하지 못하는 상태[개인 해체]를 가리킨다고 할 때 독고민의 '인식공백'과 '몽유병자'가 만난다. 김용길과 조수의 농담이 독고민의 '인식공백'의 순간으로 틈입하여 그 자리에 '몽유병자'가 '기입'될 수 있는 것이다. 독고민은 지금 현대 의학에 토대한 진단이 아닌 의사와 조수의 말 속에서, 그 둘의 부도덕한 교환

속에서 몽유병자로 만들어지고 있는 것이다. 그렇듯 의사와 조수는 해부실에서 독고민을 해부용 시체로 사용하는 데 공모하며 간호부장을 호출한다. 그런데 간호부장의 행동이 의사와 조수의 그것과 다르다.

> 인부들 손에만 맡기게 되는 이 시체실은 늘 손질이 바쁘다. 부장은 시체 쪽으로 돌아섰다. 시체는 앉아 있다는 것 말고도 또 하나 몸매에 부자연한 것이 있다. 오른팔을 들어서 얼굴을 반쯤 가리듯한 채 굳어 있는 것이다. 마치 애인의 첫 키스를 막는 처녀의 자세처럼. 눈은 편히 떴다. 아까 첫눈에 그녀는 지난 4월에 잃은 아들을 보는 듯싶었다. … 그녀는 손을 시체의 얼굴로 가져갔다. 편히 뜬 눈꺼풀을 내리쓸었다. 몇 번 만에 눈은 감겨졌다. 나무관세음보살. 다음에 시체의 얼굴을 가린 팔을 아래로 당겨봤다. 시체는 완강하게 고집한다. 그녀는 가슴이 칵 막혔다. 얼른 돌아서서 방을 나왔다. 빗장을 지르고 자물쇠를 물렸다. 본관과 이어지는 복도를 하이힐을 조용히 울리며 걸어나온다.
> (341쪽)

간호부장은 시체실에 있는 동사자를 지난 4월에 잃은 아들인 듯이 느낀다. 그런데 '시체'가 '편히' 눈을 뜨고 있고 간호부장이 손길을 완강하게 거부한다. 간호부장 눈에는 '시체'가 살아있는 것이다. 독고민을 연고자 없는 몽유병자로 치부하고 해부용으로 쓰기 위해 의사와 조수가 공모하고 여기에 간호부장을 끌어들이려 하고 있다. 그런데 간호부장이 '시체'가 있는 시체실을 잠금으로써 시체는 우선 '보호된다.' 그리고 다시 4월인데, 돌아오지 않은 아들을 생각하며 흐느끼던 간호부장이 어떤 행동을 개시한다. 이러한 '신경외과 의사의 서사'는 '고고학자의 서사'와 연결된다. 시점도 '고고학자의 서사'에서는 어느 미래의 시점으로 이동한다.

『아라비안 나이트』…그 얘기 속에서 알리바바의 욕심쟁이 형이, 도적들에게 갈기갈기 찢겨 죽는데, 알리바바는 형의 시체를 찾아다 놓고 몹시 걱정하지만, 여종의 꾀로 탈 없이 장례를 치르게 됩니다. 즉 신기료장수를 데려다 시체를 꿰매 붙여서, 감쪽같이 사람들 눈을 속인 것입니다. 이 신기료장수는 해부사解剖師의 반대 작업을 한 것입니다. …

…우리는 동상凍傷 취급잡니다. 우리들의 작품을 가리켜 생명에 넘쳤다느니, 창조적이라느니, 허구虛構의 진실이라느니 하고 칭찬할 때는 사실 낯간지러워집니다. 고고학자란 목숨이 아니라 죽음을, 창조가 아니라 발굴發掘, 예언이 아니라 독해讀解를 업으로 하는 사람입니다. (342-343쪽)

고고학자는 고고학을 신기료장수의 일에 빗대어 설명한다. 신기료장수를 데려와 알리바바 형의 장례를 탈 없이 치르게 했다는 꾀바른 여종이 '신경외과 의사의 서사'에서 동사한 '시체'를 의사와 조수로부터 보호한 간호부장을 떠올리게 한다. 그리고 고고학자의 동상취급자로서의 권리주장은 김용길과 조수가 무연고 동사체로 발견된 독고민을 해부용 시체로 사용하기 위해 공모했던 문제의 상황을 발설하는 묘수로 기능한다.

고고학자는 발굴과 독해를 업으로 하는 사람이다. 폐허지의 파편들을 끼워 맞춤으로써 사라진 역사를 해독한다. 고고학자가 '고고학 입문 시리즈'로 제작한 영화 가운데 한 편이 성탄절 기념 초대 시사회'에서 상영된다. '조선인원인고朝鮮人原人考'라는 제목의 이 영화는 고고학자가 "최근에 파낸 어느 도시의 전모"를 보이는 것으로서 이때 '도시'는 "상고시대 어느 왕조의 서울로 짐작"된다. 고고학자가 '성탄절 기념 초대 시사회'에서 특별히 이 영화를 선택한 것은 거기에 "한국 유적"의

"황폐성과 무질서성이, 아주 본보기로 나타나 있는 까닭"(346)에서다. 고고학자가 제작한 이 영화를 같은 미래의 시점에서 연인이 관람하고 나누는 대화가 '연인의 서사'다.

불이 켜졌다. 사람들은 우르르 일어서서 드나들 문으로 천천히 밀려나온다. … 음력 4월 초파일이다. 성탄을 기리는 꽃불이 도시 하늘을 눈부시게 수놓았다. 음향관제가 풀린 공기 속에는, 즐거운 가락이 안개처럼 울려퍼져 있다. 두 연인은 나란히 보도를 걸어간다. 가로등 빛에 박꽃처럼 환한 여자의 왼쪽 볼에 까만 점이 귀엽다. 남자는 빨간 넥타이를 맸다. 말없이 걷는다. …
여자가 남자의 옆모습에 눈을 주며 입을 연다.
"민!"
"……"
이쪽은 말이 없이 눈으로 대답.
"그런 시대에도 사람들은 사랑했을까?"
남자는 그 물음에도 여전히 대답이 없이 우뚝 걸음을 멈춘다. 여자도 선다. 남자가 두 손으로 여자의 팔을 잡는다. 그녀의 눈동자를 들여다본다. 신기한 보물을 유심히 사랑스럽게 즐기듯.
"깡통. 말이라고 해? 끔찍한 소릴? 부지런히 사랑했을 거야. 미치도록. 그밖에 뭘 할 수 있었겠어."
남자는 잡고 있던 여자의 겨드랑이 밑으로 팔을 넣어, 등판으로 거슬러올라가서, 두 손바닥으로 여자의 부드러운 뒤통수를 꼭 붙들어서 꼼짝 못하게 만든 다음, 입을 맞춘다. 오랫동안. (347―350쪽)

여자가 영화의 대해 묻는데 남자―민은 말보다는 주로 눈으로 대답한다. 그런데 여자를 신기한 보물을 '즐기듯' 들여다보는 데서 민의 눈은 "믿음성 없는 애인의 속셈을 대번에 알 수 있는"[28] 그런 눈이다. 민

---

[28] 최인훈, 「열하일기」(1962), 『웃음소리』, 문학과지성사, 2009, 185쪽.

과 여자의 행동은 사랑하는 연인으로 보기에 석연치 않은데 여자와 입을 맞추기 위한 민의 행동은 폭력적이다. 민과 여자의 그러한 포즈는 사랑하는 연인의 그것이라기보다 어떤 환멸이 배태된 사랑이 표현되고 있는 것으로 보인다.[29] 이러한 해석은 "그런 시대에도 사람들은 사랑했을까"하는 여자의 물음에 민이 "부지런히 사랑했을 거야. 미치도록. 그밖에 뭘 할 수 있었겠어"라고 대답하는 데서 보다 분명해진다. '그밖에' 달리 할 수 있는 일이 없어서, 그것도 '미치도록' 하는 행위는 '사랑'보다 환멸에 가깝다고 해야 할 것이다. 이것은 마치 「광장」에서 이명준이 남북 정치이데올로기에 환멸을 느끼고 낙동강 싸움터에서 은혜와 오직 사랑 밖에 할 것이 없는 것과 같은 맥락이다. 그리고 그러한 민의 말 속에서 그들은 '두 눈을 가리고 손바닥 두 개만 한 어둠의 평화 속에서 사랑 밖에 달리 할 일이 없는 혈거인'[30]으로 포착된다. 여기에서 '혈거인'의 연원을 더 살펴볼 필요가 있다.

고고학자의 영화 '조선원인고'에서 '원인(原人)'이 전경으로 내세워지며 발굴된 유물인 '남녀 포옹상'이 소개된다. 최근에 발견된 이 유물은 "한 팔로 남자의 목을 감고 입을 맞추고 있는 여인의 다른 손에는 비수가 들려있고, 그 쇠붙이는 남자의 옆구리로 슬그머니 다가가는 몸매

---

29) 선행연구에서 연인의 입맞춤은 "죽음을 삶으로 변화시킬 수 있는 힘"(배현자, 「김만중의 「구운몽」과 최인훈의 「구운몽」에 드러난 환상성 고찰」, 『현대문학의 연구』제27집, 한국문학연구학회, 2005. 278쪽.), "죽은 자의 미완의 꿈이 미래로 송신"된 것으로서 "첫 키스"(권명아, 앞의 글, 306쪽), "서사에 투영된 희망적인 기대"(박진, 「새로운 주체성과 '혁명'의 가능성을 위한 모색—최인훈의 「구운몽」 다시 읽기」, 『현대문학이론연구』제62집, 현대문학이론학회, 2015, 209쪽)로 긍정된다. 그런데 여자와 민의 행동은 사랑하는 연인의 포즈로 보기 힘들다는 것이 본고의 주장이다.
30) "…아무 준비도 없이 어둠만을 들여다보게 된 운명 앞에서 눈을 가리고 손바닥 두 개만 한 어둠의 속에서 혈거인처럼 퇴화하고만 싶은…" (최인훈, 「주석의 소리」(1968), 『총독의 소리』, 문학과지성사, 2009, 76쪽.)

대로 굳어 있"다.[31] 그리고 남자 화석의 "머리는 신부. 얼굴은 배우. 가슴은 시인. 손은 기술자. 배는 자본가. 성기는 말의 그것. 발은 캥거루의 족부."의 모습을 하고 있으며, "눈알이 있을 자리에는 현미경 렌즈가 박혀 있"(345)다. 독고민이 한꺼번에 선생님·사장님·여보·교황 사절·수령이 되어 자기분열을 체현한 '남자', '숙'은 사랑과 배신을 양손에 들고 있는 '여자'와 연관된다. 이 둘의 관계가 어느 미래의 고고학자가 제작한 영화 '조선인원인고'에서 '남녀 포옹상'을 통하여 설명되고 있는 것이다. 같은 미래 시점에서 고고학자의 영화를 본 연인이 '남녀 포옹상'에서 '혈거인'을 읽어낸 것인데 이때 혈거인은 연인의 현실을 지시하는 표지에 다름 아니다. 연인이 '음향관제'[32]의 통제적인 정치현실 속에 있는 것이다.[33] 초파일이어서 음향관제의 통제가 카니발처럼 풀렸

---

31) 이 형상은 '독고민의 서사'에서 그녀가 자신의 사명을 잊고 수령(독고민)에 대한 짝사랑이 열매를 맺는다고 생각하며 수컷을 잡은 암호랑이처럼 자랑스러워했던 상황을 연상시킨다.

32) 일제 식민지 시대 조선에서 방공정책의 일환으로 등화관제와 더불어 음향관제가 실시되었다. "전조선 반공의 통첩 음향관제 즉시 실시; 이십삼일아침 지나 비행기 수대가 대북을 공습하였다는 정보가 있었는데 감하여 조선에서도 상당한 경계를 요하므로 총독부에서는 이십사일 전조선각도지사에 다음과 같은 요항의 전보통첩을 발송하여 관계육군사령부와 긴밀히 연락을 취하여 조선방공에 만전을 기하도록 다하였다 한다."(동아일보. 1938. 02. 05, 정치 2쪽); 1960년대는 소음 방지를 위해 음향관제를 실시했다. "서울시경은 15일 상오 시내 주요도로에서 차양의 클랙숀을 관제함으로써 시민들의 소음 노이로제를 제거하기 위해 시내 24개소에 걸쳐 소음 방지 및 음향관제 구역을 설정했다."(경향신문. 1962. 6. 5. 사회 3쪽) '반공'(정치)에서 '소음 방지'(사회)로 목적이 바뀐 듯하지만 5·16 이후의 한국의 정치 상황을 고려하면 초반 한국의 억압적이고 폐쇄적인 정치가 일제 식민지 시대의 그것과 다르지 않다.

33) 최인훈 소설에서 '크리스마스'는 외래문화가 한국사회에 왜곡된 형태로 수용되고 현실에 대한 비판을 드러내기 위한 소재로 다루어진다. 「크리스마스 캐럴」 연작에서 '크리스마스' 문화가 다각도로 풍자된다. '초파일'은 '크리스마스'에 대비적인 소재로 「구운몽」에서 '초파일'이 기념되고 있는 것이다. 「크리스마스 캐럴」 연작에서 이브 때 '야간통행금지'가 해제되는데 비해 「구운몽」은 초파일에 '음향관제가

지만, 믿음성 없는 애인은 사랑하는 행위 말고 달리 할 일이 없는 혈거인과 진배없으며 "그들의 입맞춤은 끝나지 않"는다. 여기에서 우리는 최인훈이 미래 어느 시점의 '연인의 서사'를 선취하며 독고민과 숙, 그 둘의 환멸이 배태된 사랑을 황폐성과 무질서성의 본보기로 이야기되는 한국 유적, 즉 상고시대의 폐허에 등치시키고 있는 까닭을 묻지 않을 수 없다.

벤야민의 역사 이해를 원용하면, 역사는 회고적으로만, 점차적인 소멸이라는 렌즈를 통해서 대상의 참된 성격이 드러나며 '이후 삶'은 '원사'를 해명한다.[34] 그렇게 볼 때 「구운몽」에서 다루어지고 있는 역사의 '원사'는 독고민의 경험한 '인식공백'의 시간이다. 그리고 후사는 '몽유병자'와 '혈거인'의 표지이다. '독고민의 서사'에서 간판사이며 숙을 찾고 있다는 독고민의 입장[정체성]은 끝까지 관철되지 못했다. 독고민은 자기시대에 '몽유병자'가 되었으며 미래 어느 시점에서도 독고민의 정체성은 회수되지 않으며 혈거인으로 독해된다. 여기에서 중요한 것은 독고민이 몽유병자와 혈거인이 아닐 수도 있다는 사실이다. 독고민을 자신들의 입장에 따라 호명한 무리의 사람들은 구원에의 망상과 몽유의 상태에 있으며 이와 반대로 독고민은 시대적 환상을 갖지 않고 타자의 지배를 받지 않으려는 의지를 가졌던 [주권적] 개인을 보여주었다. 그런데 그 '개인'이 자기시대와 어느 미래의 규정 속에서 몽유병자로 만들어지고 혈거인으로 발굴된 것이다. 그렇게 볼 때 독고민이 속한 자기 시대의 병리학적 증상, 미래 어느 시대의 퇴행적 증상이 독고민 개인에게 전가된 것이 된다. 「구운몽」이 "5·16에 대한 작가의 정치적 반응으로 쓰여진 소설"[35]이라는 사실에 오류가 없다면, 최인훈의 「구운

풀린' 것으로 표현된다.
34) 그램 질로크, 노명우 옮김, 『발터 벤야민과 메트로폴리스』, 효형출판, 2005, 225쪽 참조.

몽」에서 독고민을 통하여 5·16의 허위와 폭력성 그리고 세계의 기만 성을 드러내고 있다는 판단은 정당한 것이다.36) 「구운몽」에서 4·19가 망실된 것으로 표현되고 있다는 점에서 5·16의 심각성이 더 극대화된 다. 여기에서 최인훈은 주권적 개인을 보여주었던 독고민, 폐허의 지층 에 묻혀 떠오르지 못하고 있는 그 4·19의 혁명성의 본질을 알레고리적 방법으로 질문하고 있는 것이다.

4. 결론을 대신하여: 혁명에 대한 성찰적 주체의 환기

키스 젠킨스는 "역사란 어떤 집단이나 계급이 과거를 자신의 것으로 만들고 거기에 독자적인 의미를 부여하는 방식"37)이라고 정의했다. 우 리가 '역사'라는 이름으로 대하게 되는 것들은 역사가의 작업을 통해 만들어진 과거에 대한 구성물이라는 것이다. 최인훈은 「구운몽」에서 젠킨스의 이 '역사'를 문제시하고 있다. 4·19를 응당한 '역사'로 만들어 야 한다는 내밀한 전언이 「구운몽」에 들어 있는 것이다.

「구운몽」의 '연인의 서사'에서 보였듯이 선취한 미래, 즉 현재의 시 점에서 '혁명'은 서사주체인 연인에게 '망실'된 것으로 경험된다. 최인 훈의 '소설가 소설'에서 '구보'가 "역사라는 것은 인체의 팔다리 같은 것 과 달라서 잊어버리면 없는 것이나 마찬가지"38)라고 했듯 4·19는 켜켜 이 쌓인 퇴적물 속에 묻혀 있는 것이다. 최인훈이 「구운몽」에서 4·19 를 망실된 것의 자리에 놓은 까닭도 여기에 있다.

---

35) 김인호, 「사랑과 혁명의 미로」, 『광장/구운몽』, 문학과지성사, 2010, 387쪽.
36) "허위의 세계 안에 있는 자신을 보여주는 것은 자기를 인식하는 행위이며 세계의 기만성을 드러내는 일"(장사흠, 「최인훈 소설의 정론과 미적 실천 양상」, 서울시립 대 박사논문, 2004, 81쪽.)
37) 키스 젠킨스, 최용찬 옮김, 『누구를 위한 역사인가』, 혜안, 2002, 117쪽.
38) 최인훈, 『소설가 구보씨의 일일』(1972), 문학과지성사, 2011, 133쪽.

4월을 말할 때 공리론은 무의미하다. 그것은 신화였던 것이다. 그
날의 대열에 참가한 아이들을 우상으로 섬기지 말라. 그날의 당신과
지금의 당신을 동일시하지 말라. 그날의 당신은 당신이 아니었다. 신
화는 한 번 표현되면 다시 지우지 못한다. 4월은 인간이기를 원하는
한국인의 고향이 되었다. 그것은 신라보다 오래고 고구려보다 강하
다. 인간의 고향이기 때문에 오래고 오래며 자유의 대열이기 때문에
강하다. 결국 인생을 살고 싶지 않은 사람들이 있는 것이다. 4월의 아
이들은 인생을 살기를 원한 최초의 한국인이었다. 그들과 더불어 새
시대가 되었다. '자기'가 되고자 결심한 인간, 정치로부터의 소외를
행동으로 극복한 인간만이 살 자격이 있으며 저 위대한 서양인들과
어깨를 겨누고 '세계인'이 될 힘을 가졌다.[39]

최인훈은 '자기'가 되고자 결심한 인간, 정치로부터의 소외를 행동으
로 극복한 인간만이 살 자격이 있으며 '세계인'이 될 힘을 가진다고 보
았다. 작가에게 '4월'은 '인생을 살기를 원한 최초의 한국인', 비로소 '세
계인'의 힘을 가진 '4월의 아이들'과 더불어 시작된 '새 시대'이다. '4월'
은 그 누구에게 소유권이 있는 것이 아니며 우리에게 한 번 표현되고
다시 지우지 못하는 '신화'로 있다. 그런 점에서 최인훈은 4 · 19를 우리
의 '역사'의 시원으로 파악하고자 했다. 이때의 세계인이 '주권적 개인'
의 의미와 상통한다. 니체에 따르면 인간은 주권적 개인이 될 때 비로
소 인간이며 주권적 개인으로 자신을 길러내는 것은 개인의 실존적 과
제가 된다. 그러한 주권적 개인으로의 고양이 인간[인류] 전체의 보편
적 과제이며 국가[세계]의 정의로움은 바로 주권적 개인에 의존한다.[40]
작가적 의식의 연원에 비추어 최인훈이 4 · 19의 정신과 연결짓고 있는
세계인의 속성이 니체의 주권적 개인의 그것과 상통한다. 최인훈은 「구

39) 최인훈, 「세계인」, 『유토피아의 꿈』, 문학과지성사, 2010, 100쪽.
40) 백승영, 앞의 책, 217—237쪽 참조.

운동」에서 세계인 즉, 주권적 개인의 담지자로서 독고민을 내세우고 있는 것으로 볼 수 있다.

그렇듯 작가가 추구한 역사의 원형 표상은 현재의 구제를 염두에 두고 기원으로서의 4·19에서 '세계인'으로서 '4월의 아이들'을 발견한 데 있다. 독고민이 감옥에서 만나는 죄수들은 사회에서 '추방된 자'[41]의 위치에서 그러한 세계인의 역할을 수행한다. 독고민을 비롯해서 모든 죄수들이 '투시하려 한 죄', '결론을 내려고 한 죄', '잊어버리지 않는 죄'의 죄목들로 감옥에 갇힌 것은 '권력'에 대해 부정적 정신을 가짐으로써 처벌되고 터부로서 소외되었다는 것을 의미한다. 4·19가 '기적과도 같은 초유의 자발성 속에서 어떤 환멸도 겪지 않는 순결한 젊은이들의 사건, 한 점 균열 없이 황홀할 만큼 일체화된 공동의 경험'[42]이었다고 할 때, 「구운몽」에서 독고민과 죄수들은 "1789년 여름 바스티유로 달려가던 그 인민들"[43], 그 젊은이에 다름 아닌 것이다.

최인훈이 4·19의 정신을 역사의 시원으로 파악한 바, '혁명'은 과거, 역사의 어느 지층에 그 자체로 있는 것이 아니라 주체가 '지금—여기'로 불러들일 때, 그때에라야 비로소 열리게 되는 '집단적 무의식'으로서의 실현 '가능성'이 형상화될 수 있는 것이다. 그런데 「구운몽」에서 '혁명'이 1960년 동시대인들, 미래의 어느 연인이 나누는 대화 속에서 '망실'된다. 시대의 환상을 품지 않고 주권적 개인이고자 했던 독고민이 동시대, 미래 어느 시대에 몽유병자가 되고 퇴화한 혈거인이 된 것은 어떤 시대가 개인에게 그 시대의 병리학적, 퇴행적 증상을 전가한

---

41) "기존의 사회에서 '추방된 자'의 위치야말로, 의문의 형식이든 선언의 형식이든, 사회 체제의 변화를 이야기할 수 있는 핵심이 된다."(양창아, 「한나 아렌트의 '혁명론'의 시작」, 『코기토』 제71집, 부산대 인문학연구소, 2012, 348쪽.)

42) 권보드래·천정환, 앞의 책, 28쪽.

43) 최인훈, 위의 글, 같은 쪽.

것으로 서사화되어 있다. 「구운몽」은 이러한 퇴행적 징후를 되묻는 텍스트의 형식을 취한다. 제임스 조이스의 소설에서 주인공 스티븐이 "역사란 내가 깨어나려 애쓰는 악몽이다."라고 말한 것을 프레드릭 제임슨은 "그러나 먼저 악몽의 넓이와 그 세기를 헤아려보지 않고는 악몽에서 깨어날 수가 없다."는 것으로 되받아 해석하고 있다.[44] 「구운몽」은 정확히 이 지점에서 서사적 의미가 구체화된다.

최인훈이 '인간이기를 원하는 한국의 고향'으로 파악했던 4·19를 폐허가 되게 한 5·16은 작가에게 악몽일 수밖에 없다. 그러한 1960년대 초 정치현실의 악몽에서 깨어나기 위해 악몽의 넓이와 세기를 헤아려본 실험이 「구운몽」이라고 할 수 있을 것이다. 그리고 그 악몽의 내용이란, 주권적 개인이 되고자 했던 독고민이 자기시대에 몽유병자로 취급되고, 선취한 미래 연인에게 퇴화된 '혈거인'으로 인식되고 있다는 사실에 관계된다. 그런데 연인 역시 이 음향관제의 통제적인 정치현실 속에 있다는 것, 연인이 독고민을 '혈거인'으로 포착한 것은 그들의 정치현실을 읽어낸 것에 다름 아니다. 김만중의 『구운몽』의 마지막에서 성진에게 육관대사가 "너의 꿈은 오히려 아직 깨지 않았다"[45]고 말하며 일침을 가하듯이 연인 역시 악몽 속에 있다. 이렇게 볼 때 최인훈의 「구운몽」은 5·16의 악몽을 서사화한 것이라고 할 수 있다.

독고민이라는 '주권적 개인'이 역사의 응당한 이름으로 구제되지 못하고 몽유병자와 혈거인으로 인식되는 악몽 속에 갇혀 있지만, 그 악몽에서 깨어날 출구가 간호부장에 의해 시체실에 보호된 독고민을 향해

---

44) 프레드릭 제임슨, 여홍상·김영희 옮김, 『맑스주의와 형식』, 창비, 2014, 354쪽.
45) 성진이 양소유의 꿈—통속적 욕망의 세계—에서 깨어 육관대사에게 불도자로서 깨달은 바가 크다고 말하자 이에 육관대사가 성진을 크게 가르치는 말이다. 이후 성진은 팔선녀와 더불어 '적멸(寂滅)'의 도를 얻는다. (김만중, 정규복·진경환 옮긴이주, 『구운몽』, 고려대 민족문화연구소, 1996, 326—329쪽 참조.)

미약하게나마 열리고 있다. '지금—여기'로 독고민을 불러내서 구제함으로써 '혁명'의 이름으로 서명할 때 비로소 '역사의 연속체'를 '폭파'할 수 있다는 내밀한 전언을 환상의 형식으로 보여준 것이 「구운몽」이다. 최인훈은 4·19와 5·16이 뒤섞여 있는 1960년 초반을 고고학적 탐색을 통해 그 폐허의 흔적을 이미지화함으로써 미래의 희망이 그 속에 어떻게 내재되어 있는가를 보여주고 있다. 따라서 「구운몽」은 자기가 속한 시대에 대한 성찰적 주체의 개입을 환기한다는 점에서 그 문학적 의의가 있다.

권명아, 「죽음과의 입맞춤: 혁명과 간통, 사랑과 소유권」, 『문학과사회』, 2010년 봄호.

권보드래 · 천정환, 『1960년을 묻다』, 천년의상상, 2012.

김기주, 「상징계 진입의 고통, 혹은 표류하는 기호들―최인훈 「구운몽」 새롭게 읽기」, 『한국문학이론과 비평』 제7집, 한국문학이론과비평학회, 2000.

김만중, 정규복 · 진경환 옮긴이주 『구운몽』, 고려대 민족문화연구소, 1996.

김미영, 『최인훈 소설 연구』, 깊은샘, 2004.

김인호, 「사랑과 혁명의 미로」, 『광장/구운몽』, 문학과지성사, 2010

김항, 「알레고리로서 4 · 19와 5 · 19」, 『상허학보』 제30집, 상허학회, 2010.

문광훈, 『가면들의 병기창』, 한길사, 2014.

박   진, 「새로운 주체성과 '혁명'의 가능성을 위한 모색―최인훈의 「구운몽」 다시 읽기」, 『현대문학이론연구』 제62집, 현대문학이론학회, 2015.

배현자, 「김만중의 「구운몽」과 최인훈의 「구운몽」에 드러난 환상성 고찰」, 『현대문학의 연구』 제27집, 현대문학연구학회, 2005.

백승영, 『니체』, 한길사, 2015.

벤야민, 발터. 김영옥 · 황현산 옮김, 『보들레르의 작품에 나타난 제2제정기의 파리/보를레르의 몇 가지 모티프에 관하여 외』, 길, 2013.

벤야민, 발터. 최성만 옮김, 『「역사의 개념에 대하여/ 폭력비판을 위하여/ 초현실주의 외』, 길, 2009.

서은주, 「최인훈 소설에 나타난 '방송의 소리' 형식 연구」, 『배달말』 제30집, 배달말학회, 2002.

설혜원, 「최인훈이 몽유소설 연구―「구운몽」 「금오신화」 「서유기」를 중심으로」, 중앙대 박사논문, 2015.

성지연, 「최인훈 문학에서의 '개인'에 관한 연구」, 연세대 박사논문, 2003.

아렌트, 한나. 홍원표 옮김, 『혁명론』, 한길사, 2012.

양창아, 「한나 아렌트의 '혁명론'의 시작」, 『코기토』 제71집, 부산대 인문학연구소, 2012.

여인석, 「라메트리의 인간기계론과 뇌의 문제」, 『의철학 연구』 제7집, 한국의철학회, 2009.

이인숙, 「최인훈 소설의 담론 특성 연구」, 고려대 박사논문, 1998.

장사흠, 「최인훈 소설의 정론과 미적 실천 양상」, 서울시립대 박사논문, 2004.

정영훈, 『최인훈 소설의 주체성과 글쓰기』, 태학사, 2008.

제임슨, 프레드릭. 여홍상·김영희 옮김, 『맑스주의와 형식』, 창비, 2014.

젠킨스, 키스. 최용찬 옮김, 『누구를 위한 역사인가』, 혜안, 2002.

즈네트, 제라르. 권택영 옮김, 『서사담론』, 교보문고, 1992.

질로크, 그램. 노명우 옮김, 『발터 벤야민과 메트로폴리스』, 효형출판, 2005.

최은혁, 「최인훈 소설에 나타난 양가성 표출 양상 연구」. 서울시립대 박사논문, 2016.

최인훈, 『광장/구운몽』(전집1), 문학과지성사, 2012.

최인훈, 『회색인』(전집2), 문학과지성사, 2012.

최인훈, 『웃음소리』(전집8), 문학과지성사, 2009.

최인훈, 『총독의 소리』(전집9), 문학과지성사, 2009.

최인훈, 『유토피아의 꿈』(전집11), 문학과지성사, 2010.

최인훈, 『문학과 이데올로기』(전집12), 문학과지성사, 2009.

최인훈, 『화두1』(전집14), 문학과지성사, 2008.

최현희, 「반복의 자동성을 넘어서—최인훈의 「구운몽」과 정신분석학적 문학비평의 모색」, 『한국문학이론과 비평』 제34집, 한국문학이론과비평학회, 2007.

함석헌, 『인간혁명』, 일우사, 1961.

함석헌, 「5·16을 어떻게 볼까」(1961.7), 『사상계 영인본』, 1989.

기억 공간과 역사 인식의 글쓰기

 ─이옥수의『내 사랑, 사북』을 중심으로

박경희

1. 서론

이옥수는 청소년소설 초기 발표작에 해당하는『내 사랑, 사북』[1]에서 아직까지도 한쪽에서는 '사북 사태', '사북 항쟁' 등으로 불리는 '사북사건'을 다룬다. 사북사건은 제주 4·3 사건이나 5·18 민주화 운동이 문학 작품 소재로 다루어지고 학계의 후속 연구로 이어진 것과는 달리 "1980년 4월 탄광민중(해고광부, 광부, 주부, 시장중소상인)의 저항 열기로 가득했던 사북의 검은 거리를 기억하는 사람들은 많지 않"[2]고 문

---

1) 이옥수,『내 사랑, 사북』, 사계절, 2005.『내 사랑, 사북』은 2005년 한국문학예술위원회 우수문학도서로 선정되었다. 이옥수는 경북 울진에서 태어나, 대산문화재단의 창작지원금을 받으면서 작품 활동을 시작하였다. 한국문인협회 문학작품 공모 최우수상, KBS 자녀 교육체험수기 대상을 비롯해 2004년『푸른 사다리』로 제2회 사계절문학상 대상을 받았다. 대표 작품으로는 청소년소설『푸른 사다리』(2004),『내 사랑, 사북』(2005),『키싱 마이 라이프』(2008),『킬리만자로에서, 안녕』(2008),『어쩌자고 우린 열일곱』(2010),『개 같은 날은 없다』(2012),『파라나』(2014) 등과 장편동화『아빠, 업어 줘』(2003),『똥 싼 할머니』(2004),『내 친구는 천사병동에 있다』(2006),『엄마랑 둘이서』(2011)등이 있다.

학 작품으로 다루어진 예도 드물다. 사북사건과 관련한 기존의 연구 역시 사북 지역과 관련된 발전 모형이나 사북사건의 진실을 규명하는 사회학 분야의 연구가 주를 이루고 있으며3), 다른 한편으로 "'광부들의 폭동', '사북사태' 등의 명칭에서 알 수 있는 것처럼 국가 지배 이데올로기 차원으로 규정되어 왔으므로 이제는 '사북 사태'에서 '사북 항쟁'으로 그 의미가 재고"4)되어야 한다는 주장도 대두되었다.

역사는 다양한 관점에서 해석될 수 있다. 또한 역사는 기억을 둘러싼 투쟁의 기록이라고도 한다. 따라서 지배 권력은 정당화 이데올로기를 확립하기 위해 인간의 의식, 무의식에 대한 일상적 감시와 규율을 강요하며, 기억의 조작과 내면의 규율화가 보편적 지배방식으로 선호되었다.5) 1980년 4월에 발생한 사북사건은 "지배 권력에 의한 기억의 조작과 차단으로 사건의 진실이 재조명되지 못하고"6) 탄광 폐쇄 이후 탄광촌 노동자들의 저항의 기억은 잊히고 있으며, 지배 권력에 유리한 역사의 기억만 강요된다. 이옥수는 탄광촌 자본의 개발 논리에 인권을 억압당했던 광부들의 저항의 기억을 외면하지 않는 발터 벤야민적 사유의 역사 인식을 청소년소설로 구현하고자 한다.

한국문학에서 발터 벤야민을 적용한 문학연구는 그의 사유 방식과 문학이론을 작품 분석이나 문학적 실천에 활용한 연구가 주를 이룬다. 발터 벤야민의 이론을 적용한 소설 연구는 손유경7), 서동수8), 강소희9) 등

---

2) 박철한, 「사북항쟁 연구 : 일상·공간·저항」, 서강대 석사논문, 2002, 1쪽.

3) 박철한, 위의 글. 조명기 외, 「로컬 지배 카르텔과 로컬 정체성 형성의 주체 투쟁 — 강원 남부 폐광지 사북을 중심으로」, 『인문연구』 제62호, 영남대 인문과학연구소, 2011. 8.

4) 박철한, 위의 글, 1쪽.

5) 사북청년회의소 편, 『탄광촌의 삶과 애환 : 사북·고한 역사 연구』, 도서출판 선인, 2001, 181쪽.

6) 위의 책, 182쪽.

이 대표적이다. 서동수는 벤야민의 언어철학적 이론으로 임철우의 『백년여관』(2004)에서 망각의 번역을 통해 역사의 피해자들의 기억을 복원하고 상처받은 영혼의 아픔뿐만 아닌 자기구원의 서사를 읽어 낸다.

본고에서는 사북사건을 청소년소설의 형식으로 다룬 이옥수의 『내 사랑, 사북』이 발터 벤야민의 역사 철학 사유 중의 하나인 '기억하기' 방식의 서사가 어떻게 해석될 수 있고, 이를 통해 사북탄광 폐쇄 이후 종합레포츠 휴양 단지로 변모하며 잊거나 잊히기를 강요당했던 '사북사건'의 진실에 다가가며, 역사 인식의 지평을 넓히는데 기여할 수 있을 것이라 기대한다. 더 나아가 청소년소설로 구현된 이 작품이 어느 정도의 문학사적 의의를 확보하는지 살펴보고자 한다.

2. 기억 공간과 통과의례의 성장 서사

이옥수는 사북사건을 현재로 소환하여 '지금, 여기' 청소년들의 '세상 바라보기'라는 성장 주체의 통과의례를 역사 인식의 글쓰기로 구현하고자 한다. 『내 사랑, 사북』의 배경은 1962년부터 2004년까지 민영탄광인 동원탄좌가 있던 1980년 4월의 사북이다. 이 작품은 사북 탄광

---

7) 손유경, 「유년의 기억과 각성의 순간 ─ 산업화 시대 '성장' '서사'의 무의식에 관한 일 고찰」, 『한국현대문학연구』 제37호, 한국현대문학회, 2012. 8. 손유경은 윤흥길의 『황혼의 집』(1970), 황석영의 『잡초』(1973), 오정희의 『유년의 뜰』(1980) 등에서 각성이란 비의지적으로 회귀하는 유년기─무의식에 정직하게 반응하는 회상의 한 '형식'이 산업화시대와 교호함으로써 1970년대 '성장' '서사'('성장신화')의 무의식과 1970년대 타자가 이루어낸 성과임을 밝힌다.

8) 서동수, 「망각의 번역과 자기 구원의 서사 ─ 임철우의 『백년여관』을 중심으로」, 『한국문예비평연구』 제42집, 한국현대문예비평학회, 2013. 12.

9) 강소희, 「오월을 호명하는 문학의 윤리 ─ 임철우의 『백년여관』과 한강의 『소년이 온다』를 중심으로」, 『현대문학이론연구』 제62집, 현대문학이론학회, 2015. 9. 강소희는 임철우의 『백년여관』과 한강의 『소년이 온다』에서 "오월을 호명하는 문학의 윤리"를 논한다.

촌을 주요 배경으로 하여, 가정이나 학교 등 청소년소설이 일반적으로 다루는 시공간의 범위를 확장하고 있다. 이옥수는 청소년기 주요 관심사인 이성에 대한 미묘한 감정 변화를 경험하는 중학교 3학년 수아가 겪는 첫사랑의 감정을 표면에 배치함으로써 통과의례의 성장을 서사화한다. 작가의 시선은 사건의 경험자아인 수아를 내세워 1980년 4월 사북 "탄광촌 노동자들이 열악한 환경과 비인간적인 처우에 맞서 일어난 탄광 민주화 노동 항쟁"10)이 발생했던 정치적 공간을 향해 있다.

『내 사랑, 사북』에서 작가의 시선은 광부의 딸인 수아를 통해 사북 사건이 일어나기 전 탄광촌 일상 공간의 풍경을 몽타주 방식으로 보여준다. 이러한 방식은 발터 벤야민의 사유 방식인 "극히 작은, 정밀하고 잘라서 조립할 수 있는 건축 부품들로 큰 사건을 세우는 것"11)처럼 "실로 자그마한 개별적 계기들에 대한 분석을 통해 전체 사건의 결정체를 찾아내는 것"12)이라 할 수 있다. 이옥수는 이러한 몽타주 방식을 활용하여 사북사건의 편린들을 "마치 가면과 같이 자아를 감추"13)는 수아의 모습으로, 사북 탄광촌의 공간을 "기념비적인 장소에 중첩되어진 감각의 기억들"14)인 것처럼 통과의례적인 '기억하기'로 형상화한다.

작가가 몽타주 기법으로 소환하는 기억 공간은 사북 탄광촌의 생활 공간인 '사택촌', '동네 우물', '안경다리' '사북시장', '사북지서' 등과 광

---

10) 박철한, 앞의 글, 1쪽.
11) 발터 벤야민, 조형준 옮김, 『아케이드 프로젝트 I , II』, 새물결, 2005, 1052쪽.
12) 위의 책, 같은 쪽.
13) 김영룡, 「기억의 토포스와 도시의 토플로지 — 발터 벤야민의 『베를린의 유년 시절』과 자아의 기억공간에 관하여」, 『독어교육』 제48집, 한국독어독문학교육학회, 2010. 9, 125쪽.
14) 위의 글, 129쪽.

부들이 출근하여 석탄 채굴작업이 이루어지는 작업 공간인 '광업소'와 '광업소 마당'이다. 수아는 부모님의 생활 이야기를 인용하는 방식으로 주거 환경이 좋은 회사 간부, 사무직 그리고 "사회책에 실린 거제도 포로수용소"15) 같은 광부들의 열악한 주거 공간을 감각적으로 묘사함으로써 거주자의 계급적 차이를 보여준다.

> "길쭉한 슬레이트 지붕 밑으로는 우리 엄마 말처럼 "키 큰 놈이 발을 쭉 뻗으면 발이 벽 밖으로 튀어나갈" 토끼장 같은 집이 한 동에 다섯 집씩 붙어 있다. (중략) 그 한 칸에서 너댓 식구가 서로 엉겨붙어 새우잠을 잔다고 했다. 아빠는 "사무실에서 펜대를 굴리는 사무원들이나 회사 간부들에게는 널찍한 집을 지어 주고 새빠지게 탄 캐는 광부들에게는 콧구멍만한 사택을 집이라고 지어준 놈들은 벼락 맞아 죽을 놈들"이라고 했다.
>
> (『내 사랑, 사북』, 22쪽.)16)

탄광촌 사택은 우물과 빨래터를 공동으로 사용하는, 매우 열악한 주거 공간이다. 이러한 취락 구조는 자본의 지배에 의한 "사택촌의 집단성을 구현한 계급과 공간의 일치"17)라는 전형적인 사회적 표상이라 할 수 있다. 한편 이 때문에 공동 우물과 빨래터는 전국 각 지역에서 모여든 사람들이 다양한 소문과 광산촌 여론을 조성하는 공간으로 이미지화된다. 공동 공간은 사택 가족들이 일상을 공유하며 탄광촌 소식이 생방송으로 중계되는, 마치 방송국 같은 장소인 것이다. 이처럼 팔도공화국이라 호명되는 탄광촌 공동체에서는 소문이 꼬리를 물고 확대 생산되기

---

15) 이옥수, 앞의 책, 21쪽.
16) 분석 작품의 본문 전체 인용은 작품명과 페이지만 기재함.
17) 조명기 외, 앞의 글, 38쪽.

도 한다. 그렇지만 우물 방송의 화두는 광산에서 벌어진 일과 사택 가족들의 일상을 공유하는 민간 지역 방송의 영역을 벗어나지 않는다.

안경다리는 사북 시장과 탄광촌을 이어주는 공간으로 사북읍내와 광산을 나누는 경계선이 된다. 안경다리 안쪽에 있는 사북시장은 풍요와 여유를 갖춘 사북으로, 안경다리 바깥쪽은 노동과 빈곤을 상징하는 탄광촌 일상 공간을 이미지화한다. 사북사건 당시 광산촌 사람들은 사북시장으로 향하며 그들의 열악한 노동 환경과 부당한 대우를 안경다리를 넘어 세상에 폭로하고자 한 것이다.

사북시장은 광산 자본이 유입되어 "광산에서는 개도 돈을 물고 다닌다"[18]는 지역 담론을 형성하며 풍요를 상징하는 파시(波市)의 공간으로 환유된다. 사북시장 번화가는 광산 노동자들이 막장에서 목숨을 담보하는 열악한 작업 환경에서 벗어나 긴장을 해소하고 고향을 떠나온 외로움을 달래는 탈억압의 장소인 것이다. 그렇지만 사북사건이 일어난 이후 사북시장은 집회 공간으로 변모한다. 그동안 자본의 횡포와 권력 아래 광부와 가족들의 일상을 억압당했던 그들이 더 이상 참을 수 없어 몰려간 사북시장은 탄광 노동자와 그 가족들이 주체적인 목소리를 내는 열린 공간으로써의 집회 장소인 것이다.

한편 사북시장이 광산 노동자들의 권리를 외친 열린 공간이라면 사북지서는 탄광촌 사람들을 통제하는 규율 권력기관으로 국가의 지배 이데올로기가 작동하는 공간이다. 사북지서는 탄광촌의 일상에서 일어나는 다툼, 열악한 주거 환경과 3교대 근무로 인한 이웃 간 소음 문제 등으로 인해 "법보다 주먹이 가까운"[19] 탄광촌의 질서를 확립하는 역할을 담당하는 공간이다. 사북사건 당시 사북지서 마당에 모여든 탄광

---

18) 이옥수, 앞의 책, 29쪽.
19) 위의 책, 50쪽.

노동자들은 폭도라는 오명을 벗기 위해 최후의 보루였던 무기고 앞에서 해산한다. 사북지서는 공권력이 지배하는 공간이고 노동자들이 더 이상 나아갈 수 없는 마지노선이었다.

광업소는 석탄 생산과 관리가 이루어지는 공간이지만 광업소 마당은 노동 환경의 안전이 보장되지 않아 막장 사고가 일어났을 때 탄광 노동자의 삶과 죽음이 엇갈리는 공간이다. 광업소 마당은 살아나온 사람에게는 안도의 공간이고, 죽음을 맞이한 가족에게는 통곡의 공간으로 전환되기 때문이다. 광업소 마당은 삶과 죽음의 경계선에서 살아 나와야 하는 가족을 기다리는 사람들의 처절한 외침이 울려 퍼지는 공간인 것이다.

『내 사랑, 사북』의 기억 공간의 연계자는 수아의 첫사랑인 정욱 오빠이다. 탄광촌에 살고 있는 노동자와 그 가족들은 돈을 벌 수 있어 모여들었고, 돈을 벌면 모두 그 곳을 떠나고자 한다. 수아도 부모에 대한 선택권이 없이 광부의 딸로 태어난 것에 불평도 하고 탄광촌을 떠나고 싶지만, 광부의 아내가 될 수도 있는 정욱에게 이성적인 감정을 느끼면서 탄광촌의 삶을 꿈꾸어보기도 한다. 하지만 수아는 자신을 좋아하는 또래 이성 친구인 광호에게는 광부의 아들이라는 이유로 이성적인 감정을 배제한다.

작가는 정욱에게 사랑의 감정을 느끼는 수아와 사북사건에 참여하는 광부의 딸인 수아의 감정을 몽타주 기법으로 교차하여 보여준다. 수아는 사북 집회에 적극적으로 참여하지 않는 정욱을 비겁자로 호명하지만 무기고 앞에서 시위 참여자들을 해산시키는 설득력 있는 연설로 광부들의 집회를 종결하는 정욱의 행동을 보고 다시 높이 평가하기도 한다. 정욱의 행동에 대한 이 같은 수아의 인식 전환은 "위험의 순간에 섬광처럼 스치는 어떤 기억을 붙잡는"20) 방식으로써, 사북사건이 단순이 노동자의 권리를 쟁취하는 사건에 머무르지 않고 인간의 기본권과 존엄성을 쟁취하려는 연대의 시대상이라는 점을 위기의 순간에 보여준 것이다.

> 과거를 역사적으로 표현한다는 것은 그것이 '원래 어떠했는가'를 인식하는 일'을 뜻하는 것이 아니다. 그것은 위험의 순간에 '섬광처럼 스치는 어떤 기억을 붙잡는다는 것을 뜻한다. 역사적 유물론의 중요한 과제는 위험의 순간에 역사적 주체에게 예기치 않게 나타나는 과거의 이미지를 붙드는 일이다.21)

발터 벤야민에 의하면 "기억은 체험된 것의 매개물이며, 파묻힌 자신의 과거에 다가가고자 하는 사람은 발굴 작업을 수행하는 사람과 같은 태도를 취해야 하고, 무엇보다도 거듭해서 동일한 사태로 되돌아가는 것을 주저하지 말아야 한다"22)고 강조한다. 이옥수는 사북사건의 "기억이 지나간 것을 알아내기 위한 도구가 아니라 오히려 매개물"23)로써 막장에 묻히지 않도록 발굴하고자 한다. 이옥수는 청소년소설 창작 주체로서 "연대기적 서술에 입각한 역사주의가 실증과 객관의 이름으로 무수한 사건을 배제하거나 개별 사건의 고유성을 인정하지 않"24)고 승리자의 기록으로 남는 사북의 기억 공간을 중층적으로 해석한다. 이옥

---

20) 발터 벤야민, 최성만 옮김, 『역사의 개념에 대하여/폭력비판을 위하여/초현실주의 외』(선집5), 도서출판 길, 2008, 334쪽.
21) 위의 책, 334쪽.
22) 발터 벤야민, 김영옥 외 옮김, 『일방통행로/사유이미지』(선집1), 도서출판 길, 2008, 182쪽.
23) 위의 책, 182쪽.
24) 김용하, 『정치적 글쓰기의 멜랑콜리 : 신채호와 발터 벤야민을 중심으로』, 서강대학교출판부, 2017, 98쪽.

수는 『내 사랑, 사북』에서 1980년 4월 과거의 '사북사건'을 현재의 공
간으로 이미지화하고, 역사의 이면을 탐색, 발굴하고, 민중공동체의 저
항을 '기억하기'라는 청소년기 통과의례의 성장 서사로 구현하는 글쓰
기 방식을 보여준다.

3. 자본의 개발 논리와 민중 공동체의 저항

이옥수는 사북사건의 중심에 위치한 저항 주체인 광부들의 삶에 주
목한다. 사북사건은 1970년대 석유 파동 이후 국가의 에너지 정책 변화
의 지점에서 석탄 산업을 주도했던 한국 자본주의의 이면에 숨겨진 탄
광 노동자의 인권이 억압되는 열악한 노동 현장에서 시작되었다. 박철
한은 이를 두고 "노동자 계급인 탄광 민중들에 의한 지역 장악을 통해
한국 사회의 정치적 사회적 차원의 국가 이데올로기에 저항"[25]한 사건
이라고 명명한다. 사북사건은 노동자의 일회적인 노동 항쟁의 투쟁을
넘어 민중적 저항을 상징적으로 보여주었던 역사적 현장이기 때문이
다. 이옥수는 사북사건이 '광부들의 폭동', '사북사태' 등 지배 권력의
정당성을 부여해주는 승리자의 기록인 역사주의의 시각을 벗어나 배
운 것 없고 가지지 못한 "몫과 희망이 없는 자들을 구제"[26]하는 저항의
기억을 발터 벤야민의 역사 유물론적인 구원의 메시아가 스며드는 시
간으로 포착하고, 이를 역사 인식의 글쓰기로 구현하고자 한다.

『내 사랑, 사북』에서 다루는 사북사건은 탄광촌의 광부뿐만 아니라
광부 가족까지 연대하여 저항하는 양상을 보여준다. 이 작품에서는 광

---

25) 박철한, 앞의 글, 38쪽.
26) 임환모, 「외국 문학이론의 주체적 수용에 대하여 — 벤야민의 문학이론을 중심으
로」, 『현대문학이론연구』 제68집, 현대문학이론학회, 2017. 3, 202쪽.

부들이 석탄 생산량을 높이기 위해 3교대를 하면서 규칙적인 식사를 하지 못할 뿐만 아니라 눈치 보느라 밥조차 제대로 먹지 못하는, 열악하면서도 억압적인 근로 환경을 보여준다.[27] 이 열악함은 을반과 병반이 근무를 교대할 때 김밥 두 줄로 식사를 대신하는 아버지의 도시락으로 이미지화된다.

> 1년 365일 중에서 갑반, 을반을 빼면 3분의 1이 병반이지만, 아빠의 병반 나가는 모습을 본 건 다섯 손가락 안에 꼽을 정도였으니까 (중략) 아빠는 갑반 때는 보온 도시락에 밥을 싸 가지만 을반이나 병반 때는 간단하게 김밥 두 줄을 돌돌 말아서 주머니에 넣고 간다. 생각해보면 밤낮이 똑같은 굴속에서 먹는 도시락은 갑반 때나 병반 때나 마찬가지일 것 같은데도, 아빠뿐만 아니라 다른 사람들도 갑반 때는 모두 어깨에 도시락을 둘러메고 일을 간다.
>
> (『내 사랑, 사북』, 11-12쪽.)

국가는 1970년대 국제 석유파동의 위기를 극복하기 위해 국가의 주요 에너지 정책을 석유에서 석탄으로 전환한다. 국가는 에너지 위기를 타파하기 위해 주요 에너지를 책임지는 석탄의 생산력 극대화 정책을 시행하게 된다. 탄광 자본가는 국가의 정책에 호응하며 국가 권력에 힘입어 이윤을 극대화하기 위한 석탄 채굴이 멈추지 않도록 강도 높은 막장 노동을 요구하였다. 수아는 아버지의 근무 시간이 달라져도 도시락을 먹는 작업 공간은 밤낮이 구별되지 않는 굴속이기 때문에 딱히 보온 도시락과 김밥을 구별할 필요가 없다는 열악한 노동 환경을 환기한다.

---

27) "광부들은 갑·을·병반 3교대로 일을 한다. 갑반은 아침 8시부터 오후 4시, 을반은 오후 4시부터 밤 12시, 병반은 밤 12시부터 아침 8시까지 일한다." 이옥수, 앞의 책, 11쪽.

탄광 자본가 계급은 생산량을 늘리기 위해 형식적으로 정기 검진을 실시하고 진폐증을 은폐하기에 급급한 면모를 보인다. 광부들 또한 진폐증을 앓고 있어도 가족의 생계 때문에 적절한 치료 시기를 놓쳐 평생 고통을 당하는 상황에 놓인다.

> 광산에서 일하는 광부들은 탄가루를 많이 들이마시기 때문에 폐에 탄가루가 쌓여서 진폐증 같은 직업병이 생긴다. 사람들은 이 병에 걸려서 병원 가는 사람들을 보고 '코 꿴다'고 했다. 한번 병원에 가면 살아오기 힘들다고 하는 말이다. 광업소에서 광부들에게 일 년에 한 번씩 정기 검진을 받게 하지만 사람들 말로는 그건 다 형식일 뿐이며, 탄가루가 폐에 박혀 골골거려도 어지간하면 정상으로 판정해서 계속 일을 시킨다고 했다. 광부들도 막상 진폐 판정을 받으면 더 이상 일을 할 수 없기 때문에 식구들 먹여 살릴 걱정에 숨기면서 버티는 경우가 많다고 했다.
>
> (『내 사랑, 사북』, 41-42쪽.)

『내 사랑, 사북』에서 탄광촌 사람들은 진폐증을 예방해야 한다면서 돼지비계를 먹는다. 이렇게라도 하지 않으면 "삼 년도 안 돼서 코 꿴다."[28]는 말처럼 "한번 병원에 가면 살아오기 힘"[29]든 상황에 놓인다는 것이다. 이런 점에서 수아 아버지가 만근 포상으로 받아 온 돼지고기를 함께 먹는 탄광촌 사람들의 모습은 화기애애하다기보다는 슬픔에 가깝다. 은희 아버지가 가슴에 파스를 붙이고 사는 이유 역시 마찬가지이다.

이러한 상황에서 수아는 우물 방송을 전달하는 방식으로 사북 탄광촌 '암행 독찰대'의 존재를 밝힌다. 일명 '땅개'라고도 불리는 '암행 독

---

28) 이옥수, 앞의 책, 41쪽.
29) 위의 책, 42쪽.

찰대'는 탄광의 자본가 계급이 고용한 사북 탄광촌의 정보원이다. 탄광의 자본가 계급은 갱 안의 일뿐만 아니라 광부가족의 일상의 공간인 사택 지역 공동체까지 감시 체계를 작동하면서 노동자 계급을 지배하고 있는 것이다. 탄광촌의 자본가 계급에 의한 상시적인 감시 체제가 강화된 시기는 세계 제2차 석유 파동의 영향이 미치기 시작하던 1979년도 무렵이다. '암행 독찰대'에 의한 감시 체제의 강화는 에너지 위기에서 비롯된 '석탄 생산 극대화 정책'과 연계된, 자본가 계급의 이윤 확대를 위한 장치인 것이다.30)

> 나도 요즘 우물 방송에서 '땅개' 이야기를 많이 듣는다. 내가 들은 대로라면 '땅개'라는 '암행 독찰대'는 광업소에서 돈을 받고 정보원 노릇을 하는 사람들을 이르는 말이다. 이 사람들은 갱 안에 있는 막장 뿐만 아니라 광부들이 사는 사택까지 감시한다고 했다. 그러다가 만약 회사 물건을 가지고 나오거나 회사일에 불평불만을 늘어놓다가 걸리면 어떤 구실을 달아서라도 감봉하거나 해고한다고 했다. 그러니까 위에서 시키는 대로 두더지처럼 탄이나 파고 주는 돈이나 받으라 하고, 다른 군소리는 못 하게 하라는 것이다. 그게 더러워서 회사를 그만 두면, 아예 광산을 떠난다면 몰라도 다른 곳에 취직할 수도 없다고 한다. 인근에 있는 광산들이 서로 결탁해서 해고된 광부를 어느 곳에서도 받아주지 않기로 했기 때문이다.
>
> (『내 사랑, 사북』, 38쪽.)

이처럼 탄광촌 자본가 계급은 광부들의 고용 불안 심리를 이용하여 임금 착취를 감행하고, 감시와 통제를 일상화한다. 탄광 노동자 계급 또한 가족의 생계 문제로 '암행 독찰대'의 감시를 두려워하며 자본가

---

30) 박철한, 앞의 글, 33쪽.

계급의 통제 방식에 종속된다. 한 곳의 광산에서 해고되면 다른 광산에 취업할 수 없도록 광산업주들이 결탁되어 있기에 고용 불안은 더욱 심화되고 저항하기도 어려워진다. 광산 자본가 계급의 노동자에 대한 통제 방식은 감시 체제를 작동하여 이윤을 극대화하려는 지배 형태를 보여준다.[31]

한편 광부들의 삶은 "두 개의 하늘을 이고 산다"[32]는 말처럼 고달픈 생활의 연속이다. 두 개의 하늘은 눈에 보이는 하늘과 굴속 막장의 암담한 검은 하늘이기 때문이다. 국가의 에너지 정책 변화에 따라 국민들에게 "유용한 에너지였던 석탄을 캐내기 위해 광부들은 한해 평균 2백 명이 목숨을 잃고, 5천 명 이상이 중경상을 입"[33]는 재해를 당한다. 이러한 재해는 작품에서 병반 근무였던 수아 아버지의 막장 사고, 그리고 산 자와 죽은 자의 슬픔과 고통으로 재현된다.

> 아빠를 삼킨 시커먼 굴이 마치 괴물 아가리처럼 큰 입을 쩍 벌린 채 버티고 서 있었다. 우리처럼 소식을 듣고 달려온 다른 가족들도 모두 넋이 빠져서 그 자리에 멍하니 서 있었다. 엄마가 중심을 잃고 털썩 주저앉았다. 수한이와 내가 동시에 엄마를 일으켜 세웠다. 구조반 아저씨들은 여러 명이 연장을 들고 굴속으로 들어가고 있었다.
>
> (『내 사랑, 사북』, 61쪽.)

> 주검이 실린 들것은 구급차 안으로 들어갔고, 젊은 아주머니는 얼굴이 하얗게 질린 채 구급차에 한 발을 올리고 있었다. 명치끝에서 꾹꾹 울음이 치받쳤다. 속에서 분이 솟으며 주먹이 불끈 쥐어졌다. 누군지는 몰라도 이렇게 만든 장본인을 손톱을 세워 할퀴고 잡아뜯고 싶

31) 위의 글, 1쪽.
32) 이옥수, 앞의 책, 200쪽.
33) 위의 책, 같은 쪽.

었다. 지난 달 삼척탄좌에서 가스 사고로 스물일곱 명이나 떼죽음을
당했다는 소식을 듣고도 나는 침 한 번 꿀꺽 삼키고 잊고 지냈다. 그
러나 이 두 눈으로 똑똑히 보니, 저 엉겨 있는 핏덩이는 더 이상 남의
일이 아니었다.

(『내 사랑, 사북』, 66—67쪽.)

수아는 광산 사고의 책임을 물어야 할 대상을 직접 언급하지 못하지
만 사고의 책임자를 응징하겠다고 단호하게 결심하며 탄광촌 사람들
의 울분을 대변한다. 탄광 자본가 계급은 석탄 생산량 목표 달성 때문
에 광부들의 생명을 위협하는 열악한 노동 환경의 개선은 후순위일 뿐
이다. 막장 사고의 원인을 알아도 밖으로 표출하지 못했던 울분과 응징
의 목소리는 광부와 그 가족이 연대한 노동 항쟁으로 이어진다. 광산
사고는 열악한 작업 환경으로 내몰린 탄광 노동자 계급이 자본가 계급
에 저항하는 생존권 투쟁의 추동력이 된 것이다.

발터 벤야민은 역사주의적 시각과 역사적 유물론의 시각을 구분하
여 설명한다. 역사주의적 시각이 승리자에게 감정이입을 하며 그때그
때 지배하는 자들에게 도움을 주며, 늘 승리는 거둔 사람은 오늘날 바
닥에 누워 있는 자들을 짓밟고 가는 지배자들의 개선 행렬에 동참하며,
전승의 과정 역시 야만성을 벗어나지 못한다면, 역사적 유물론자는 가
능한 그러한 전승에서 비켜서면 결을 거슬러 역사를 솔질하는 것을 자
신의 과제로 본다.[34] 수아 아버지와 광부들은 막장 사고를 당한 후 작
업 환경의 안전을 보장받고, 생명의 위협에서 벗어나기 위한 근로기준
법을 거론하지만 "경찰이고 읍사무소고 다 회사하고 한통속"[35]인 해고
위험 때문에 섣불리 나서지 못한다. 그렇지만 수아 아버지는 광부도 사

---

34) 발터 벤야민, 최성만 옮김, 앞의 책, 336쪽.
35) 이옥수, 앞의 책, 71쪽.

람이고 "가진 것 없고 배운 것 없다고 언제까지 이렇게 눌려 살 수만은 없"36)다는 사유의 변화를 보이며 사북 탄광촌 민중 공동체의 저항 주체로 앞장선다.

이러한 사북 민중 공동체 생존권에 대한 위협과 경찰차의 사고, 어용 노조의 문제 등이 겹치면서 사북사건의 시발점이 된다. 사북사건은 광부들의 목숨과 가족들의 생존 문제가 달려 있어 가족들 또한 집회에 참여하여 연대한다. 사북사건 당시 불려졌던 '광부의 노래'는 광부들의 인권 투쟁의 노동 항쟁의 면모도 나타난다.

> 우리는 광부, 흙 속에 산다. 검은 땀을 흘리며 오늘도 내일도 햇볕을 등지고 오르고 내리며 탄차에 실려 시간을 먹는다. 하나, 둘, 셋, 터지는 발파음, 돌과 쇠가 부딪치는 불꽃 속에 우리는 광부, 생명을 태운다.
>
> (『내 사랑, 사북』, 137쪽.)

사북사건은 석탄 생산량을 높이기 위해 광부들의 안전이 보장되지 않는 "선(先) 생산 후(後) 보안"37)이라는 열악한 작업 환경의 개선을 요구하는 저항의 면모도 보인다.

> 17년 인권 유린, 노동자 착취 악덕 기업주는 물러가라! 회사와 붙어먹는 기생충 경찰, 공무원 물러가라! 광부도 사람이다. 더 이상은 참지 말자!
>
> (『내 사랑, 사북』, 136쪽.)

---

36) 위의 책, 117쪽.
37) 위의 책, 106쪽.

탄광 노동자들의 저항의 외침은 억압받는 자들이 '비상사태'에 놓여 있음을 보여주며, 그들의 투쟁은 "억압받는 계급의 역사적 인식의 주체"[38]로서 자각인 것이다. 사북사건 당시 '광부의 노래'와 '집회 구호'에서는 "권력자들의 개선 행렬을 중단하는 모든 반란과 봉기에 의해 예시"[39] 되었던 "진정한 예외상태로 지배의 폐지"[40], 즉 국가 권력과 탄광 자본의 개발 논리보다 앞서는 탄광 광부들의 인권과 생존권을 위한 항쟁의 목소리를 찾아볼 수 있다. 그렇지만 사북사건은 광부들의 저항의 목소리는 있어도 이를 들어주는 대상은 없다. 탄광 자본가는 모습을 드러내지 않고, 공수부대를 투입하는 국가 권력이 그 자리를 대신한다.

결국 사북 광부들의 생존권 투쟁은 노조지부장 아내의 린치로 이어지며 공수부대의 진압을 앞두고 무기고로 향하지만, 폭도로 몰리는 상황에서 더 이상 나아갈 수 없어 사북지서 무기고 앞에서 해산을 결정한다. 사북사건 후 사북에는 봄이 완연했지만 사북사건 저항의 주체는 보이지 않는 권력에 의해 사라질 뿐이다. 사북사건 이후 '수아 아버지', 우물방송의 '떠벌이아줌마', '부녀회장', '순태 아빠' 등은 어딘가로 사라지지만 "잡혀간 사람들에게는 한결같이 '빨갱이' 딱지를 붙여 놨다는 소문이 사북을 떠돌"[41] 뿐이었다.

사북 민중 공동체의 저항의 역사는 "역사 속에서 진보의 궁극적 목적이 아닌 종종 실패로 끝나는 실행된 진보의 중단"[42]이라는 메시아적 시간이 스며든다.

---

38) 최성만, 『발터 벤야민 기억의 정치학』, 도서출판 길, 2014, 381쪽.
39) 미카엘 뢰비. 양창렬 옮김, 『발터 벤야민 : 화재경보 「역사의 개념에 대하여」 읽기』 난장, 2017, 119쪽.
40) 위의 책, 118쪽.
41) 이옥수, 앞의 책, 197쪽.
42) 최문규, 『파편과 형세』, 서강대출판부, 2012. 543쪽. 재인용.

어느 정도 의견이 모아졌는지 사람들이 하나 둘 무기고 앞을 떠나기 시작했다. (중략) 마침내 데모가 일어난 지 나흘 만에 모든 일이 마무리되는 것 같았다. 그 많은 사람들이 몰려 나와서 소리소리 질렀지만 달라진 건 하나도 없었다. 역시 사북 사람들의 힘만으로는 약했다. (중략) 사북 사람들에게는 막강한 힘에 대항해 문제를 어떻게 풀어가야 할지 아는 사람이 없었다. (중략) 이제 모든 게 끝났다. 우리 아빠는 다시 검은 탄복을 입고 막장에 들어갈 테고, 나는 학교에 갈 것이다.

(『내 사랑, 사북』, 183—184쪽.)

무기고 앞에 선 사북 탄광 노동자들은 지배 권력에 대한 전복적 저항을 시도하려 하지만 그들은 "목표가 존재하지 않는 상태, 즉 과거와 미래가 존재하지 않는 정지된 상태"[43])로, 폭도가 아닌 "기존의 역사가 파괴되는 새로운 구성이 일어나는 지금 시간으로 충만한"[44] 사북 탄광 지역 공동체의 나흘 만의 메시아적 시간을 경험한다. 발터 벤야민에게 오늘날의 삶과 형식을 읽어내는데 중요한 것은 과거도 미래도 아닌 '지금 여기'의 시공간으로서 현재(성)이다.[45] 벤야민이 명명하는 '지금 시간'은 "순간에 일어나는 일을 정확하게 인지하는 것, 이것이야말로 저 멀리 놓여 있는 것을 미리 아는 것보다 더 결정적"[46]이다. 벤야민에게 지금 시간의 "인식은 오직 번개의 섬광처럼 이루어지며, 텍스트는 그런 후에 길게 이어지는 천둥소리 같다.[47]

---

43) 위의 책, 542쪽.
44) 위의 책, 같은 쪽.
45) 임환모, 앞의 글, 202쪽.
46) 발터 벤야민, 김영옥 외 옮김, 앞의 책, 153쪽.
47) 발터 벤야민, 조형준 옮김, 앞의 책, 1045쪽.

이와 같은 벤야민적 사유 방식으로 이옥수는 『내 사랑, 사북』에서 사북의 공간을 되살리는 '지금 시간'의 상황으로 사북사건을 소환하며, 억압받는 저항 주체들의 목소리를 혁명적 기회의 신호로 인식한다. 이옥수는 "균질하고 공허한 시간을 채우기 위해 사실의 더미를 모으는 데 급급한"48) 역사주의의 보편사와 구별되는, "하나의 특정한 시대를 끄집어내기 위한 그 기회를 포착"49)하는 역사 인식의 글쓰기로 청소년소설을 형상화한다.

이옥수는 『내 사랑, 사북』에서 사북사건을 '생존권 투쟁 현장의 이미지화'라는 몽타주 방식의 글쓰기로 재현하였다. 이러한 창작방법은 승자들의 역사 기록 방식인 역사주의적 시각이 아니라 사북사건 저항 주체들의 역사적 이면을 발굴하고자 하는 벤야민의 역사 철학적 사유 방식의 문학적 실천으로써의 글쓰기라 할 수 있다. '순간, 찰나, 지금, 여기'를 포착함으로써 역사의 뒤안에 감추어진 삶의 진실성을 확보하려한 것이다.

5. 결론

이옥수는 『내 사랑, 사북』에서 당대 청소년의 삶을 서사의 전면에 배치하면서, 탄광촌 계층 간의 갈등과 저항, 자본의 개발 논리에 억압당하는 민중 공동체의 저항의 기억을 형상화하였다. 작가는 이윤을 극대화하려는 자본가 계급의 야만적 지배관계에 대항하는 탄광 노동자들의 삶을 청소년소설의 성장 서사로 재현한 것이다. 이옥수는 사랑의 감정에 눈뜨는 청소년의 시선으로 사북 탄광촌 광부들의 열악한 삶과

---

48) 발터 벤야민, 최성만 옮김, 앞의 책, 347쪽.
49) 위의 책, 348쪽.

광부 가족들이 겪었던 사북사건의 현장을 증언하고 있다. 작품은 두 가지 양상으로 구체화되는데, 수아의 첫사랑의 감정과 사북사건의 기억이다. '기억과 사건'은 몽타주의 방식으로 이미지화되며, 통과의례라는 성장 서사로 전개된다.

청소년소설의 호명 독자는 청소년이다. 이에 따라 작가는 그들의 큰 관심사인 이성에 대한 호기심과 설렘을 '내 사랑, 사북'이라는 제목으로 제시하되, 단지 통과의례의 성장 서사에 머무르지 않고 '사북사건'이라는 역사적 사건을 호명하는 매개물로 활용한다. 수아와 첫사랑인 정욱오빠는 단지 청소년 이성으로만 자리매김되지 않고 '사북사건'의 역사적 현재화를 추동하는 중심인물인 것이다. 이옥수는『내 사랑, 사북』에서 첫사랑 정욱오빠에 대한 감정과 아직도 진실이 제대로 규명되지 않고 역사의 현장에서 잊혀 가는 광부들의 저항을 기억하는 문학적 실천으로써의 글쓰기 방식으로 보여준다. 이옥수는 사북 탄광촌 저항의 역사가 개인의 문제가 아닌 자본의 논리에 의한 사회의 구조적 모순에서 비롯되었음을 밝히고 있다.

강원도 사북 탄광지역은 광부들이 떠난 공간에 개발 자본이 유입되어 새로운 공간으로 탈바꿈되었다. 현재 강원도 사북 탄광은 폐광이 되어 광부들은 떠났지만 광부들의 사택이 있던 자리는 "폐광 지역 발전과 국가 경쟁력 제고를 위한 국내 관광 수요를 담당한다는 목표"[50] 아래 여가 단지로 조성되어 내국인 출입이 가능한 국내 최대 규모의 카지노가 있는 강원랜드가 들어섰다. 이옥수는『내 사랑, 사북』에서 여가 단지로 개발된 강원랜드가 아닌 1980년 4월의 역사적 현장인 '사북'을 현재로 소환함으로써 민중 공동체의 저항의 역사를 기억하려 시도하였

---

50) 강원랜드, <http://kangwonland.high1.com/aboutKangwonland/html.high1>, (2017.11.28.)

다. 이 연구는 이옥수의『내 사랑, 사북』에서 '사북사건'을 조명하는 방식으로 통과의례의 성장 서사를 도입함으로써, 청소년소설의 새로운 방향을 제시하는 다양한 역사 인식의 문학적 실천으로써의 글쓰기라는 점을 확인하였다.

강소희, 「오월을 호명하는 문학의 윤리 — 임철우의 『백년여관』과 한강의 『소년이 온
　　　다』를 중심으로」, 『현대문학이론연구』 제62집, 현대문학이론학회, 2015. 9.

김영룡, 「기억의 토포스와 도시의 토플로지 — 발터 벤야민의 『베를린의 유년시
　　　절』과 자아의 기억 공간에 관하여」, 『독어교육』, 제48집, 한국독어독문
　　　학교육학회, 2010. 9.

김용하, 『정치적 글쓰기의 멜랑콜리 : 신채호와 발터 벤야민을 중심으로』, 서강
　　　대출판부, 2007.

뢰비, 미카엘. 양창렬 옮김, 『발터 벤야민 : 화재경보 「역사의 개념에 대하여」
　　　읽기』, 난장, 2017.

박철한, 「사북항쟁 연구 : 일상, 공간, 저항」, 서강대 석사논문, 2002.

벤야민, 발터. 김영옥·윤미애·최성만 옮김, 『일방통행로/사유이미지』(선집1),
　　　도서출판 길, 2007.

벤야민, 발터. 최성만 옮김, 『역사의 개념에 대하여/폭력비판을 위하여/초현실주
　　　의 외』(선집5), 도서출판 길, 2008.

벤야민, 발터. 조형준 옮김, 『아케이드 프로젝트 I, II』, 새물결, 2005.

사북청년회의소 편, 『탄광촌의 삶과 애환 : 사북·고한 역사 연구』, 도서출판
　　　선인, 2001.

서동수, 「망각의 번역과 자기 구원의 서사 — 임철우의 『백년여관』을 중심으로」,
　　　『한국문예비평연구』 제42집, 한국현대문예비평학회, 2013. 12.

손유경, 「유년의 기억과 각성의 순간 — 산업화 시대 '성장' '서사'의 무의식에
　　　관한 일 고찰」, 『한국현대문학연구』 제37호, 한국현대문학회, 2012. 8.

이옥수, 『내 사랑, 사북』, 사계절, 2005.

임환모, 「외국 문학이론의 주체적 수용에 대하여 — 벤야민의 문학이론을 중심으
　　　로」, 『현대문학이론연구』 제68집, 현대문학이론비평학회, 2017. 3.

조명기·배운기, 「로컬 지배 카르텔의 로컬 정체성 형성의 주체 투쟁 — 강원
　　　남부 폐광지 사북을 중심으로」, 『인문연구』 제62호, 영남대 인문과학연
　　　구소, 2011. 8.

최문규, 『파편과 형세』, 서강대출판부, 2012.

최성만, 『발터 벤야민 기억의 정치학』, 도서출판 길, 2014.

강원랜드, 〈http://kangwonland.high1.com/aboutKangwonland/html.high1〉,
　　　(2017. 11. 28.),

'광주 파노라마'와 변증법적 도약의 시
― 벤야민으로 읽은 황지우의 시

김청우

1. 서론

본고는 발터 벤야민(W. Benjamin)이 그려낸 사상적 지도를 통해 황지우가 그려낸 시적 지도를 읽는 작업이다. 비록 직접적인 연관 관계는 없지만, 벤야민은 광기와 폭력이 난무했던 20세기 유럽이라는 '파국의 시대'를 살았으며, 황지우 또한 1980년대 한국이라는 또 다른 '파국의 시대'를 산 공통점이 있는 만큼, 여러 지점에서 그들의 철학과 시는 서로 닮아있음을 확인할 수 있다. 황지우의 시는 어려운 현실 하에서 줄곧 제기되는 이른바 '문학과 정치'라는 문제에 대해 하나의 전망을 제시해주고 있으며, 이는 벤야민의 철학을 통해 보다 명확하게 드러날 수 있다.

황지우는[1] 1980~90년대를 관통하며 그간 6권의 시집을 상재한 바

---

1) 1952년 전남 해남 출생하여 4세 때 광주로 이사했다. 서울대 철학과(미학 전공) 졸업한 후 동 대학원에 다녔으나 5·18에 가담했다는 사유로 제적되었다. 이후 서강대 철학과 대학원을 졸업했다. 1980년 중앙일보 신춘문예에 입선, 같은 해 『문학과지성』에 「대답 없는 날들을 위하여」로 등단했다. 시집으로는 『새들도 세상을 뜨는구나』(1983)와 『겨울―나무로부터 봄―나무에로』(1985), 『나는 너다』(1987), 『게 눈

있다. 그러나 그의 시에 대한 학술적 평가는 주로 1980년대 초에 발간된 두 시집, 즉 『새들도 세상을 뜨는구나』(1983, 이하 본문에서는 『새들도 』로 표기)와 『겨울—나무로부터 봄—나무에로』(1985, 이하 『겨울—나무』)에 맞추어져 있다.[2] 1990년대의 작업에 주목하고 있다 할지라도, 정작 그러한 연구는 황지우의 초기시가 보여주었던 몽타주(montage) 기법을 그의 시의 '본령' 혹은 '정점'에 위치시키고 90년대의 시들을 상대적으로 폄하하거나, 설령 폄하까지는 아니더라도 그 자체의 의의까지는 찾아내지 못하는 것이 현실이다. 특히 이러한 논의에서는 『어느 날 나는 흐린 주점에 앉아 있을 거다』(1998, 이하 『어느 날』)에 주목하는데, 여기 실린 시들을 '자기혐오'와 '자기부정'에 시달리고 있으면서 동시에 '더 이상 정치적 메시지가 없는' 시로 규정하는 것이 특징이다. 그리고 이러한 시가 나오게 된 이유를 시 내적인 논리가 아닌 1990년대의 변화된 정치 지형과 생활상에서 찾는다.[3]

황지우의 시는 크게 몽타주 기법을 사용한 시와 낭만주의적 형태의

속의 연꽃』(1990), 『저물면서 빛나는 바다』(1995, 조각시집), 『어느 날 나는 흐린 주점에 앉아 있을 거다』(1998)가 있으며 마지막 시집을 출간 후에는 시창작보다 연극, 조각 등에 관심을 쏟고 있다.

2) 여지선, 「황지우론 — 시론과 시작의 연계성을 중심으로」, 『겨레어문학』 제26집, 겨레어문학회, 2001, 247—274쪽; 이형권, 「80년대 해체시와 아버지 살해 욕망: 황지우, 박남철, 장정일의 시를 중심으로」, 『겨레어문학』 제26집, 겨레어문학회, 2001, 581—608쪽; 김은철, 「심미적 현대성의 시학 — 황지우 시의 미학」, 연세대 석사논문, 2003; 윤한철, 「황지우 시의 창작 방법론 연구 — 낯설게하기를 중심으로」, 중앙대 석사논문, 2004; 이명준, 「황지우 시의 전략적 성과」, 세명대 석사논문, 2004; 김홍진, 「부정과 전복의 시학 — 황지우의 『새들도 세상을 뜨는구나』를 중심으로」, 『한민족문화연구』 제17집, 한민족문화학회, 2005, 101—124쪽; 방두종, 「1980년대 황지우 해체시 재인식」, 동국대 석사논문, 2015; 문은강, 「황지우 초기 시 연구」, 한양대 석사논문, 2017.

3) 박수연, 「현대시의 영상적 주체구성과 시각구조 — 황지우의 시를 중심으로」, 『어문연구』 제44집, 어문연구학회, 2004, 379—402쪽; 김민수, 「황지우 시 연구 — 전위성을 중심으로」, 조선대 석사논문, 2007.

서정시의 두 축으로 전개되어 왔다. 그의 시는 1980년대 초기부터 마지막으로 발간된 시집에 이르기까지 이 두 계열의 시들이 상호교대를 반복하는 양상을 띤다. 이를테면『새들도』의 경우, 전자에는「심인」이나「활로(活路)를 찾아서」가, 후자에는「초로(草露)와 같이」,「새들도 세상을 뜨는구나」가 대표적으로 거론될 수 있다. 이러한 구도는 다른 시집에서도 마찬가지로 발견되지만, 초기의 두 시집에서는 이 경향들이 서로 대조적인 것처럼 보일 정도로 극명하다.

초기 두 시집에서 몽타주 시와 낭만주의적 시의 간극은 이렇듯 크지만, 시집이 거듭되어 출간될수록 그 간극은 점차 줄어든다. 애초에 그의 몽타주 시가 노리는 효과는 억압적 현실을 이루는 이미지와 사건들을 수집하고, 그러한 수집 속에서 혁명과 구원의 순간을 엿보는 것이었다고 할 수 있다. 그런데 이 경우, 왜 초기 시집들의 한 축에 낭만주의적인 시를 위치시켜 놓았는지는 의문으로 남게 된다. 그것은 초기에 시도한 몽타주 시가 혁명과 구원의 순간을 시적 논리로 만들어내는 데 실패했다는 반증이다. 기실 낭만주의적 형태를 띠는 시들은 '서정적 합일'을 선언하는 수준에 그치고 있다. 따라서 굳이 이러한 시들을 썼다는 것은 몽타주 기법을 사용한 초기의 시들이 시인의 목적에 부합하는 효과를 내지 못했기 때문으로 볼 수 있는 것이다.

본고는 기존의 연구에서 정당하게 평가되지 않은『게 눈 속의 연꽃』(1990, 이하『게 눈』)에서의 실험이, 시인의 '문학—정치' 차원에서 제기된 이러한 시적 고민을 해결하는 데 오히려 얼마간은 성공했다고 본다. 이를 가능하게 한 시 저변의 논리는 벤야민의 사상적 지도에 의해 보다 명확하게 규명될 수 있다. 그리하여 벤야민을 통해 황지우를 읽어냄으로써 그의 시세계에 대해 보다 명징하게 이해함과 더불어, 그의 시가 문학과 정치의 관계에 대해 고심한 흔적인 만큼 파국의 시대를 살아가는 데 있어 '문학―정치'는 무엇이며 또 그것이 어떻게 가능한지에 대한 하나의 답을 얻어낼 수 있을 것으로 기대한다.

2. '바깥'을 향한 반가사유, 문학

'정치'는 '삶의 기술(the art of life)'로서, 삶에 있어서 추구되는 가치, 특히 공통적 부(common wealth)의 유지·생산·분배(자유, 복지 등)를 위해 동원되는 기술이라고 할 수 있다. '정치'를 둘러싼 개념들의 정의를 어떻게 하느냐에 따라 물론 달라지겠지만, 정치는 통상적으로 '선택'과 그에 따른 설득의 문제로 드러난다. 이러한 정치와 함께 자주 언급되는 것이 바로 '문학'이다.

> 문학이 의사소통의 진정한 양식이라면, 누구에게나 자신의 느낌과 확신을 내적·외적 억압을 받지 않고 말할 수 있는 자유로운 담화상황의 보장을 먼저 필요로 한다. 이 점에서 문학은 어쩔 수 없이 정치와 대응된다. 무엇보다도 문학과 정치는 동시대의 말을 공유하고 있다. 조작과 통치의 칼로써 말을 사용하든 반영과 해방의 날개로써 말을 사용하든, 양자의 언어사용은 그 목적은 달라도 듣는 이들에게 메시지를 전달하여 그들의 마음을 움직이거나 행동하게 하는, 말의 '감염력'에 크게 기대고 있다.4)

황지우는 우선 '진정한 의사소통'이 있고 그것이 바로 '문학'이라고 본다. 그러한 문학이 문학으로서 가능하려면 누구나 무엇이든 자유롭게 말할 수 있어야, 즉 억압이 없어야 한다. 그러나 어떤 정치는 문학이

---

4) 황지우, 『사람과 사람사이의 신호』, 한마당, 1994, 27쪽.

작동하지 못하게 막고 억압하며, 그렇기 때문에 문학은 그런 정치적 행태와 싸우는 것이다. 이것이 황지우가 생각한 '문학과 정치가 함께 언급될 수밖에 없는' 이유다. 아울러 그는 "문학과 정치는 동시대의 말을 공유"하며, 메시지 전달을 위해 "말의 '감염력'에 크게 기대고 있"다는 점 또한 강조한다. '문학 언어'나 '정치 언어' 따위는 없기 때문에 그것들은 서로 다른 언어를 사용하지 않으며, 또한 둘 다 '말의 감염력'에 의존하므로 함께 언급된다는 것이다.

김윤식은 일찍이 '4·19 문학의 불모성'에 대해 논하면서 문학의 정치성을 말한 바 있다. "문학은 언어상징을 띤다는 것에 의해 필연적으로 이데올로기를 형성"하며 "그 태도형성력은 훨씬 명확하여, 강한 교육작용(프로파간다)을 머금"기 때문이다.[5] '이데올로기'의 범주를 좁게 잡지 않는다면, 이는 '예술의 자율성(미적 자율성)'에 입각한 이른바 '순수시' 역시 '정치적'일 수 있음을 의미한다. 그것은 언어의 감화력("태도형성력")을 통해 '삶'에 대한 미적인 '비판'을 노리기 때문이다. 황지우가 적확하게 지적했듯이, "우리가 역사와 사회에 이미 육화(肉化)되어" 있는 한 "어느 경우든 문학은 현실에 이미 참여되어 있다."[6] 이때 '육화(embodied)'는 언어의 본질적 신체성과 사회성을 가리키는 것으로 볼 수 있다.

'정치-문학'과 '문학-정치'가 구분된다고 할 때, 이 둘은 결코 동일하지 않다. 정치는 윤리적 차원(가치판단)에서 작동하므로 그 자체로 이미 '반(反)윤리'를 품고 있다. 이는 현실정치의 공통적 부에 대한 부당한 사유화(독재 등) 사례로부터 쉽게 알 수 있다. 불행하게도 정치는 인간이 '완전히' 윤리적이 되지 않는다면 윤리와 반윤리 사이에서 끊임없는 진

---

5) 김윤식, 「4·19와 한국문학 ― 무엇이 말해지지 않았는가?」, 『사상계』 통권204호, 1970.4, 291쪽.
6) 황지우, 앞의 책, 27쪽.

자운동을 할 것이다. 따라서 '언어'를 탈윤리적으로 사용함으로써 그와 같은 틀 자체에서 벗어날 필요가 있다.[7] 벤야민은 "정치의 심미화(審美化)"와 "예술의 정치화"를 구분하면서, 특히 전자에 파시즘을 놓음으로써 지양의 뜻을 내비친 바 있다.[8] 파시즘은 "소유관계를 그대로 보존한 채" 그저 대중에게 "표현을 제공"하기 때문에, 결국 그로부터 언어를 가져와 이분법적 틀 '밖에' 놓을 때야 비로소 활로가 열리게 되는 것이다.[9]

> 대중은 소유관계의 변화를 요구할 권리가 있지만 파시즘은 소유
> 관계를 그대로 보존한 채 그들에게 표현을 제공하려고 한다. 파시즘
> 이 정치적 삶의 심미화로 치닫게 되는 것은 당연한 역사적 귀결이다.
> 단눈치오와 함께 데카당스가 정치의 영역에 진입했고, 마리네티와
> 함께 미래주의가, 그리고 히틀러와 함께 슈바빙(Schwabing) 전통이
> 정치에 진입했다.[10]

따라서 '정치', 혹은 '정치—문학'(언어적 감화력에 기대므로)은 '문학—정치'의 양상으로 전환될 때 '삶의 기술'로서 진정 자리매김할 수 있다.

---

7) 안토니오 네그리·마이클 하트, 정남영·윤영광 옮김, 『공통체』, 사월의책, 2014, 17쪽.
8) 발터 벤야민, 최성만 옮김, 「기술복제시대의 예술작품」, 『기술복제시대의 예술작품/사진의 작은 역사 외』, 길, 2007, 96쪽. 여기서 벤야민은 후자에는 공산주의를 놓는데, 이는 공산주의 미학에 대한 그의 믿음에서 기인한다. 실제로 이후 공산주의 미학이 파시즘으로 이행해 갔던 만큼, 벤야민의 이러한 믿음은 매우 순진하다고 할 수밖에 없지만, 그가 애초에 소련에 주목한 것이 '사적 소유의 폐지'라는 점이라고 할 때 이해 못할 바는 아니다. 그는 사유제도가 유지되는 부르주아 사회에서는 생산기구의 변혁과 변혁을 위한 기술이 문제된다고 본다. 그러한 사회에서는 어떤 불온한 기록도 '소비'의 대상으로 전락할 수 있다는 것이다.
9) 아감벤(G. Agamben)은 푸코(M. Foucault)의 '장치'라는 개념을 재해석하는 과정에서 "장치들에 의해 포획·분리된 것을 해방시켜 공통으로 사용할 수 있게 되돌리는 것이 관건"이라고 말한다. 이것이 바로 "세속화(profanazione)"라는 개념인데, 이는 다분히 벤야민의 파시즘에 대한 생각을 연상시킨다. 조르조 아감벤, 양창렬 옮김, 「장치란 무엇인가」, 『장치란 무엇인가/장치학을 위한 서론』, 난장, 2010, 38—41쪽.
10) 발터 벤야민, 앞의 책, 93쪽.

이렇게 '정치—문학'("정치의 심미화")이 아닌 '문학—정치'("예술의 정치화")를 문제 삼고 이에 대해 구상하려는 이유는, 데리다(J. Derrida)가 언급한 것처럼 "문학의 공간은 제도화된 허구일 뿐만 아니라 원칙적으로 모든 것을 말할 수 있게 해주는 허구적 제도", 즉 "제도를 범람케 하는 제도"라는 점에 의한 긍정적 가능성 때문이다. 즉 "모든 것을 말한다는 것"은 "법이 법을 규정할 수 있는 모든 영역에서 자신을 해방"시키기 위해 "금지로부터 해방됨"을 의미하며, 이를 통해 우리는 "법의 핵심", 다시 말해 '규정함'의 구조 자체에 대해 사유할 수 있게 되는 것이다.[11]

이러한 논의는 '정치—문학'이 곧 '말할 수 있음'에 놓여 있으며, '문학—정치'는 '말할 수 없음'에 놓여 있음을 드러낸다. '정치—문학'은 '실제로' 발화된다. 그것은 일찍이 버네이스(E. Bernays)가 『프로파간다』를 통해 극명하게 보여주었듯이 공학적인 계산이 가능한데, 이는 정치가 문제를 '탐구'하기보다 그 맥락에 맞는 특정한 방향, 보통 한[mono—] 방향으로 유도하길 원하기 때문에 비롯된다.[12] 이때 '문학'이라 함은 '언어적 감화력'이라는 인자(factor)를 가리킨다.

반면 '문학—정치'는 말해질 수 없다. '문학—정치'는 문제에 대한 탐구이며, 따라서 동시적 양방향성[para—]의 언어를 가질 수밖에 없기 때문이다. 즉 문학은 당면한 사안에 대해 수많은 '파열선(破裂線)'을 드러내 보여줌으로써 표면에 가시화된 '선택의 문제'로부터 오히려 잠재성으로 존재하는 가능성들에 시선을 돌리는 것이다. 이렇게 '문학—정치'는 "모든 것을 말하"고자 하는 데서 시작하여 결국 '말할 수 없음'이라

---

11) 자크 데리다, 정승훈 외 옮김, 『문학의 행위』, 문학과지성사, 2013, 53쪽. 이를테면 '문학이란 무엇인가'라는 물음이 문학을 논하는 데 반복적으로 등장하는 이유는, 바로 문학 자체가 그러한 물음을 근간으로 근대 이후 제도로서 성립된 것이기 때문이다.

12) 에드워드 버네이스, 강미경 옮김, 『프로파간다』, 공존, 2009, 119쪽 참조.

는 자각에 당도하지만, 오히려 그러한 '실패'를 통해 '왜 실패할 수밖에 없는가'와 같이 그 조건을 드러냄으로써 역설적으로 "모든 것을 말하는" 원칙을 실현한다.

3. 도시 경험, 몽타주의 시와 구원의 가능성

황지우는 이러한 상황을 자각하고 '문학―정치'로서 '정치―문학'이 하지 못하는 틈에 대해 사유한다. 그의 시는 일찍이 김현이 지적한 것처럼 "화해할 수 없는 지상에서 벗어 나가려는 열망"을 가지고 자연으로부터 이상향을 찾는 낭만주의적 세계관을 근간으로 한다.[13] 첫 시집인 『새들도』에서부터 시인이 현실을 "화해할 수 없는 지상"으로 여긴다는 것은 매우 명시적으로 드러나 있다. 그는 80년대 당시 한국 사회에 대해 언술하면서 "쑥굴형 가시 덩굴"이 엉켜있는 "쑥밭의 땅"(「만수산 드렁칡 2」)과, "바퀴벌레"(「바퀴벌레는 바퀴가 없다」)나 "파리"가 사는 "초토(焦土)"(「에프킬라를 뿌리며」) 등의 이미지들을 동원한다.[14] 그러나 김현으로 하여금 황지우의 현실 인식에 대해 "화해할 수 없는"이라고 표현하게 만든 이유는, 그 안에서 살아남으려면 "파리"가 되어 "붙어먹"든가(「파리떼」), "입에 흙을/ 한 삽 처넣고 솜으로 막는" 식의 "증거 인멸"(「그날그날의 현장 검증」)을 행해야 할뿐, 별 다른 대안이

---

13) 김현, 「황지우에 대한 두 개의 글」, 『젊은 시인들의 상상세계/말들의 풍경』, 문학과지성사, 1992, 112쪽. '부정적 현실과 자연으로의 회귀'는 루소의 모델이다. 루소와 낭만주의의 관계는 릴리안 푸르스트, 이상옥 옮김, 『낭만주의』, 서울대출판부, 1987, 46쪽 이하 참조.

14) 이것은 은유에 의한 예다. 보다 구체적인 이미지들로는, 「심인」과 「새들도 세상을 뜨는구나」 등의 소시민적 화자, 「徐伐, 셔블, 셔블, 서울, SEOUL」의 이중적인 도덕 기준을 지닌 인물, 「한국생명보험회사 송일환씨의 어느 날」의 자본주의 앞에서 무기력함을 느끼는 인물 등에서 찾아볼 수 있다.

없음을 그가 처절하게 깨닫는다고 고백하기 때문이다.[15)]

이는 '예외상태',[16)] 즉 권리가 전반적으로 정지되고 법 위에 군림하는 권력이 출현하는 상태가, 그것도 시민이 아닌 소수의 부당한 권력에서 비롯되었기 때문에 벌어지는 일이다. 이승만과 박정희, 전두환 등으로 이어지는 그러한 권력은 자신들의 행위를 정당화하기 위해, 특히 우리나라가 '휴전' 상황임을 강조해왔다. 그것은 언론을 통제함으로써 이루어졌으며, '계엄령'과 '긴급조치' 등으로 나타난 예외상태, 즉 권력의 사유화를 위한 행위들이 반감 없이 받아들여질 수 있도록 도왔다. 언어는 "사고 활동에 사용되는 개념 체계를 조직화하며, 우리는 언어를 통해 개념 체계에 접근할 수 있다."[17)] 그렇기 때문에 언어는 마음(감정, 정체성, 창의성 등)을 변화시키고 심미적·도덕적 힘을 통해 사람들을 정향(orientation)시킬 수 있는 것이다.[18)] 황지우의 시는 이러한 파국의 시대에 대응하기 위한 전략으로서 "표현할 수 없는 것", "표현 못하게 하는 것"을 표현하고자 하는 데서 비롯된다.

---

15) 이상의 시 구절들은 『새들도 세상을 뜨는구나』에서 발췌.
16) '예외상태'는 독일의 법학자인 칼 슈미트(C. Schmitt)의 용어로, '결단'이 정치공동체의 이상을 실현하는 방법인 상황에서 의회민주주의나 법치주의가 그러한 방법을 제대로 실행하고 있지 않다면, 그 외에 다른 형태의 권력, 즉 예외적 권력이 등장하게 마련이라고 말한다. 칼 슈미트, 김항 옮김, 『정치신학』, 그린비, 2010, 16쪽 참조. 하지만 이러한 논리는 독재를 정당화하는 데도 사용될 수 있다. 실제로 박정희는 자신의 군사정변을 '무능한' 장면 내각에 대한 '혁명'이라 칭하며, 이를 두고 "민주주의 자체가 위협을 받고 국가가 파멸하려는 순간에 처해있을 때, 공산주의 분자들이 국가를 삼키려 하고 인륜이 땅에 떨어져 부패와 부정이 나라를 휩쓸고 있을 때, 그 국가와 민족의 고난을 피하기 위하여 취해진 행위는 정당한 것"이라고 말한다. 박정희, 「혁명과업완수를 위한 지도자의 길」, 『한국 국민에게 고함』, 동서문화사, 2005, 915쪽.
17) 조지 레이코프, 나익주 옮김, 『폴리티컬 마인드』, 한울, 2012, 307쪽.
18) 위의 책, 308쪽.

매스컴은 반(反)커뮤니케이션이다. 인간의 모든 것을 부끄럼 없이 말하는, 어떻게 보면 좀 무정할 정도로 정직한 의사소통의 전형인 문학은 따라서, 진실을 알려야 할 상황을 무화(無化)시키고 있는 매스컴에 대한 강력한 항체(抗體)로서 존재한다. 문학은 근본적으로, 표현하고 싶은 것을 표현할 뿐만 아니라 표현할 수 없는 것, 표현 못하게 하는 것을 표현하고 싶어하는 욕구와 그것에의 도전으로부터 얻어진 산물이기 때문이다. 그러면 표현할 수 없는 것을 어떻게 표현할 수 있는 것으로 만들까? 어떻게 침묵에 사다리를 놓을 수 있을까? **나는 말할 수 없음으로 양식을 파괴한다. 아니 파괴를 양식화한다.**[19]

이때 "말할 수 없음으로 양식을 파괴"한다는 말에 주목할 필요가 있다. 논자들에 의해 자주 논급되었던 황지우의 시는 다름 아닌 '몽타주'[20] 시다. 그리고 그러한 시들을 주목하는 데 위 인용문의 "파괴"가 언급되고는 한다.[21] 황지우는 다른 글에서 자신의 80년대 작업에 대해 "① 우리 삶의 물적 기초인 파편화된 모던 컨디션과 짝지워진 '훼손된 삶'에 대한 거울이며, ② 파시즘에 강타당한 개인의 '내부 파열'에 대한

---

19) 황지우, 『사람과 사람사이의 신호』, 28쪽. 고딕체는 원전 표기.
20) 영화는 기본적으로 몽타주로 이루어진 예술 형식이라고 할 수 있다. 영화는 정지영상의 연속체로, 앞의 이미지와 뒤따라오는 이미지가 처음부터 상이(相異)해야만 성립된다. 그러므로 영화에 있어서 몽타주는 단순한 기법이 아닌, 아주 기본적 층위의 그것인 셈이다. 그러나 한편으로 영화의 몽타주 기법은 방금 말한 것과는 다른 것을 지칭하기도 한다. 아이젠슈타인이 「전함 포템킨」에서 공식화한 기법이 바로 그것인데, 이것 역시 몽타주 기법이라 불린다. 여기서 문제 삼는 것은 후자다. 전자의 경우는 자연적 운동 과정을 단지 환영주의(illusionism)적으로 재현한 것인데 반해, 후자의 경우 운동의 인상은 전적으로 이미지의 '인위적인' 몽타주를 통해 만들어지기 때문이다. 페터 뷔르거, 최성만 옮김, 『아방가르드의 이론』, 지식을만드는지식, 2009, 144-145쪽 참조.
21) 정과리, 「추상적 민중에서 일상적 타자로 넘어가는 고단함 —『나는 너다』를 되풀이해 읽어야 할 까닭」, 황지우, 『나는 너다』, 문학과지성사, 2015, 144쪽. 이 글은 본래 풀빛에서 1987년 간행된 『나는 너다』가 '문학과지성 R시인선'으로 복간되면서 그 말미에 붙은 해설이다.

창이며, ③ 의미를 박탈당한 언어의 넌센스, 즉 지배 이데올로기에 대한 교란이었으며, ④ 검열의 장벽 너머로 메시지를 넘기는 수화의 수법"22)이라고 말한 적이 있다. 따라서 "말할 수 없음"은 일차적으로는 80년대의 가시적인 억압 상황(「벽」 연작의 창작 이유)과, 이차적으로는 이러한 상황 속에서 '과연 어떻게 이상적 세계와 그 토대를 말할 수 있을까'라는 이른바 '재현'("거울", "창")의 문제에 관련된다.

이렇게 보자면 이 "말할 수 없음"으로 "양식을 파괴"한다는 말은, 곧 파국적 상황 하에서 이상적 세계의 비전(vision)을 통상적인 방법으로 '말할 수는' 없기 때문에 몽타주 기법을 통해 '보여주려는' 전략을 가리키는 것이다. 이를테면 '기승전결'이라는 논리 형태에 대한 파괴 그 자체가 메시지인 셈이다. 물론 바로 그 다음에 오는 "파괴를 양식화"한다는 말은, 그럼에도 불구하고 그것이 여전히 '시'라는 자장 안에서 이루어지는 작업임을 명시하기 때문에 어디까지나 '문학—정치'의 가능성을 타진하는 것이라고 볼 수 있다. 몽타주 기법은 『새들은』과 『겨울—나무』에까지 꾸준히 등장하며, 특히 『나는 너다』에 이르러서는 시집 전체가 일종의 몽타주로서 읽히도록 한다는 점에서 시집 구성의 원리로서도 사용된다.23)

벤야민이 몽타주 기법에 희망을 건 이유도 같은 맥락에 있다. 벤야민은 근대 대도시가 야기한 도시 대중의 정신 상태를 '산만함'이라고 진단한다. 보통 '산만함'으로 번역되는 독일어 'Zerstreuung'은 '방심', '분산', '확산', '오락' 등의 의미, 즉 집중의 반대로서의 '(강한 정도의) 흩어짐'을 뜻한다. 이는 근대의 대도시가 사람들로 하여금 세계를 유기적으로 연결되어 있는 하나의 전체로서가 아니라, 분열되고 파편적인 대상

22) 황지우, 「끔찍한 모더니티」, 『문학과사회』, 1992년 겨울호, 1514쪽.
23) 이는 『나는 너다』에서 각각의 시 제목에 무작위 번호를 붙이는 데서도 알 수 있다.

들의 우연적인 집합으로 인식하게 만드는 현상과 관련된다. 스펙터클 (spectacle)의 도시 경험은 거주자를 이러한 분산되고 분열된 상태에 놓이게 함으로써 이들로 하여금 우연성이 공간의 생산원리이며, 따라서 이에 우연성으로 대응하게끔 유도한다.

이러한 파편성과 우연성의 지배에 대해 우려하는 철학자들과 달리, 벤야민은 바로 그와 같은 조건이 충족되어야만 '거리산보자'가 비로소 가능함을 피력한다. 우연한 조우가 만들어낸 휘황찬란한 아케이드 거리[판타스마고리아], '기술복제'가 받쳐주는 그 거리 속을 거닐면서 순간적으로 지나가는 이미지들과 군중들에 '녹아들며 즐기는', 그럼으로써 혁명의 가능성을 현실적으로 타진하는 산보자 말이다.

> 오늘도 나는 제5공화국에서 가장 낯선 사람으로./ 걷는다. 나는 거리의 모든 것을./ 읽는다. 안전 제일./ 우리 자본. 우리 기술. 우리 지하철. 한신공영 제4공구간./ 국제그룹사옥 신축 공사장. 부산뉴욕 제과점. (중략) 굴착기는 맹렬하게 아스팔트를 뚫고. 자갈을 뚫고. 암반을 뚫고./ 정신없이 퇴적층을 퍼올리는 포크레인이 그러나./ 의외로 곱고 새하얀 그 순결한 흙을 퍼올리는 포크레인이/ 지하 20 M에 있다는 것은./ 열정도 신념도 아닌. 연민이라는 것을./ 아는 사람으로서 나는./ 하지만 세상을 연민으로 바라보는 것을 자제해야 한다는 것을.
> —「활로를 찾아서」 부분[24]

이 시의 화자는 "제5공화국에서 가장 낯선 사람으로" 거리를 걷는다. 그러면서 "전봇대에 붙은 임신·치질·성병 특효약까지", 말 그대로 '닥치는 대로' 보고 기록한다. 그는 자신도 그 시대에 속한 자로서 "연민으로 바라보는 것을 자제"해야 함을 알지만, 그와 동시에 "아아아아아아

---

24) 황지우, 『새들도 세상을 뜨는구나』, 문학과지성사, 1983, 108—110쪽.

아 가엾어라"라고 그 감정을 토로해낼 수밖에 없음을 또 "아는 사람"이다. 그리고 이어지는 군상들, 은행에 쳐들어가 자폭한 청년과 정부에게 목 졸려 죽은 술집 호스티스, 한밤에 강도로 돌변한 방범대원, 술 취한 아버지를 망치로 죽인 아들, 노름꾼들을 검거했지만 정작 그 돈은 자신이 가진 형사, 여학생을 추행한 교사, "칼질 몽둥이질"을 하는 승려 등 '가엾은 군상들'이 뉴스의 헤드라인 형식을 통해 몽타주된다.

"제5공화국에서 가장 낯선 사람"이지만, 이렇게 거리에 난무하는 이미지들을 수집하고 기록하는 것은 그만큼 시대의 거리에 녹아든 사람임을 반증한다. 그래서 이때의 '낯섦'은 '녹아듦'과 '이질적임'의 이중 상태에 놓인 벤야민의 산보자와 일치한다. 벤야민에게 산보자는 두 층위로 존재한다. 하나는 당시 거리를 쏘다니며 자신의 노동력을 전시했던 사람들로서 산보자, 다른 하나는 보들레르(C. Baudelaire)로 대표되는 '산보자—작가'다. 전자는, 이를테면 보들레르가 「장난꾸러기」에서 묘사하는 신사, 즉 "장갑이 끼워지고 에나멜 칠로 번들거리고, 넥타이로 끔찍하게 목이 조여, 완전 신품 양복 속에 감금당한 멋쟁이 신사"다. 이 신사는 보들레르가 평소에 비판해마지 않았던 "프랑스의 모든 재기를 한 몸에 끌어 모은 것만 같"은 "으리으리한 바보"에 불과하다. 이런 자는, 물론 한편으로는 '거리산보자'이기는 하지만 '산만함'과 '방심' 상태에만 머물러 있기 때문에 그저 '노예'에 불과하다.[25]

파리의 도시 경험은 이러한 사람들을 양산했지만, 동시에 '틈—생성자'로서의 '거리산보자—작가'도 만들어냈다. 보들레르가 말하는 '거리산보자—작가'는, 일차적으로 보들레르 자신을 가리키는 것이겠지만,

25) 발터 벤야민, 황현산 외 옮김, 「보들레르 작품에 나타난 제2제정기의 파리」, 『보들레르의 작품에 나타난 제2제정기의 파리/보들레르의 몇 가지 모티프에 관하여 외』, 길, 2010, 127쪽.

「군중」이라는 시에서 말하듯이 도시의 군중과 접촉하면서도 그저 "공인된 착란"에 휩쓸리기만 하는 자가 아니다. '산만함'과 '방심' 상태에서 "군중을 즐긴다는 것"을 "하나의 예술"로 인정하고 "생명력의 잔치를 질펀하게 벌일 수 있는 자"이지만, 또한 "가장 완강한 고독자"로 "자신의 고독을 사람으로 가득 채울" 줄도, "분주한 군중 속에서 홀로 있을" 줄도 아는 자이기 때문이다.

황지우의 「활로를 찾아서」가 지향하는 것은 바로 이와 같이 단일한 의미 세계에 카오스적 탈—의미로 대응함으로써 '틈'을 만들어내는 자로서의 '산보자—작가' 의식이다. 그러한 '틈'이 다시 의미의 세계로 메워지면 산보자—작가는 또 다시 틈을 만들어내는 식으로, 그 과정은 무한히 반복된다. 그리하여 "정신없이 퇴적층을 퍼올리는 포크레인"은 벤야민적 의미에서 '발굴'이며 앞서 말한 '틈' 만들기로 읽을 수 있을 것이다. 뿐만 아니라 그것은 '섬광에 의해 얻어질 통찰',[26] 그리고 문학의 운명에 대한 알레고리로서도 읽을 수 있다. 황지우는 그러한 "흙을 퍼올리는" 것이 "연민"에 의한 것이라고 말한다. 즉 '구원'은 연민의 감정을 가지고 파편적이고 우연적으로 조우하고 명멸하는 이미지들 속에서 유영(遊泳)을 하는 와중에, '부지불식간에 오는' 것이다. 그것은 흩어진 수많은 별들이 '선긋기'(해석)를 통해 한 순간에 '성좌(Konstellation)'로서 드

---

26) "파묻힌 자신의 과거에 다가가고자 하는 사람은 발굴 작업을 수행하는 사람과 같은 태도를 취해야 한다. 무엇보다도 그는 거듭해서 동일한 사태로 되돌아가는 것을 주저하지 말아야 한다. 발굴할 때 흙을 흩뿌리는 것처럼 그 사태를 흩뿌려야 한다. 그리고 발굴할 때 땅을 헤집듯이 그 사태를 헤집어야 한다. 왜냐하면 '사태들'이란 조심스레 탐색할 때 비로소 발굴의 목적이었던 바로 그것을 내보이는 지층들에 다름 아니기 때문이다. 즉 '사태들'은 이미지들이다. 이 이미지들은 모든 이전의 관계망에서 떨어져 나와 우리들이 후에 얻게 된 통찰의 냉정한 방에 놓여 있는 귀중품들이다. 마치 수집가의 갤러리에 놓여 있는 상반신의 조각들인 토르소처럼." 발터 벤야민, 최성만 외 옮김, 「사유이미지」, 『일방통행로/사유이미지』, 길, 2007, 182—183쪽.

러나는 것과 같다.27) 당연하겠지만, 이 별들이 산포되어 있지 않으면 성좌는 불가능하다. 이것이 황지우와 벤야민이 도시 경험에 기반을 두고 작업한 이유다.

4. '바깥'과 '안'의 조우, 혁명의 시간과 「화엄광주」

황지우 시의 한 축이 몽타주 시라면, 다른 한 축은 낭만주의적 서정시라고 할 수 있다. 전자가 "말할 수 없음"에 대응하기 위한 편집적 기록이자 '보여주기'의 방법을 사용한 결과라면, 후자는 편집적 기록으로 드러난 '성좌'(이상적 세계의 비전)를 통상적인 방법으로도 말할 수 있을지를 실험한 결과다.28) 초기에 몽타주 시는 낭만주의적 형태의 서정시에 대조되는 식으로 드러나 한편으로는 이질성을 띠기도 한다. 기존의 연구들이 몽타주 시에 주목한 이유도 바로 이러한 이질성 때문이라고 할 수 있다. 그러나 그러한 특성은 몽타주 기법의 기계적인 적용에 의해 비롯된 것일 따름이다.

세 번째 시집인 『나는 너다』부터는 그와 같은 구도에서 점차 벗어나게 된다. 물론 『나는 너다』의 구성은 다분히 몽타주적이며, 『게 눈』의 「화엄광주(華嚴光州)」는 광주의 구체적 장소를 열거하는 식으로 그러한 기법을 이어나가는 것은 사실이다. 하지만 그 자체로 이상(理想) 세계의 비전에 대한 시적 설득력을 확보하고 있기 때문에 더 이상 다른 한 축에 '보완물'로서의 낭만주의적 형태의 시를 필요로 하지 않으며, 따라서 이 시기에 이르러서야 비로소 '명실상부한' 몽타주 시의 면모를

---

27) 발터 벤야민, 최성만 외 옮김, 「인식비판적 서론」, 『언어 일반과 인간의 언어에 대하여/번역자의 과제 외』, 길, 2008, 156-157쪽 참조.

28) 황지우 역시 성좌, 즉 별자리에 대해 자주 언급한다. 특히 「화엄광주」의 "사자좌"나, 『어느 날 나는 흐린 주점에 앉아 있을 거다』의 '시인의 말'("대낮에도 머리 위에 돌고 있을 별자리")에서 찾아볼 수 있다.

갖추었다고 말할 수 있다. 이때의 몽타주 기법이 초기시의 방식과는 다르게 사용되기 때문에 마치 『게 눈』 이후의 작업이 그로부터 이탈하는 것처럼 보이지만, 실은 황지우의 시력에 있어서 '몽타주 시'의 시작은 『게 눈』부터인 셈이다.

　서정시는 '현실과의 불화 및 자연과의 합일(혹은 동화)'이라는 기제를 갖는다. 현실에 대한 부정은 절망에서 오고, 절망은 희망적인 세계관이 전제되어 있지 않고서는 불가능한 포즈다. 첫 시집에서 이상세계는 "율도국"(「파란만장」)으로 형상화된다. 율도국은 홍길동이 조선을 떠나 세운 이상의 섬나라다. '조선'이 환기하는 것은 '신분제'와 '전제왕권'인 바, 황지우가 굳이 "율도국"을 언급하는 것은 한국의 상황이 그러한 조선과 다르지 않다는 인식 때문이라고 할 수 있다.29) 동시에 그것은 '물'의 신화적 상상과도 관련된다. 「초로와 같이」는 "상한 촛불을 들고 그대 이슬 속으로 들어가, 곤히, 잠들고 싶다"고 죽음 후에 오는 "환생(幻生)"을 말하면서, 그리고 「새들도 세상을 뜨는구나」는 "을숙도에서 일정한 군을 이루며" 날아오르는 새떼들과 "대한 사람 대한으로/ 길이 보전하세로/ 각각 자기 자리에 앉는" 화자의 모습을 선명하게 대비시키면서 '안/밖'의 구도를 만들어내는데, 이러한 경우들에도 마찬가지로 물과 관련된 상상력이 작동하고 있다. 즉 현실은 '안'이며 "율도국"과 "이슬 속", 그리고 흰 새떼들이 가는 "이 세상 밖 어디론가"는 '밖'이 되는 것이다. 아울러 '안'에서 '밖'으로 가는 길은 현실에서의 '죽음'("잠들"다, "뜨는구나" 등은 죽음을 환기)뿐이다.

---

29) 이와 비슷한 인식을 가진 시로는 「大正 15년 10월 11일, 동아일보」(『겨울—나무로부터 봄—나무에로』)가 있다. 이 작품은 일제강점 때 발간된 동아일보의 기사 부분을 그대로 실은 시다. 내용은 만세운동을 벌인 청년들이 일경(日警)들에게 잡혔다는 것이다. 시인은 이러한 기사를 그대로 시집에 실음으로써 일제강점기 상황과 현재(80년대 당시)가 별반 다를 것 없다는 비판을 하는 것이다.

『나는 너다』와 『게 눈』에서는 이러한 '안/밖'의 구도에 대한 탐구가 주조를 이룬다. 특히 그것은 집과 길의 관계 등으로 시화(詩化)된다. 이에 맞추어 『새들도』에서 볼 수 있는 것과는 다르게, 이후의 시집에는 '사막'과 '숲'이 주로 관여하게 된다. 두 번째 시집인 『겨울—나무』 표제와 동일한 제목을 가진 시에서, 나무는 "이게 아닌데 이게 아닌데"라고 외치며 "두 손 올리고 벌받는 자세"로부터, "온 혼으로 애타면서 속으로 몸 속으로 불타면서/ 버티면서 거부하면서", 그리하여 끝내 "꽃 피는 나무"로 스스로를 실현한다. 화자와 나무 사이의 거리는 단절되어 있지 않으며, 그러므로 이는 전형적인 서정시의 동화 논리에 의한 효과임을 알 수 있다.[30] 하지만 다분히 상상계적 단계(라캉)로부터 불러들인 이와 같은 신화적 상상력은, 그 순간적인 감동에 비해 추상성을 거두지 못해 논리적으로 지속되기 어렵다. 지속성을 담보하기 위해서는 '시적인 것'에 대한 탐구가 필연적으로 요구된다.

　　형식적 경계가 안 보이게 눈 내리고/ 겨울나무 숲은 내가 돌아갈 길을/ 온통 감추어버리고/ 인근 산의 적설량(積雪量)을 엿보는 겨울나무 숲/ 나는 내내, 어떤 전달이 오기를 기다렸다.
　　　　　　　　　　　　　　　　　　　　　—「145. 12월의 숲」 부분[31]

『나는 너다』에서 '길/집', '안/밖'의 구도를 찾는 것은 어렵지 않다. 이 시집은 반복적으로 길을 만들고 걷는 과정 속에서, 길은 지워졌다가 끝

---

30) "이게 아닌데 이게 아닌데"라는 목소리의 출처는 불분명하다. 이러한 언술을 통해 이 시는 동화를 성공적으로 수행해 낸다. 라캉식으로 말하면 이는 언술행위의 주체와 언술내용의 주체가 분리되지 않는, 즉 상상계 단계의 주체를 불러 옴으로써 작용하는 것이다. 앤터니 이스톱, 박인기 옮김, 『시와 담론』, 지식산업사, 1994, 74쪽.
31) 황지우, 『나는 너다』, 70쪽.

내는 시인 스스로 지워버려 결국 사라지는 것으로 귀결된다. 이 시의 화자는 "길을 온통 감추어버"린 겨울나무 숲에서 "내내, 어떤 전달이 오기를 기다렸다"고 말한다. 분명히 화자는 '움직였는데', 여전히 '기다릴 수밖에 없다.' 이것은 결국 움직이지 않은 것과 다름없다. 도달하고자 하는 '밖'은 '지금 여기'가 아닌 도대체 알 수가 없는 '(미래에) 도래할 저곳'이며("어떤 전달"), 그렇기 때문에 그것은 '오지' 않았고 앞으로도 오지 않을 것이기 때문이다. 다시 말해 "어떤 전달"은 저 "꽃피는 나무"와 다르지 않은 것이다.

황지우는 『겨울―나무』에서 '시적인 것'에 대해 언급한 바 있다. "그 <시적인 것>은 뭐라고 딱 말할 수는 없고, 딱 말할 수 없다는 점에서 그것은 어쩌면 <선적(禪的)인 것>과는 닿아 있는지도 모르겠다"고 말한 것이다.32) 이때 그가 "그 실례(實例)들"을 『전태일 일기』와 『임제록(臨濟錄)』에서 찾으려 했다는 것에 주목할 필요가 있다. 이는 각각 '혁명'과 '신학(神學)'이라고 할 수 있는데, 벤야민 철학의 주제어와 동일하다는 사실은 매우 흥미롭다. 무엇보다 『임제록』이 중요하다. 『임제록』은 선승(禪僧)인 임제의 어록을 담은 책이다. 임제는 '덕산(德山)의 봉(棒), 임제의 할(喝)'이라는 말에도 드러나 있듯 불립문자(不立文字)의 실천자로 알려져 있다. '진리'는 말로 전달되지 않는다는 것이다. 그러나 이는 진리가 그 어딘가에 실체(substance)로서 존재하고 그것이 단지 '말로만' 전달되지 않는다는 뜻이 아니라, 시 「겨울―나무로부터 봄―나무에로」가 보여주는 바와 같이 언어의 세계가 만들어낸 환상에서 벗어난 상태가 곧 '진리'라는 것을 가르쳐 준다.

즉 이로부터 언어를 통해 구성된 합일의, 동화의 순간은 기만이며,

---

32) 황지우, 『겨울―나무로부터 봄―나무에로』, 「버라이어티 쇼, 1984」의 말미에 붙어 있는 '시작 메모' 참조.

따라서 그러한 막연함을 종식시킬 실제적이고 구체적인 순간을 몽타주하고 시화할 때 오히려 혁명성과 구원이 가능하게 된다는 논리가 나오는 것이다. 『게 눈』은 "모든 길은 집에서 나오므로/ 모든 길은 집에서 떠나므로"(「집」)라는 인식, 사랑이란 "아픔을 낫게 하기보다는, 정신없이/ 아픔을 함께 앓고 싶어하는 것"(「늙어가는 아내에게」)이라는 인식과 같이 다분히 전복적인 인식을 거치고 난 후 「화엄광주」에 이른다.

> 그때에, 수미산(須彌山)에서 날아와 굳어 있던/ 무등산이 비로소 두 날개 좍악 펴고/ 우화승천(羽化昇天)하니, 정수리에 박혀 있던/ 레이다 기지 산산조각나는구나/ 땅에서는 환호성, 하늘에서는/ 비밀한 불꽃 빛 천둥 음악/ 마침내 망월로 가는 길목 산수(山水)에는/ 기쁜 눈으로 세상 보는 보리수 꽃들/ 푸르른 억만 송이, 작은 귓속말 속삭이고/ 오시는 때 맞춰 황금 깃털 수탉이 숲 위로/ 구름 당기(幢旗) 일으키며 힘차게 우는 계림(鷄林)/ 그때에 도둑, 깡패, 마약범, 가정파괴범,/ 국가보안법 관련자, 장기수 공산주의자들이/ 폭소를 터뜨리며 교도소 문을 나오고
> — 「화엄광주」의 '도청' 부분(후반부)[33]

「화엄광주」의 마지막 부분은 "레이다 기지"가 "정수리에 박혀" 있는 무등산을 비롯하여 사회적으로 소외된 타자들이 해방되는 순간을 시화한다. 이러한 타자들이 "폭소를 터뜨리며" 서로 어울리는 것은 카오스적 상황에 대한 미적 알레고리라고 할 수 있다. 그러나 이 부분만 놓고 본다면 그 이전에 황지우가 이미 당도하였던 지점(서정적 합일)에서 벗어나지 못한 것처럼 보일 것이다. 이 시가 중요한 이유는 몽타주 기법이 체화된 상태로까지 고양되어 나타남으로써 시적 상황에 대한 다

---

33) 황지우, 『게 눈 속의 연꽃』, 문학과지성사, 1990, 132—133쪽.

양한 파열선을 확보할 뿐만 아니라, 언술이 불가능한 이상 세계의 비전을 비로소 말할 수 있는 것으로 바꿀 실제적 근거의 일단(一端)을 찾아내어 교차시킨다는 데 있다. 그것은 "연민"(「활로를 찾아서」)에 의한 섬세한 시선이, 언어가 주는 상상계적 유혹에 빠지지 않도록 돕는 근거, 즉 '광주'라는 '장소(물리적)—공간(개념적)'및 그 표정(개별적 시민의 서사)과 만나기 때문이다.

「화엄광주」는 광주를 이루는 몇 군데의 장소를 파노라마식으로 조망하며 호명한다. "전남대학교 정문", "공용 터미널", "광주 공원", "광천동", "끝없이 북으로 뻗친 비단강(江)", "도청"이 그 목록이다. 화자는 시에서 "전남대학교"와 "공용 터미널"(현 롯데백화점 자리), "광주 공원"을 거쳐 "광주천"을 따라 "도청"(현 국립아시아문화전당 자리)에 이른다. 그리고 "광주천"에 이르러서는 그 물줄기를 따라 자리한 "무등야구장"과 "일신방직" 등을 차례로 언급한다. 여기서 '말하는' 자(화자)는 곧 '걷는' 자(산책자, 혹은 만보객)이며 '읽는' 자(도시 기호학자로서의 독자)다.

이러한 화자의 이동과 시를 통한 발화는 장소의 지형을 현재적으로 전유하며 서사를 접합시킴으로써 상호 관련성이 없는 곳들(혹은 사물들)에 연결성과 교감의 가능성을 부여한다. "전남대학교 정문"은 "선남선녀"로 지칭되는 학생들과, "종기투성이 쇠방망이를 휘두르며" 문을 막아서는 "헛것들"(전투경찰)의 대치를 보여주는 장소로, "공용 터미널"은 정류장의 특성인 "떠나고 돌아오고/ 돌아오고 떠나고"의 움직임으로 윤회(輪廻)의 운명과 그 상징인 "수레바퀴"가 아이가 돌리는 "자전거 뒷바퀴"와 겹치는 장소로 등장하는 식이다.

이러한 '전남대학교로부터 도청에 이르는 길'은 필연적으로 5·18을 환기하기 마련이다. 다름이 아니라 예를 들면 "광천동" 부분에는 "일신 방직공장"이 등장하는데, 화자는 여공의 목소리를 빌려 그네들의 모습에서 "세상은 죄다 사람들이 지은 거라고 쬐그만 들불로 비춰주었던 오빠"인 윤상원 열사의 흔적을 읽어내기도 한다. 5·18은 명실상부한 혁명이었다. '혁명'은 기존의 패러다임에서 설명되지 않는 요소를 기반으로 삼아 일어나면서 동시에 그것을 가시적으로 드러내는데, 5·18의 경우에 그것은 이른바 '절대 공동체'로 명명되어 왔다.[34] 그런 점에서 5·18은 현실적으로 보았을 때는 '실패'한 혁명이지만, 새로운 공동체의 가능성을 제시했기에 결코 실패라 말할 수 없는 것이다. 이런 점에서 이상 세계는 시인의 말처럼 '실재'했다고 볼 수 있다.[35] 즉 '오래된 미래'인 것이다.

그러나 이 시가 시화되는 시점에서, 5·18은 어디까지나 '과거'의 사건이다. 더군다나 그것이 '위대했던 순간'이었던 만큼, 이와 같은 환기는 단순히 '영광스러웠던 과거'를 소환하겠다는 의지의 형상화로 보일 여지가 충분하다. 하지만 이 시는 이미 그러한 우려를 불식시킬 시적 논리를 확보하는 데 성공한다. 이 시의 미학은 오히려 그러한 '혁명의 순간'이 그저 은폐되어 있을 뿐 '지금, 그리고 여기'에 잠재성으로서 존재하고 있다는 사실을 자각한 데서 발생한다.

약속 시간이 훨씬 지났는데도/ 온다던 사람 아직 보이지 않고/ 기다리다 못해 사자좌에서 일어난 사자/ 몸을 털며 크게 포효하니 고막이 찢어지게/ 하늘이 번개표 모양으로 찢어지고/ 이윽고, 꽃이 되었다가 별이 되었던/ 돌, 우박 떨어지는구나/ 이 비에 사람이 어떻게 오

34) 최정운, 『오월의 사회과학』, 오월의봄, 2012, 171쪽 이하 참조.
35) 황지우, 『사람과 사람사이의 신호』, 33쪽 이하 참조.

라만/ 때로 진실은 약속을 깸으로써 오기도 하지/ 우리가 간절하게
기다리는 건/ 우리가 기다리는 동안에 가장 온전하게, 와 있듯이/ 이
비 그치면/ 이 비 그치면

— 「화엄광주」의 '도청' 부분(전반부)36)

"약속 시간이 훨씬 지났는데도/ 온다던 사람 아직 보이지 않고/ 기다
리다 못해 사자좌에서 일어난 사자"는 "우리가 간절하게 기다리는 건/
우리가 기다리는 동안에 가장 온전하게, 와" 있다는 자각에 의해 일어
서는 존재다.

이러한 자각은 같은 시집의 잘 알려진 시 「너를 기다리는 동안」에서
'기다림'에 대해 중점적으로 다루어진 결과로 나온 것이다. 이 시의 첫
부분에서 화자는 사랑의 대상인 "너"를 기다리고 있다. "네가 오기로
한 그 자리"는 약속의 장소이며, 그러한 '약속'이 전제하는 것은 '믿음'
이다. 말하자면 시적 대상인 "너"는 언젠가는 끝내 도래할, 도래하고 말
것이라는 강한 믿음을 전제로 화자에게 의미화되는 존재인 것이다. 그
렇기 때문에 화자는 "미리 가 너를 기다"린다. 하지만 "너"는 오지 않
는다. "문을 열고 들어오는 모든 사람이/ 너였다가/ 너였다가, 너일 것
이었다가" 익명의 누군가로 대치되며 반복되는 '확인'과 '실망' 속에
서, 문득 화자는 이 "사랑하는 이"를 더 이상 기다리지 않겠다고 말한
다. 그리하여 화자는 지금까지 자신이 몸담고 있던 폐쇄적 공간에서 벗
어나, '밖'으로부터 들어오는 발자국들을 따라 "너에게 간다." "어떤 전
달"(「145. 12월의 숲」)이 오길 기다리지 않겠다는 것이다. 왜냐하면
'밖'으로부터 올 메시지는 기다림이라는 행위 자체를 통해 이미 '안'에,
우리와 함께 있기 때문이다. 벤야민은 다음과 같이 말한다.

---

36) 황지우, 『게 눈 속의 연꽃』, 134쪽.

과거는 그것을 구원으로 지시하는 어떤 은밀한 지침(指針)을 지니고 있다. 우리 스스로에게 예전 사람들을 맴돌던 바람 한 줄기가 스치고 있지 않은가? 우리가 귀를 기울여 듣는 목소리들 속에는 이제는 침묵해버린 목소리들의 메아리가 울리고 있지 않은가? (중략) 만약 그렇다면 과거 세대의 사람들과 우리 사이에는 은밀한 약속이 있는 셈이다. 그렇다면 우리는 이 지상에서 기다려졌던 사람들이다. 그렇다면 우리에게는 우리 이전에 존재했던 모든 세대와 미약한 메시아적 힘이 함께 주어져 있는 것이고, 과거는 이 힘을 요구하고 있는 것이다.[37]

이 "메시아적 힘"은 "휙 지나가는", "과거의 진정한 이미지"를 "섬광 같은 이미지"로서 붙잡는 힘이다.[38] 프루스트가 『잃어버린 시간을 찾아서』에서 보여주고 벤야민이 읽어내었듯이, 이런 종류의 기억은 사람들이 살았고, 또 살고 있는 특정한 장소에 깃들어 있다.[39] 황지우가 이 시에서 엮어낸 길과 장소들은 당시로서도, 그리고 그 이후 그 사건을 기억하기 위한 추모 행렬에 있어서도 중요한 길이요, 장소다. 이러한 공간을 전유하는 행위는 다름 아닌 '기억을 기억하는' 행위이며, 바로 그러한 신체적 차원의 행위 속에서 과거의 기억은 '지금 여기'에 머물게 된다. 그것이 곧 '구원'이고 '우리의' 혁명인 것이다. 지금 이 순간이 메시아적 시간이라는 사실을 아는 그 깨달음 말이다. 그리하여 첫 시집에서 시적 아포리로서만 작용할 수밖에 없었던 "율도국"이 이 시에 이르러 이상향으로서 비로소 현재화를 이루어내는 한 방법을 획득하게 된다.

---

37) 발터 벤야민, 최성만 옮김, 『역사의 개념에 대하여/폭력비판을 위하여/초현실주의 외』, 길, 2008, 331–332쪽.

38) 위의 책, 333쪽.

39) 마이크 새비지, 「발터 벤야민의 도시 사상: 비판적 분석」, 마이크 크랭·나이절 스리프트, 최병두 옮김, 『공간적 사유』, 에코리브르, 2013, 81쪽.

5. 결론

앞서 살펴보았던 것처럼, 황지우의 시가 당도한 지점은 최근 다시 관심사로 떠오르는 '문학과 정치'의 문제에서 '문학―정치'의 가능성을 보여준다.[40] 그의 시는 평범했지만 위대했던, 아니, 평범했기 때문에 위대할 수 있었던 사람들―"사자"는 불성(佛性)을 뜻하는데, 불교에서는 불성이 모든 사람들에게 내재해 있다고 본다―을 호명함으로써 현실의 요구되는 희망과 도래할 비전 사이의 간극을 실제적으로 메울 가능성을 얻는다. 그것은 단순히 '영광스러웠던 과거'를 소환하겠다는 의지의 형상화가 아니라, 오히려 그러한 순간이 은폐되어 있을 뿐 '지금, 그리고 여기'에 잠재성으로서 존재하고 있다는 사실을 자각한 데서 발생한다. 그런 점에서 황지우의 시는 '호명'이며, 이는 일찍이 벤야민이 말한 바 있는 "과거의 진정한 이미지", "인식 가능한 순간에 인식되지 않으면 영영 다시 볼 수 없게 사라지는 섬광 같은 이미지"를 포착하려는 시도라고 할 수 있다.[41] 이것이 우리가 오늘날 '문학과 정치' 담론에서 황지우의 시 작업을 염두에 두어야 할 이유다.

혹자는 그럼에도 불구하고 적어도 『어느 날』에서 보여주는 황지우의 시 작업은, 위에서 다룬 것과는 사뭇 다른, 패배적이고 우울한 메시

---

40) "지금 문학이 당면한 일은 정치에 다가가는 것이 아니라 어떻게 다가가는가, 라는 자세의 (유동적) 성립으로서의 방법론이다. 그 점에서 오늘날 정치에 다가가고 있는 문학이 가진 결정적인 문제는 정치의 담론에 자발적으로 통합되어 가고 있다는 것이다. 그 통합 속에서 문학의 언어는 점점 더 공격적 모놀로그로 도구화되면서 사색의 깊이를 상실하고 있다." 정과리, 「문학과 정치 사이의 어떻게 ― 점점 더 정치의 시녀가 되어가는 문학을 근심하며」, 『쓺』 제5호, 문학실험실, 2017, 62쪽.

41) "헤겔의 진화론적 시간 개념과 반대로 벤야민은 이전과 지금 사이의 동시적 관계, 연속적인 것과 일시적인 것 사이의 동시적 관계인 지금 시간die Jetzt으로서의 변증법을 언급한다." 강재호, 「모더니스트의 스펙터클: 발터 벤야민과 문화 비판」, 홍준기 외, 『발터 벤야민: 모더니티와 도시』, 라움, 2010, 105쪽.

지의 자의식 과잉의 구성물로, 그래서 실패한 것으로 보기도 한다. 하지만 그러한 특성은, 마치 문학 텍스트에서의 위선과 위악처럼, 어디까지나 문학적 전략으로서 읽혀져야 마땅하다. 벤야민은 보들레르가 보여주는 사탄에의 추종(「사탄 연도」)이, 한편으로는 "보들레르가 자신의 무신앙을 가지고 치러야 했던 전투의 진정한 내깃돈"이라고 평한다.[42] 그것은 벤야민이 보기에 일종의 구원을 향한 문학적 전략 행위였던 것이다. "사람이 사악하면 결코 용서받을 수 없는 일이지만, 자신이 사악함을 안다는 것은 어느 정도 장한 일이다. 그러니 악덕 가운데서도 가장 돌이킬 수 없는 것은 어리석음에서 악을 저지르는 것이다"(「위조화폐」)라고 말하는 구절에서 볼 수 있는 것처럼, 보들레르에게 '악'은 방편으로서 자리한다. 황지우의 과장된 우울과 죽음에 대한 강박, 그리고 자의식 과잉 등은 그러한 기제에서 읽어낼 때 비로소 정당하게 읽을 여지가 마련된다고 하겠다.

---

42) 발터 벤야민, 「보들레르 작품에 나타난 제2제정기의 파리」, 앞의 책, 63쪽.

김민수, 「황지우 시 연구 — 전위성을 중심으로」, 조선대 석사논문, 2007.

김윤식, 「4·19와 한국문학 — 무엇이 말해지지 않았는가?」, 『사상계』 통권204호, 1970.4.

김은철, 「심미적 현대성의 시학 — 황지우 시의 미학」, 연세대 석사논문, 2003.

김현, 『젊은 시인들의 상상세계/말들의 풍경』, 문학과지성사, 1992.

김홍진, 「부정과 전복의 시학 — 황지우의 『새들도 세상을 뜨는구나』를 중심으로」, 『한민족문화연구』 제17집, 한민족문화학회, 2005.

네그리, 안토니오·하트, 마이클. 정남영·윤영광 옮김, 『공통체』, 사월의책, 2014.

데리다, 자크. 정승훈 외 옮김, 『문학의 행위』, 문학과지성사, 2013.

레이코프, 조지. 나익주 옮김, 『폴리티컬 마인드』, 한울, 2012.

문은강, 「황지우 초기 시 연구」, 한양대 석사논문, 2017.

박수연, 「현대시의 영상적 주체구성과 시각구조 — 황지우의 시를 중심으로」, 『어문연구』 제44집, 어문연구학회, 2004.

박정희, 『한국 국민에게 고함』, 동서문화사, 2005.

방두종, 「1980년대 황지우 해체시 재인식」, 동국대 석사논문, 2015.

버네이스, 에드워드. 강미경 옮김, 『프로파간다』, 공존, 2009.

벤야민, 발터. 최성만 옮김, 『기술복제시대의 예술작품/사진의 작은 역사 외』, 길, 2007.

벤야민, 발터. 최성만 외 옮김, 『일방통행로/사유이미지』, 길, 2007.

벤야민, 발터. 최성만 옮김, 『역사의 개념에 대하여/폭력비판을 위하여/초현실주의 외』, 길, 2008.

벤야민, 발터. 최성만 외 옮김, 「인식비판적 서론」, 『언어 일반과 인간의 언어에 대하여/번역자의 과제 외』, 길, 2008.

벤야민, 발터. 황현산 외 옮김, 『보들레르의 작품에 나타난 제2제정기의 파리/보들레르의 몇 가지 모티프에 관하여 외』, 길, 2010.

뷔르거, 페터. 최성만 옮김, 『아방가르드의 이론』, 지식을만드는지식, 2009.

슈미트, 칼. 김항 옮김, 『정치신학』, 그린비, 2010.

아감벤, 조르조. 양창렬 옮김, 『장치란 무엇인가/장치학을 위한 서론』, 난장, 2010.

여지선, 「황지우론 — 시론과 시작의 연계성을 중심으로」, 『겨레어문학』 제26집, 겨레어문학회, 2001.

윤한철, 「황지우 시의 창작 방법론 연구 — 낯설게하기를 중심으로」, 중앙대 석사 논문, 2004.

이명준, 「황지우 시의 전략적 성과」, 세명대 석사논문, 2004.

이스톱, 앤터니. 박인기 옮김, 『시와 담론』, 지식산업사, 1994.

이형권, 「80년대 해체시와 아버지 살해 욕망: 황지우, 박남철, 장정일의 시를 중심으로」, 『겨레어문학』 제26집, 겨레어문학회, 2001.

정과리, 「문학과 정치 사이의 어떻게 — 점점 더 정치의 시녀가 되어가는 문학을 근심하며」, 『쓺』 제5호, 문학실험실, 2017.

최정운, 『오월의 사회과학』, 오월의봄, 2012.

크랭, 마이크 · 스리프트, 나이절. 최병두 옮김, 『공간적 사유』, 에코리브르, 2013.

푸르스트, 릴리안. 이상옥 옮김, 『낭만주의』, 서울대출판부, 1987.

홍준기 외, 『발터 벤야민: 모더니티와 도시』, 라움, 2010.

황지우, 『새들도 세상을 뜨는구나』, 문학과지성사, 1983.

황지우, 『겨울—나무로부터 봄—나무에로』, 민음사, 1985.

황지우, 『사람과 사람사이의 신호』, 한마당, 1994.

황지우, 『게 눈 속의 연꽃』, 문학과지성사, 1990.

황지우, 『나는 너다』, 문학과지성사, 2015.

황지우, 「끔찍한 모더니티」, 『문학과사회』, 1992년 겨울호.

벤야민 사유로
김녹촌 동시의 현재성 읽기

정다운

1. 머리말

4차 산업혁명 시대로의 진입은 인간의 삶에 또 다른 전환점을 마련하였다. 빅데이터를 기반으로 하는 새로운 시대는 초연결(hyperconnectivity)과 초지능(superintelligence)이라는 막강한 힘으로, 전(前)시대의 시공간적 한계에 도전한다. 사람들은 더 이상 내가 필요한 것을 얻기 위하여 직접 상점에 찾아가서 제품을 비교하고 선택하는 수고를 하지 않아도 된다. 인공지능이 나의 소비 패턴을 파악하여 나에게 최적화된 맞춤형 제품을 인터넷 광고 배너로 깜빡깜빡 제시하면, 컴퓨터 마우스 클릭 한 번으로 물건을 집까지 배송 받을 수 있기 때문이다. 더 이상 문학을 소비하기 위하여 서점에 직접 가서 종이 책을 들춰보지 않아도 된다. 또 빽빽하게 가득 차 있는 책장에 새로운 책을 꽂기 위해서 씨름할 필요도 없다. 스마트폰 터치 몇 번으로 가상의 공간에서 책을 구입하고 보관할 수 있기 때문이다. 가장 놀라운 것은 혁명적인 시대로의 진입에 대중들이 거부감을 보이기보다 엄청나게 빠른 속도로 적응하고 있다는 것이다. 인류 역시 진화했기 때문일까? 그보다는 사람들의 인식 기저에 역사는 발전해 왔고, 앞으로도 계속 발전해갈 것이라는 믿음이 굳건히 자리하고 있기 때문이다. 다시 말해 인공지능과 사물인터넷(IOT)을 앞세운 새로운 시대가 앞으로도 우리를 발전된 시대로 이끌어줄 것이라는 맹목적인 믿음이 있기에 가능한 것이다.

독일의 평론가 발터 벤야민(Walter Benjamin)은 지난 몇 세기 동안 이어져온 맹목적인 믿음에 균열을 일으킨다. 근대 이후로 인간은 과학 기술과 문명의 발전으로 모든 형태의 문제를 극복할 수 있다고 자신했다. 하지만 벤야민에게 있어서 이는 현재를 망각하고 과거의 시간에만 매몰되어 있는 모순된 자신감이다. 자본주의가 만들어낸 마술환등(Phantasmagorie)의 환영은 사람들로 하여금 역사를 왜곡하여 수용하도록 방치하였다. 벤야민은 과거—현재—미래라는 선적 시간 개념 자체에 의문을 던지며, "역사는 구성의 대상이며" 역사를 구성하는 장소는 "균질하고 공허한 시간이 아니라 지금시간(Jetztzeit)으로 충만된 시간"[1]이라는 새로운 역사 개념을 표명했다. 그가 강조하는 '지금시간'은 서로 다른 시간들을 현재에 순간적으로 겹쳐서 기존 역사의 연속성을 단절시키는 충만한 시간으로, 역사에서 의도적으로 지워졌던 것들을 다시 복원시키는 계기를 마련해 준다. 이러한 벤야민의 '현재성' 사유는 본 글에서 중심 텍스트로 삼고자 하는 김녹촌[2]의 동시(children's poem)[3]를

---

1) 발터 벤야민, 「역사의 개념에 대하여」, 최성만 옮김, 『발터 벤야민 선집5: 역사의 개념에 대하여 외』, 도서출판 길, 2015, 345쪽.
2) 김녹촌(金鹿村)의 본명은 김준경이다. 1927년 전라남도 장흥에서 출생하였고, 1947년 광주사범학교를 졸업한 후 장흥 부산초등학교에 부임하여 45년 동안의 교직생활을 했다. 1968년 『동아일보』 신춘문예에서 동시 「연」이 당선되며 등단했다. 이후 1969년 동시집 『소라가 크는 집』을 시작으로 동시집, 동요집, 동화책, 글쓰기 이론

새롭게 읽을 수 있는 중요한 열쇠가 된다.

김녹촌의 동시[4]는 일반적으로 "리얼리즘을 추구하면서도 미래에 대한 꿈과 낭만의 세계를 노래"[5]한 것으로 평가된다. 그의 작품은 세상의 아름다움만을 노래하는 기존 아동 문학 작품들과 확실하게 구분된다. 동심의 순수성을 강조하며 현실의 고통을 지우지 않고, 오히려 현대 문명의 발달 속에서 소외된 이들을 작품 속 주요 화자로 등장시킨다. 그리고 전쟁, 기술 혁명, 자본의 유입으로 직면하게 된 시대의 어려움을 고스란히 그려낸다.

이 글의 목적은 「역사의 개념에 대하여」[6]에 담긴 벤야민의 사유를

서, 수필집 등 다수의 책을 펴내고, 한국어린이문학협의회 회장으로 활동하는 등 적극적인 문학 활동을 했다. 2012년 85세의 나이로 별세했다.

3) 아동문학은 어른의 시각으로 아동의 삶 전반을 사유하는 특수한 문학 장르이다. 벤야민은 『베를린의 어린 시절』, 『일방통행로』 등의 저서에서, 현재에서 발견한 파편을 경유하여 어린 시절의 이야기를 '지금 여기'에 불러오는 글쓰기 전략을 사용한다. 아동문학을 주도하는 작가군 역시 벤야민과 비슷한 구조 안에서 작품 활동을 한다. 현재에서 우연히 마주친 파편에서 아동의 이야기를 하게 되는데, 여기에 자신의 어린 시절의 기억이 문학 작품의 주요 모티브 혹은 이미지리로 소환하게 된다. 이는 현재에 과거를 소환하여, 독특한 구조로서의 기억하기를 작동시키는 벤야민의 글쓰기와 닮아 있다고 할 수 있다.

4) 김녹촌은 1969년부터 『소라가 크는 집』(손춘익 공저, 보성문화사), 『쌍안경 속의 수평선』(한빛사, 1974), 『동시선집1』(신현득 공저, 교학사, 1978), 『언덕배기 마을 아이들』(범아서관, 1982), 『산마을의 봄』(인간사, 1984), 『태백산 품 속에서』(웅진, 1985), 『진달래 마음』(대교문화, 1987), 『꽃을 먹는 토끼』(창작과 비평, 1988), 『꽃 앞에서』(그루, 1990), 『한 송이 민들레야』(대교출판, 1994), 『독도 잠자리』(파랑새 어린이, 2004), 『바다를 옆에 모시고』(온누리, 2006) 총 12권의 동시집을 발간하였고, 재수록된 작품을 제외하면 총 488작품을 발표하였다.(정다운, 「김녹촌 동시 연구」, 전남대 석사논문, 2014, 7쪽)

5) 정다운, 위의 글, 4쪽.

6) 본 연구에서는 『발터 벤야민 선집5: 역사의 개념에 대하여 외』(발터 벤야민, 최성만 옮김, 도서출판 길, 2015, 327-350쪽)에 실린 「역사의 개념에 대하여」를 인용한다. 추후 인용된 부분을 확인할 때의 편의성을 위하여, 선집에 명시된 글의 번호를 앞쪽에 괄호로 표시한다.

빌려와 김녹촌 동시에 내포되어 있는 의미를 '현재성'을 중심으로 새롭게 구성해보는 데에 있다. 먼저 2장에서는 그동안 역사에서 지워졌던 소외된 사람들이 '지금시간'으로 복원되어 다시 충만한 현재를 구성하는 양상을 살펴본다. 그리고 3장에서는 연날리기를 통하여 생성된 성좌 구조가 경험하게 하는 메시아적 시간을 짚어보고자 한다. 이는 시대를 비판하고 소외된 사람들의 이야기에 주목하는 김녹촌의 동시가, 실제 독자에게 영향을 미치며 자신의 문학적 가치를 어떻게 증명하는지를 확인할 수 있는 작업이 될 것이다. 더불어 그의 작품 기저에 자리 잡고 있는 문학의 정치성을 경험할 수 있는 하나의 시도가 될 것이라 기대한다.

2. 소외된 이들로 구성된 충만한 지금시간

자본의 발전은 황홀하고 번쩍이는 마술환등의 환영을 만들었고, 역사를 직시하는 대중의 시선을 가려버렸다. 연속적이고 지속적으로 발전할 것이라는 역사를 향한 굳건한 믿음은 실패와 좌절의 기억들을 꽁꽁 싸매어 저편으로 던져 버렸고, 점차 억압된 이들의 목소리는 잊혀졌다. 벤야민은 환영에 가려져 흐릿해진 억압의 파편들을 해방시키고자 하였고, 진정한 역사의 구성은 숨겨진 이면을 들춰서 현재 우리를 향하게 하는 것이라고 생각했다. 연속과 진보라는 역사의 가상을 파괴하고, 변증법적인 이미지로 앞세울 수 있는 진정한 역사의 이미지를 구성하기를 바랐던 것이다.

진정한 역사의 이미지를 구성하는 데에 문학은 분명 특별한 역할을 수행할 수 있다. 문학에는 그동안 지워졌던 역사의 주체들을 다시 복원시킬 수 있는 실마리가 남아있기 때문이다. 여기서 문학작품의 해석과 관련된 벤야민의 사유를 떠올릴 수 있다. 벤야민에게 있어서 문학작품의 해석은 문학작품을 둘러싼 사실들을 역사적 자료로 삼아 실증주의적으로 확정하는 일도 아니고, 수용자의 일시적이고 우연적인 인상을 기술하는 일도 아니었다. 특히, 한 문학작품에 담겨 있는 초시대적인 영원한 정신적 가치를 구하는 것은 더더욱 아니었다. 오히려 벤야민은 그 작품이 지금 여기서 우리에게 말해주는 바를 물을 수 있는 '현재성 (Aktualität)'을 중시했다. 그때그때 시간적 제약 속에 있는 주체가 자신이 처한 현재에 대한 역사적 문제의식을 가지고 대상과 만나는 데서 문학작품의 해석이 생겨날 수 있다고 생각했던 것이다. 다시 말해, 벤야민이 생각하는 문학이 수행해야하는 시대적 과업은 '지금시간', '인식 가능성의 현재'에 유의미한 물음을 던지고 답을 찾을 수 있는 것이었다.[7]

김녹촌의 작품에서도 위에서 언급된 '현재성'을 발견할 수 있다. 시인의 동시는 먼저 소외된 이들을 지금시간에 깨우는 것에서부터 시작된다. 자본주의와 전쟁을 바탕으로 생긴 도시 문명의 발달은 전통 생활 공동체인 촌(村)에서 살았던 사람들을 주된 역사에서 소외시켰다. 어느새 도시는 삶의 중심이 되었고, 촌에 살았던 사람들의 삶은 외곽으로 밀려나 억압된 것이다. 하지만 김녹촌의 동시는 도시 문명의 등장으로 인해, 주변으로 밀려난 사람들을 다시 텍스트 중심 이미지로 가져온다. 이는 농촌에서 태어나 자라고 산촌과 어촌에서 교직 생활을 이어가며 촌사람들의 긍정적인 삶을 경험했던 시인의 지각이, 시를 쓰고 있던 순간에 의식적으로 발현한 것으로 보인다.

---

7) 최성만, 「발터 벤야민의 역사철학적 구제비평」, 『발터 벤야민 선집5: 역사의 개념에 대하여 외』, 도서출판 길, 2015, 15－18쪽 참고.

처다보면 층층이
높은 사람들
모두가 잘난 체 으스대고
너무 매정해,

아무래도 농부 편이
될 수 없는 사람들이기에
아예 딱 고개 처박고
땅만 보고 걷는다.

— 김녹촌, 「농부1」, 『태백산 품 속에서』 일부

동시 「농부1」에서 제시되는 도시 이미지는 농부를 억압시키는 기제로 작동된다. 층층이 높은 건물 같은 도시 사람들은 "모두가 잘난 체 으스대고 / 너무 매정"해서 "농부 편이 / 될 수 없는 사람"들이다. 하늘에 가까운 도시와 땅에 가까운 촌의 거리감만 부각시키는 존재들이다. 인용된 구절은 주로 도시에 사는 사람들의 묘사가 나타나는 부분이다. 하지만 여기에 '농부'와 '땅'이라는 외곽의 이미지를 '지금시간'에 중첩시키며 그동안 잊혀진 과거의 것들을 떠올리게 한다. 이를 통해 작품을 접하는 독자는 "고개 처박고 / 땅만 보고" 걷고 있는 도시 사람들과 '농부'로 대표되는 촌사람들의 이미지를 함께 재구성하여, 진짜 중요한 것이 무엇인지를 생각해보게 된다.

(2)역사가 대상으로 삼는 과거라는 관념도 사정이 이와 마찬가지다. 과거는 그것을 구원으로 지시하는 어떤 은밀한 지침(指針)을 지니고 있다. 우리 스스로에게 예전 사람들을 맴돌던 바람 한 줄기가 스치고 있지 않은가? 우리가 귀를 기울여 듣는 목소리들 속에는 이제는 침묵해버린 목소리들의 메아리가 울리고 있지 않은가? 우리가 구애

하는 여인들에게는 그들이 더는 알지 못했던 자매들이 있지 않을까? 만약 그렇다면 과거 세대의 사람들과 우리 사이에는 은밀한 약속이 있는 셈이다. 그렇다면 우리는 이 지상에서 기다려졌던 사람들이다. 그렇다면 우리에게는 우리 이전에 존재했던 모든 세대와 미약한 (sctwach) 메시아적 힘이 함께 주어져 있는 것이고, 과거는 이 힘을 요구하고 있는 것이다.

— 발터 벤야민, 「역사의 개념에 대하여」의 일부

과거에는 현재 우리를 구원할 수 있는, 그래서 우리 시대의 해답을 찾을 수 있는 "어떤 은밀한 지침"이 내포되어 있다. "바람 한 줄기"처럼 스쳐가는 과거를 통해 이 시대의 문제를 해결할 수 있는 메시아적 힘을 얻을 수 있는 것이다. 우리는 과거 세대의 사람들로부터 은밀한 힘을 전수받기 위하여 "지상에서 기다려졌던 사람들"이다. 어쩌면 "잘난체 으스대고" 있었던 도시 사람들도 또 지금 동시를 읽고 있는 독자들도 사실은 과거 세대의 은밀한 힘을 전수받기 위해 기다려온 사람들일 수 있다. 김녹촌 동시를 통해 새로운 시대의 문제를 해결할 수 있는 메시아적 힘이, 자본의 중심에서 살고 있는 도시 사람들이 아니라 오히려 땅의 기운을 받아 굳건하게 전통적 가치를 지켜오던 촌사람들을 통해 주어질 수 있다는, 생각의 전환을 가능케 하는 그 자체가 벤야민이 강조했던 진정한 현재성이 발현되는 순간일 것이다.

이처럼 김녹촌 동시에서는 역사 안에서 누구도 들어주지 않았던 소외된 이들의 억압된 목소리들이 봇물처럼 쏟아진다. 사실 벤야민이 이야기하는 메시아는 어떤 실체가 있는 구체적인 존재가 아니다. 오히려 역사의식을 지니고 있는 집단을 가리키는 것으로, 어느 한 개인이 아닌 수많은 목소리가 중첩된 다성의 이미지를 말한다. 김녹촌 동시에 등장하는 사람들도 사실은 어느 한 개인이 아닌 억압받았던 수많은 이들의 목소리가 중첩된 결과이다. 보살필 식구가 많지만 UR 등쌀에 한숨만 나오는 농부 아저씨(「조상의 피땀어린 땅이기에」, 『한 송이 민들레야』), 강원도 깊은 산골 탄광 마을에서 홀로 삼남매를 기르시는 어머니(「밭매기」, 『꽃을 먹는 토끼』), 평생을 고기만 잡다가 늙었는데도 반겨 줄 식구 하나 없는 어부 할아버지(「어부 할아버지」, 『산마을의 봄』) 등에 나타난 소외된 이들의 이야기는 분명 그동안 아동문학의 테두리 안에서 누구도 주목하지 않는 억압된 목소리였다. 역사의 현장으로 다시 소환된 이들로 겹쳐진 '지금시간'은 그 무엇과도 비교할 수 없는 충만한 역사를 구성하게 한다.

텅 빈 골짜기 가죽나무에
댕그란이
까치 집 까치 집만
혼자 남았네.

산중에 사는 걸 몹시 부끄러워하고
텔레비에 수돗물 마시며 사는 걸
항상 부러워하던
그 사람들.

아무리 뼈빠지게 일하여도
비료값 농약값이 되지 않는다고
노상 푸념하던
그 사람들.

(중략)

꿩알 줍기

토끼 잡이 잘하던 방우는
공작 직공이 되었을까
식당 보이가 되었을까

나물 캐기 밭매기도 잘하고
산골 떠나기를 싫어하던 순이는
낯선 거리에서 지금은
무엇을 할까
무엇을 하고 있을까
— 김녹촌, 「빈 산마을에」, 『산마을의 봄』 일부

산마을에는 "흙집과 산밭은 내버려 둔 채" 도시로 도망치듯 이주한 사람들이 남긴 빈집만이 덩그러니 있다. 산사람들은 "대대로 땀내 묻은 / 지게며 도리깨 맷돌 절구통 / 멍석 등장 쇠죽통 가마솥"까지 모두 버리고 도망쳐 버렸다. 까치집만 홀로 남은 버려진 공간은 도시 문명을 부러워하고 촌사람들의 삶을 노상 푸념하던 과거의 "그 사람들"로 '지금시간'을 채운다. 그리고 동시에 "텔레비", "수돗물", "공장 직공", "식당 보이", "낯선 거리" 등의 도시 이미지를 '지금시간'에 함께 중첩시킨다. 이렇게 채워진 현재는 지금 우리의 삶이 비상 사태임을 깨닫게 한다.

이렇게 과거와 현재의 이미지를 중첩적으로 제시하는 것은 지속적인 시간의 관념을 부정하게 한다. 억압된 자들을 깨워 서로 다른 시간의 순간들과 불연속적인 시간에 배치하는 것은 역사의 연속성을 단절시키는 중요한 작업인 것이다. 시간의 정지와 제한으로 중첩된 수많은 이미지는 독자로 하여금 충만한 현재에 닿게 하고, 동시에 메시아적 시간이 분출되는 순간을 경험하게 한다.8)

---

8) 박진우, 「파국의 시대와 "지금 시간(Jetztzeit)": 발터 벤야민과 사도 바울의 새로운

(6)과거를 역사적으로 표현한다는 것은 그것이 '원래 어떠했는가'
를 인식하는 일을 뜻하는 것이 아니다. 그것은 위험의 순간에 섬광처
럼 스치는 어떤 기억을 붙잡는다는 것을 뜻한다. 역사적 유물론의 중
요한 과제는 위험의 순간에 역사적 주체에게 예기치 않게 나타나는 과
거의 이미지를 붙드는 일이다.

— 발터 벤야민, 「역사의 개념에 대하여」의 일부

벤야민은 독자로 하여금 작품 안에서 과거 이미지를 발견하는 목적
을 과거가 원래 어떠했는지를 추적하는 데에 두지 않는다. 오히려 "위
험의 순간에 섬광처럼 스치는 어떤 기억을 붙잡아" 현재의 문제를 해결
하는 실마리로 삼도록 한다. 「빈 산마을에」는 아이들의 이름을 호명하
는 것과 태곳적부터 이어져 온 자연을 의인화하는 것으로 과거의 기억
을 정지시킨다. "방우"와 "순이"를 부르는 행위는 도시 문명과 촌 생활
의 몽타주적 이미지를 만들 수 있는 충만한 '지금시간'을 생성한다. 또
한, 빈터에서 도시로 떠난 산사람들을 기다리는 "담배밭 보리밭", "천
년을 마셔도 또 남을 / 옹달샘 맑은 물" "아침 저녁 / 카랑하게 우는 까
치 울음", "안타까운 산메아리"의 이미지는 과거의 영광스러운 기억을
제시하며, 억압된 이들이 구원되는 메시아적 시간을 경험할 수 있는 준
비를 하게 한다.

3. 연날리기로 실현되는 메시아적 시간

소외된 이들이 작품 속에서 각성, 즉 '깨어나는 것'은 벤야민이 강조
하는 역사 서술의 핵심이다. 그는 억압과 불편으로부터 벗어나 더 나은

역사적 시간의 패러다임」, 『인문학연구』 제44권, 조선대 인문학연구원, 2012, 82쪽
참고.

삶을 요구하는 각성한 인류의 행동으로부터 역사가 생성되어 왔다고 생각한다. 물론 이는 과거—현재—미래라는 단순한 선적인 시간 개념을 벗어났기에 가능한 것이다. 역사는 단순히 지나간 과거의 축적물이 아니다. 축적된 과거를 통해 지금 여기에 펼쳐지는 삶의 진면목을 발견할 때 의미가 있다. 더불어 역사란 한두 명의 영웅이나 권력을 가진 자들의 명령으로 만들어져온 것이 아니다. 자신과 공동체가 처한 상태에 대해 끊임없이 질문하고 고비마다 난관을 극복하기 위해 애쓰는 수많은 사람들의 피와 땀으로 만들어졌다. 벤야민은 지나간 역사 속에서 인간들이 어떤 계기를 통해 잠에서 깨어나고 현실을 바꾸기 위해 어떤 노력을 했는지 추적 했다.9) 사실 억압받은 자들이 깨어나는 것은 역사에 대한 가상의 환영을 부수어 인간이 직면한 현대의 위기 상황, 즉 지금의 비상사태가 상례였음을 깨닫게 한다는 점에서 의미가 있다.

> (8) 억압받는 자들의 전통은 우리가 그 속에서 살고 있는 '비상사태(Ausnahmezustand, 예외상태)'가 상례임을 가르쳐준다. 우리는 이에 상응하는 역사의 개념에 도달하지 않으면 안 된다. 그렇게 되면 진정한 비상사태를 도래시키는 것이 우리의 과제로 떠오를 것이다.
> — 발터 벤야민, 「역사의 개념에 대하여」의 일부

  자본 발전이라는 마술환등은 좌절된 꿈속에서 희망을 잃어버린 이들을 그럴듯한 환영으로 가렸다. 현실 속에서 잊혀진 소외된 이들을 각성시키기 위해서 벤야민은 폭주하고 있는 기관차에 비상 브레이크를 밟는 것처럼 흐릿해진 꿈들을 복원할 수 있는 파괴의 작업이 필요하다

---

9) 권용선,『발터 벤야민의 공부법—사소한 것들에 대한 사유』, 역사비평사, 2014, 137쪽 참고.

고 말한다. 김녹촌의 동시에서는 역사의 파괴와 새로운 현재의 재구성을 연날리기를 통해 시도한다.

바람아 불어라.
무심한 바람아
바람이 세차게 불수록 좋은
우리 언덕배기 마을 아이들.

너도 나도 깡마른 흙빛 얼굴
아이들아 연을 올리자.
연이라도 올려야
속이 풀리지.
— 김녹촌, 「언덕배기 마을 아이들」, 『언덕배기 마을 아이들』 일부

동시 「언덕배기 마을 아이들」은 "너도 나도 깡마른 흙빛 얼굴"인 언덕배기 마을 아이들의 삶을 그린다. 천정부지로 치솟는 방세에 쫓겨 "수돗물도 숨이 가빠 / 못 올라오고 / 그 흔해 빠진 텔레비전 날개도 / 하나 달지 못하는" 산마루에서 살고 있는 억압된 아이들을 깨우기 위해서는 역사의 연속성을 단절시킬 도구가 필요하다. 김녹촌 동시에서는 연이라는 인식 가능한 도구가 "순간에 인식되지 않으면 영영 다시 볼 수 없게 사라지는 섬광 같은 이미지"를 붙잡아 준다.

화자는 언덕배기 마을 아이들에게 연을 날려 속을 풀 것을 권유한다. 사실 연은 특별한 긴장 상태를 효과적으로 구현하는 이미저리이다. 하늘을 나는 자유로운 속성을 지닌 동시에 여전히 실로 묶여 땅에 매어있다는 점에서 이중적 속성을 지니고 있다. 팽팽하게 당겨진 연은 긴장감을 만들어 낸다. 이렇게 생성된 긴장감은 일련의 정지 상태를 만들게

된다. 충만한 시간을 경험하는 것은 긴장으로 가득 찬 상황 속에서 갑자기 정지되는 순간의 충격에서 이루어진다. 바람이라는 순간적 섬광은 땅 위에서의 억압을 벗어나고자하는 피억압자들에게 정지의 충격을 주어 진정한 예외상태를 인식하도록 한다. 더불어 언제든지 긴장 상태를 끊고 날아갈 수 있는 연에게 세찬 바람을 요구하는 것은 예외상태를 더욱 강화시킨다.

벤야민에게 있어서 역사의 주체는 추상적인 인류 전체가 아니라 억압받는 사람들이었다. 「빈 산마을에」의 "방우"와 "순이"처럼 도시 문명으로 대표되는 자본에, 그리고 어른들에게 이중으로 억압받는 존재들을 '지금시간'에 깨우는 것은 김녹촌 만의 특별한 시적 태도이다. 어린이들을 새로운 꿈과 희망의 시간을 향유할 역사의 주체로 내세우는 것이다. 「언덕배기 마을 아이들」에서는 전국 곳곳을 대표하는 아이들의 이름이 하나씩 호명된다. 호명된 아이들은 자신과 동일시되는 연을 하늘로 날리며 기꺼이 진정한 예외상태에 참여할 모든 준비를 마친다. 그리고 아이들의 개별적 이미지는 제각기 하늘로 떠올라 서로 연결되어 거대한 성좌 구조, 즉 별자리를 이루는데 이때 연날리기의 행위가 일상생활 속 고통과 자유로움을 이미지를 함께 중첩시켜 몽타주적 이미지를 생성한다.

> 충청도에서 온 용칠아
> 경상도에서 온 방우야 나오너라.
> 전라도에서 온 식아
> 너도 나오너라.
>
> 날품팔이 나가신 어머니 아버지
> 그리워 외로울 때면

연이라도 올리자
아이들아.

(중략)
연을 날리자 아이들아
연을 날리며
하늘에다 하늘에다
우리의 지도를 그리자

노을 빛
아름다운
내일의 지도를
아이들아
　— 김녹촌, 「언덕배기 마을 아이들」, 『언덕배기 마을 아이들』 일부

　성좌(Konstellation)는 진정한 역사를 구성하는 구체적인 방법으로, 벤야민이 즐겨 쓰는 은유적 사유 방법이다. 하늘에 올라간 연들은 순간적으로 현재의 어려움과 과거의 기억이 중첩되는 충만한 '지금시간'의 구조를 만들고, 동시에 "노을 빛 / 아름다운 / 내일의 지도"를 생성한다. 중첩된 이미지들이 순간적으로 하나의 별자리가 되어 독자로 하여금 감정이입의 장으로 초대하고, 독자들은 아이들과 함께 연을 날리며 꿈과 희망이 실현되는 메시아적 시간을 간접적으로 경험하게 된다. 메시아적 시간에는 "다섯 식구가 / 엉덩이 들이밀 틈도 없는 / 낡아 빠진 판잣집"도 "이사 다니다 / 다 망그러진 / 보잘것없는 세간"도 모두 "그까짓"것으로 만들어 버리는 피억압자들의 놀라운 힘이 내재되어 있다.

　이처럼 연을 매개로하는 몽타주적 이미지로 메시아적 시간을 재현하는 것은 김녹촌 동시에서 종종 발견되어지는 이미지 형상화 방법이

다. 아래 제시된 「연(Ⅰ)」에서는 연과 함께 독자 역시 하늘로 올라가게 된다. "연줄을 팽팽하게 잡아 당시면 / 얼레에 감기는" 긴장감은 하늘과 강의 이미지를 중첩시켜 또 다른 성좌 구조를 이루어 사람들의 꿈과 소망을 실현시킨다.

> 바람에 연을 걸어 꿈을 올리면
> 연도 나를 하늘로 끌어 올리네.
> 연을 타고 구름밭을 치닫느라면
> 가슴엔 뿌듯이 하늘 푸르름
> 연아 연아 날아라 달나라까지
> 우리의 꿈을 싣고 하늘 끝까지.
>
> 연들이 잉어처럼 퍼덕거리면
> 하늘도 신이 나서 출렁거리네,
> 연줄을 팽팽히 잡아 당기면
> 얼레에 감기는 하늘 푸르름
> 연아 연아 날아라 별나라까지
> 우리의 소망 싣고 하늘 끝까지.
> ― 김녹촌, 「연(Ⅰ)」, 『언덕배기 마을 아이들』 전문

벤야민은 역사를 과거와 현재 사이의 긴장 관계로 보았다. 그래서 문학사 서술에서 중요한 것은 작품들을 그 시대와의 연관 속에서 서술하는 것이 아니라, 작품들을 인식하는 시대, 즉 우리들의 시대를 서술하는 것이라고 보았다. 역사 서술의 힘에는 작품을 읽는 독자의 현재 변화를 이끌어내는 것까지 포함된 것이다. 벤야민은 과거를 현재에 투영시키는 방법 중 하나로 이성적 분석이 아닌 과거에 대한 감정 이입 방법을 사용해야한다고 말한다.[10] 사실 김녹촌의 동시를 읽는 것 역시 감

정 이입을 통해 현재에 과거를 중첩시키고, 충만한 현재를 경험하는 것에서 나아가 독자의 현재 삶 속 행동 변화를 이끌어내는 것까지 이어져야 한다. 이러한 관점에서 김녹촌 동시에는 벤야민이 강조하는 역사 서술의 힘이 내포되어 있다고 할 수 있다.

지금까지 앞에서 살펴본 것처럼 시인은 억압되어 있던 사람들을 문학 작품 속에서 깨운다. 소외된 이들을 텍스트에 주요 화자로 위치시키며 고통받는 현실을 직시하는 동시에 그들의 꿈과 희망을 실현하기 위하여 부단히 노력한다. 김녹촌 동시의 가치는 여기서 발견된다. 동시를 읽고 있는 '지금시간'에 독자로 하여금 작품 속 소외된 이들의 시간과 독자 본인의 시간을 겹치게 하여 몽타주적 이미지를 재생산하게 한다. 이는 과거 사건과 독자의 사건을 정지 상태의 변증법을 통해 또 다른 성좌 구조를 만들게 하여, 새로운 미래를 향해 갈 수 있는 원동력을 발휘하게 해준다.

4. 맺음말

지금까지 벤야민의 '현재성' 사유를 빌려와 김녹촌 동시의 가치를 증명하는 새로운 가능성을 제시하였다. 벤야민에게 있어서 현재성은 '지금시간'에 예외적인 상황을 발생시켜 순간적으로 메시아적 시간을 재현하는 충만한 시간을 가리킨다. 메시아적 시간은 승리자들에 의해서 그동안 억압되었던 주변인들의 목소리가 구원되는 시간으로, 한 순간에 휙 나타난 과거의 이미지들이 중첩되면서 새로운 이미지를 구축시키는 몽타주적 시간이다.

---

10) 김유동, 「파괴, 구성 그리고 복원—발터 벤야민의 역사관과 그 현재성」, 『문학과사회』 제19권 2호, 문학과지성사, 2006, 413—414쪽 참고.

김녹촌의 동시는 도시 문명의 등장으로 대표되는 자본의 발달로 잊혀진 사람들을 현재 '지금시간'으로 복원하는 것부터 시작된다. 모두가 떠난 빈터의 공간에 버려진 파편 조각들은 역사 속에서 목소리를 잃은 채 소외되었던 전통적 마을 공동체의 촌사람들을 더 이상 주변인이 아닌 텍스트의 주요 인물로 위치시킨다. 빈터에 과거의 영광스러운 기억을 순간적으로 떠오르게 해 충만한 현재를 만들 수 있는 계기를 마련한 것이다. 더불어 소외된 이들을 복원시키는 주체로 어린 아이를 설정한 것은 예외상태를 배치시켜 억압된 이들의 목소리를 구원하는 메시아적 시간을 경험할 준비를 시키는 것으로도 볼 수 있다.

그리고 김녹촌 작품에서의 메시아적 시간은 연날리기를 통해 극대화된다. 연을 날리는 행위는 바람이라는 순간적 섬광으로 땅 위에서의 억압을 벗어나고자 하는 피억압자들의 진정한 예외상태를 발동시키는 계기가 된다. 그리고 자신의 연을 들고 소환되는 아이들의 개별적 이미지는 중첩되어 거대한 성좌를 이루게 되고 여기에서 메시아적 시간이 재현된다.

이처럼 김녹촌 동시에 내포되어 있는 현재성을 읽어내는 시도는, 그의 작품이 지향하고 있는 문학의 정치성을 확인하는 작업이라 할 수 있다. 김녹촌에게 있어서 동시란 "발버둥치는 어린이들의 생활 현실을 직시하면서, 그들에게 용기와 희망과 투지를 심어줄 수 있는 리얼하면서도 생동감 넘치는 진실의 시"[11]를 전달하는 것이다. 현재 동시를 읽고 있는 "그들에게" 메시아적 시간이라는 충만한 현재를 경험하게 하고 동시에 "용기와 희망과 투지를 심어"주어 개인이 가지고 있는 개별적 삶을 다시 역사 안에 중첩시키는 작업인 것이다.

---

11) 김녹촌, 「머리말」, 『언덕배기 마을 아이들』, 범아서관, 1982, 3쪽.

여기에서 김녹촌의 동시가 가지고 있는 그 시대를 살아가는 사람들의 개별적 삶이 문학적 상상력을 바탕으로 실천될 수 있는 힘을 발견할 수 있다. 이는 글쓰기의 과제가 시대정신의 현재성을 드러내는 것에 있다고 보고, 글쓰기가 사회에 직접적인 영향력을 발휘해야 한다고 했던 벤야민의 사유와 닿아 있는 부분이기도 하다. 또한, 중첩적 이미지를 통해서 마련된 충만한 현재, 메시아적 시간이 작품을 읽는 독자의 또 다른 충만한 현재와 교차되어 또 다른 섬광의 찰나를 만들어 내는 것 역시 그의 작품이 가지고 있는 문학의 정치성이 발현된 것이라 볼 수 있을 것이다.

김녹촌, 『언덕배기 마을 아이들』, 범아서관, 1982.

김녹촌, 『산마을의 봄』, 인간사, 1984.

김녹촌, 『태백산 품 속에서』, 웅진, 1985.

김녹촌, 『꽃을 먹는 토끼』, 창작과 비평, 1988.

김녹촌, 『한 송이 민들레야』, 대교출판, 1994.

권용선, 『발터 벤야민의 공부법—사소한 것들에 대한 사유』, 역사비평사, 2014.

김유동, 「파괴, 구성 그리고 복원—발터 벤야민의 역사관과 그 현재성」, 『문학과 사회』 제19권 2호, 문학과지성사, 2006.

문광훈, 『가면들의 병기창: 발터벤야민의 문제의식』, 도서출판 한길사, 2015.

박진우, 「파국의 시대와 "지금 시간(Jetztzeit)": 발터 벤야민과 사도 바울의 새로운 역사적 시간의 패러다임」, 『인문학연구』 제44권, 조선대 인문학연구원, 2012.

정다운, 「김녹촌 동시 연구」, 전남대 석사논문, 2014.

최성만, 『발터벤야민 기억의 정치학』, 도서출판 길, 2015.

벤야민, 발터. 최성만 옮김, 『발터 벤야민 선집5: 역사의 개념에 대하여 외』, 도서출판 길, 2015.

<택시운전사>에 나타난 혁명성

조선희

1. 서론

이 글은 관객수 1200만 명을 넘기며, 역사에 대한 기억을 재조립한 『택시운전사』[1]에 관한 글이다. 영화는 한국 역사상 가장 가슴 아픈 사건들 중 하나인 1980년 5·18의 도시로 관객을 소환한다. 실제 사건을 영화화한 현재적 의미는 1930년대 전후 벤야민이 전개한 예술에 관한 성찰방식과 조우하면서 그 결을 같이 한다.

벤야민은 기술매체의 발달과 함께 영화예술에 상당히 호의적이었는데, 그의 영화론을 살피다보면 어찌됐든 논의의 핵심은 기술 발달이 초래한 예술의 성격변화에 관한 증언이다. 그는 영화 장르의 특성에 천착한 반면 영화 내용을 실제로 분석·평가하는 데는 인색했다. 2장에서 벤야민이 주목한 영화장르의 특성을 살피면서, 3장에서는 실제영화를 분석하는데 중점을 둔다. 그가 여타 논저에서 타진한 메시지가 영화 내용과 흡사

---

1) 장훈, <택시운전사>, 2017.

한 지점이 있다고 판단하고 벤야민 시선으로 의미 찾기를 시도한다.

한편 영화를 대하는 아도르노와 벤야민의 입장은 극명한 대조를 이룬다. 아도르노가 영화를 비판받아야 할 문화산업[2]으로 바라본 반면, 벤야민은 오히려 대중 문화산업을 긍정하고 그것의 비판적 기능까지도 염두에 두고, 기술적 매체가 새로운 관조와 지각을 형성한다고 믿었다. 아도르노가 영화에서 정치의 미학화라는 문화산업의 파시즘적 위험을 읽어냈다면, 벤야민은 예술이 집단적 혁명을 위한 자극과 계기를 던져줄 수 있다고 믿었다.[3] 그는 삶의 매우 중요한 순간에 혁명적 입장과 보수적 입장 중 하나를 택해야 하는 갈림길에서 혁명적 입장을 대변하는 은유적 기호로 초현실주의의 정치성을 짚어낸다. 또한 깨어남과 꿈 사이에 있는 요동치는 의식을 개인에서 집단으로 전이시킬 것을 요청한다. 특히 영화가 기술과 예술의 상호 작용을 거쳐 대중의 정치적이고 혁명적 기운을 일깨운다고 본다. 다시 말해 벤야민은 영화의 성격을 비판론자들이 지적하는 수동적 몰입과 향락으로만 단정하지 않고, 넓은 의미의 집단 혁명을 추동하는 매체로 보았다.

영화를 관람했던 각 관객들이 한 소시민의 변화에 감화하고 내면의 동요가 일어났던 것도 벤야민 관점으로 보건대 집단 혁명의 계기를 경험한 것이라 유추할 수 있다. 이것은 동일한 시·공간을 조건으로 한 특정 영화의 경험이 등장인물과 관객의 동일시된 감정이입을 경험할 수 있다는 예술의 미적 기능과 관련한다. 또한 산만한 조건 속에서도 이루어지는 이입을 통해 혁명의 계기를 경험했다는 전제를 둔다면 영화는 소비적 장르 그 이상의 의미를 지닌다.

---

2) 아도르노는 영화의 맹목적 몰입이 철저히 계산된 문화산업의 도구에 불과하다고 비판한다. 그가 주장하는 문화산업은 대중에게 위선과 조작된 폭력을 가한다.
3) 최문규, 『파편과 형세』, 서강대출판부, 2012, 258－265쪽, 334－339쪽 참조.

2. 벤야민의 영화예술

벤야민의 매체미학 텍스트 중『기술복제시대의 예술작품』은 그의 영화에 관한 숙고가 담겨있다. 그는 예술의 가치가 '제의가치'에서 '전시가치'로 의미 이동했다고 밝히면서 그 원인을 기술의 발전에서 찾는다. 이를테면 예술의 대량복제가 가능해지면서 진품여부가 무의미해진 예술의 의미전환이 일어난다. 대량 생산된 복제품은 그 자체 대상의 신비로움을 거부하며 또한 똑같은 것을 동시적으로 갖고 싶어 하는 대중의 욕구와 부합한다.4) 영화도 예외일 수 없으며, 필름에 의한 복제가능성이 기술복제 시대 예술의 첨병 역할을 한다.

특히 영화 자체와 그것을 경험하는 관객 사이에 주목한다. 당시 영화에서 비롯되는 "충격"5)을 받아들이는 것은 "자신을 위협하는 위험에 인간이 적응"해가는 예행연습의 과정과 같다고 보았다. 근대인이 겪는 위험을 극복하기 위해 취할 수 있는 일종의 방어책으로 영화를 대했다는 것이다. 그러나 영화의 각종 기법으로 인한 영상의 충격 효과에도 불구하고 곧 관객은 정신의 현재를 유지할 수 있다. 이는 관객이 익숙하고 산만한 상태에서도 비판적 의식을 유지할 수 있음을 의미한다. 이것은 빠른 속도로 전개되는 이미지의 연속에서 필요한 이미지만을 재구성해 취하게 되는 영화의 방식 때문에 가능했다.

일반적으로 영화는 주의산만의 지각을 요구한다. 그도 그럴 것이 영화는 쇼트와 쇼트가 이어져서 하나의 이야기를 만든다. 관객은 전의 쇼트를 이해하지 못했더라도 지나간 장면에 몰입하거나 깊이 생각할 수 없다. 다음 쇼트 이미지가 이어져 상영되고, 그것은 깊은 사유를 방해

---

4) 최문규, 앞의 책, 318쪽.
5) 빠른 이미지의 전환으로 인해 관객은 일종의 공포와 충격을 경험했을 것이다.

하는 요소가 된다. 빠른 장면전환에 적응하기 위해 관객은 영화 장르에 적합한 산만한 지각을 갖춰야 하며 예술의 성격변화에 따라 지각의 종류와 방법을 변화시킬 필요가 있는 것이다.

영화의 이런 성격 때문에 벤야민은 '집중'을 부정적 의미로, '산만'을 긍정적 의미로 사용한다. 예술에 몰입하는 관찰자는 비판적 거리감을 확보하지 못하지만 비몰입 관객은 산만하게 움직이는 지각 덕분에 자유로운 시선을 확보할 수 있다. 대중이 갖는 자유로움과 해방은 전통적 예술 감상자의 수동적 자세와 다르게 예술을 자기의 것으로 끌어오는 능동적 수용 자세의 가능성을 의미한다. 그의 논의를 따르자면 영화는 '깊은 사유'를 차단하는 대신 비판적 거리를 두고 '자유롭게 사유'하게 하는 새로운 의미로 규정될 수 있다.6) 그는 이것을 전통적인 예술작품과 대조해서 보여준 바 있다. 아우라가 현존했던 전통적 예술작품은 인간의 눈에 의해 보이는 세계를 보여주며, 현실과 허구의 구분이 분명하면서 관찰자의 집중을 요구한다. 그에 비해 기술복제에 의한 매체작품은 아우라가 부재하고 카메라의 눈에 의한 제2의 현실을 보인다.

당시 영화의 예술적 특징에도 불구하고 벤야민이 예술의 변화가치와 관련해 설명한 영화의 양식상(형식상)의 성격은 그가 텍스트를 썼던 1930년대에 비해 진일보한 기술 발달이 이뤄졌다. 때문에 현시점에서 『택시운전사』를 그 시대의 논의와 동일선상에 두기에는 부적합하다. 쇼트와 쇼트의 흐름이 오늘날처럼 매끄럽지 못했던 것은 물론 오늘날

---

6) 현실에서의 인간은 영화의 관객과 동일할 터 벤야민이 기술과 예술의 통합의 결정체로 받아들인 영화가 어떤 형식으로 관객에게 전달되는지 알기 위해서는 철학의 고유영역으로 여겨지는 '사유'에 대한 재고가 요구되는데, 사유는 대중문화로 일별되는 영화 장르에서도 경험될 수 있다. 영화를 본다는 것, 영화를 통해 사유를 경험하는 것은 영화장르에 따른 관객의 지각이 어떤 방식으로 사유되는지까지 논의가 확장될 수 있다.

의 영화관처럼 영화감상에 알맞은 공간적 조건도 아니었기 때문이다. 오히려 벤야민이 관철하고자 했던 철학적 의미에서 영화 내용적 접합 지점을 찾는 것이 실용적일 수 있다. 또한 그가 사유한 영화 예술의 방식상 효과가 이 영화에서 의미화되어 관객을 동요(변화)하는 방식을 연구해 보는 것도 좋음 직하다.

3. <택시운전사> 읽기

1) 외부자형 인물의 역사편입과 충격효과

이 영화에 주목하는 한 가지 이유는 벤야민이 인식하는 역사에 그 단서가 있다. 벤야민은『베를린 연대기』에서 독일의 전설적인 황제인 프리드리히의 승리를 언급하면서 승리에 대한 거부반응과 우울한 정서를 자주 떠올린다.[7] 우리가 알고 있는 '역사'의 실상은 승리자 입장에서 기록된 것에 지나지 않음을 시사하며, 역으로 역사에 대한 재구성을 요하는 부분이기도 하다. 이 영화는 역사적 사건을 기반으로 함에도 사건 해명이 이루어지지 않은 채 승리자의 역사로 기록될 5 · 18을 패배자의 미시서사로 재구성한다.

특정 집단의 지시에 의해서가 아니라 시민 개개인이 자발적으로 거리로 나아갔다. 극중 만섭(송강호)은 "우리나라처럼 살기 좋은 나라가 어디 또 있는 줄 알아?"라며 시위대를 타박한다. 이에 재식(류준열)은 "우리가 시방 뭘 잘못을 해갖고 이라고 당하고 있는 것이 아니랑게요." 라며 반문한다. 재식은 사태의 원인을 시민 스스로의 잘못으로 여기지 않고 국가 권력의 폭압에 의한 것임을 명확히 한다. 달리 말해 광주시

---

7) 발터 벤야민, 「베를린 연대기」, 윤미애 옮김, 『선집3』, 도서출판 길, 2014, 224—228쪽 참조.

민의 상황을 함의하는 대사일 터 승리자의 역사에 제동을 거는 패배자의 항거가 새로운 역사가 되는 과정을 보여준다. 이 '역사적 제동'은 혁명 계급 즉 과거의 모든 억압받은 자들이 행동을 통해 역사적 연속성을 폭파하려는 의식을 갖고 있는 것8)과 동일선상에서 이해 할 수 있다. 이런 제반의 과정은 역사의 재구성을 통해 비로소 실현되는데 영화에서는 물리적 공간이행을 보이는 주요 인물들을 적실히 이용함으로써 가능해진다.

서울에서의 김만섭은 데모하는 대학생들을 이해하지 못하겠다는 언행을 일삼으며 시대적 문제의식이 부재함을 보여준다. 임산부 손님을 병원에 데려다주면서도 못 받은 돈을 다음에 "따블"로 받을 것에 신나한다. 대중가요를 부르며 개인의 문제에 집중하는 지극히 소시민적 인물이다. 심지어 광주로 들어가는 와중에도 택시비 절반을 미리 받아내면서, 심각한 피터(토마스 크레취만)와는 달리 여전히 유쾌한 인물로 그려진다. 그런 그가 광주에 편입된 후 보게 된 장면은 비무장 상태의 시민이 무장한 군인들에게 무참히 살해당하는 것이다. 그러나 광주 시민들이 공격당하는 것이 그가 광주에 더 남아야 할 직접적 이유가 될수는 없다. 그는 어디까지나 부양가족을 돌봐야할 외부인 서울사람에 불과하기 때문이다.

그러나 공교롭게도 만섭의 미세한 변화는 클로즈 기법으로 실현된다. 영화에서 클로즈업은 대상의 구체적 확장을 열어 관객에게 있어 지각의 심화 및 확대를 가져온다. 이러한 영화적 방편은 시각적 무의식의 발견을 촉발함과 동시에 혁명적 성격을 추동한다.9) 앞서 근대인들의

---

8) 미카엘 뢰비, 양창렬 옮김, 『발터 벤야민: 화재경보』, 도서출판 난장, 2017, 171쪽.
9) 발터 벤야민, 「기술복제시대의 예술작품(3판)」, 최성만 옮김, 『선집2』, 도서출판 길, 2016, 138쪽.

충격에 의한 예행연습이 영화를 통해 가능했다고 밝힌 바 있다. 기실 이 충격은 클로즈업으로 가능한 중요한 효과이기도 하다. 영화 언어에서 말하는 쇼트의 여덟 가지 유형[10] 중 클로즈와 클로즈업은 엄밀한 의미에서는 구분된다. 이 영화에서는 전자인 클로즈 쇼트에 주의할 만한데, 이 쇼트는 자주 관객들로 하여금 인물들의 표정이나 제스처에 주목하도록 하며 영화이해에 필요한 정보를 제공한다.

(1)   (2)

만섭은 영화 전체를 관통하면서 성격변화를 겪는 인물이다. 즉 아내를 여의고 어린 딸을 부양해야할 가장으로서 경제적 고민이 가장 컸던 전반부에 비해, 후반부에서는 사건을 통해 사회적·심리적 시선이동을 경험하게 된다. 만섭의 얼굴을 클로즈 쇼트로 처리한 부분에서 구체적으로 드러난다. 외국기자가 광주에 있다는 사실이 노출되고 일행은 사복경찰에 쫓기게 된다. 만섭은 끈질긴 사복경찰과의 추격전을 벌이고 마침내 목이 졸리면서 순식간에 "빨갱이"가 된다. 죽을 위기를 한차례 겪고 난후 돈이 없어 마지막 치료를 포기했던 죽은 아내와 엄마 잃은

---

10) 볼프강 가스트는 극단적 롱쇼트, 앙상블 쇼트, 세미 앙상블 쇼트, 미디엄 쇼트, 아메리컨 쇼트, 클로즈 쇼트, 클로즈업 쇼트, 극단적 클로즈업 쇼트로 유형화한다. 클로즈 쇼트는 대략 가슴께까지 드러나는 명함판 사진에 상응하는 크기인 반면, 클로즈업 쇼트는 인물의 얼굴과 목, 혹은 어깻죽지까지 촬영하는 쇼트를 말한다.(볼프강 가스트, 조길예 옮김, 『영화』, 문학과지성사, 2006, 40쪽.)

딸을 향한 애처로운 고백이 이어지는데, 이것이 다음날 새벽 외국인 손님 피터(위르겐 힌츠페터)만을 남긴 채 광주를 떠나고야 마는 정당한 계기가 된다. 역사적 사건을 애써 회피하고 본래의 자리로 돌아가고자 서울로의 회귀를 택하는 사유 말이다.

광주역으로 모여든 시민들 틈으로 택시를 운전하고 가던 그에게 젊은 여자가 주먹밥을 건네고 그는 건물옥상에서 게걸스럽게 먹는다. 그때까지만 해도 위험하니 도로로 내려갈 필요가 뭐 있느냐고 태연히 피터에게 말하는 소시민에 불과했다. 그러던 것이 그 여자가 피를 흘리며 경찰에게 쫓기던 장면을 목격했을 때의 얼굴은 놀람과 동시에 두려움이 가득하다. 또 그를 고통받는 한 인간으로 읽히게 한다거나, 영화 전반을 통해 보자면 그에게 제대로 된 역사인식을 할 것을 요구하는 제스처나 다름없는 의미의 쇼트이다.

지금까지 그는 일상적 개인으로 살아왔으므로 역사인식의 결함은 필연적일 수 있다. 그럼에도 불구하고 무방비 상태에서 조우하는 삶의 한 대상은 그의 양심을 일깨워 광주로 다시 되돌아가게 하는 촉매제 역할을 한다. 안정적 현실 회귀를 갈망하여 폭압적 현실로부터 도망쳤으나, 운전대를 잡고 서울로 돌아가는 동안 내적갈등이 발생했음이 분명하다. 광주역에서 받은 주먹밥과 이후 그것을 건네던 피 흘리던 여자를 기억하게 하고 표정의 미세한 떨림을 보여주는 클로즈 쇼트가 그의 갈등을 확인시켜줬다면 이후 운전대 잡은 얼굴의 근접 촬영은 그것의 심화를 보여준다. 관객은 울음을 터트리는 얼굴이 클로즈되는 쇼트에서 소시민되기를 포기하고 혁명 가운데로 되돌아가는 그의 전환 즉, 역사 편입의 과정을 확인하게 된다.

그런데 실상 이러한 과거 기억은 만섭의 기억이기도 하지만, 동일 장면을 접하는 관객의 기억이자 경험이기도 하다. 클로즈 기법으로 실현되는 각개의 씬은 감상자(관객)의 수동적 자세를 지양하고 예술을 자기의 것으로 끌어오는 능동적 수용 자세와 밀접하다. 벤야민은 영화의 정신분산적 요소를 영화 장면들이나 시점(카메라 앵글)들의 교체에 그 근거11)를 두고 있는데, 이 시점의 교체란 앵글의 무한한 교체뿐 아니라 인물과 대상을 과도하게 확대하는 방식에도 해당하는 이야기이다. 영상을 바라보는 사람은 영상의 끊임없는 변화로 인해 연상의 흐름이 중단되고 이것에서 영화의 충격효과 역시 배가된다. 그가 논점화한 이러한 자세가 현대 영화에서도 확인되는 부분인데, 클로즈 기법은 관객으로 하여금 광주역에서 받은 주먹밥의 기억을 순천 식당에서 재소환하고, 그에 따라 지금의 현실을 각성하게 한다. 즉 영화에 의한 혁명적 추동은 제2의 현실인 카메라 속의 영화적 현실로 비로소 가능해 지고 만섭과 다름없이 소시민 자리에 놓인 관객 스스로의 내면과 지각을 정면으로 마주하라는 명령과 같은 역할을 한다.

(3)   (4)

승리자의 역사에 제동을 걸고 패배자의 역사를 다시 쓸 수 있었던 데는 제3자의 객관적 시점이 주요한 기법으로 작용한다. 앞서 클로즈 쇼

---

11) 발터 벤야민, 최성만 옮김, 앞의 책, 142—143쪽 참조.

트가 대상에 대한 감정몰입을 도왔다면, 외부자형 인물 독일기자 피터의 경우는 다른 접근을 요한다. 우선 피터가 기자들이 기피했던 한국으로 신분을 속이고 들어와 위험한 도시로 가기를 희망했던 것은 지식인으로 행하는 정치적 실천과 같다. 도시와 시대를 읽어내는 카메라를 든 기자로서 그 신념은 영화 전체에서 일관되게 보인다. 그는 일본외신기자였음에도 한국의 상황을 전해 듣자 한국행을 감행함으로써 깨어있는 의식을 보여준다. 또한 광주로 들어가는 과정이 결코 쉽지 않았으며 그 과정에서 여러 번 실패의 위기가 있었음에도 의지를 꺾지 않는다. 그런 그가 광주 도착 후 찍게 되는 여러 쇼트는 영화의 성격을 변화시킨다.

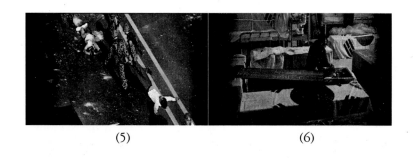

(5)   (6)

피터의 카메라를 매개로 영상화되는 쇼트는 영화촬영기법이 아니라 다큐멘터리식 촬영법에 가깝다. 피사체의 흔들림이 심하고, 프레임을 둘러싸고 있는 검은 빛이 피터의 카메라 속 장면임을 확인시켜준다. 중요한 것은 영화를 위해 촬영된 한 장면을 다른 기법으로 보여주는 것이 관객들의 심리적 거리와 관계있다는 것이다. 관객들은 잘 짜인 플롯과 여과된 화질에 익숙해갈 때쯤 영화 사이사이 들어가는 실사와 같은 이미지들을 접하게 된다. 일종의 카메라 속의 카메라를 통해 비극적인 역사적 사건을 다시 들여다보는 것이다. 이것은 산만한 관객에게 여간 충격적인 장면이 아닐 수 없는데 이유인 즉 지금 보고 있는 장면이 허구가 아니라 사실일 수 있다는 착각을 불러일으키기 때문이다.[12] 그렇기 때문에 장면 속 어딘가에 '지금'의 관객이 등장인물로 자리 할 것 같은 실제감 유발을 만들어 낸다.

그런데 이 카메라 속의 카메라에서 비롯되는 실제감은 벤야민이 말한 영화에서의 "충격"[13]과 흡사하다. 그가 "자신을 위협하는 위험에 인간이 적응"해가는 예행연습의 과정을 영화의 효과로 보았듯이, 이 영화에서의 충격적인 역사적 장면은 현대의 관객에게 다소 충격을 안긴다. 그의 이론을 따라 이 충격은 근대인이 겪는 위험을 극복하기 위해 취할 수 있는 일종의 방어책으로 영화를 대했듯이, 5·18과 같은 폭력적 위험을 대하는 현재의 관객도 충격·적응의 과정을 영화로써 경험하는 것이다. 위험에 방어하고 극복하는 한 방편은 정신의 현재를 유지하는 즉, 익숙하거나 산만한 상태에서도 비판적 의식을 유지하는 관객이 있기에 가능해진다. 요컨대 실제감 속에서 비판적 의식을 잃지 않고 보는 것이 관객에게 가능한 바 영화를 대중적 한 장르로만 보기에는 시사하는 바가 매우 크다고 할 수 있다.

그러나 피터의 카메라를 통한 일정정도의 충격은 만섭의 행동과 표정을 통해 이입되는 것과는 다른 차원의 편입이다. 피터의 카메라는 스

---

12) 도청 앞 시위 장면이 다큐멘터리 촬영법에서 영화 촬영법으로 그 이미지가 연결되는 쇼트는 결코 우연이 아니다. 오히려 정치성이 매우 강하며 논란의 여지가 될 장면들임이 분명하다. 감독이 매우 신중하게 취해야 할 역사적 진실과 상상력 사이 경계의 문제이다. 달리 말하자면 한 사건에 대한 감독의 역사적 인식과 관련한 것이다. '지금' 극장에서 쏟아지는 이미지들은 단순 상상의 사건이 아니라, 우리가 살고 있는 일상에서 충분히 벌어질 수 있는 잔인한 학살일 수 있다는 감독의 메시지 전달에 주목할 필요가 있다. 영화 속 인물, 장소, 사건의 고리는 실재하는 장소로 관객을 끌어들이고 그 사건을 간접 체험하게 한다.

13) 빠른 이미지의 전환으로 인해 관객은 일종의 공포와 충격을 경험했을 것이다.

토리와의 직접관여도가 낮다는 면에서 전자보다 객관적일 수 있으며, 감정이입과 상반되는 관객의 비판적 거리와 관련한 자유로운 시각을 확보할 수도 있다.

피해자도 가해자도 아닌 외부자들의 역사편입 과정은 영화가 관객들의 공감을 얻었던 주된 원인이 된다. 즉 인물들과 시·공간을 달리한 관객들은 그들의 행보로 하여금 동일한 감정을 경험하게 되는 것이다. 광주라는 물리적 공간에 거주하지 않음에도 영화 속 공간으로 유입될 수 있었던 것은 관객들도 다름 아닌 외부자이기에 가능한 것이다. 관객이 그들과 동일한 감정을 느낄 수 있던 데에는 바로 이 지점이 매우 중요하다. 감독은 카메라를 매개로 역사적 사건 내부로 관객을 유인하기 위해 그들과 동일한 자격을 갖춘 외부자 등장인물을 설정했다. 그리고 역사의 외부자적 시선을 역사의 주체로 자리매김할 수 있는 방법, 주체의 비판적이며 자유로운 사유로 왜곡된 역사의 파편을 조립할 수 있는 방법, 그 비슷한 고민에서 쇼트가 선택되었을 것이다.

2) 쇼트의 혁명성과 변증법적 이미지

영화에서 하나의 쇼트는 하나의 단어와 같다. 이러한 쇼트를 잘라 붙이고 편집하는 기술 즉 몽타주를 통해서 단어를 연결시키듯이 영화문법과 구문을 생성한다. 완성된 영화에 일관성을 부여하는 것은 고정된 장소에서 연속적으로 일어나는 행동이 아니라, 쇼트를 연결시켜 만든 시퀀스가 창조하는 논리 혹은 연속성이다.14) 즉 쇼트의 결합이 단순히 사건전달에만 그 목적이 있지 않고, 이미지를 통한 의미의 총화에 기여하며 혁신적이고 비약적인 쇼트를 통한 새로운 의미창출을 낳는다.

그는 『일방통행로』에서 인쇄된 책의 종말을 적시하고, 예술의 매체

---

14) 로버트 리처드슨, 이형식 옮김, 『영화와 문학』, 동문선, 2000, 53-55쪽 참조.

미학으로의 이행을 통찰한다. 신문과 광고 문화가 확산되면서 수평적 읽기 대신 수직적 읽기가 확산되고, 문자가 이미지화되기에 이른다. 영화는 문자가 이미지로 대체된 결과로서 인쇄된 문자와 마찬가지로 판독될 것을 요구하는 대상이다.[15] 전통적 예술의 획기적 변화는 대중예술인 영화의 확장된 의미를 가져오고 혁명적 이미지를 양산한다.

이것과 관련하여 벤야민은 지나간 것이 지금시간과 결합하여 순간적으로 하나의 형세를 이루는 변증법적 이미지를 제시한다. 이것은 정지 속에서의 변증법, 반짝 빛나는 이미지, 사유의 정지 등 다양한 속성을 지닌다.[16] 카메라를 위시한 영화 이미지가 갖는 주관적 성격을 염두에 둔다면 이미지의 변증법은 감독의 용의주도한 쇼트 배치에서 비롯된다. 영화의 몽타주 기술이 벤야민의 변증법적 이미지와 유사한 기능을 갖고, 그는 이러한 "몽타주 원칙을 역사 속으로 받아들"일 것을 요청하며 영화에서의 개념을 시간과 역사에 관한 독창적 의미와 결합시킨다.

(7)   (8)

『택시운전사』 또한 쇼트의 결합으로 함축된 이미지를 제조한다. 만섭이 광주를 벗어난 후 지나게 되는 주변 지역의 풍경은 광주의 고립성

---

15) 발터 벤야민, 김영옥·윤미애·최성만 옮김, 『선집1』, 도서출판 길, 2015, 94쪽 참조.
16) 최문규, 앞의 책, 506쪽.

을 보여주는가 하면, 현상의 비극성을 부각시키는 것이기도 하다. 광주를 빠져나오는 그의 택시를 찍는 바로 이전 쇼트는 주인 잃은 신발과 선전지가 나뒹구는 황폐한 도로 쇼트였다. 이때의 광주는 계절을 짐작키 어려운 검회색의 도시이다. 연이어 배치되는 쇼트에서는 서울행 택시가 지나는 다리 아래(7)로 해맑은 아이들의 웃음소리가 효과음으로 나온다. 아이들은 장난스럽게 물장난하고 그 옆에서 여성들은 물속에서 무언가를 잡으며 몰두하고 있다. 강 옆 도로를 지나는 남성들은 농사일을 하러가는 듯 대화하며 일상적인 걸음을 옮기고 있다. 택시 안 만섭의 복잡한 심정과는 대비적으로 도로 옆 줄지어있는 화려한 색깔의 연등17)도 인상적이다. 회색빛의 도시에서 초록색―다채로운 색깔로서 전환은 색깔 이외의 의미를 갖는 결합이다.

　이러한 쇼트들은 광주사건이 벌어지고 있는 시간적 표지 이상의 의미를 갖는다. 특히 봄의 생명력은 석가의 탄생을 기념하기 위한 국가공휴일인 '석가탄신일'18)이라는 표상과 결합하면서 광주의 비극성을 강조하기에 이른다. 광주와 비교적 가까운 지역으로 추측할 수 있는 이곳의 풍경은 혁명적 시·공간을 무색하게 할 만큼 평화롭다. 광주의 외부로부터의 단절은 이처럼 쇼트의 연결을 통해 관객을 동요한다. 한편 이처럼 안온한 일상의 광경은 광주에서 일어나는 국가의 폭압이 소거되면 충분히 가능해지는 광주의 일상적 모습과도 그 의미가 같다. 즉 일순간 침해된 일상의 평화는 실체가 불분명한 폭력 때문이며 그것을 상대로 광주시민들은 그들 스스로를 내던지고 있었던 것이다. 그들의 회

---

17) 특히 이 연등은 만섭과 피터가 광주를 빠져나가면서 군인들의 검문에서 벗어나기 위한 외국손님의 기념품으로 위장되기도 하면서 몽타주가 재차 이뤄지기도 한다.
18) 실제 1980년대 광주민주화항쟁은 5월 18일에 일어났고, 석가탄신일은 3일 뒤인 5월 21일이었다.

생은 다른 장소에서의 대수롭잖은 쇼트와 몽타주화 됨으로써 제3의 의미를 부여받으면서 혁명적 가치를 얻게 된다.

한편 벤야민의 전복적인 시각은 역사 이해에서도 발현되는데, 그는 진보적 시간관을 부정하고 구원의 유토피아를 제시한다. 「역사의 개념에 대하여」 테제 13번[19]을 통해 그는 지식과 능력의 진보와 인류 자체의 진보를 구별하는데, 후자의 진보를 위해서는 점진적으로 무한히 완벽해지는 과정을 신뢰할 것이 아니라 급진적 단절을 위해 투쟁해야 할 것을 말한다.[20] 이는 과거·현재·미래의 역사적 연속성을 주장하는 역사주의를 거부하고 현재상태를 혁명적으로 전복하려는 시도에서 가능하다.

그는 '과거' 대신에 '지나간 것'을, '현재' 대신에 '지금시간'을 강조했는데, 이 두 시간이 결합하는 순간 시간이 정지하는 구원의 시간이 온다. 연속성을 파괴하기 위해서는 파국·단절과 같은 불연속적 개념이 요구되며 이러한 과정은 정지된 시간에 섬광처럼 순간 나타나는 것이다. 합리적이고 과학적인 개념으로는 설명할 수 없는 심미적이고 문학적인 시간으로서 충만한 상상력을 필요로 하는 시간 개념이다.

(9)   (10)

---

19) 발터 벤야민, 「역사의 개념에 대하여」, 최성만 옮김, 『선집5』, 도서출판 길, 2015, 344쪽.
20) 미카엘 뢰비, 앞의 책, 164쪽 참조.

영화에서는 독재정권의 폭압이 이뤄지고 있는 광주 내부에서도 위험의 순간 나타나는 이미지들이 적실히 다가온다. 만섭 일행이 도착한 광주역의 쇼트가 그러한데, 시위가 한창이던 시기에 광장 한복판에서 펼쳐지는 씬이 바로 그것이다. 군인들의 폭력과 총살이 행해지고 있는 광주는 그야말로 일촉즉발의 상황일 것이다. 광주에 막 도착했을 당시 벽에 쓰인 글씨, 트럭을 타고 가던 재식을 비롯한 청년들의 말에서 사태의 심각성이 드러난다. 또 병원에서 본 부상자들의 상태로 보건대 그곳의 위험성은 의심할 여지가 없다.

그럼에도 불구하고 만섭 일행이 택시 안에서 보는 장면은 참으로 아이러니하다. 풍악이 울리고 그 가락에 맞춰 흥겹게 춤을 추는 시민들의 모습은 그 위험성으로부터 동떨어진 듯한 연출인 것이다. 그 옆을 걷고 있는 시민들의 표정 또한 매우 밝은데, 현재 살상이 이뤄지고 있는 도시라고는 보기 힘든 희망적인 모습이다. 이 쇼트를 벤야민이 혁파한 '현재 시간의 정지'로 본다면 어떨까. 보편적인 역사의 관점에서 이해되지 못할 쇼트가 벤야민적으로 이해할 때는 새롭게 해석될 이미지가 된다. 그는 '지금시간'의 위기를 극복하기 위해 '메시아적 시간'과 같은 상상력에 의한 시간을 설정한다. 지금시간은 혁명적이고 전복적이며 변혁을 용인한다. 즉 위기의 광주는 지금시간의 위기를 타개하기 위한 한 방법으로 순간 정지된 시간을 끌어온다. 투쟁의 시간은 지금까지의 역사를 존재하지 않았던 시간으로 만들고, 새로운 시간으로 구성한다. 때문에 항거하는 시민들은 폭력 앞에 무력해지거나 좌절하지 않고 오히려 새 시대에 대한 기대를 품고 있으며 그 표현으로써의 축제라면 오히려 이상할 리 없다.

요컨대 벤야민의 구원의 시간은 상상력에 의한 주관적 시간이지만 영화 이미지 내의 단절된 듯한 축제 이미지는 위기로부터 비약하기 위해 반드시 필요한 이미지이다. 그들이 승리자의 역사, 혹은 진보적 역사의 자장을 면할 수 있었던 것은 다름 아닌 연속성을 혁파하는 전복된 시간에 의해서이다. 또 광주를 비극으로만 기억되기를 거부하는가 하면 오히려 메시아적 시간을 맞이하는 구원의 장소로 새롭게 규정하는 영화이기도 하다.

이런 맥락에서 태술(유해진) 집에서 벌어지는 흥거운 상황 설정도 유의미해진다. 불과 몇 시간 전까지 위험한 장면을 목격한 이들이 잠시나마 웃고 떠들 수 있었던 동력은 불합리한 폭력에 맞서는 이들의 행위가 정의롭기 때문이다. 이러한 시간의 정지에 의한 파국과 단절이 발생함으로써 5월의 광주가 바로 선다. 그런가 하면 태술 집에 뜻하지 않게 방문한 이들을 거리낌 없이 수용한 태술을 비롯한 그의 가족도 광주 정신의 표상이라 할 수 있다. 즉 정지된 시간 속에서 발견할 수 있는 그들의 따뜻한 인간미[21]가 광주혁명의 새로운 의미를 생성하기도 한다. 광주 시민으로 분하는 그들은 포악한 폭도가 아니라 정 많고 평범한 인물들로 그려지는데, 그들이 역사에 참여하는 방식 또한 소소하고 일상적으로 그려진다. 인간미, 또는 따뜻한 정의(正義)는 이 영화의 중요한 모티프로 벤야민이 전체적인 것을 부정함과 동시에 부분적인 것을 중시한 이유와 연결할 수 있다.[22] 이것은 주변적이며, 사소하기까지 한 아주

---

21) 이것은 다른 광주 시민들에게 발견됐던 것으로, 만섭과 피터의 주변인물들이 대부분 그러했다. 만섭의 고장난 택시를 진심으로 수리해준 광주 택시 기사들—심지어 그들은 서울로 가는 길목에서 목숨을 내놓기까지 한다—, 가수가 꿈인 평범한 대학생 재식, 혁명의 기간 동안 무상 주유를 한 인물들에 이르기까지 준비된 투사의 모습이 아니다.

22) 영화의 배경이 되는 1980년 대한민국 민주주의는 국가 전체에 대한 광주시민 부분의 저항이자, 시민들 개개인의 항거였다. 국가 입장에서는 무력이 동원된 과오였으므로 덮어야할 사건이자, 역사 속에서 수정되어야할 귀찮은 부분에 불과했다. 이러

작은 것들, 또한 그들이 품고 있는 '진실'에도 해당되는 것이다.

이러한 사소함 속에서 발견되는 역사성은 변증법적 이미지에서 중요한 현재적 시간 개념과 다시 만난다. 이 시간은 "과거의 것이 어떠했는가가 아니라 지금이라는 시간과의 연관 속에서 과거의 것을 인식하는 행위"의 중요성을 피력하는 것이기 때문이다. 만섭 행위의 변화에서도 그 의미를 짚어볼 수 있다. 전반부 만섭은 출산이 임박한 임산부 부부에게 그랬듯, 군인한테 머리가 깨졌다는 막둥이를 찾으러 가는 할머니를 승차거부한 후 "할머니, 차비는 있으세요?"라고 묻는다. 이외에도 직업 행위의 대가로 받는 돈은 만섭의 입에 자주 오르내리는 대사이다. 80년대 소시민 만섭은 주로 돈을 받지 않고는 승객을 태우지 않는 속물적 개인에 불과했다.

벤야민은 동질적인 연속선상에서 구조화되지 않는 과거·현재·미래가 동시적으로 작동한다고 보았다. 이러한 시간 파괴는 현재의 만섭에게서 나타난다. 광화문으로 가는 공무원 수험생의 "죄송한데, 만원밖에 없는데."라는 말에 한 치의 망설임도 없이 "괜찮아"라며 요금을 덜 받는가 하면 청년 어깨를 다독이기까지 하는 장면에서 확인 가능하다. 분명 그는 혁명의 시간을 한 차례 통과하면서 성숙하고 따뜻한 개인으로 변화하였다. 과거 광주의 혁명적 시간은 현재의 촛불혁명의 장소인 광화문에서 조우하며 기억된다. 그 의미를 증명이나 하려는 듯 택시가 멀어져가는 배경 너머에 광화문광장의 촛불들이 밝게 빛나고 있다. 이러한 쇼트는 과거 사건의 본래 모습과 의미에 초점이 모아진 것이 아니다. 바로 지금이라는 시간과 연관 관계 속에서 그 의미가 새로워진다.

한 개별적 사건, 개별적 인물들에 대해 사유의 핵심으로 삼은 사람이 바로 벤야민이다.

무수히 많은 별들이 흩어져 있는 별들이 어느 순간 특정한 모양을 만들어내는 것을 벤야민은 'konstellation'(형세, 별자리, 성좌, 배열 등으로 해석)이라고 하였다. 흩어져 있는 조각들이 순간적으로 어떤 형태를 이루는 상황을 말하는데, 이것의 가능성은 파편화된 역사적 흔적들이 흩어져 있다가도 갑작스럽게 하나의 형상을 만들어내는 잠재력에 있다.23) 상이할 것 같던 조각들이 모여 예기치 못하게 한 형상을 이루는 것은 곧 별개의 쇼트들이 이루어내는 변증법적 이미지와 등가적이라 할 수 있다. 시간의 파편, 사건의 파편, 공간의 파편 등 그 어떤 것이라도 벤야민의 파편화된 역사 흔적이 형세를 이루는 장면을 우리는 영화에서 목격할 수 있다. 또 벤야민이 예술을 집단 혁명과 자극을 야기하는 한 장르로 본 것에 착안하자면, 이 영화 역시 영화를 보는 관객의 '지금 현재'는 바로 '광화문'이다. 그곳이 담지하는 혁명적 의미는 관객에게 역사적 자극과 계기를 유발하기에 충분한데, 80년의 광주 사건과 기억은 현재의 광화문 기억과 동일선 상에서 구성되어 하나의 형세를 이룬다.

인물들은 세계 가운데 놓인 작은 파편에 불과하지만, 그들은 광주에서 시민들을 구하는 것, 항거에 참여하는 것으로 충분한 희망을 발견하고 구원을 얻는다. 일본외신기자 피터가 한국문제에 관심이 없었다면 또는 그것을 실행에 옮기지 않았다면, 국가권력의 만행은 묻혔을 수도 있다. 다행히 그는 사건을 전세계에 알리는 데 일조하였고 광주시민에게는 그러한 보도가 희망과 구원의 의미로 남는다. 그의 운전기사로서 끝까지 동행했던 만섭의 며칠간의 경험도 소시민적 인간의 결단과 실천이 사회적 구원의 단초를 제공할 수 있음을 보여준 사례인 셈이 된다.

---

23) 최문규, 앞의 책, 43–45쪽 참조.

4. 결론

벤야민은 역사의 지속보다는 단절을 이야기했다. 진보적 역사, 승리자의 역사를 부정하고, 파편적이고 파괴적인 시간을 추구했다. 그렇기에 패배자의 시간이 되살아날 방법은 현재 속에서 과거를 다시 구성할 수 있는 몽타주적 시간의 기획에 의해서이다. 실제로 그는 『베를린의 유년시절』에서 과거 속에 내버려진 유년시절의 기억을 현재로 끄집어낸다. 현재의 파괴적 역사는 과거 속에서 이미 내재된 풍경이었음을 확인하고, 과거와 현재 시간이 동시에 존재하고 있음을 날카로운 시선으로 기록한다.

과거는 현재를 만남으로, 역으로 현재는 과거가 있었기에 최고의 가치를 갖게 된다. 진부한 표현 같지만 벤야민에게 있어 이 과거는 정지된 현재 상태에서 성좌를 이루는, 이질적인 이미지들의 조합으로 구성되어질 현상이다. 운반 중 사지가 잘려 나간 토르소일지라도, 즉 강압과 고난으로 얼룩진 과거일지라도 미래에는 이 상을 새롭게 조각해 낼 수 있는 가능성이 있는 가치 있는 대상일 수 있다. 불연속적 사건을 기억하기 위해서는 끊임없이 현재 속에서 과거를 소환해내어야만 과거가 과거다워질 수 있다. 생경했던 과거의 파편을 현재적 시간과 결합하는 것은 찰나의 순간 빛나는 섬광과도 같다. 이러한 해체적 과정은 다시 현재에 의해 재배치되고 변증법적 의미로 다시 해석되는 새로운 역사를 만든다. 『택시운전사』 역시 과거의 파편을 감독의 현재적 시선, 관객의 현재경험으로 재구성되어 패배자의 역사를 구원할 가능성을 모색하게 한다.

벤야민은 파울 클레의 그림 「새로운 천사」에서24) 천사와 천국에 대

---

24) 종교적·정치적 의미의 새로운 천사의 모습을 의미하지만, 종교적 의미를 차치하

해 말한다. 새로운 천사는 역사를 승리자의 전시물로 기념하려는 역사주의자에 맞서는 역사적 유물론자이다. 천국은 다름 아닌 "역사의 잔해" 또는 파국이며, 현재를 구원하기 위해 부정되어야 할 진보적 역사관이다. 추측컨대 천사는 역사를 뒤집어서 읽는 방식을 취해야하며 억압된 자, 패배자의 고통과 슬픔을 읽어내야 하는 과제를 지닌 자이다.

벤야민의 역사적 유물론자가 새로운 천사의 모습이듯이 『택시운전사』도 진보적 역사라는 폭풍우에 정면으로 맞서있다. 즉 1980년 5월은 파국으로 명시할 수 있을 터 적어도 그것을 기록하는 영화의 태도가 벤야민의 시선과 닮아있다. 영화 속 광주의 이미지와 현재의 이미지의 결합은 감독의 치밀한 쇼트 배치가 은밀하게 이뤄져야함을 뜻한다. 그런 의미에서 몽타주는 매우 정치적이면서 급진적이다. 이것이 이 영화가 시대를 읽어가는 한 방법일터 평범한 소시민들을 내세우고 그들의 갈등과 선택 과정을 새로운 시선으로 이미지화함으로써 관객의 공감을 끌어내는 것이다.

고서 "눈을 크게 뜨고 있고, 그의 입은 열려있"는 기괴한 모습의 천사는 다름 아닌 "역사에 대한 환상에서 벗어난 진실한 역사가"라고 해석할 수 있다. 특기할만한 점은 "천국으로부터는 폭풍우가 불어오"는데 그 천국은 천사의 앞에 있는 것이다. 보편적으로 미래인 천국은 주로 뒤에 있는데, 벤야민의 천국은 천사 앞에 있으며 그러한 천국으로부터 폭풍우, 즉 천사가 날개를 접을 수 없을 정도의 바람이 불어온다.

가스트, 볼프강. 조길예 옮김, 『영화』, 문학과지성사, 2006.

뢰비, 미카엘. 양창렬 옮김, 『발터 벤야민: 화재경보』, 도서출판 난장, 2017.

리처드슨, 로버트. 이형식 옮김, 『영화와 문학』, 동문선, 2000.

문광훈, 『가면들의 병기창: 발터 벤야민의 문제의식』, 한길사, 2014.

벤야민, 발터. 김영옥·윤미애·최성만 옮김, 『벤야민선집1』, 도서출판 길, 2015.

벤야민, 발터. 윤미애 옮김, 『벤야민선집3』, 도서출판 길, 2014.

벤야민, 발터. 최성만 옮김, 『벤야민선집2』, 도서출판 길, 2016.

벤야민, 발터. 최성만 옮김, 『벤야민선집5』, 도서출판 길, 2015.

장훈, 〈택시운전사〉, 2017.

최문규, 『파편과 형세』, 서강대출판부, 2012.

최성만, 『기억의 정치학』, 도서출판 길, 2015.

■ 한국어문학연구소 총서⑥『발터 벤야민과 한국문학』
— 논문 게재 정보 / 게재순

임환모, 「벤야민 문학이론의 주체적 수용에 대하여」; 이 글은 「외국 문학이론의 주체적 수용에 대하여 — 벤야민의 문학이론을 중심으로」(『현대문학이론연구』 제68집, 현대문학이론학회, 2017)의 제목을 바꾼 것이다.

전동진, 「문학의 형상성과 문화의 편재성」, 『동남어문논집』 제30집, 동남어문학회, 2010.

김영삼, 「사건과 기억, 그리고 살아남은 자의 글쓰기」; 이 글은 「재현 너머의 5·18, '타자─되기'의 글쓰기 — 임철우의 『백년여관』을 중심으로」(『한국문학이론과 비평』 제79집, 한국문학이론과비평학회, 2018.)를 본 저서의 의도에 맞게 수정 보완한 것이다.

강소희, 「역사적 죽음을 현재화하는 글쓰기」, 『한국언어문학』 제99집, 한국언어문학회, 2015.

최윤경·임환모, 「혁명에 대한 알레고리로서의 「구운몽」」, 『국어문학』 제65집, 국어문학회, 2017.

박경희, 「기억 공간과 역사 인식의 글쓰기」, 『인문사회21』 제8권 6호, 아시아문화학술원, 2017.

김청우, 「'광주 파노라마'와 변증법적 도약의 시」, 『현대문학이론연구』 제72집, 현대문학이론학회, 2018.

임환모는 전남대학교 국어국문학과 교수로 재직 중이며 전공은 문학비평이다. 현대문학이론과 비평학회장을 역임했고, 지금은 문학이론의 주체적 수용에 관심을 가지고 연구하고 있다. 대표 논문으로 「한국문학과 들뢰즈」, 「『태백산맥』과 서사전략」, 「한국 소설의 근대성 실현에 관한 연구」, 「이청준 소설의 지형도」, 「1960년대 한국문학의 분기 현상」, 「최인훈 『화두』의 글쓰기 전략」, 등 다수가 있고, 저서로는 『문학적 이념과 비평적 지성』, 『송기숙의 소설세계』(공저), 『한국 현대시의 형상성과 풍경의 깊이』, 『한국 현대소설의 서사성과 근대성』, 『1960년대 한국문학』(공저), 『손광은의 시와 시세계』 등이 있다.

전동진은 전남대학교 국어국문학과에서 강의를 하고 있으며 시인이자 문학평론가로 활동하고 있다. 「시와 정신」에서 시인상을 수상했으며 계간지 『문학들』에서 편집장을 지냈다. 시집으로 『그 매운시 요리법』이 있으며 저서로 『서정의 윤리』, 『서정시의 시간성, 시간의 서정성』, 『문화인 박용철』(공저) 등이 있다.

김청우는 현재 전남대학교 인문학연구원 HK연구교수로 재직 중이며 <문학들> 편집위원과 <한국비평문학회> 총무이사를 겸하고 있다. 아울러 시인, 문학평론가로도 활동 중이다. 한국 현대시의 음악성과 공간 간 상관관계, 한국 시론에 대한 인지시학적 해석, 시적 담론을 통한 윤리 문제 탐색 등에 관심을 가지고 연구하고 있다. 대표 논문으로 「퀴어와 새로운 글쓰기의 가능성 ―김현의 『글로리홀』을 중심으로」,

「형이상학과 현상학의 혼종적 시론─'날이미지 시론'의 이론적 구조에 관하여」, 「1980~90년대 한국 '도시시'의 미적 비판 방법론 연구」 등이 있으며, 저서로 『범대순의 시와 시론』(연구서, 공저), 『빨간 두건의 배 속에 잠들어 배고픈 늑대의 꿈』(작품집)이 있다.

최윤경은 현대소설이 전공이고 전남대학교에서 「『화두』에 나타난 근대성과 소설 형식 연구」로 박사학위를 받았다. 현재 학위논문의 후속연구로 『화두』에서 최인훈 소설 전체로 범위를 넓혀 소설의 형식에 대한 연구를 하고 있다. 대표 논문으로 「「광장」 개작의 의의: 폭력에 대한 인식의 변화」, 「소설이 오월─죽음을 사유하는 방식: 한강의 『소년이 온다』를 중심으로」가 있다.

김영삼은 전남대학교 등에서 현대문학과 비평을 강의하고 있다. 역사적 '사건'과 문학적 '재현' 간의 정치철학적 이행관계에 관심을 두고 「1960년대 소설의 정치철학적 연구」(전남대 박사학위논문)를 썼다. 이후 「세월호 '사건'과 '사건' 이후 문학의 가능성 1,2」, 「재현 너머의 5·18, '타자─되기'의 글쓰기」, 「이중적 예외상태로서의 5·18과 민족·민중 문학담론」 등의 연구논문으로 관심을 이어가고 있다. 저서로 『1960년대 한국문학』(공저), 『창의적 글쓰기』(공저), 『논리적 말하기』(공저)가 있다.

강소희는 전남대학교와 동신대학교에서 강의를 하고 있으며, 전공은 현대문학비평이다. 전남대학교에서 「1980년대 한국소설에 재현된 주체의 정치성 연구」로 박사학위를 받았다. 지금은 정치철학의 개념과 이론을 바탕으로 80년대 문학장을 읽어내는 연구를 하고 있다. 대표 논문으로는 「타자를 재현하는 영화의 윤리적 태도—탈북자를 다룬 영화들을 중심으로」, 「오월을 호명하는 문학의 윤리—임철우의 『백년여관』과 한강의 『소년이 온다』를 중심으로」, 「1980년대 '죽음'의 재현 양상 연구」 등이 있다.

박경희는 송원대학교 교양학과 외래교수이고 전공은 현대소설이다. 전남대학교에서 「한국 청소년소설 연구—가족 분화와 인물의 자아 정체성 형성을 중심으로」로 박사학위를 받았다. 현재 청소년문학 전반적인 분야에 관심을 가지고 연구하고 있으며, 청소년 교육가로도 활동하고 있다. 대표 논문으로 「한국 청소년문학의 연구 동향과 전망 고찰」, 「청소년소설의 성장 담론 연구」, 「청소년소설에 나타난 청소년 문화 양상 연구」, 「청소년소설의 성장 서사 연구—성과 사랑의 의사 결정을 중심으로」 등이 있고, 저서로는 『한국 청소년소설과 청소년의 성장 담론』이 있다.

정다운은 전남대학교 기초교육원 교양교육지원센터 연구원으로 재직 중이며 전공은 현대시이다. 전남대학교에서 「김녹촌 동시 연구」로 석사학위를 받았고, 동 대학에서 박사수료 후 아동문학과 글쓰기에 관심을 가지고 연구하고 있다. 대표 논문으로는 「김녹촌 동시의 남성적 어조와 동심의 형상화」, 「목일신 동시의 혁명적 이미지 고찰」, 「박완서 동화의 동심 형상화와 원형적 체험」 등이 있고, 저서로는 『문화인 박용철』(공저)이 있다.

조선희는 전남대학교 국어국문학과 박사를 수료했으며 현재는 광주여대에서 강의 중이다. 지금은 최명희의 『혼불』에 관심을 가지고 연구하고 있다. 논문으로 「영화 『봄날은 간다』의 감성연구」, 「서사의 인지적 은유 분석」, 「김승옥 초기 소설 연구」 등이 있다.

한국어문학연구소 총서 6

전남대학교 한국어문학연구소 총서시리즈는 한국의 어문학(교육) 발전에 이바지하려는 연구소 설립 목적을 실천하고자 기획되었다. 학술적 연구성과를 공유하고 이를 대중적으로 확산하고자 하는 본 연구소의 총서시리즈에 사회의 관심과 응원이 함께 하기를 기대한다.

발터 벤야민과 한국문학

초판 1쇄 인쇄일	2018년 8월 27일
초판 1쇄 발행일	2018년 8월 31일
지은이	임환모, 김청우, 전동진, 최윤경, 김염삼, 강소희, 박경희, 정다운, 조선희
펴낸이	정진이
편집장	김효은
편집/디자인	우정민 박재원
마케팅	정찬용 이성국
영업관리	한선희 정구형
책임편집	우민지
인쇄처	국학인쇄사
펴낸곳	국학자료원 새미(주)
	등록일 2005 03 15 제 406-3240002510022005000008 호
	경기도 파주시 소라지로 228-2 (송촌동 579-4)
	Tel 442-4623 Fax 6499-3082
	www.kookhak.co.kr
	kookhak2001@hanmail.net
ISBN	979-11-88499-64-9 *93800
가격	25,000원

* 저자와의 협의하에 인지는 생략합니다.
  잘못된 책은 구입하신 곳에서 교환하여 드립니다.
  국학자료원·새미·북치는마을·LIE는 국학자료원 새미(주)의 브랜드입니다.
* 이 도서의 국립중앙도서관 출판예정도서목록(CIP)은 서지정보유통지원시스템 홈페이지(http://seoji.nl.go.kr)와 국가자료공동목록시스템(http://www.nl.go.kr/kolisnet)에서 이용하실 수 있습니다.

발터 벤야민과 한국문학

임환모 외

국학자료원

이 책은 2017년도 한국연구재단 대학 인문역량 강화사업(CORE) 지원에 의해 출판되었음.

This study was financially supported by Initiative for College of Humanities' Research and Education of National Research Foundation of Korea, 2017